FANTASY

FANTASY-ROMAN

ROBERT STALLMAN

WERWELT

ERSTES BUCH: DER FINDLING

THE ORPHAN

Deutsche Erstveröffentlichung

Wilhelm Goldmann Verlag

Aus dem Amerikanischen übertragen von
Mechtild Sandberg

Made in Germany · 5/82 · 1. Auflage · 1110

Umschlagentwurf: Atelier Adolf & Angelika Bachmann, München
Umschlagillustration: Don Maitz/Agt. Schlück, Garbsen
Gesamtherstellung: Mohndruck Graphische Betriebe GmbH, Gütersloh
Verlagsnummer: 23811
Lektorat: Peter Wilfert · Herstellung: Peter Papenbrok
ISBN 3-442-23811-0

Auf daß
ich das Untier auf mich selbst beschneiden
und so ich selbst sein möge.
Dem Untier trotzend mehr sein möge
als ein Teil von ihm, mehr als der Narr, der
Nach seiner Pfeife tanzt,
nicht allein sein möge,
Doch das Untier beschneiden und
zwei sein möge, zwei in einem.

Wallace Stevens,
Auszug aus »Der Mann mit der
blauen Gitarre«

Teil I
Erste Person

(Aus dem *Grand Rapids Register*, sechster Mai, neunzehnhundertfünfunddreißig)

Auf eigene Faust ging gestern in Mount Clemens ein ortsansässiger Farmer, Gustave Hohenrikt, das Problem der streunenden Hunde an. Er ertappte ein Rudel herrenloser Hunde in seiner Scheune und tötete vier von ihnen mit einer Flinte. Mr. Hohenrikt berichtete, daß die Hunde wiederholt seinen Hühner- und seinen Schafstall geplündert hätten, und er daraufhin beschlossen hätte, etwas zu unternehmen. Berichte aus Bay City besagen, daß auch dort die streunenden Hunde zu einer immer größeren Plage werden. Der Leiter der zuständigen Polizei, R. B. Matthews, gab Befehl, daß bei Auftauchen streunender Hunde in ländlichen Gebieten unverzüglich zu schießen ist. Der Befehl wurde erlassen, nachdem mehrere Farmer in der Gegend nächtliche Überfälle auf ihren Viehbestand gemeldet hatten.

Schafkiller zum Tode verurteilt

(Aus dem *Cassius Daily Post and Examiner*, sechster Mai, neunzehnhundertfünfunddreißig)

Richter John Feldman vom Bezirksgericht verurteilte heute einen Schafdieb zum Tode, der immer wieder die Pferche in der Gegend überfallen hat und bereits mehrmals einschlägig vorbestraft ist. Die Anklageschrift wirft ihm vor, mindestens acht Schafe zerrissen zu haben. Der Verurteilte ist ein großer, gelbbrauner Hund namens Rufus, der früher einmal Mr. und Mrs. J. C. Mooresby gehörte, die hier in der Stadt ansässig sind. Rufus saß im Gerichtssaal und wirkte zerknirscht, als Richter Feldman das Urteil verkündete. Der Hund wird im städtischen Zwinger vergast werden, eine Warnung für andere Übeltäter seines Schlags.

1

Ich bin und ich werde sein.
Es gibt keine Zeit,
zu der ich nicht bin.
Dies ist die erste Lektion.
Mein Bedürfnis schafft mein Selbst.
Dies ist die zweite Lektion.
Alleinsein ist sicher sein.
Dies ist die dritte Lektion.

Augen sehen nichts in der Schwärze des Heubodens. Die Taube, deren Nest ich soeben geplündert habe, kann mich nicht sehen, doch ich nehme klar und deutlich ihre atmende, fleischige Gestalt wahr. Sie sitzt auf der stählernen Querstange des Heurechens, der von der Mitte der Decke herabhängt. So hoch kann ich nicht springen. Mich gelüstet jetzt nach ihr, wo meine Gier geweckt ist, und obwohl ich leicht durch das Loch im Boden schlüpfen und mir ein oder zwei Hühner holen könnte, will ich die Taube haben. Ich warte, unter dem Sims zusammengerollt, auf dem das zerfledderte Nest sitzt. Ein Strick hängt von der Heugabel herunter. Er ist an der Mauer über meinem Kopf befestigt. Wenn ich ihn in Bewegung setze, wird die Taube zu ihrem einzigen Ausschlupf flattern, der Luke unter den Giebeln nicht weit von ihrem Nest. Sie wird nicht abwärts fliegen zu dem Loch im Fußboden, wie das vielleicht ein Sperling tun würde. In der Finsternis wird sie vielleicht sogar gegen eine Wand prallen und betäubt zu Boden fallen. Ich schleiche hinüber zu dem Strick und schlage leicht danach, so daß er in Bewegung gerät. Die Taube flattert auf.

Jeder Flügelschlag erzeugt eine kleine Druckwelle, die sich zu den Wänden des riesigen Heubodens hin ausweitet. Blind in der Dunkelheit, befindet sie sich im Mittelpunkt einer sich recht hübsch ausnehmenden Anordnung von konzentrischen Druckwellen, die ich unmittelbar aufnehme. Sie wirkt wie aufgespießt, das lebendige Auge im Sog ihrer eigenen Flügelschläge, pulsierendes Leben im

Zentrum eines sich kräuselnden Netzes. Sie schwenkt seitwärts, als ihre Sinne begreifen. Sie flattert zu der Luke unter den Giebeln. Ich könnte sie vorher herunterholen, aber es macht Spaß, hochzuspringen und sie mit der Tatze zu packen. Ich reiße sie aus dem Mittelpunkt ihres Netzes und beiße flink zu. Sie ist warm und gut. Der Wohlgeschmack fesselt die Aufmerksamkeit so sehr, daß der Bauer mich überrascht, während ich daliege und mir die Federn aus den Zähnen zupfe.

Plötzlich spüre ich ihn am Loch in der Mitte des Fußbodens. Er trägt eine Mistgabel aus Stahl, die vier Zinken hat. Er hebt seine Taschenlampe, und ich lasse mich hinter den Heuhaufen rollen, auf dem ich gelegen habe. Viel Heu ist um diese Jahreszeit nicht mehr da.

»Also los, kommen Sie da raus«, ruft der Bauer, und der starke Strahl seiner Lampe streicht über mich hin, hart und blendend in der staubgeladenen Luft. Ich schließe die Augen und halte meinen Raumsinn auf ihn gerichtet. Seine Gestalt steht brusttief in dem Loch. Seine Stimme ist verzerrt von Schwingungen der Angst, aber er ist entschlossen.

»Los, kommen Sie jetzt da raus«, sagt er, »sonst schließ ich Sie ein und ruf den Sheriff. Sie haben die Wahl.«

Die Ausdünstung seiner Angst ist so stark, daß meine Nase sich kraust, obwohl er an die zwanzig Fuß entfernt sein muß. Jetzt werde ich von dem Gebrauch machen, was man mich gelehrt hat. Während ich dem Atem des alten Bauern lausche, spüre ich nach der geeigneten Gestalt und ziehe mein ganzes Selbst zu einem winzigen, isolierten Punkt zusammen, ähnlich dem Sonnenlicht, das in einem Brennglas gebündelt wird. Mein Fell stellt sich auf, und ich sehe den funkelnden Punkt, in den ich hineinfalle, während ich den Namen sage, der mir kommt: Robert Lee Burney. Ich verwandle mich.

Und ich nahm den Bauern anders wahr, größer und drohend. Ich fühlte mich gefangen unter schweren Höhlen; mein Raumsinn war ausgelöscht, mein Gehör stumpf, und mein Auge war auf den Lichtstrahl angewiesen, der die Wände absuchte. Furcht überwältigte mich in dieser Gestalt. Ich zog mich zurück, um den Menschen heraustreten zu lassen, und Robert stieß einen Schrei aus, der seltsam klang, ein hilfloses Schluchzen.

Der Bauer hörte auf zu reden und richtete den Lichtstrahl auf den Heuhaufen, hinter dem Robert Burney kauerte und weinte.

»Ist das ein Kind da oben?« Er hielt die Lampe ganz ruhig und kam noch eine Sprosse die Leiter herauf. »Komm raus und laß dich sehen.«

Noch benommen von der Geburt, rappelte Robert sich hoch und trat hinter dem Heuhaufen hervor. Das Licht sprang grell in seine Augen. Er weinte und zitterte, war nackt.

Der Bauer trug den kleinen Jungen ins Haus, und die beiden Hunde folgten ihm schwanzwedelnd, während sie die alte Pferdedecke beschnüffelten, in die der Junge eingehüllt war. Robert fröstelte vor Kälte und Angst, obwohl die Nacht beinahe warm war. Er fühlte sich neu und hilflos. Die grobe Decke, die um seine mageren Schultern lag, roch nach irgendeiner scharfen Salbe. Die Frau des Bauern stand in der offenen Tür an der hinteren Veranda, und der Lichtschein hinter ihr warf einen langen unbewegten Schatten auf den feuchten Rasen.

»Was hast du gefunden, Martin? Ist es ein Kind? Ein Junge?«

Der Bauer ließ den Kleinen herunter und schob ihn mit sachter Hand in die Küche, die warm und golden war vom Lampenlicht. Der lange schwarze Holzofen war noch heiß. Die hochgewachsene Frau nahm die Decke und drehte Robert immer wieder hin und her und rundherum, während sie ihn musterte. Er blickte auf seinen eigenen weißen Körper hinunter, einen haarlosen Körper mit komischen Füßen, die wie Krötenfüße aussahen, staksigen dünnen Beinen, schüchternem kleinen Penis, kleinem runden Bäuchlein. Er war ungefähr fünf oder sechs Jahre alt und so mager wie eine Beutelratte im Frühling.

»Was ist denn aus deinen Kleidern geworden, Kind?«

Sie schien ihm von gewaltiger Größe, wie sie da knochig und kantig vor ihm stand. Wenn sie Robert Fragen stellte, brachte sie ihr Gesicht dem seinen ganz nah und öffnete weit ihre Augen, so daß es aussah, als wäre sie erstaunt. Ihr Gesicht war lang und sommersprossig und gar nicht hübsch. Ihre Nase hatte in der Mitte einen Höcker, und ihr Mund war zu groß, aber ihr Lächeln gab Robert das Gefühl, gut aufgehoben zu sein.

Der Bauer war nicht so groß wie seine Frau, ein rotgesichtiger Mann mit vielen Fältchen um die Augen, so als blinzelte er ständig, und vollem grauen Haar, das am Hinterkopf in kleinen Büscheln abstand. Er wirkte so kräftig und stämmig, daß er Robert an einen knorrigen Walnußbaum erinnerte.

Die Frau stellte unentwegt Fragen. Wo der Junge herkäme. Wer er wäre. Was er oben im Heuschober getrieben hätte. Und zur gleichen Zeit erzählte der Bauer, wie er geglaubt hätte, es wäre wieder ein Landstreicher oben im Heu, so wie der, den sie im letzten Winter erwischt hatten.

Robert begann wieder zu weinen. Er konnte über die Fragen nicht nachdenken. Er war müde, und in seinem Magen hatte er ein komisches Gefühl. Er begann zu frösteln und schmiegte sich wärmesuchend an das Bein der Frau. Daraufhin wurde sie sehr mütterlich, holte Decken, kochte auf dem Ofen, der vom Abendessen noch heiß war, einen Haferflockenbrei, und dazu gab es sahnige Milch und braunen Zucker.

Robert aß, bis er kaum noch atmen konnte. Dann trug ihn der Bauer nach oben in ein Bett, das mit Wärmflaschen vorgewärmt war. Er fühlte sich sicher und geborgen und rollte sich zusammen, und sein letzter Gedanke vor dem Einschlafen war, ob wohl die Taube da drinnen bei all den Haferflocken war.

Ich erwache in der neuen Gestalt und springe beinahe kopfüber aus dem Schlafzimmer vor Schreck über die fremden Empfindungen und Gefühle. Es ist das graue Dunkel vor der Morgendämmerung. Mein Raumsinn arbeitet nicht in Roberts Körper und allein auf dessen unvollkommen entwickeltes Wahrnehmungsvermögen seiner Augen und Ohren angewiesen, fühle ich mich eingeengt, wie gefangen. Der Bauer und seine Frau sind nicht im Zimmer. Sie sind anderswo im Haus, und einer von beiden gibt gurgelnde Schlafgeräusche von sich. Ich krieche unter den Bettdecken hervor. Mein Körper ist in ein Kleidungsstück aus weichem Stoff eingehüllt, ein Nachthemd. Ich streife es ab, und die kühle Luft trifft mich so beißend, daß ich spüre, wie mein Fell sich aufstellt. Kein Fell. Ich fröstele. Ich schaudere vor Unbehagen, und plötzlich, wohltuend, nehme ich wieder meine eigene Gestalt an.

Das Zimmer, das mich umgibt, wird lebendig. Die Geräusche des schlafenden Bauern und seiner Frau sind laut und deutlich, ein Zusammenspiel abgerissener Töne und Laute zwei Zimmer entfernt. Mein Zimmer ist klein mit dem Bett darin, einem Gestell mit einer Schüssel und einem Krug Wasser, einem offenen Schrank, in dem zwei hölzerne Bügel hängen. Das Bett riecht nach kleinem Jungen und Moder und häuslichem Staub. An den beiden Fenstern hängen

Gardinen aus einem feinen, wolkigen Stoff, die aufgezogen und an den Seiten festgemacht sind, so daß ich sehen kann, wie die letzten Sterne am heller werdenden Himmel verschwinden. Ich habe große Lust, hinauszuschlüpfen und ein spätes Kaninchen zu schlagen. Danach will ich wieder zurück und ein kleiner Junge sein.

Ich schleiche mich zur Tür, beschnüffle den Knauf aus kaltem Porzellan, der die Form eines Eis hat, drehe ihn unbesorgt mit einer Tatze. Abgeschlossen. Ich spähe in den Spalt zwischen der Tür und dem Rahmen. Ein kurzes Stück Eisen verbindet beide. Mein Zorn darüber, daß mein schöner Plan durchkreuzt ist, wächst, und gleich werde ich durch eines der Fenster springen oder die lumpige dünne Tür zertrümmern.

Warte! Warte! Aber mein Körper will nicht warten. Ich muß mich jetzt verwandeln, wenn ich nicht alles zunichte machen will. Noch während ich mein Selbst zu einem Punkt zusammenziehe und den Namen sage, sehe ich ein verblassendes Bild meiner selbst, wie ich unter Krachen splitternden Holzes durch die Türfüllung breche, die Treppe hinunterspringe, um die Ecke sause, um durch Eßzimmer und Küche zu preschen und triumphierend mitten durch das Fliegengitter der Hintertür zu schießen, in der ein riesiges Loch zurückbleibt, dessen Ränder, nach außen gebogen, meinen Fluchtweg weisen, hinaus in die kühle graue Morgendämmerung. Ich verwandle mich.

Die Kälte schlägt gegen Roberts Haut. Keine andere Möglichkeit, als wieder ins Bett zu kriechen und zu schlafen, bis der Bauer und seine Frau aufstehen. Die Fensterscheiben schimmern grau im frühen Morgen. Hinten im Stall neben dem Garten regten sich verschlafen die Hühner. Er hörte, wie eines zu Boden fiel wie ein weicher Sack und kurz gackerte. Ein junger Gockel mühte sich, heiser zu krähen und wurde von einem älteren Hahn übertönt, der den Morgen mit einem langen, vollendeten Jubelruf begrüßte. Das Krähen wich in immer weitere Fernen zurück, und Robert schlief wieder ein.

Als er das nächste Mal erwachte, lag Sonnenlicht auf der Wand über seinem Kopf. In wärmenden Strahlen fiel es durch das goldene Rechteck des Fensters, und die Tür stand offen. Eine Weile blieb er unter den Decken liegen, während er aus der Küche das Gemurmel des Bauern und seiner Frau hörte, die miteinander sprachen. Dann stand er leise auf und benützte den Nachttopf, den er unter dem

Bett fand. Danach huschte er zum Treppenabsatz und wartete. Sie sprachen über ihn.

»Was sonst? Ein Waisenhaus vermutlich«, sagte der Bauer.

»Ja, wir können ihn doch nicht einfach behalten. Das weißt du«, versetzte die Frau. »Ein Kind ist schließlich was anderes als ein junger Hund, der sich verlaufen hat.«

»Nein.« Es folgte eine lange Pause. Der Bauer gab einen komischen Laut von sich, wie ein Pusten klang es. »Wir wollten doch immer einen Jungen.«

»Martin!« Die Stimme der Frau klang belustigt und bestürzt zugleich. »Deine Töchter haben dir zwei gute Schwiegersöhne ins Haus gebracht, und du bist doch auch stolz auf sie.« Die Frau lachte jetzt. »Und zwei Enkelinnen – zu viele Frauen, Martin?«

»Ich hab' unsere Mädchen lieb, die großen wie die kleinen. Und sie haben wirklich gut geheiratet, aber trotzdem.« Er machte wieder eine Pause. »Du weißt, was ich meine.«

»Aber wir wissen doch gar nicht, aus was für einer Familie er kommt. Vielleicht ist er einer Landstreicherbande davongelaufen oder hat sich aus einem Zigeunerlager davongemacht.«

»Nein. Ich glaube, daß er ausgesetzt worden ist. Wenigstens hab' ich den Eindruck, daß er schon seit ein paar Tagen allein herumirrt und gar nicht richtig weiß, was ihm passiert ist.«

»Jetzt rätst du doch nur. Du weißt doch überhaupt nichts über den armen kleinen Burschen.« Sie schien nachdenklich. »Er hat sich sicher in unserem Heuboden verkrochen, weil er gefroren hat. Ein Glück, daß wir dieses Jahr so einen warmen Mai haben. Im letzten Mai wär' der arme kleine Kerl glatt erfroren.«

»Hier in der Gegend sind keine Zigeunerlager. Ich sag dir, er ist ausgesetzt worden wie ein Hund. Er hatte ja solchen Hunger, daß er ein ganzes Nest voll Taubeneier gegessen hat und vielleicht sogar die Taube dazu. Das glaube ich jedenfalls.«

»Du lieber Himmel, Martin! Eine Taube soll er gegessen haben?«

»Als ich in den Heuboden raufkam, war das Taubennest da oben vollkommen zerfetzt, und in der Ecke, wo der Junge sich versteckt hatte, lagen noch Teile von dem Vogel herum. Da muß ein Kind schon ziemlichen Hunger haben, daß es so was macht.«

»Martin Nordmeyer! Der Kleine soll eine Taube umgebracht und gegessen haben? Da hat sich ein Wiesel raufgeschlichen und sich den Vogel geholt. Also wirklich, das ist das Albernste, was ich je von dir gehört habe.«

Robert konnte hören, wie die Frau lachte, und dann stimmte auch der Bauer in das Lachen ein.

»Ja, das ist wirklich verrückt, nicht wahr, Cat? Nicht zu schlagen. Ich habe einfach vergessen, wie klein der Junge ist. Du wirst schon recht haben, es wird ein Wiesel gewesen sein. Er hätte ja das ganze Gesicht voll Blut haben müssen, wenn . . .« Dann lachten sie beide wieder, und die Frau fragte, ob er noch Kaffee haben wollte.

Robert ging die Treppe hinunter. Er war hungrig.

»Martin, hol doch eines von deinen Hemden und zieh es dem Jungen an. Du meine Güte, Jungchen, so nackig kannst du doch nicht herumlaufen. Was hast du denn mit dem Nachthemd gemacht, das ich dir angezogen habe?«

Die Frau umgab ihn mit ihrer Fürsorglichkeit und setzte ihn an den massigen Eichentisch, der viel zu groß schien für zwei Leute. Sie ließ Fett in einer Pfanne zergehen, um ihm ein paar Eier zu braten. Der Bauer brachte ein großes blaues Hemd und zog es Robert um die Schultern.

»Steck deine Arme rein«, sagte der Bauer. Seine derben, kräftigen Finger berührten den Jungen mit einer Zartheit, die ihnen ungewohnt war. Er krempelte ordentlich die Ärmel hoch und knöpfte das Hemd vorn zu. Robert sah aus wie ein schrumpeliges kleines Männchen, das zum Frühstück gekommen war.

»So, das hätten wir, Junge«, sagte der Bauer und trat einen Schritt zurück. »Sieht er heute morgen nicht schon besser aus, Cat?«

»Er sieht ausgeruht aus und nicht mehr so blaß wie gestern abend. Wie fühlst du dich, mein Junge?«

Die Frau beugte sich hinunter, um ihm direkt ins Gesicht zu sehen. Sie hob die Brauen dabei, als wäre sie erstaunt.

»Kannst du auch sprechen?«

Robert wußte nicht, was er darauf antworten sollte. Sollte er ja sagen? Und was dann? Was war das für eine Frage?

»Du kannst uns doch verstehen, nicht wahr, Junge?« fragte der Bauer und ging neben Roberts Stuhl in die Hocke.

Robert blickte dem alten Mann in die Augen, die tief in die vielen Fältchen eingebettet lagen. Sie waren hellblau, von zerplatzten roten Äderchen durchzogen, und die Lider wirkten müde. Er überlegte, wie alt ein Mensch werden mußte, daß seine Augen so müde wurden.

»Vielleicht ist er ein Ausländer«, meinte die Frau und kehrte zum Ofen zurück, um Eier in die Pfanne zu schlagen. »Aber essen wird er schon, nehme ich an.«

»Komm, mein Junge, sag uns deinen Namen«, bat der Bauer, während er sehr leicht über Roberts Haar strich.

Das war endlich eine Frage, die er beantworten konnte.

»Robert Lee Burney«, sagte er mit überraschend klarer, hoher Stimme.

»Na also«, meinte der Bauer lächelnd. »Du hattest einfach nichts weiter zu sagen, wie?«

»Also, wenn er einen Namen hat, dann gehört er auch irgendwohin«, stellte die Frau fest. »Und wahrscheinlich nicht zu uns.«

Der Bauer richtete sich auf. Seine Hand lag noch immer leicht auf Roberts Kopf.

»Aber er kann hier bleiben, bis er den Ort gefunden hat, wo er hingehört.«

Die Frau wandte sich halb vom Ofen ab und sah dem Bauern direkt in die müden Augen. Sie mußte den Blick ein wenig senken. Robert beobachtete den Blick, und die feine Veränderung, die er im Ausdruck der Frau sah, machte ihn neugierig; ein Weichwerden, etwas Leichtes, war das einzige, was ihm einfiel, während er auf die hochgewachsene, unschöne Frau in dem bedruckten Baumwollkleid mit der Schürze darüber starrte, die ihrem Mann mit sachte fallendem Blick in die blauen Augen sah. Die Hand, die immer noch leicht auf Roberts Kopf lag, rührte sich nicht. Der Junge sah, wie das Gesicht der Frau sich veränderte, und etwas, das er nicht verstand, ging zwischen ihr und dem Mann vor. Er wollte plötzlich unbedingt wissen, was das war; sein Verlangen danach war stärker als meines in der vergangenen Nacht nach der Taube, stärker als seines nach den Eiern und dem Schinken, deren Duft aus der Bratpfanne aufstieg.

Sie wandte sich wieder dem Ofen zu, wobei sie sich ein paar Härchen aus der Stirn strich, die sich aus dem vollen graugesträhnten schwarzen Haar gelöst hatten, das sie unter ein Tuch gebunden hatte. »Du bist so weichherzig, Martin, du würdest sogar einen verwundeten Indianer ins Haus nehmen und ihm einen neuen Tomahawk machen.«

Aber sie sagte es in einem anderen Ton, wie zu sich selbst, und jetzt war die Frage, ob Robert bleiben würde, entschieden.

»Ich ruf später mal den Sheriff an, Cat«, sagte der Bauer.

Auch er verhielt sich anders. Irgendwie war die Frage gelöst worden. Robert war verblüfft.

»Du kannst ihm sagen, daß wir hier Platz genug haben«, meinte die Frau. »Und Mühe macht er uns überhaupt keine. Er braucht nur was zum Anziehen und hin und wieder ein paar Taubeneier zum Frühstück.«

Sie lachten beide.

Auf die vielen Fragen des Bauern und seiner Frau und später des Sheriffs konnte Robert in aller Aufrichtigkeit antworten, daß er sich an nichts erinnerte.

»Aber du erinnerst dich an deinen richtigen Namen?« fragte Sheriff Kendall zum drittenmal.

»Ja, Sir«, erwiderte Robert und wiederholte den Namen.

Der Sheriff war groß und gebeugt, und auf seinem Kopf wuchs kaum noch ein Haar. Er hatte einen vorstehenden runden Bauch, bei dessen Anblick Robert dachte, er müßte irgend etwas Großes verschluckt haben, so wie eine Schlange. Der Sheriff hatte sich ein paar Dinge mit einem gelben Bleistift in sein Notizbuch geschrieben. Aber jetzt hatte er das Buch weggesteckt und war dabei, den Kaffee, den Tante Cat ihm eingeschenkt hatte, vorsichtig in seine Untertasse zu gießen und darauf zu blasen. Plötzlich stellte er die Tasse nieder und drehte sich nach Robert um.

»¿Habla usted Espagnol?«

Robert fuhr zusammen und machte ein verständnisloses Gesicht.

»Tja, Mrs. Nordmeyer, ich weiß nicht, was ich dazu sagen soll.« Der Sheriff hob die Untertasse und kippte sie, um den abgekühlten Kaffee in die Tasse zurückfließen zu lassen. »Der kleine Bursche scheint mir durchaus aufgeweckt und gut erzogen, und aus dem Lager für die Saisonarbeiter kommt er wahrscheinlich nicht, sonst würde er Spanisch verstehen.«

»Martin und ich haben besprochen, daß er bei uns bleiben kann, wenn das nicht gegen das Gesetz ist«, sagte Tante Cat. Sie legte Robert mit beschützerischer Gebärde eine Hand auf die Schulter.

»Ach, gegen das Gesetz ist das nicht, glaube ich.« Der Sheriff lächelte. »Jedenfalls nicht, wenn ich fürs erste mal keine Fahndungsmeldung mache.«

Martin kam mit großen Schritten über die Veranda gestapft, wischte sich die Füße ab, ging weiter ins Eßzimmer und setzte sich an den Tisch. Sein blaues Hemd war naß von Schweiß.

»Ich habe dir die Ballen aus deinem Lieferwagen geladen, Len«, sagte er, während er sich die Stirn mit seinem Halstuch wischte.

»Hätt'st du mal lieber gewartet, Martin. Ich wollt dir doch dabei helfen.«

»War überhaupt keine Sache.« Martin krauste in besorgter Erwartung sein Gesicht. »Na, was meinst du jetzt zu diesem jungen Mann? Geht die Sache in Ordnung?«

»Ach, ich denke, wir können das fürs erste einmal abwarten.« Der Sheriff stand vom Tisch auf und stopfte sein Khakihemd in die Hose. Er nahm seinen breitkrempigen Hut vom Stuhl. »Die Gemeinde hat im Augenblick Ausgaben genug. Und es wär Blödsinn, den Jungen abzuschieben, solange wir nicht mehr darüber wissen, wo er herkommt. Ich werd' mit dem Richter reden, damit der Junge bei euch in Pflege bleiben kann, bis wir mehr hören.«

Er zog sich den Hut über den kahlen Kopf, als wäre er eine Stehlampe, die ihren Schirm aufsetzt. Robert fand, er sähe mit dem Hut besser aus, vielleicht mehr wie ein Texasrancher.

»Und wer weiß, wann das passieren wird?« meinte er lächelnd.

Nachdem der Sheriff die schmale, von Hecken gesäumte Straße hinuntergefahren war, fühlte sich Robert wieder wohler. Er war sich nicht sicher gewesen, was der Sheriff mit ihm anstellen würde.

»Ihr gebt mich doch nicht fort?« fragte er und blickte zuerst zu Tante Cat auf und dann zu Martin.

»Du bist unser kleiner Robert«, sagte die Frau lächelnd. »Martin und ich geben dich bestimmt nicht fort.«

»Es wäre natürlich ganz schön, wenn wir wüßten, woher du gekommen bist«, meinte Martin. »Aber wenn du eine Gedächtnisstörung hast, ist das schließlich nicht deine Schuld.«

»Heißt das – heißt das, daß ich mich nicht mehr erinnern kann?«

»Ja, ganz recht. Aber sicher wird dir eines Tages alles wieder einfallen«, erklärte Martin.

Robert hatte den Eindruck, daß er die Stirn runzelte, aber es war schwer zu erkennen. Sein braunes Gesicht war von so vielen Falten und Furchen durchzogen. Doch wenn er lächelte, sah man das immer gleich.

»Wenn mir alles einfällt und ich keine Gedächtnisstörung mehr habe, muß ich dann mit dem Sheriff weggehen?«

Die beiden Erwachsenen sahen einander an.

»Ja, aber wenn du dich wieder erinnerst«, meinte Tante Cat, »dann willst du vielleicht wieder nach Hause, wo deine Familie ist.«

»Ich glaub, ich behalt die Gedächtnisstörung noch eine Weile«, erklärte Robert und rutschte vom Stuhl. »Darf ich jetzt rausgehen und mit Biff spielen?«

Martin pflegte Robert auf dem Hof herumzutragen, um ihm die Scheunen zu zeigen, die Kornkrippen, die Hühnerställe und die Brutkästen, die Melkerei und den Werkzeugschuppen; und dabei redete und erklärte er in leisen Murmeltönen, als wäre das alles ein Geheimnis zwischen ihm und Robert, und als würde all dies eines Tages dem kleinen Jungen gehören. Robert liebte es, auf dem kräftigen Arm dahinzureiten, der ihn hielt, als wäre er ein Falke, der zum Flug abgerichtet wird. Mit seinem kleinen Stimmchen überschrie er das Rattern des Traktors, als sie das neue Maisfeld pflügten, und stellte immer neue Fragen, denn sein Geist war leer und bereit, die ganze Welt aufzunehmen. Der Bauer kniff dann blinzelnd die Augen zusammen, so daß sie beinahe im Netzwerk der Falten verschwanden, und lachte über all die Fragen und beantwortete sie alle.

Am frühen Morgen pflegte Robert mit einem kleinen Eimer, den der Bauer irgendwo noch gefunden hatte, zum Melken in den Stall zu gehen und versuchte sich selbst in dieser Kunst. Er bearbeitete dann die hinteren Zitzen, während der alte Bauer, auf seinem einbeinigen Melkschemel schräg nach vorn gekippt, den grauen Kopf an der Flanke der Kuh, in rhythmischer Bewegung die vorderen Zitzen zog und die großen Eimer mit schäumender warmer Milch füllte, nach der schreiend die Katzen gierten. Und manchmal hockte auch eine Katze geduldig hinter dem hin und her schwingenden Schwanz der Kuh, bis Martin plötzlich eine Zitze schwenkte und der Katze einen langen Strahl schäumender Milch direkt ins Maul spritzte. Dann sprang die Katze auf, ließ es sich gefallen, daß die Milch in ihre Augen und Ohren, auf Schnurrbart und Brust troff, nur, um etwas davon auf ihre Zunge zu bekommen.

Und Robert hüpfte auf und nieder und lachte, bis ihm die Tränen kamen vor Wonne über die Katzen, die von weißer Milch tropften, und über den ebenfalls leise lachenden Martin, der weiter an die rote Flanke der Kuh gelehnt blieb, die gerade so eingebuchtet war, daß sein Kopf genau hineinpaßte, während er molk. Alles, dachte Robert, paßte genau zusammen; die Nester hatten gerade die richtige Größe für die Küken, die Kühe paßten genau in ihre Boxen und wenn sie auf die Weide trotteten, dann in einer langen Reihe, die genau mit dem Trampelpfad übereinstimmte, den sie ausgetreten hatten. Alles schien Robert genau so zu sein, wie es sein mußte, selbst die Gerüche nach Mist und Schafkot und Fliegengift; all die scharfen Gerüche des Bauernhofs schienen genau hierher zu gehören, in die weißgetünchten Scheunen und Stallungen, die sich so sauber und adrett um den großen Hof mit seinem hartgetrampelten Boden aus nackter Erde gruppierten.

Eines Morgens, als Robert spät in seinem Nachthemd herunterkam, sträubten sich ihm die Haare, und ich hätte beinahe die Gestalt gewechselt: Aus dem Wohnzimmer kamen neue Stimmen. Dazu ein seltsames, rhythmisches Gefolge von Tönen, das die Stimmen begleitete. Ich hatte nie zuvor Musik gehört, so wenig wie Robert, aber bis dahin hatte ich mich auch wenig um das Tun und Treiben der Menschen gekümmert. Mehrere Stimmen kletterten zu hohen Tönen hinauf, dann wieder herunter, wobei sie gleichzeitig zu lachen und zu schreien schienen. Die Wörter, die sie gemeinsam sprachen, klangen lallend und gedehnt. Schrilles Gekratze und Gepfeife begleitete die Stimmen wie im Gleichschritt. »Wir freuen uns, euch zu sehen!« schrien sie, und dann brach die Musik ab, und jemand, der so sprach, als hätte er plötzlich entdeckt, daß Frühling ist, rief: »Willkommen zum Frühstücksklub!« Darauf gab es lautes wirres Gelächter und Hurrageschrei. Robert war entsetzt, daß sich das alles im Wohnzimmer abspielte, und präsentierte sich Tante Cat, die in der Küche ganz gelassen einen Brotteig knetete, mit unverhohlen verschrecktem Gesicht.

»Guten Morgen, mein Kleiner«, sagte sie. Ihre Arme waren bis zu den Ellbogen weiß vom Mehl. »Ja, was ist denn, Robert? Stimmt etwas nicht?« fragte sie, als sie sein bestürztes Gesicht sah.

»Da ist jemand drin«, antwortete Robert und sah zum Wohnzimmer hinüber, wo die Stimmen gerade ihre Absicht kundtaten, um den Frühstückstisch herumzumarschieren. Die Stimmen klangen dumpf, so, als sprächen sie durch einen schmalen Spalt.

Tante Cat blickte eine ganze Weile stumm auf ihn hinunter, während sie sich geistesabwesend das Mehl von den Armen wischte. Dann fing sie an zu lachen und nahm ihn hoch, ohne darauf zu achten, daß sein ganzes Nachthemd voll Mehl wurde. Sie trug ihn ins Wohnzimmer.

»Schau, Robert. Schau dir das an. Es ist keine Menschenseele hier. Siehst du es?«

Robert sah sich um. Das Wohnzimmer war leer bis auf das alte Klavier, das gepolsterte Sofa und die Sessel und die gewohnten Nippessachen. Die Stimmen kamen aus einem Kasten, der oben gewölbt war wie ein Torbogen und auf den ersten Blick aussah wie eine Stuhllehne.

»Das ist das Radio, Robert«, erklärte Tante Cat und ließ ihn auf ihrem Arm auf und nieder hopsen, als würde solche Bewegung dazu beitragen, dieses neue Wissen in seinem Kopf zu verankern. »Hast du denn noch nie zuvor ein Radio gehört? Du lieber Gott, Kind, wo bist du nur gewesen? Ich dachte, heutzutage hören alle kleinen Jungen Jack Armstrong und Dick Tracy.«

Robert war in der Tat ein paar Tage lang so hingerissen von dem Radio, daß man ihn zu den Mahlzeiten mit Gewalt wegreißen mußte. Ich war gleichermaßen gefangen von der Musik und häufig unzufrieden mit Roberts Programmwahl, der eine Schwäche für Buck Rogers und ähnliches hatte, während ich auf der Skala lieber nach Benay Venuto oder den Merry Macs gesucht hätte. Wenn sie nach dem Abendessen im Wohnzimmer saßen, pflegte Martin sich Boak Carter und die Nachrichten anzuhören, und Tante Cat schaltete »One Man's Familiy« oder »Easy Aces« ein.

Der Konflikt zwischen Roberts Verlangen nach Abenteuergeschichten und meiner eigenen tiefen Neugier für die Musik endete schließlich in einem Stillhalteabkommen. Es war eines der wenigen Male, wo ich mich in sein Leben einmischte. Von nun an wechselten wir ab, jeder durfte einmal das hören, was er wollte.

Den Nordmeyers mußte es scheinen, als hätte der kleine Junge neben seiner offenkundigen Leidenschaft für geheimnisvolle und abenteuerliche Geschichten ein merkwürdiges Bedürfnis, sich beinahe jede Art von Musik anzuhören. Das Ohr an den gotisch geschwungenen Lautsprecher des Philco gepreßt, pflegte er dazuhokken und sich begierig die Hörspiele anzuhören; mit düsterer Miene, beinahe zornig, pflegte er später in einigem Abstand vom Radio in einem Sessel zu sitzen und Guy Lombardo zu lauschen. Erbot sich jedoch jemand, auf einen anderen Sender umzuschalten, so pflegte er heftigst zu protestieren.

Die Musik, die Robert am liebsten hörte, war Martins Mundharmonikaspiel. Wenn der Bauer die alte Hohner aus seiner Hemdtasche zog und »Peanut sat on a Railroad Track« oder »Pop goes the Weasel« spielte, dann strahlte Robert übers ganze Gesicht. Er lernte sogar selbst ein paar Noten spielen, und Martin stellte eine einfache kleine Melodie zusammen, die Robert leicht spielen konnte. Er brauchte nur die Tonleiter abwärts den Atem abwechselnd auszustoßen und einzuziehen. Sie dichteten auch neue Verse für einen gängigen Schlager, und der erste, den sie machten, ging so:

»In einem kleinen Häuselein
sitzt ein winzig Mäuselein,
spielt auf seiner Flöte klein,
daß ihm der Schnurrbart zittert.«

Mit der Zeit kamen über ein Dutzend Verse zusammen, von denen manche völlig unsinnig waren, aber Robert spielte seine kleine Melodie mit Inbrunst, bis Tante Cat sich die Ohren zuhielt und aus dem Zimmer floh. Es schien dies etwas zu sein, was nur Martin und Robert über längere Zeit aushalten konnten.

Eines Abends nach dem Essen saßen Martin und Tante Cat im Eßzimmer und hörten Radio, und beide hatten sie eine hohe braune Flasche vor sich stehen, aus der sie Bier tranken. Sie taten das so selten, daß sowohl Roberts als auch mein Interesse sich regte. Robert erklärte, er wolle auch einen Schluck Bier haben. Tante Cat sagte, das wäre nichts für Kinder, doch Martin meinte, ein kleiner Schluck Bier könnte niemandem schaden.

»Aber nur ein ganz kleines bißchen«, meinte Tante Cat. »Man weiß nie, was für Wirkungen . . .« Der angefangene Satz verlor sich in einem vielsagenden Blick, den ihr Mann mit einem Hochziehen der Augenbrauen und einem Nicken beantwortete, während er Robert ein halbes Glas einschenkte.

Winzige Perlen stiegen in der hellen goldenen Flüssigkeit auf, als Robert einen großen Schluck trank und hinunterwürgte, obwohl sich seine Kehle zuschnürte. Seine Mannesehre zwang ihn, das

Zeug hinunterzuschlucken. Als es in Roberts Magen gelangte, spürte ich es so intensiv, als hätte ich selbst ein Schnitzel grünen Rhabarber geschluckt. Es kommt ganz selten vor, daß ich direkt beteiligt bin, wenn ich meine Gestalt gewechselt habe. Meist bin ich ein losgelöster Beobachter, zum Teil, weil meine mir natürlich zugehörigen Sinne ruhen und ich das Geschehen ziemlich langweilig finde, und zum Teil auch, weil das physische Wesen der Verwandlung solcher Art zu sein schien, daß ich nicht eingreifen konnte, ohne eine Rückverwandlung in meine natürliche Gestalt zu riskieren. Das Bier aber hatte etwas an sich, das für mich völlig neu und erregend war, es rann mir, genau wie Robert, mit einem so lustvollen Prickeln durch die Adern, daß ich beinahe vor den Augen des Bauern und seiner Frau in meine natürliche Gestalt geworfen worden wäre. Offenbar geriet ich ein wenig ins Flimmern, denn ich hörte, wie Tante Cat lachte und sagte: »Schau dir doch an, wie es den armen Kleinen schaudert. Komm, Martin, nimm es ihm weg.«

Ich umklammerte das Glas fester und spülte den Rest des Biers hinunter, ehe der Bauer mir das Glas aus der Hand nehmen konnte.

»Er mußte es einfach haben«, stellte Martin lachend fest und nahm das leere Glas.

Ich hörte die Worte wie aus der Ferne, während sich der Alkohol augenblicklich in mir ausbreitete und ein starkes Gefühl köstlichen Wohlbefindens auslöste. Ich wollte mehr davon. Doch Robert tränten die Augen, und Speichel rann aus seinem Mund. Sein Gesicht wurde weiß, und eine krampfartige Anwandlung pflanzte sich wie eine Welle durch seinen Körper fort. Sie erreichte seinen Magen genau in dem Moment, als Martin dem Jungen sein großes blaues Taschentuch auf den Mund drückte. Als der zweite Anfall kam, hatten Robert und Martin es gemeinsam zum Spültisch in der Küche geschafft, wo Robert das ganze Bier wieder ausspie, das mir solchen Hochgenuß gebracht hatte. Obwohl ihn schon bei dem Gedanken ekelte, auch nur einen weiteren Tropfen Bier zu trinken, stellte Robert später auf mein Drängen fest, daß Martin die braunen Flaschen im Milchhaus verwahrte, hinter den großen Zehn-Gallonen-Milcheimern.

2

Die schmale Sichel des alten Mondes wandert langsam den weiten Himmel hinunter. Es ist warm und angenehm, im Gras hinter dem Milchhaus zu sitzen, wo ich meine dritte Flasche Bier trinke. Sie gehören alle mir, mir allein. Wie in einem Nest liegen die braunen, länglichen, eiähnlichen Flaschen zwischen meinen Schenkeln. Zum Glück bin ich ein langsamer Trinker; zwei Flaschen genügen nämlich, um mein Urteilsvermögen zu lähmen und mich zum albernsten Geschöpf in der gesamten Natur zu machen. Ich lache und wälze mich im nassen Gras, weil es so ein angenehmes Gefühl ist, zu spüren, wie das Blut prickelnd von einer Seite meines alkoholberauschten Körpers zur anderen schießt. Ich rolle mich auf die andere Seite, und es schießt zurück, Gefühlloses beginnt zu prickeln, Prickelndes wird gefühllos. Ich wälze mich und wälze mich und scharre das Gras auf und lache, bis mir der Schaum vor dem Maul steht.

Die Nordmeyers haben zwei Hofhunde; der eine ist eine große Springer-Spanielhündin namens Josie, der andere ein schwachsinniger Schäferhund namens Biff. Josie geht mir aus dem Weg; sobald ich auftauche, kriecht sie unter das Bruthaus. Biff hat sein Leben lang überhaupt nichts gelernt. Er ist so dumm, daß er die Kletten frißt, die er sich aus dem Fell zupft, weil er sich nicht vorstellen kann, daß man mit Sachen, die man im Maul hat, auch etwas anderes tun könnte. Er hört etwas – mich! – hinter dem Milchhaus, und während Josie sich in ihrem Versteck verkriecht, höre ich, wie er sich auf Zehenspitzen heranschleicht, um mich zu erschrecken. Ich liege flach im Gras, alle viere von mir gestreckt wie ein Bärenfell, das Maul weit aufgerissen. Steifbeinig, mit typisch männlichem Imponiergehabe, springt er hinter dem Milchhaus hervor, in der Erwartung, einen Nachbarhund vorzufinden. Er hat wirklich überhaupt keine Nase. Über mein weit aufgerissenes Maul hinweg sehe ich ihn an und bemühe mich, nicht zu lachen.

Biff steht stocksteif da, verblüfft über das Bärenfell auf dem Rasen. Schrittchen um Schrittchen nähert er sich, den Hals weit vorgestreckt, fährt zurück, als er sich einbildet, ein Geräusch zu hören, macht den Hals wieder lang, um meine ausgestreckte Tatze zu beschnüffeln. Ganz plötzlich klappe ich mit lautem Knall mein Maul zu und packe ihn bei der Kehle. Er kann keinen Laut hervorbringen und ringelt sich zusammen wie ein Salamander, in dem Bemühen, sich mir zu entwinden.

»Braver Biff«, sage ich, während ich ihn beim Kragen gepackt halte, ohne ihn allzu sehr zu würgen. »Spielen wir ein bißchen?«

Ich wälze mich auf den Rücken und halte ihn mit allen vier Pfoten gerade so fest, daß er mir nicht entkommen kann. Kaum laß ich seine Kehle los, fängt er an zu quietschen. Ich hab' nie zuvor einen Hund quietschen gehört. Es ist ein interessantes Geräusch. Mit dem Rücken zur Mauer des Milchhauses stell ich ihn auf die Füße. Er steht ganz zusammengekrümmt da, ein buckliger Hund. Sehr komisch. Ich heb die Pfote, um ihm den Kopf zu tätscheln, und er klappt zusammen, als hätte ich ihn geschlagen. Ich geh vorn in die Knie, streck den Hintern in die Luft wie ein Hund, der spielen will. Er bleibt zusammengekauert liegen und starrt mich nur an. Ich spring auf und hüpf um ihn herum wie ein geisteskrankes Riesenkarnickel. Er rollt die Augen und macht ein Gesicht, als wollte er am liebsten in die Betonmauer reinkriechen.

Dann sickert es mir langsam durch mein benebeltes Hirn. Ich möchte wirklich mit ihm spielen, mit einem anderen Geschöpf auf dem Boden herumrollen, ein bißchen schnappen und schlagen, nur so zum Spaß. Ob ich mich wohl in einen Hund verwandeln könnte? Der Gedanke bringt mich etwas durcheinander. Ich lache leise. Biff stöhnt. Die beiden Hunde spielen immer miteinander, rasen wie verrückt im Kreis herum, wälzen sich im Gras, jagen draußen auf der hinteren Weide Humphrey, den Stier, oder zischen zu zweit einem Kaninchen hinterher.

Ich laß mich auf alle viere nieder. »Jetzt paß auf, Biff«, sage ich übermütig. Ich konzentriere mich, soweit das Bier das zuläßt, auf Josie. Josie, denke ich und versuche, mein ganzes Selbst zu einem Punkt zusammenzuziehen. Josie! Es passiert tatsächlich etwas. Biff zuckt zurück und schlägt mit dem Kopf an die Mauer. Ich bin beinahe Josie, aber mein Kopf und meine Vorderpfoten sind noch ich. Muß ja schauderhaft aussehen. Ich versuch es noch einmal. Ich konzentriere mich. Dann die Verwandlung. Diesmal hab' ich's. Ich blick über meine Schulter nach rückwärts; Hund von den Ohren bis zum schwarz gesprenkelten Schwanz. Ich wedle mit dem Schwanz. Biff ist außer sich vor Angst, starrt mit wilden Augen auf meine Füße. Ach, Mist! Ich bin eine große Ausgabe von Josie, aber meine

Beine sind die von Robert, auch die rosigen Zehen fehlen nicht. Als ich die Augen schließe, um mich noch einmal zu konzentrieren, wagt Biff die Flucht und prescht zum Maissilo, wo er ein Versteck hat. Ich folge ihm langsam, nehme wieder meine eigene Gestalt an und spähe hinunter zu dem sabbernden, zitternden Hund, der unter dem Bau kauert.

»Warte doch mal einen Moment«, sag ich zu Biff. »Ich tu das doch nur, damit wir ein bißchen Spaß miteinander haben können.«

Es wird merklich schwieriger, ein Bild festzuhalten. Soviel Konzentration kann ich meinem geschwächten Geist kaum abverlangen. Noch eine Verwandlung gelingt mir. Nein. Wieder falsch. Ich höre, wie Biff noch tiefer unter den Silo kriecht, wobei er sich Kopf und Läufe an den Bodenbalken anstößt. Ich bin an einem Ende Hund, am anderen gar nichts. Ich sehe aus wie eine gräßliche Raupe mit Hundegesicht. Unter dem Silo beginnt Biff zu heulen, als wäre er dem Tode nahe. Vielleicht kann ich überhaupt kein Hund werden. Es ist so ähnlich, wie wenn man einen Ballon zusammendrückt. Ein Teil nimmt zwar die richtige Form an, der andere Teil aber macht sich gewissermaßen selbständig. Ich laß es also bleiben und nehme wieder meine natürliche Gestalt an.

»Kiwitt?«

Blöde neunmalkluge Eule. Ich fange ihre Schwingungen vom untersten Ast des Walnußbaums neben dem Gartenzaun auf. Ich schleiche mich in den Schatten des Zauns, gleite unter ihm hindurch, während die Eule den Kopf dreht und wieder fragt: »Kiwitt?« Da springe ich.

»Jetzt hab' ich dich!« Ich schlage meine Zähne so schnell in den Vogel hinein, daß er nicht mal mehr mit den Augen zwinkern kann. Ich bemerke nicht, daß die Tür auf der Veranda sich einen Spalt öffnet. Die Eule schmeckt nach Maus, und ich spucke sie aus, um meine Schnauze im Gras zu reiben. Donner kracht von der Veranda her, und unmittelbar über meinem Kopf spritzt Baumrinde auseinander.

Eine Flinte!

Tief geduckt und so nüchtern wie ein Wiesel im Hühnerhaus husche ich den Zaun entlang und die Böschung zum Bach hinunter. Verdammt! Immer wenn ich einen Vogel fresse, überrascht mich dieser Bauer. Ich hebe den Kopf ein kleines Stück aus dem Gras und spüre nach dem Mann mit der Flinte. Er steht immer noch hinter der Tür, geschützt durch das Fliegengitter. Ich kann ihn kaum entdecken. Die Tür öffnet sich, und Martin schleicht hinaus in den Schatten neben der Regenzisterne. Im schwachen Mondlicht geht er bis zum Gartentor und ruft Biff und Josie, die sich beide nicht rühren. Er kehrt zur Veranda zurück, und ich höre das metallische Knacken des Riegels am Fliegengitter. Er verschwindet aus meinem Wahrnehmungsbereich.

Was hat er gesehen? Im Geist breite ich sein Blickfeld vor mir aus, von der Hintertür zu der Stelle, wo ich stand, als ich die Eule fressen wollte. Viel konnte er bei dieser Beleuchtung nicht gesehen haben, einen Schatten vielleicht, der auf die Hinterbeine aufgerichtet an einem Baum stand und dann einen Zaun entlanghuschte.

Beinahe hätte ich Robert vergessen. Es kann leicht sein, daß Martin hinaufgeht und in sein Zimmer schaut, ehe er sich wieder zu Bett legt. Ich mache den ersten Schritt die Böschung hinauf, als von der Veranda her ein Geräusch an mein Ohr dringt. Dieser listige Bursche! Er ist immer noch da, unsichtbar und unentdeckbar hinter dem Fliegengitter. Ich erstarre, spanne meinen Gehörsinn bis zum äußersten, während ich mit meinem Raumsinn forschend durch das Fliegengitter dringe. Da ist er, senkt jetzt die Flinte, geht zurück in die Küche. Fort. Nirgends geht ein Licht an. Vielleicht heißt das, daß er doch nicht bei Robert hineinschaut, aber ich lasse es nicht darauf ankommen.

Ich husche die Böschung empor, springe von Schatten zu Schatten hinüber zu dem Pfirsichbaum, der unter Roberts Fenster steht, ziehe mich vorsichtig an den dicken Ästen hoch, bis ich mit den Pfoten das Fensterbrett erreichen kann. Mit einer Tatze schiebe ich das Fenster so heftig hoch, daß es sich oben schräg stellt und verklemmt. Im nächsten Moment höre ich Martins Schritte im Flur, schwinge mich durch das Fenster und lasse mich auf der anderen Seite ins Zimmer fallen. Und im selben Moment verwandle ich mich, so daß es den Anschein hat, als hätte sich Robert eben vom Fenster abgewandt, als Martins stämmiger Schatten unter seiner Tür auftaucht.

»Was war denn, Papa?« Ich gratuliere Robert zu dem »Papa«. Jede Ablenkung hilft, denn ich weiß immer noch nicht, was der Bauer gesehen hat.

»Tut mir leid, daß ich dich geweckt hab', Robert«, sagte der Bauer und ging leise zu dem nackten Jungen, der am offenen Fenster stand. »Du meine Güte, immer ziehst du dein Nachthemd aus. Du holst dir noch mal den Tod. War wahrscheinlich ein streunender Hund, der sich da unten rumgetrieben hat. Ich mußte auf ihn schießen. Das sind schlimme Burschen, weißt du.«

Er trug Robert zum Bett zurück.

»So, und jetzt bleibst du schön unter der Decke. Ich mach dein Fenster zu.«

Vom Bett aus konnte Robert undeutlich Martins breiten Schatten ausmachen, der mit dem Fenster kämpfte. Es saß fest.

»Wie hast du das denn fertiggebracht?«

Er stöhnte und ächzte und riß schließlich mit einem kräftigen Ruck das Schiebefenster ganz aus seinem Rahmen. Das Krachen und Splittern brachte Tante Cat auf die Beine, die, ein langer, schmaler Schatten, ärgerlich ins Zimmer trat, ihren Morgenrock fest um sich ziehend.

»Also wirklich, Martin! Was machst du eigentlich? Erst ballerst du mitten in der Nacht draußen herum und jetzt machst du einen Riesenspektakel. Was soll das eigentlich? Ach, du lieber Gott, schau dir das an! Das ganze Fenster rausgerissen. Das ist ja eine schöne Bescherung.«

Das darauffolgende Hin und Her von Erklärungen und Widerreden reichte völlig aus, Martin von allen Überlegungen darüber, was er gesehen hatte, abzulenken, und so plötzlich und heimlich, wie eine Eule eine Maus schlägt, fiel Robert wieder in tiefen Schlaf.

Jetzt, wo Robert nachts nicht mehr eingesperrt wird, ist's mir ein leichtes, mich davonzumachen. Ich kann draußen auf freiem Feld auf Hasenjagd gehen oder am Bach und an den Hecken reizvollerem Wild auflauern, wie Füchsen, Nerzen oder sogar wilden Hunden.

In einer mondlosen Nacht gegen Ende Mai, als die Setzlinge gerade anfangen, den Feldern ein zahmes, wohlgeordnetes Aussehen zu geben, schlüpfe ich wie üblich hinaus, verstaue Roberts Nachthemd in der Scheune und atme wieder einmal aus tiefstem Herzen auf. Es ist immer eine Erleichterung, nach langer Zeit in fremder Gestalt die eigene wieder anzunehmen. Die Welt rundum wird wieder wirklich, die Geräusche der Nacht gewinnen ihre alte Bedeutung, mein Raumsinn gibt mir Selbstvertrauen, während ich jedes Ding und jede Bewegung in meiner Umgebung wahrnehme, und ich spüre, wie in meine Augen die Sehkraft des Räubers zurückkehrt.

Meine Krallen sind scharf und kräftig, und meine Haut prickelt vor Wonne unter dem dichten Fell. Ich bin schnell und voller Lust, und nichts kann mir im Wege stehen oder meinem Zugriff entkommen. Ich möchte singen oder etwas töten oder einen Fuchs so lange jagen, bis er nicht mehr kann, und ihm dann meine Geheimnisse ins Ohr flüstern, während ich ihn fest an der Kehle halte und in seine hervortretenden roten Augen blicke, um ihn dann wieder auf die Füße zu setzen und in den Schwanz zu kneifen, damit er weiterläuft. Wie vollendet ist die Freiheit des natürlichen Leibes und seiner Wahrnehmungen, das herrliche Spiel seiner Muskeln, die ihm die Ekstase von Bewegung und Geschwindigkeit schenken.

Ich bin einer Füchsin auf der Spur, schleiche durch die Hecken, durchquere zweimal den Bach, bis ich beinahe bei der Eisenbahnbrücke südlich des Ortes bin. Wieder führt die Witterung der Füchsin auf die andere Seite des Bachs hinüber und scheint der Finsternis unter der Brücke zuzustreben. Dann aber wird sie ausgelöscht durch die Ausdünstung von Menschen, von sehr schmutzigen Menschen. Ich kauere im hohen Unkraut am Bach, um das Gelände unter der Wölbung der Brücke zu erkunden. Der Geruch kommt von dort. Menschlicher Kot, alt und neu, Alkohol, Lebensmittel, verdorben und frisch, schmutzige Haut und schmutzige Kleidung. Die kleinen Hügel sind menschliche Gestalten, unter Lumpen zusammengerollt, um sich warmzuhalten. Menschen, die unter der Brücke schlafen. Landstreicher. Sie wandern die Highways und Eisenbahndämme auf und ab und haben keine Bleibe, und keine Möglichkeit, sich Höhlen zu graben, und deshalb schlafen sie an Orten wie diesen. In der Stadt gibt es ein Lager für diese Leute. Ich habe gehört, wie sich der Bauer und seine Frau darüber unterhalten haben. Ich frage mich, warum diese Menschen hier im Schmutz liegen, wo sie doch im Lager Obdach finden könnten. Vielleicht sind es Ausgestoßene.

Vorsichtig und mißtrauisch schleiche ich durch das Gras, den Körper dicht am Boden, verwundert über solchen Dreck. Wie halten sie's nur aus, so dicht an ihrem eigenen Kot zu schlafen? Sogar Hunde . . . Plötzlich jedoch, durch den aufdringlichen Geruch, der sich mir entgegenstellt, daran gehindert, deutliche Wahrnehmungen zu machen, trete ich auf eine menschliche Hand.

»Gott verflucht!«

Ich springe zur Seite und lasse mich, zu Tode erschrocken, ins

Gras fallen. Immer sind es die Menschen, die mich an meine Grenzen erinnern. Immer überraschen sie mich auf überraschende Weise. Ich drücke mich ganz platt auf den Boden und hoffe, der Mensch wird wieder einschlafen, doch er hat sich jetzt auf allen vieren aufgerichtet und tastet im Gras dicht in meiner Nähe herum. Ich muß sehen, daß ich davonkomme, ohne ihm etwas anzutun, und ich kann mich nicht in Roberts Gestalt verwandeln, denn das wäre zu gefährlich für ihn. Die Hand des Mannes trifft mein Fell.

»Was in drei Teufels Namen!«

Ich spüre jede seiner Bewegungen, nehme seinen wandernden Blick in der Dunkelheit wahr. Ich weiß, daß er nicht viel sehen kann, und ich warte auf den Moment, wo er unaufmerksam wird. Der Moment kommt.

»He, ihr da. Da ist irgendwas wie ein –«

In dem Augenblick, wo er leicht den Kopf dreht, um zu den schlafenden Gestalten unter der Brücke hinüberzusehen, springe ich auf und werfe mich, meine Hinterpfoten in den Boden stemmend, gegen seinen Bauch und stoße ihn rückwärts in den Bach. Ich überspringe den Bach, während seine Gestalt unter mir auf das Wasser schlägt, und ich bin schon hundert Meter im hochstehenden Unkraut den Graben neben dem Bahndamm entlanggelaufen, ehe er aus dem Bach herauskrabbeln kann. Ich bleibe ganz still liegen, unterdrücke mein Keuchen und lausche dem Fluchen und Schimpfen des Mannes, als er die anderen unter der Brücke weckt.

Auf der gegenüberliegenden Seite des Bahndamms schleiche ich mich zurück zur anderen Seite des Brückentunnels. Die Gestalten haben sich jetzt aufgesetzt, drei, nein, vier sind es. Zigaretten werden herumgereicht, deren glühende Enden flüchtig die Gesichter erhellen, bärtige Gesichter. Ein alter Mann und drei jüngere sind es, aber alle haben sie die gleichen ausgemergelten, bleichen Gesichter, als stammten sie vom selben kränklichen Wurf.

»So ein Schmarrn«, sagt der Älteste hustend. »Du hast was von Läusen in Pelzmänteln geträumt und bist in den Bach gefallen. Du hast zuviel Wein gesoffen.«

»Das war kein Traum. Kann sein, daß es ein großer Hund war.«

»Ha, du hast bestimmt von der Kleinen geträumt, die uns das Brot gibt«, sagt der magere Jüngere.

»Kein bißchen hab' ich geträumt und besoffen bin ich auch nicht. Ich sag's euch, es war was Lebendiges, vielleicht ein Bär«, erklärt der, den sie Gus nennen. Er ist in einen alten zerfetzten Mantel vermummt und zittert wie verrückt.

Sie lachen alle.

»Ha, ha, Gus ist von einem Bären in den Bach geschubst worden.«

Die Erheiterung hält nicht lange an. Ihre Körper haben einen ranzigen, widerlichen Geruch. Sie sind nicht gesund wie der Bauer und seine Frau. Der Älteste hat eine Krankheit, die seinen Körper verzehrt. Ich rieche sie, aber ich hab' keine Erfahrung mit so etwas, und ich weiß nicht, was es sein könnte. Nach einer Weile legt der Älteste sich wieder nieder, und der kleingewachsene schweigsame Mann streckt sich wieder im Schmutz aus und zieht einen breitkrempigen Hut über seine Augen. Gus und der Magere bleiben sitzen und rauchen eine Zigarette fertig, während sie blind ins schwarze Unkraut hinausstarren, wo ich kauere und zu ihnen zurückblicke.

»Rusty meint, wir sollten morgen nach Chi weiter«, sagt der Magere.

»Ja, glaub ich auch«, sagt der andere. »Aber so schlecht geht das Geschäft hier gar nicht. Man braucht nur ein bißchen auf die Tränendrüsen zu drücken. Gestern hab' ich so 'ner alten Tante vierzig Cents abgeluchst.«

Er zieht an der Zigarette. Sein Gesicht tritt aus dem Schatten heraus. Er hat einen sehr schmalen Kopf, beinahe wie ein Huhn, kaum eine Stirn. Die Augen liegen sehr tief, fast seitlich in seinem Gesicht.

»Tommy!« sagt die Stimme von dem, den sie Rusty nennen, und der sich den Hut übers Gesicht gezogen hat. »Los, mach, daß du hier rüber kommst, ich friere.«

Tommy sagt nichts, steht auf und geht hinüber zu Rusty, um sich dicht neben ihm hinzulegen.

Gus steht ebenfalls auf, den Mantel fest um sich gezogen. Sein Haar berührt beinahe die gewölbte Betondecke. Er ist ein großer, breitschultriger Mann mit einem großen Kopf, aber als er zu seinem Nest im Unkraut zurücktrottet, fallen seine Schultern gekrümmt nach vorn, und er erscheint kleiner.

Auf mich hat diese Begegnung, das Vernehmen ihrer Worte, die Wahrnehmung ihrer schalen Ausdünstung eine seltsame Wirkung. Ich hab' das Gefühl, wenn ich mich jetzt verwandelte, würde ich nicht Robert werden, sondern ein anderer. Es ist ein beunruhigendes Gefühl, und ich wende mich schließlich von dem kleinen Lager unter der Eisenbahnbrücke ab und laufe zum Gehöft zurück, ohne noch irgend etwas zu sagen.

Am folgenden Tag kam Tante Cats älteste Tochter auf den Hof und brachte ihr kleines Mädchen mit, Anne, die etwas älter war als Robert. Die Mutter wurde Vaire gerufen, aber das war nicht ihr richtiger Name. Anne war einen halben Kopf größer als Robert, hatte das goldblonde Haar und die blauen Augen ihrer Mutter, doch ihr Haar war lang und umrahmte ihr Gesicht in dichten Locken, die aussahen wie goldene Korkenzieher. Nachdem die beiden Kinder miteinander bekanntgemacht worden waren und Erlaubnis erhalten hatten, nach draußen zu gehen und zu spielen, trotteten sie zum Sandkasten neben dem Gartenzaun. Anne pflanzte sich, die Hände in die Hüften gestemmt, mitten im Sand auf. Sie trug ein schwingendes rosafarbenes Kleid und darüber eine weiße Schürze.

»Großpapa Nordmeyer hat den Sandkasten für mich gemacht«, verkündete sie.

»Er hat gesagt, daß ich auch darin spielen darf«, versetzte Robert, dicht am Rand des Kastens stehend.

»Aber meine Förmchen kriegst du nicht«, erklärte Anne und sammelte ein halbes Dutzend kleiner Formen auf, die Robert im Sand gefunden hatte.

»Ich wußte nicht, daß sie dir gehören«, sagte Robert, während er zusah, wie sie die Förmchen in die Taschen ihrer Schürze stopfte. Sie klirrten bei jedem ihrer Schritte. »Gehören die Autos auch dir?« fragte er.

Stumm sah er zu, wie sie versuchte, auch die kleinen Autos in ihre Taschen zu stopfen. Schließlich gab sie sich damit zufrieden, die Wagen an einer Wand des Sandkastens aufzustapeln und im Sand einen Halbkreis um sie herumzuziehen.

»So«, sagte sie. »Die gehören mir. Rühr sie ja nicht an.«

Als Robert gegen diese besitzsichernden Maßnahmen keinerlei Einwände erhob, wurde Anne etwas freundlicher.

»Wie alt bist du?« fragte sie, während sie die Förmchen aus ihren Taschen nahm und sie hinter der Linie neben den Autos aufbaute.

»Ich weiß nicht«, antwortete Robert, und dann überlegte er sich, daß es vielleicht besser war, das Alter anzugeben, das Tante Cat für das richtige hielt. »Fünf, glaube ich.«

»Ach, du bist ja noch ein kleines Baby«, erklärte sie. »Ich werd' im Juni sechs, und wenn die Schule anfängt, komm ich in die erste Klasse.« Sie stieg aus dem Sandkasten und marschierte großspurig zum Gartentor hinüber, kletterte hinauf und schwang darauf hin und her, so daß das Eisengewicht an der Feder quietschend auf und nieder ging. »Und ich kann schon lesen«, fügte sie hinzu.

»Wie geht lesen?« erkundigte sich Robert. Das war etwas, was er wirklich wissen wollte. Dann würde er alle Abenteuer in den Gute-Nacht-Geschichten-Büchern lesen können.

»Es ist ganz schön schwer«, behauptete sie und sprang vom Tor, so daß es krachend zuschlug. »Aber ich zeig's dir.«

Mit gezierten kleinen Schritten ging sie zum Wagen ihrer Mutter. Robert folgte ihr in der Erwartung, daß er in den nächsten paar Minuten das Lesen lernen würde. Er spannte seine Muskeln und ballte die Hände zu Fäusten. Auch wenn es schwer war, würde er es schaffen. Anne öffnete die Wagentür und holte aus der Seitentasche an der Tür ein dünnes Buch.

»Schau, hier«, sagte sie und legte das Buch ins Gras unter dem Fliederbusch. »Siehst du die Geschichte da?«

Sie schlug das Buch auf der ersten Seite auf, wo das Bild eines schwarzen Hundes und zweier Kinder zu sehen war, eines Jungen und eines Mädchens, die unnatürlich sauber und adrett und entsetzlich vergnügt aussahen. Unter jedem Bild waren ein paar schwarze Zeichen. Anne legte ihren Finger auf die erste Zeile der Zeichen.

»Da steht der Name von dem Hund. Er heißt Strolch.«

Robert blickte auf die schwarzen Zeichen und wurde ein wenig zuversichtlicher. So schwierig schien es gar nicht zu sein.

»Und hier steht«, fuhr Anne fort, während sie ihr Gesicht krauste. »Hier steht, äh, ›Schau wie Strolch läuft‹.«

Ihr Gesicht entspannte sich in einem Lächeln.

Robert starrte auf die Zeichen. Er war verdattert.

»Welche Zeichen sagen das?«

Anne deutete auf die erste Zeile.

Robert sah genauer hin, versuchte, sein Gesicht zusammenzuziehen und aus zusammengekniffenen Augen auf das Papier zu blikken. Aber in seinem Kopf geschah gar nichts.

»Lies mir doch bitte noch was vor.«

»Gut. Hier, auf dieser Seite, steht « – Wieder verzog sich ihr Gesicht zu einer komischen Grimasse – »›Lauf, Strolch, lauf.‹«

»Das ist aber komisch«, stellte Robert fest. »Ist denn jemand hinter dem Hund her?«

Anne machte ein verständnisloses Gesicht.

»Kein Mensch ist hinter dem Hund her. Was soll das überhaupt heißen? Der Junge da sagt seinem Hund, daß er laufen soll.«

»Aber man braucht doch einem Hund nicht zu sagen, daß er laufen soll, wenn's gar nicht nötig ist«, wandte Robert ein, während er versuchte, diese merkwürdige, sinnlose Geschichte zu begreifen.

Anne beschloß, seine Kommentare zu ignorieren.

»Hier steht, ›Schau, schau, Jane‹.«

Robert blickte Anne voller Hochachtung an.

»Wer ist Jane?«

»Das Mädchen. Du meine Güte, ich wette, du kommst nie in die Schule.«

»Doch, ganz bestimmt«, versetzte Robert.

Er blickte auf die Zeichen und dann auf die Bilder. Er hätte aus den Bildern eine Geschichte machen können, aber er hätte nicht die richtigen Namen gewußt. Es wäre also kein Lesen gewesen. Er stand aus dem Gras auf und ging um den Wagen herum. Das Lesen war doch wirklich schwer und gar nicht so, wie er es sich vorgestellt hatte.

»Was steht da vorn auf eurem Auto, Anne?« fragte Robert und deutete auf ein paar Buchstaben auf einem Metallschildchen, das zwischen den Scheinwerfern angebracht war. Anne lief um den Wagen herum.

»Das ist – äh – warte mal. Das ist ein B, und das da ist ein U.« Ihr Gesicht hellte sich auf. »Ach, da steht nur Buick, unser Auto ist nämlich ein Buick.«

Robert war Feuer und Flamme. Er wollte unbedingt lesen lernen, und auch ich hörte aufmerksam zu, fasziniert von den Zeichen, die im Gehirn zu Lauten wurden.

Nachdem sie zum Mittagessen ein Schinkenbrot und einen Teller Hühnersuppe gegessen hatten, gingen Anne und Tante Cat hinaus, um in den Erdbeeren das Unkraut zu jäten. Robert blieb am Tisch sitzen und betrachtete Annes Mutter. Er hatte nicht viel von der Welt gesehen, aber er erkannte, daß Vaire schön war. Es war das einzige, was er denken konnte. Er beobachtete ihre Lippen, wenn sie sprach, ihre Augen, wenn sie still war, jede ihrer Bewegungen, während sie zwischen Eßzimmer und Küche hin und her ging.

Ihr Gesicht war runder als Tante Cats, aber sie besaß das gleiche warme Lächeln. Ihr Körper war schlank, an den Hüften etwas ausladender als die Mode erlaubte. Sie trug schmale Röcke in leuchtenden Farben, und Robert meinte, er hätte nie zuvor etwas so Wunderbares gesehen wie die Biegsamkeit ihrer Taille, wenn sie beispielsweise einen Teller in den Spülstein stellte, oder die anmutige Haltung ihrer Schultern, als sie sich auf ein Knie hinunterließ, um Anne den Milchbart abzuwischen. Ihre Lippen waren voll wie die ihrer Tochter, an den Winkeln leicht nach oben gezogen, und wenn sie lächelte, hatte sie Grübchen. Sie schien Robert glücklicher zu sein als jeder andere Mensch, dem er je begegnet war. Immer summte sie fröhlich vor sich hin, während sie ihrer Mutter im Haus half.

Jedesmal, wenn sie die Arme ausstreckte, um einen Teller zu nehmen oder nach dem Besteck zu greifen, sah er ihre schönen schlanken Finger, die sich bewegten, als spielten sie auf unsichtbaren Saiten, und dabei harmonische Klänge erzeugten, die allen außer dem schmalgesichtigen kleinen Jungen verborgen blieben. Einmal blickte sie auf und begegnete seinem Blick. Ihre großen blauen Augen waren wie gefangen von seiner unverschleierten Bewunderung. Er konnte die Augen nicht abwenden. Er hatte das Gefühl, als würde ihm der Magen ganz eng zusammengezogen, während er sie lange unverwandt ansah, bis sie schließlich ihre Augen zusammenkniff, wie ihr Vater das zu tun pflegte, und lachte.

»Robert, warum siehst du mich so an? Hast du Angst, ich fliege fort?«

Robert konnte ihr nicht erklären, warum er sie ständig beobachtete, aber er wußte, daß er am liebsten niemals aufhören würde, sie anzusehen. Jede goldblonde Welle ihres Haares wollte er sich einprägen, jede Kontur ihres Gesichts, den Schwung ihres Kinns, das Rot ihrer Lippen, jeden Ton ihrer Stimme. Sie kam zu ihm an den Stuhl.

»Walter und Anne und ich holen dich morgen früh zur Kirche ab, Robert. Wußtest du das schon?«

»Nein. Ich bin noch nie in der Kirche gewesen«, antwortete er schwach, während er den Duft ihres Haares und ihrer Haut einsog.

»Haben dich denn deine Mutter oder dein Vater nie mitgenommen? Dort wird einem von Gott erzählt.« Sie setzte sich zu ihm an den Tisch.

»Ich weiß nicht, was Gott ist«, sagte Robert, der seine Gedanken noch immer nicht sammeln konnte.

Jetzt blickte er auf ihre Brüste, die sich bewegten, während sie atmete, sah zu, wie der Knopf ihrer Bluse am Hals mit jedem Atemzug erst enger wurde und sich dann wieder lockerte. Es war ein warmer Tag, und ein feiner Hauch von Schweiß machte die Haut der Frau leuchten, als strahle sie ein eigenes Licht aus.

Vaire wurde sich plötzlich der Beobachtung des kleinen Jungen bewußt. Sie errötete leicht, fühlte sich erheitert und schuldbewußt zugleich, so als wäre sie dabei ertappt worden, wie sie sich einen zweideutigen Scherz angehört hatte. Sie lachte wieder.

»Komm, Robert, wir wollen doch mal sehen, was Anne und Tante Cat draußen auf den Erdbeerbeeten machen.«

An diesem Abend badeten Tante Cat und Martin und Robert in der Küche. Das Wasser wurde stundenlang in dem großen Kupferkessel auf dem Ofen erhitzt, bis es kochte, und dann hievte Martin ihn vom Herd, mit den dicken Handschuhen, die er bei der Maisernte immer anhatte, weil der Griff so heiß war, und goß einen glitzernden, dampfenden Wasserstrahl in den Waschzuber, der auf dem großen geflochtenen Teppich in der Mitte des Linoleums stand. Das kochende Wasser wurde mit kaltem Wasser aus der Pumpe abgekühlt, und Tante Cat schrubbte Robert vom Kopf bis zu den Zehenspitzen mit einem Stück durchsichtiger Seife, das nach zerdrückten Apfelblüten roch.

»Geht ihr morgen auch zur Kirche, du und Martin?« fragte Robert, als Tante Cat erst den einen und dann den anderen Fuß mit einer kleinen Bürste bearbeitete.

»Nein, Robert. Wir gehen nicht mehr oft zur Kirche. Deine Freundin Vaire und ihr Mann und Anne nehmen dich mit in die baptistische Kirche.«

Robert wußte nicht, was das Wort »Freundin« in Zusammenhang mit Vaire zu sagen hatte, und er spürte, daß der Nachdruck auf dem Wort »baptistisch« ungewöhnlich war, als gäbe es noch eine andere Kirche, die vorzuziehen gewesen wäre.

»Geht man nur einmal in die Kirche, um sich von Gott erzählen zu lassen?«

»Nein. Die Leute gehen immer wieder hin, weil sie sich gern von Gott erzählen lassen und weil es ihnen gut tut.«

Gott interessierte Robert im Grunde nicht sonderlich, sondern vielmehr die Tatsache, daß er mit Vaire zusammen sein würde. Darauf freute er sich, als er sauber und warm unter seiner Decke einschlief.

Da war ein Geräusch gewesen. Ich verwandle mich, um es hören zu können. Umrissen von den Geräuschen der Nacht und mit dem Gefühl von Räumen und Begrenzungen, das sich mir immer vermittelt, wenn ich mich im Inneren eines Gebäudes befinde, nimmt das Haus Gestalt an. Die Geräusche sind merkwürdig, sie kommen aus dem Zimmer, wo der Bauer und seine Frau schlafen. Ich schlüpfe aus dem Bett und schleiche den Flur hinunter zu ihrer Tür. Sie ist geschlossen, abgesperrt, gibt meinen vorsichtigen, behutsamen Pfoten nicht nach. Geräusche, wie wenn weicher Stoff über weiche Haut gezogen wird, freudige Laute von zwei Menschen, Stöhnen und leise Lächellaute, die nicht Gelächter sind, sondern die wonnevollen tierhaften Laute der Lust, die zwei Geschöpfe von sich geben, die glücklich miteinander sind. Und wieder feine streichelnde Geräusche, leicht wie eine Hand auf dem Haar, auf der Brust, auf der Haut des Rückens.

Ich versuche, durch die Spalten rund um die Tür zu spähen, durch das Loch, in dem der eiserne Schlüssel steckt. Mein Raumsinn kann die Tür nicht durchdringen. Das Bett knarrt jetzt mit rhythmischer Bewegung. Ich hocke mich nieder und neige den Kopf, während ich zu erspüren suche, was die beiden Menschen tun. Sie sind nackt im dunklen Zimmer, streicheln einander, drükken ihre Körper aneinander, während sie leise Worte murmeln, die wie leises Seufzen klingen. Sie wälzen sich? Springen? Auf dem Bett, so daß es unaufhörlich knarrt. Sie atmen, als liefen sie, so schnell sie können. Ihre Atemzüge vermischen sich, lösen sich voneinander, vermischen sich wieder, während sie immer schneller keuchen. Worte: »Oh, Martin!« »Cat, ich liebe dich, ich liebe dich.« Sie sagen die Worte immer wieder, wie eine Zauberformel. Dann hören sie auf.

Ich warte. Ihre Atemzüge werden langsamer, aber sie rühren sich nicht. Ich spüre den ganzen Rücken hinunter ein Prickeln der Gereiztheit. Robert möchte hier sein. Ich fühle mich leer und betrogen, wie ich da im dunklen Flur eines Hauses hocke und zwei Menschen lausche, die sich irgendwie gegenseitig glücklich machen. Robert möchte heraus, aber ich bin gereizt und ungeduldig, als wäre ich an einen Pfosten gekettet, während ein fremder Hund meine Beute verschlingt. So lautlos wie Rauch schleiche ich mich durch den dunklen Flur zur Treppe, steige sachte hinunter. Ich bin verwirrt.

Die nackte Porzellanstatue steht in der Mitte des Eichentischs. Der Mond überflutet sie mit einem milden Licht, so daß sie weich und lebendig scheint. Aber ich weiß von Robert, der sie insgeheim berührt hat, daß sie kalt und hart ist. Die Frau des Bauern hat die Blumen aus der Schale genommen, in der die Statue stand, und die Figur hier auf den Tisch gestellt, als wollte sie, daß ich sie sehe, wenn ich mich des Nachts hinausschleiche.

Robert nennt sie die Wäschefrau. Er fragte Martin eines Tages, warum denn die Frau da auf einem Bein stünde und das Tuch in einem großen Bogen gespannt hielte, von ihrem erhobenen Fuß bis über ihren Kopf. Martin sagte, sie wäre gerade dabei, ihre Wäsche zu waschen, und Tante Cat lachte. Die Statuette ist dick glasiert, ihre Brüste sind nur kleine Hügel unter der glänzenden Schicht, doch Anmut liegt im Schwung ihrer Hüften, und die schlanken Beine sind grazil wie die einer Gazelle.

Ich beuge mich über den Tisch, um die Figur zu beschnüffeln. Robert möchte sie berühren, möchte an die beiden Menschen oben im dunklen Schlafzimmer denken und die Laute ihres Glücks. Die Figur riecht stark nach kalter Kompaktheit wie der Türknauf, aber ihr fehlt der Hauch schweißnasser Hände, der dem Türknauf immer anhaftet. Um den Sockel der Statuette schwebt noch der Duft welkender Blumen, ein Duft von süßem Verfall. Ich berühre die Figur ganz sachte mit der Seite meiner Schnauze und liebkose ihre Kühle. Mehr ist da nicht. Doch Robert interessiert sich für die Statuette, weil es eine Frauengestalt ist. Sie hat einen eigenen Zauber für den kleinen Jungen. Ich bin neugierig, aber ich kann sie nicht richtig berühren. Ich verwandle mich.

Robert kletterte auf einen Stuhl und von dort aus vorsichtig auf den Tisch und setzte sich im leuchtenden weichen Mondlicht mitten auf die polierte Eichenplatte neben die Waschfrau in ihrer Blumenschale. Er umschloß sie mit einem Finger und dem Daumen und strich ihr über den Pagenkopf, der wie jener Vaires war, abwärts über die glasglatten Hügel ihrer Brüste, folgte mit den Fingern dem sanften Schwung ihres Rückens und der leichten Ausbuchtung ihres Bauches, dem der Nabel fehlte, ließ seine Finger weitergleiten über die Zwillingshügel des Gesäßes, das kaum angedeutete Dreieck der Pubis, die langen Gazellenbeine. Mit einem Finger streichelte er den schlanken weißen Arm, der das Tuch hielt, das sich von ihren Füßen wie eine erstarrte weiße Woge in einem Bogen über ihrem Kopf emporschwang. Es erinnerte ihn an die Sichel des zunehmenden Mondes, die er in der vergangenen Woche gesehen hatte.

Er war sehr behutsam, sehr vorsichtig, denn er wußte, daß die Figur zerbrechen würde, wenn sie kippte, und Tante Cat hatte ihn ermahnt, sie niemals zu berühren. Und was tat er statt dessen? Saß splitterfasernackt mitten auf dem Tisch und streichelte die Porzellanfigur im weißen Schein des Mondlichts, das durch das Südfenster fiel. In einem langen, schrägen Strahl zog es sich wie eine Rutschbahn vom Mond durch die klare, milchig erleuchtete Nacht, durchdrang die ganze Luft über der Welt, um durch das Glas des hohen Fensters hereinzuströmen und den nackten Jungen zu umspielen, der auf dem dunkel glänzenden Eichentisch saß und in den mageren Händen die weiße Porzellanstatuette einer nackten Frau hielt, von deren Füßen bis zu ihrem Kopf sich ein Bogen spannte, der ihn an die Sichel des Mondes erinnerte. Es war, als stünde sie auf der dunklen Seite des neuen Mondes, als wäre sie die Mondfee, die Frau im Mond.

Robert drückte die Statuette an seine Wange, ließ das kühle Porzellan über seine Lippen gleiten, über seine Augenlider, führte die kalte Porzellanhand zu den empfindsamen Stellen um seine Augen. Er sah durch das Fenster direkt auf das schiefe Antlitz des Mondes. Zwischen dem Arm der Statuette und dem Halbmond, den sie hielt, hindurch, blickte sein Auge in das narbige Antlitz des Mondes, das entstellte und boshaft grinsende Gesicht des Mannes im Mond. Er fröstelte, und die Angst davor, daß er die Figur fallen lassen könnte, überkam ihn, so daß seine Hände zitterten, als er sie wieder in ihre Schale stellte, sie vorsichtig auf den runden Sockel setzte. Als er seine Hand wegzog, neigte sie sich gefährlich nach vorn – sein Herz setzte einen Schlag aus –, doch seine Hände flogen nicht vorwärts, sie aufzufangen, sondern flohen voller Schreck und Entsetzen. Und das war gut so; seine ängstlichen Finger hätten die Figur in ihrem Bemühen, sie zu halten, zweifellos umgestoßen. So schwankte sie nur einmal und kam dann mit einem leichten Zittern zum Stehen, aufrecht, unversehrt, kühl und weiß in der Flut des Mondlichts.

Später schnappe ich mir in einem dunklen Dreieck von Schatten hinter dem Misthaufen zwei Ratten und beiß ihnen die Köpfe ab, obwohl ich gar nicht gerne Ratten fresse. Es ist eine seltsame Nacht, voll von Unrast und einer merkwürdigen Schwermut, und am Bachufer summt es von befremdlichen Geräuschen, die ich nicht begreifen kann. Bisamratten zu jagen, habe ich keine Lust, Wiesel kann ich nicht entdecken, eine dumme Fasanenhenne entwischt mir. Im kühlen Tau der Morgendämmerung schleiche ich mich zum Haus zurück. Robert schläft, bis sie ihn zum Kirchgang wecken.

Anne und Robert durften im Betstuhl stehen bleiben, damit sie sehen konnten, wann die Leute aufstanden, um zu singen. Anne kannte eines der Lieder, aber Robert kannte natürlich keines, deshalb versuchte er nur, mit la-la-la-la der Melodie zu folgen, während alle anderen sangen. Walter, Vaires Mann, fand das ganz in Ordnung und blickte lächelnd zu ihm hinunter.

Walter war ein rotgesichtiger junger Mann mit welligem blonden Haar, der sich kleinen Jungen gegenüber gern rauh, aber herzlich gab. Während der ganzen Fahrt zur Kirche hatte er sich mit Robert unterhalten, da die beiden Männer vorn gesessen hatten, während Vaire und Anne hinten saßen. Er erzählte von der Schule und von seiner Arbeit, lauter Dinge, die Robert nicht interessierten, weil er von hinten Vaires Duft riechen konnte und immer nur den Wunsch hatte, sich umzudrehen und sie anzusehen.

Die Geschichten, die in der Kirche von Gott erzählt wurden, waren ganz anders, als Robert es sich vorgestellt hatte.

»Gibt es eine Hölle?« begann der Geistliche. »Meine Freunde, ich weiß, Sie werden sich über eine solche Frage vielleicht wundern. Aber erst heute wieder habe ich Leute gehört, die diese Frage stellten, zwei junge Leute, Anhänger der falschen Götter der Wissenschaft und des allmächtigen Dollars, Anhänger des falschen Glaubens, daß nichts zählt, als das eigene Wohlleben.«

Der Geistliche schien sehr alt zu sein. Er war der älteste Mann, den Robert bisher zu Gesicht bekommen hatte. Er hatte beinahe überhaupt kein Haar mehr und viele große Sommersprossen auf Kopf und Gesicht, und unter dem Kinn einen schwammigen, faltigen Lappen wie die Truthähne auf Martins Hof. Die ganze Zeit, während er von Gott erzählte, schien er sehr schlecht gelaunt zu sein, und eigentlich erzählte er überhaupt nicht von Gott.

»Man fragt mich in meiner Eigenschaft als Verbreiter von Gottes Wort, ob ich *glaube*, daß es so etwas wie die Hölle gibt!« Seine Stimme, die bei dem letzten Wort schrill in die Höhe gestiegen war, brach. »Ob ich *glaube*, daß es eine Hölle gibt! Meine Freunde, als hätte ich je das Recht gehabt, über eine solche Frage Mutmaßungen anzustellen, wenn ich *weiß*, daß es eine Hölle gibt, weil die Heilige Schrift es uns sagt.«

Nachdem er sich bei jedem seiner Worte weiter von der Kanzel gebeugt hatte, seinen Zuhörern zu, trat er jetzt abrupt zurück, bis Robert nur noch den oberen Teil seines Kopfes sehen konnte, der wie ein überreifer Kürbis auf dem Rand der Kanzel zu thronen schien. Dann tauchte sein Gesicht wieder auf.

»Man fragt mich, ob ich an die Hölle glauben kann, wo Gott doch die Liebe ist. Ob ich mir vorstellen kann, daß Gott auch nur einen Menschen dazu verdammen würde, im ewigen Feuer zu brennen. Ob es einen Gott geben kann, der erlaubt, daß seine Kinder auf ewig Schmerz leiden? Und ich sage darauf, ja! ja! Denn Gott ist ein Gott der Liebe. Er ist ein Gott des grenzenlosen Erbarmens, und er läßt nicht zu, daß seine strauchelnden Kinder die unschuldigen Opfer des Satans werden, des Bösen! Er hat uns allen gesagt, daß es eine Hölle gibt. Er hat uns gesagt, daß wir ihm gehorchen müssen, daß wir ihn als den Quell immerwährenden Lebens verehren müssen. Wenn wir das nicht tun, wenn wir immer wieder gegen seine Gebote verstoßen, wenn wir nicht an das Opfer glauben, das sein Sohn Jesus Christus am Kreuz für uns gebracht hat, dann – auch das hat er uns gesagt – werden wir erfahren, daß es eine Hölle gibt. Wir werden erfahren, daß dort auch ein Platz für die USA reserviert ist! Und doch fragt man mich immer wieder: Herr Pfarrer, gibt es eine Hölle? Ist das möglich? Und ich sage ihnen, und ich sage es euch, meine Freunde, an diesem schönen Morgen, wo sich uns allüberall Gottes Schöpfung in der Herrlichkeit des Frühlings zeigt, ich sage euch, ja, es gibt eine Hölle. Ja, es gibt die Verdammung. Und sie währt ewig. Sie ist das Feuer, das niemals erlischt, der Schmerz, den nichts lindern kann, der Verlust des himmlischen Paradieses, verbunden mit den Qualen körperlichen und geistigen Schmerzes, die niemals enden werden.«

Robert war übel und ein bißchen schwindlig. Er wünschte, es würde ein kleiner Lufthauch durch die gekippten Fenster kommen, oder er hätte einen der gelben Strohfächer.

»Es ist ein niemals nachlassender und niemals endender Schmerz. Es ist der Schmerz, den ihr hier auf Erden nie gefühlt habt. Es ist der Schmerz, den Gott jenen schickt, die sich weigern, an ihn zu glauben. Es ist die gerechte Strafe für das Böse, für die Verehrung falscher Götter, der bösen und falschen Götter der Selbstsucht und des Mammons, der falschen Götter der Genußsucht. Es ist die gerechte Strafe für die irdische Vergeßlichkeit, die nicht an Himmel und Erlösung denkt. Das Böse, meine Freunde, das Böse ist euer Feind. Das Böse ist der Satan in unserer Mitte, der niemals Ruhe gibt, der euch dazu verführen will, Gott zu vergessen, Jesus zu vergessen, der von seinem Kreuz herabblickt und um euer Herz bittet; es ist der Satan, der stets an eurer Seite weilt und euch mit den Genüssen des Fleisches in Versuchung führt. Und dieser selbe Satan wird euch in die Hölle hinunterlocken, wenn ihr es ihm erlaubt, wird euch in die feurigen Tiefen locken, wo Folter euch erwartet, wo der Satan mit Lust über eben dieses Fleisch herfallen wird, wo seine Teufel mit Krallen und Fängen bewehrt, euch in die Grube hinunterziehen werden, um euer Fleisch zu zerreißen und eure elenden Körper im Feuer schmoren zu lassen, auf ewig. Auf ewig!«

Durch Übelkeit und Schwindel hindurch verspürte Robert meinen Zorn über dies alles. Der alte Mann fühlte sich innerlich faul und verdorben. Aus reiner Wut werfe ich mich flüchtig in meine natürliche Gestalt, und die ausgestreckten Krallen einer Tatze schlagen unter meiner zornigen Berührung tiefe Kerben in das Eichenholz des Betstuhls. Dann fasse ich mich, bei dem Gedanken an Vaire, an ihre Schönheit. Ich verwandle mich wieder zurück. Hatte jemand den flüchtig flackernden Wandel der Gestalten bemerkt?

Robert empfand Furcht, als er auf die tiefe Wunde im schimmernden Eichenholz blickte. Es war eine frische weiße Schnittstelle, so, als hätte die Klinge einer Säge sich in das Holz hineingebissen. Er legte seine kleine Hand über die Kerbe und blickte erst zu Walter hinauf, dann zu Anne, die neben ihm saß. Walter schien völlig vertieft in die Predigt, die wie ein häßlicher monotoner Gesang durch die Kirche hallte. Anne saß unbequem zusammengekrümmt, das Kinn auf dem Spitzenkragen ihrer Kleiderschürze. Sie war eingeschlafen. Robert spürte den Schnitt unter seiner Hand, doch er wußte, daß es ein einfacher Unfall gewesen war. Er spähte an Anne vorbei zu Vaire und begegnete dem Blick ihrer großen blauen Augen, die zu ihm hinunterstarrten. Ihr Mund war zu einem schmalen scharlachroten Strich zusammengepreßt. Mit seiner ganzen Unschuld blickte er ihr offen in die Augen, unverwandt, aber ohne zu lächeln. Sie hielt den Blick einen Moment lang aus, dann stieß sie mit einem Aufseufzen die Luft aus, als wollte sie tief Atem holen und schreien. Robert hielt ihre Augen mit den seinen fest, sah ihr mit der ganzen Liebe, die ihre Schönheit in ihm geweckt hatte, mit seiner ganzen Unschuld ins Gesicht. Vaire schüttelte kaum merklich den Kopf, löste ihren Blick aus dem seinen, sah sich um, als wollte sie in der Kirche voller Menschen um Hilfe suchen, fing die Stimme des Geistlichen auf, der jetzt seine Predigt mit einer Serie dramatischer Pausen und Ausrufezeichen zum Ende brachte, blickte auf ihre Hände hinunter, die in ihrem Schoß lagen. Sie kramte in ihrer blauen Handtasche, fand ein Taschentuch und begann, sich das Gesicht zu tupfen. Robert blickte weg.

Tante Cat holte einen Karton aus ihrem Schrank. Sie stellte ihn auf den Eßzimmertisch, hob sorgfältig den Deckel herunter und entnahm ihm ein langes, dickes Buch mit schwarzen Seiten, die mit Metallringen gebunden waren. Auf jeder Seite waren viele Bilder. Sie und Robert blätterten durch die letzten Seiten des Buches, wo Bilder von Vaire und Anne und Walter eingeklebt waren, und einige Bilder von einer hübschen schwarzhaarigen Frau, die neben einem hochgewachsenen, kräftigen jungen Mann in einem Anzug stand. Sie sahen strahlend und glücklich aus. Der Mann hatte eine weiße Blume im Knopfloch.

»Das sind Renée und Billy, ihr Mann, als sie geheiratet haben«, erklärte Tante Cat. »Und das hier ist ihre kleine Tochter, Wilhelmina, und hier sind sie, als Mina ein Jahr alt war.«

»Sind in dem Buch nur Bilder von eurer Familie?« wollte Robert wissen. Er hatte den Eindruck, als enthielte das Buch Tausende von Bildern. Er meinte, Martin und Tante Cat müßten hundert Kinder haben.

»Ja, wir haben das Album angefangen, als wir unsere erste Kodak bekamen. Damals lebte ich noch zu Hause bei meinen Eltern. Schau, hier, am Anfang. Das Mädchen da in dem langen Kleid und mit dem komischen Hut bin ich.« Sie lachte und winkte Martin herüber. »Schau dir doch mal das von Claire an, Martin. An das Foto erinnere ich mich gar nicht. Der Anzug, einfach herrlich! Sie würde sich krank lachen.«

Tante Cat und Martin lachten über das verblichene Bild eines jungen Mädchens in einem komischen schwarzen Anzug, der ihren ganzen Körper bedeckte. Sie stand bis zu den Knöcheln im Wasser, und hinter ihr konnte man verschwommen einen See erkennen.

»Ist das auch deine Tochter?« fragte Robert.

»Ach, Robert, mein Kleiner«, rief Tante Cat lachend. »Das ist Claire, meine Schwester, als wir noch junge Mädchen waren. Das ist bestimmt dreißig Jahre her.«

Robert versuchte, sich das vorzustellen, aber Zeitspannen solcher Länge überstiegen sein Begriffsvermögen.

»Mögt ihr alle in eurer Familie gern?« fragte er ernsthaft.

Tante Cat fiel die Ernsthaftigkeit seines Tons auf.

»Ja, Robert. Und dich haben wir auch lieb, denn du gehörst jetzt zu unserer Familie.« Sie drückte ihn an sich und gab ihm einen Kuß auf die Wange.

»Ist das Liebe, wenn man zu einer Familie gehört?«

»So *bekommt* man eine Familie«, versetzte Martin und zwinkerte Tante Cat zu.

Sie wandte den Kopf und sah den Mann an und lächelte wieder auf so eine gewisse Weise. Robert beobachtete es mit hungrigem Blick. Was war das nur, dieses Unsichtbare, das da manchmal zwischen ihnen vorging? Er schaute und lauschte, aber er konnte es nicht begreifen.

»Habe ich dich lieb?« fragte er Tante Cat.

»Ach ja, ich glaube, manchmal schon.«

»Und jetzt nicht?«

»Robert, du bist ein seltsamer Junge. Nur du kannst wissen, ob du jemanden lieb hast. Wir können es nicht von dir wissen.«

Er ließ sich das ein Weilchen durch den Kopf gehen. Ich fange an, aus tiefsten Tiefen zuzuhören, denn dieses Gespräch hat eine seltsame Wirkung. Gefühlswellen, die irgendwo im Inneren Roberts ihren Ursprung haben, breiten sich aus.

»Liebe ich *so*?« fragte er plötzlich, während er seine Arme um ihren Hals legte und auf ihren Schoß kroch.

Sie zog ihn in ihre Arme und drückte ihn an sich.

»Ja, Robert, mein Kleiner«, antwortete sie. »So ist es richtig.«

3

Der Große namens Gus trägt den Krug. Wenn die anderen trinken wollen, müssen sie Gus fragen, und er läßt den Henkel nicht los, während sie trinken. Sie trotten knirschend durch den Kies des Bahndamms, stolpern hin und wieder über die Enden der Schwellen. Ich halte mich im von Unkraut überwucherten Graben auf gleicher Höhe mit ihnen. Das Mondlicht, das über die hochliegenden Gleise flutet, streift meinen Kopf nur. Wenn sie herüberschauen würden, könnten sie vielleicht meinen Kopf sehen, der lauschend erhoben ist, während ich lautlos im weißen Mondlicht dahinhusche.

»Du hast ja nichts als Scheiße im Kopf, Tommy«, sagt der alte Mann, der, der innerlich von seiner Krankheit ausgehöhlt ist. »Du kannst doch höchstens noch was verdienen, wenn du dein Blut literweise als Antifrostmittel verhökerst.« Er hustet und spuckt.

»Immer noch besser als du, du alter Scheißer. Du hast nicht mal Blut zu verkaufen.«

Tommys Schultern sind hochgezogen und gekrümmt, als wäre ihm kalt, obwohl es eine heiße Nacht ist. Seine Beine sind so dünn, daß es den Anschein hat, als liefe seine Hose von selbst.

»Jetzt ist bald Erdbeerzeit, da können wir uns beim Pflücken etwas verdienen«, sagt Gus und wackelt mit dem großen Kopf hin und her. Er hält den Krug hoch in der Hand, so daß sogar ich sehen kann, daß er nur noch zu einem Viertel gefüllt ist. »Die guten ins Töpfchen, die schlechten ins Kröpfchen . . .« Er setzt die Schnaupe des Krugs so zart und behutsam an seinen Mund, als wollte er einen Kuß empfangen.

»Ja«, ruft der alte Kranke mit bitterem Hohn. »Arbeiten wir für die vollgefressenen Bauern. Das sind doch die einzigen, die an der Depression verdienen. Die haben ihr Schäfchen im trockenen. Heutzutage kommt keiner mehr auf einen grünen Zweig außer den Bauern und den Politikern.«

»Du sagst es«, pflichtet ihm der Kleine im zerfetzten Jackett bei, der sich sonst immer in Schweigen hüllt. »Die sitzen direkt an der Quelle.«

»So dick haben's die Bauern auch wieder nicht«, wendet Tommy ein. »Ich hab' einen Onkel, der Bauer ist, und er –«

»Pächter, meinst du«, sagt der Kleine.

Tommy hat ein eigensinniges Winseln in der Stimme, wenn er mit dem Kleinen spricht. »Ist er nicht. Er hat vierzig Morgen beschissenes Land und kommt grad über die Runden. Der arbeitet sich krumm und bucklig.«

»So ist's dir wohl auch gegangen, was, du Knallkopf«, sagt Gus, macht einen langen Schritt und haut Tommy kräftig eine auf die gekrümmten Schultern. »Bucklig wie eine alte Hexe.«

»Laß ihn, Gus«, sagt der Kleine namens Rusty sehr leise und drohend.

»Knallkopf«, schimpft Gus, aber er stolpert über die Geleise zur anderen Seite des Bahndamms hinüber.

»Gib mir mal 'nen Schluck von dem Rest, den du noch hast, Gus«, sagt Rusty.

»Das heb ich mir als Schlummertrunk auf«, entgegnet Gus. »Ich hab' das Zeug aus meiner Tasche bezahlt und euch versoffenen Kerlen sowieso schon das meiste gegeben.«

»Du knickriger Schweinehund«, zischt Rusty und springt über die Geleise, um sich auf Gus zu stürzen. Er schleudert den größeren Mann zur Seite, noch ehe der zur Abwehr bereit ist.

Tolpatschig wie zwei Jungen im Schulhof knuffen und puffen sie sich im Kies, und ich denke mir, daß sie schon vorher einen Krug getrunken haben müssen, denn beide sind so unsicher auf den Beinen, daß sie nur noch torkeln. Dann sieht der kleinere einen Vorteil und stößt Gus sein Knie mit aller Wucht zwischen die Beine. Gus heult auf und läßt den Krug fallen, während er im Unkraut am Rand der Böschung zusammensackt.

»Gib mir auch was, Rusty«, winselt der alte Mann.

Rusty hebt den Krug, gießt aber den größten Teil des Weins an dem gierig geöffneten Mund vorbei.

»Scheiße, Rusty, du verschwendest ja alles«, stößt der alte Mann schluchzend hervor.

Rusty hält den Krug hoch, bis der Mondschein ungebrochen durch das Glas flutet, und dann wirft er den Krug in meine Richtung. Beinahe hätte ich ihn gefangen. Sobald Gus stumm aufgestanden ist und den anderen hinterherhumpelt, nehme ich den Krug auf und rieche daran. Die aufsteigenden Dünste geben mir das Gefühl, daß mein Kopf sich erweitert. Ich stecke meine Zunge in den Krug, hebe ihn an und erwische tatsächlich noch ein paar Tropfen. Sie liegen mir wie ein brennendes goldenes Feuer auf der Zunge. Herrlich. Ich möchte mehr haben und schüttle voller Verwundern und voller Verlangen den Kopf.

Ich durchschleiche das hochstehende Unkraut zum Brückenpfeiler aus Beton und lausche. Der Alte hustet und hustet unten am Bach. Die anderen hocken nahe der Betonwölbung beieinander.

»Wenn ihr Kerle auch nur einen Funken Mumm hättet, könnten wir im Handumdrehen einen Haufen Kröten machen.« Die Stimme ist leise und heiser. Rustys Stimme.

»Meinst du vielleicht, ich will im Knast landen?« entgegnet Tommy. »Nie im Leben. Von meiner Familie hat noch nie einer gesessen.«

»Ja, ja, ich weiß schon«, versetzt Rusty. »Ihr drei zusammen habt nicht mal genug Mumm, um 'ne tote Katze vom Misthaufen zu ziehen.«

»Was willst du denn tun, du Großmaul?« fragt der alte Mann, um Atem ringend. »Willst du vielleicht zu so 'nem reichen Bauern hingehen und sagen, he, gib mir ein bißchen Geld? Mensch, da fallen höchstens die Hunde über dich her, und der Fettsack brennt dir mit seiner Flinte einen auf den Pelz.«

Rusty torkelt aus dem Schatten der Brücke hervor und pflanzt sich im Mondlicht auf, um ins Gras hinaus zu urinieren. Sein Körper schwankt träge vor und zurück, so, als befände er sich unter Wasser und bewegte sich mit einer langsamen Strömung hin und her.

»Da ist dein Wein, Gus«, sagt er, das Kinn auf die Brust gedrückt. Er versucht, seine Hose zuzuknöpfen, schafft es nicht und gibt es schließlich auf. Er torkelt wieder in den Schatten der Brücke zurück.

»Also, wie würdest du's denn anfangen? Du bist doch so gescheit«, sagt Gus zu ihm.

»Genau nicht anders als sonst, wenn wir um eine milde Gabe bitten«, erwidert Rusty. »Nur ist die milde Gabe größer, kapiert?«

Ich höre, wie er seinen Körper nach rückwärts neigt und im Schmutz ausstreckt. Sie betten sich jetzt alle zur Ruhe, rollen sich zusammen wie herrenlose Hunde, die schlafen wollen.

»Also, du kommst den Weg zum Hof entlang, verstehst du? Die Frau ist vielleicht draußen und hängt Wäsche auf, und der Alte ist mit den Arbeitern auf dem Feld. Du fragst, ob sie nicht was für dich zu arbeiten haben, und wir andern warten inzwischen irgendwo.« Seine Stimme wird leiser, senkt sich beinahe zu einem Flüstern. Er ist kurz davor, einzuschlafen.

»Und dann?« Gus hockt noch immer aufrecht da.

»Und dann schnappst du dir die Alte als Köder«, flüstert Rusty.

»Wie meinst du das?«

Es kommt keine Antwort. Rusty ist eingeschlafen.

»Ihr wollt wirklich einen Hof überfallen?« flüstert Tommy von seinem Platz neben Rusty.

»Ach wo, nie. Schlaf du lieber«, sagt Gus. Er schüttelt seinen großen zottigen Kopf. »Ich hab's nur satt, dauernd im Dreck zu schlafen.«

Ich lausch noch eine Weile, aber das einzige Geräusch, das ich höre, ist das endlose Husten des alten Mannes.

In der Welt der Tiere sichern nur gesunde Reflexe das Überleben. Die Maus muß sich mit großer Geschwindigkeit fortbewegen, um der Eule, dem Frettchen, der Katze zu entkommen; und deren Reflexe wiederum sind jedem menschlichen Reflex weit überlegen. Der Mensch muß erst durch das Adrenalin in einen Zustand nahezu besinnungsloser Erregung geraten, ehe sich seine Reaktionsgeschwindigkeit auch nur halbwegs mit jener der meisten Tiere messen kann. Auch die Schlange, die für die Blitzartigkeit ihres Bisses so bewundert wird, ist verhältnismäßig langsam, wenn man ihre Reflexe mit denen mancher anderen Säugetiere vergleicht.

An dem Morgen, als Robert die Eier holte und beim Griff in eines der Nester die Klapperschlange hörte, hätten wir eine schmerzhafte Verletzung davontragen können, die unser Blut vergiftet hätte. Doch dank meiner Reflexe reagierte ich, noch ehe Robert das Klappern richtig hörte, und als die Schlange hervorschießt, hat sie nicht mehr Roberts schwerfällige kleine Hand vor sich, sondern meine große Pfote, die sich ihr flink entzieht. Es ist einfach, die Schlange, die infolge ihres mißlichen Angriffs beinahe aus dem Nestkasten heraushing, mit der anderen Pfote aus der Luft zu greifen, während zur gleichen Zeit der Korb mit den Eiern zu Boden fällt. Ein rascher Biß hinter den flachen Kopf, und sie ist erledigt. Ich mag Schlangen nicht, weder fresse ich sie gern, noch sehe ich sie gern an, aber sie sind keine Gefahr für mich, es sei denn, sie erwischen mich in einem völlig unbedachten Moment, wie zum Beispiel, wenn ich mich ahnungslos auf eine niederlegen würde. Noch während ich der Klapperschlange den Garaus mache, schießt mir der Gedanke durch den Kopf, daß hier vielleicht noch mehr von ihrer Sorte herumkriechen, doch ehe ich mich umsehe oder Witterung aufnehmen kann, höre ich den Bauern kommen und muß mich verwandeln.

»Was ist denn das, mein Junge?« fragte Martin und starrte auf die Schlange, die Robert in der Hand hielt. Er setzte die beiden Milcheimer, die er trug, so hastig ab, daß die schäumende Milch überschwappte.

»Ich hab' sie beim Hühnerhaus gefunden«, sagte Robert und hielt die Schlange hoch, die sich noch immer wand und schlängelte. »Ich glaube, sie ist tot, aber sie ringelt sich immer noch zusammen.«

»Das ist eine Klapperschlange«, rief Martin und riß Robert die gefleckte Schlange aus der Hand. »Die sieht man hier in der Gegend nicht sehr häufig. He!« Er starrte auf den Kopf, der an der Stelle, wo ich das Rückgrat durchgebissen hatte, nur noch an ein paar Muskelfetzen hing. »Schaut mir aus, als hätte ein Hund dem Vieh den Kragen durchgebissen.« Er hielt die Schlange bewundernd hoch. »Das muß Biff gewesen sein. Schau dir mal die riesigen Bißspuren an.«

Mir kommt die Galle hoch, wie ich das höre. Als ob dieser blöde alte Schäferhund die Schlange auch nur geschnappt, geschweige denn so sauber abgemurkst hätte. Robert wußte natürlich die Wahrheit und wußte auch, daß sich wahrscheinlich noch mehr Schlangen in der Nähe befanden.

»Ich dachte, ich hätte da drüben in dem Strohhaufen in der Ecke vom Hühnerhaus noch eine gesehen, aber sicher weiß ich es nicht.«

Der Bauer zog die Brauen zusammen, so daß seine Augen beinahe nicht mehr zu sehen waren. Er schleuderte die Schlange ins Gras.

»Hm, da wollen wir lieber mal nachsehen. Ein Teil von dem alten Hühnerhaus hat keinen gepflasterten Boden. Das ist nur festgetrampelte Erde. Kann schon sein, daß da so eine ganze Schlangenbrut haust, weil die Eier so gut schmecken.« Er blickte lächelnd auf Robert hinunter. »Das sind gefährliche Schlangen, weißt du. Bleib du also besser draußen, bis ich nachgeschaut hab', ob noch mehr drinnen sind.«

»Ich hab' einen ganzen Haufen Eier zerschlagen«, sagte Robert und hielt den Korb hoch.

Martin nahm ihm den Korb ab und stellte ihn nieder. Er hob Robert hoch und schwang ihn lachend in die Luft.

»Die Eier können wir entbehren. Hauptsache, die Schlange hat dich nicht gebissen, mein Junge.«

Später sah Robert von der Tür des Hühnerhauses aus zu, wie Martin die alten Planken aus der hartgetretenen Erde hob, die den unebenen Fußboden bildeten. Alle Hühner waren ins Gehege hinausgetrieben worden, die kleine Falltür über ihrem Einschlupf zugefallen. Jedes der alten dicken Bretter löste sich mit einem Ächzen und einer Wolke aus erstickendem Staub, altem Mist, Federn und Hühnerfutter. Als Martin die hochhob, unter der die Schlangen sich versteckt hatten, schrie er auf, und es lag eine Angespanntheit in seiner Stimme, wie Robert sie noch nie gehört hatte.

»He! He! Vorsicht da draußen, mein Junge. Da haben wir sie schon!«

Er schleuderte die Planke zur Seite wie ein dünnes Ästchen und packte die Schaufel, die er mitgebracht hatte. Mit ihrem Rand begann er auf das sich windende Geschlinge von Schlangen einzuschlagen. Die Schlangen waren größtenteils bei weitem nicht ausgewachsen, nur eine sehr große war darunter, die übrigen, etwa ein halbes Dutzend, waren noch klein. Doch in dem Nest sah es aus, als wären ihrer Hunderte. Ihre sich schlängelnden Leiber züngelten nach allen Richtungen, und Martin hüpfte und stampfte und schlug mit seiner Schaufel wie einer, der die Hose voller Hornissen hat.

»Ho! Ho! Aufgepaßt! Puh!« Martin tänzelte auf Zehenspitzen, landete manchmal mit den Füßen auf den Schlangen, sprang so hoch, daß man den Eindruck hatte, er versuche, in der Luft stehenzubleiben, ohne den Boden zu berühren, und die ganze Zeit hörte er nicht auf, den scharfen Rand seiner Schaufel abwärts zu stoßen. Robert fand den Anblick komisch und fing an zu lachen und herumzuhüpfen. Martins Luftsprünge waren einfach zu komisch; der stämmige, braungebrannte Bauer in seiner Arbeitshose, der da herumsauste, als hätte er den Veitstanz, und dabei mit dieser hohen, erregten Stimme durch das Hühnerhaus schrie, schien plötzlich wieder ein junger Mann geworden zu sein.

Als die Schlangen alle in Stücke geschlagen waren und nur noch wie ein Haufen zerschnittener Gartenschläuche aussahen, kam

Martin zur Tür. Das graue Haar hing ihm in Strähnen in die Augen, und sein verwittertes Gesicht war verschmiert von Schweiß und Schmutz.

»Da, das war wohl komisch, Robert?« Er lehnte die Schaufel gegen den einen Türpfosten und sich selbst gegen den anderen und stand ein paar Minuten lang nur da und keuchte. »Ich glaub nicht, daß mich eine gebissen hat«, sagte er, als sein Atem wieder etwas ruhiger ging.

»Eigentlich mußte ich gar nicht lachen«, sagte Robert. »Ich meine, ich mußte lachen, als ich dir zugesehen habe, wie du rumgehüpft bist, aber ich weiß, daß es in Wirklichkeit nicht zum Lachen war.«

»Ist ja gut, mein Junge. Ich bin nicht mehr so rumgesprungen, seit ich mit deiner Tante Cat bei Renées Hochzeit oben in Grand Rapids war. Da ist uns vor lauter Polkatanzen beinahe die Luft weggeblieben.«

Ich aber denke, wie langsam und schwerfällig die Angriffe des alten Bauern auf die Schlangen waren, die da vom Licht überrascht und benommen waren und in höchster Panik. Es wäre ein Leichtes gewesen, einfach eine nach der anderen zu packen und zu töten, solange sie so verwirrt waren. Eine Zeitlang mache ich mir verwundert Gedanken darüber, daß die Menschen so schwerfällig sind. Aber sie sind auch schlau und hinterhältig.

Robert hatte sich daran gewöhnt, daß der Bauer und Tante Cat mit ihm spielten, so wie man eben mit kleinen Menschenkindern spielt. Sie tobten mit ihm auf dem Bett herum, nahmen ihn bei den Armen und schwangen ihn im Kreis, ließen ihn auf ihren Knien reiten. Und ich habe es mir – notwendigerweise – zur Pflicht gemacht, jedes Flackern einer Wandlung zu vermeiden, solange diese körperlich überraschenden Dinge geschehen. Nur aus diesem Grund – weil ich mich stets zurückhalte, wenn Robert sich in der Geborgenheit seiner häuslichen Umgebung befindet – konnte Tommy Robert ohne Mühe in seine Gewalt bringen, als der Junge an jenem letzten Morgen nach unten kam; nur weil ich nicht sofort reagierte. Als Robert auf dem Weg zum Frühstück leise Stimmen hörte, die ihm fremd waren, hatte er ganz einfach angenommen, sie kämen aus dem Radio.

»Komm her, Bürschchen«, sagte der junge Mann mit dem schmalen Vogelgesicht, während er sehr fest Roberts Arme gepackt hielt.

»So, du setzt dich jetzt auf den Stuhl da und rührst dich nicht, sonst dreh ich dir den Kragen um.«

Robert setzte sich auf den Stuhl am Eßzimmertisch und brauchte eine ganze Weile, die Szene zu erfassen, weil sie so befremdlich war. Tommy schien ängstlich zu sein. Seine Füße waren in ständiger Bewegung, wie bei einem kleinen Jungen, der dringend auf die Toilette muß, und sein spitzes Hühnergesicht war kreideweiß. Tante Cat saß auf einem anderen Stuhl am Tisch, die Hände ungewohnt still auf dem dunklen Holz. Ihr langes unschönes Gesicht verriet Furcht, aber ihre Lippen waren fest zusammengepreßt, und in ihren Augen, die dem kleinen rothaarigen Mann folgten, flammte mehr Haß, als Robert ihr zugetraut hätte.

Rusty wirkte hier im Haus größer, als er mir unter der Eisenbahnbrücke erschienen war, aber ich hatte ihn ja auch unter anderen Umständen gesehen. Während Robert stumm auf seinem Stuhl sitzt, überlege ich, ob Gus und der alte kranke Mann auch mitgekommen sind, und wo Martin ist. Ich spiele mit dem Gedanken, mich ganz plötzlich zu verwandeln, aber mir ist nicht recht klar, wie ernst die Situation tatsächlich ist, und Robert wollte sich von seiner neuen Familie nicht trennen, was er sicherlich hätte tun müssen, wenn ich so unmittelbar gesehen worden wäre.

Rusty marschierte zwischen dem Eßzimmertisch und der Fliegengittertür zur hinteren Veranda hin und her. Durch das Fliegengitter spähte er hinaus in den Garten, während er das Fleischermesser lässig von einer Hand in die andere warf, so als wäre es schon seit langem sein eigen. Er kam wieder zurück, leichten Fußes, ein dünnes Lächeln auf dem Gesicht. Er hatte ein rotes Tuch um den Hals und trug ein altes ärmelloses Unterhemd unter dem schwarzen Jackett, das er wohl aus irgendeiner Müllhalde aufgelesen hatte; die Taschen waren abgerissen, und aus den klaffenden Nähten an den Schultern quoll die Wattierung heraus. Auf der Bühne hätte er einen lustigen Landstreicher abgegeben, der zum Lachen reizte. Hier jedoch marschierte er umher wie der Herr der Situation, und das Messer schien sein Freund zu sein.

»Gott verdamm mich, Tommy, steh endlich still oder geh pinkeln«, sagte er, während er sich auf einem Stuhl am Tisch niederließ, so daß er zwischen Tante Cat und Robert saß.

»Und was ist, wenn sie ihn nicht erwischen?« fragte Tommy, während er mit den Füßen scharrte, als hafte irgend etwas Unerwünschtes an den Sohlen seiner Schuhe. »Was passiert, wenn er abhaut und den Sheriff holt?«

»Sie haben doch seine Flinte«, entgegnete Rusty. »Der Bauer haut bestimmt nicht ab, wo seine Alte hier in der Falle sitzt, darauf kannst du dich verlassen.«

Er legte sein Messer vor Tante Cat auf den Tisch und verschränkte die Hände hinter dem Kopf, eine stumme Herausforderung an sie, das Messer zu packen. Sie rührte sich nicht und sprach kein Wort.

Robert blickte auf die beiden Männer und überlegte krampfhaft, was sie wohl wollten, ob vielleicht doch alles wieder in Ordnung käme.

Jetzt, da meine Aufmerksamkeit durch die Ausdünstung der Angst erregt war, die den Raum erfüllte, rückte ich den Ereignissen langsam näher. Mir fallen einzelne Dinge auf; das Licht, das durch die Fenster kommt, verdunkelt sich, die Sonne geht weg. Früher am Morgen hatte es leicht geregnet. Jetzt sieht es aus, als zöge ein Gewitter heran. In den vergangenen zwei Wochen hat es fast jeden Tag Gewitter gegeben, mit prächtigen leuchtenden Blitzen und krachendem Donner, der in langem Widerhall über die Felder rollte.

»Ich seh sie. Ich seh sie«, rief Tommy, der durch die Spitzenvorhänge zum Küchenfenster hinausspähte. »Der alte Hackett führt ihn direkt hierher. Der hat ihm bestimmt eine erstklassige Geschichte erzählt.«

Rusty nahm das Messer, rührte sich aber nicht von der Stelle. »Klar, Mensch. Ich hab' dir gleich gesagt, daß sie ihn schon hier reinlotsen.« Er fing an, mit der Messerspitze tiefe Löcher in die Tischplatte zu schlagen.

»Müssen Sie unseren Tisch kaputtmachen?« fragte Tante Cat plötzlich.

»Ach, Sie können reden, was, Alte?« sagte Rusty und senkte die Messerspitze wieder ins Holz. »Ja, gute Frau, das muß ich tun. Das beruhigt meine Nerven.«

»Jetzt drückt ihm Gus das Gewehr ins Kreuz«, zischte Tommy aufgeregt vom Fenster her. »Sie haben ihn! Da kommen sie, und er macht überhaupt keine Schwierigkeiten.«

Robert saß ganz still. Er wollte offensichtlich auf keinen Fall, daß ich vorzeitig mitten in diese Situation hineinplatzte. Da war Martin von seiner eigenen Flinte bedroht, und da war Tante Cat im Auge eines Fleischermessers.

Ich meinerseits bin es zufrieden, zu warten. Als drei weitere Personen sich in Eßzimmer und Küche befinden, wirkt das ganze Haus kleiner. Gus ist wesentlich größer als Martin. Sein riesiger, fettiger Kopf stößt beinahe am Türrahmen an. Der alte Bauer scheint in der Gegenwart dieser zerlumpten, dreckstarrenden Männer geschrumpft zu sein. Der Alte, der immer hustet, der, den sie Hackett nennen, scheint nur ans Geld zu denken, während Gus und Tommy Angst haben bei dem, was sie tun, und am liebsten so schnell wie möglich wieder verschwinden würden. Nur Rusty ist kühl und ruhig, und deshalb beobachte ich ihn am aufmerksamsten.

»Ihr wollt also wirklich zu Verbrechern werden«, sagte Martin. »Ich hab' euch ab und zu im Ort gesehen, aber ich hab' gedacht, ihr seid einfach anständige Leute, die Pech gehabt haben.«

»Wir sind keine Verbrecher«, begann Tommy.

»Holen Sie jetzt lieber das Geld, Sie reicher Fettsack. Das ist das einzige, was uns interessiert«, sagte Hackett.

»Wir wollen niemandem was tun«, erklärte Gus, der die Flinte in der Armbeuge hielt wie ein Entenjäger. »Wir brauchen das Geld, und ihr könnt's entbehren.« Ohne jeglichen Grund zuckte er immer wieder mit dem Kopf, als säße ihm eine Fliege am Hals.

»Ihr meint, wir hätten Geld«, versetzte Martin lächelnd. »Wir sind hier keine reichen Leute. Wir müssen uns alles mit unserer Hände Arbeit verdienen, genau wie ihr. Ich meine, wenn ihr Arbeit kriegt. Ich weiß, es ist nicht einfach, aber –«

»Mensch, halt endlich die Schnauze«, schrie der alte Hackett mit überschnappender Stimme, die sich in einem Hustenanfall verlor.

»Mit anderen Worten«, sagte Rusty, während er wieder die Messerspitze in den Tisch schlug, »wir würden es Ihnen raten, Geld zu haben.«

Er hielt das Messer plötzlich hoch, so daß seine Spitze auf eine der blauen Adern von Tante Cats Hals gerichtet war. Sie zuckte zusammen und sah Martin an.

»Jetzt werden Sie doch nicht böse«, sagte Martin und hielt seine Hand hoch. »Sie haben keinen Grund, böse zu werden. Wir geben Ihnen alles, was Sie wollen, alles, was wir haben. Ich hab' kein Geld bei mir. Aber oben auf der Kommode in unserem Schlafzimmer liegt das Geld, mit dem ich ein paar Schweine kaufen wollte.«

»Lauf rauf und schau nach, Tommy«, befahl Rusty und zog das

Messer von Tante Cats Hals weg, um es wieder in den Tisch zu schlagen.

Während sie alle warteten, schien da plötzlich eine völlig andere Gruppe von Menschen zu sitzen. Es war, als wären sie lauter Fremde, die darauf warteten, daß die Verkehrsampel umschaltete oder daß das Kino seine Türen öffnete. In der Küche wurde es dunkler.

Tommys eilende Schritte kamen wieder die Treppe herunter.

»Es ist da«, rief er. »Schaut euch das an, schaut euch das doch mal an, vierzig, fünfzig, sechzig Dollar!« Mit scharrenden Füßen tanzte er vor Rusty herum. »Ho ho, können wir da einen draufmachen!«

»Sehr schön, Alter«, stellte Rusty fest. »Und wo ist der Rest?«

»Hast du noch was vom Haushaltsgeld übrig, Cat?« fragte Martin, und seine Augen sahen sehr müde aus.

»Da im Schrank, hinter dem kranken alten Mann«, versetzte Tante Cat, ohne die Hände vom Tisch zu nehmen.

Der alte Hackett warf ihr einen bitterbösen Blick zu und drehte sich um, die Schranktür aufzuziehen. In einem blauen Krug mit Deckel fand er vierzehn Dollar und einige Münzen.

»Da draußen kommt ein Auto«, rief Gus plötzlich mit dünner, völlig veränderter Stimme. Er zückte die Flinte.

»Los, hauen wir ab«, sagte Tommy. »Wir haben genug.«

»He, kennen Sie das Auto da, Alter?« Rusty deutete zum Fenster hinaus und winkte Martin, ebenfalls hinauszuschauen.

Als Martin sich vornüber neigte, um aus dem Küchenfenster zu sehen, erhellte ein greller Blitzstrahl den Raum, und das ohrenbetäubende Krachen nahen Donners ließ alle, die im Zimmer versammelt waren, gleichzeitig zusammenfahren. Ich, der ich jetzt das Geschehen mit schweigender Aufmerksamkeit verfolge, sehe, wie jeder auf seine eigene Weise erschrickt. Martin zieht den Kopf zwischen die Schultern, Gus reißt die Flinte hoch und kneift die Augen zu, Tommy wirft sich zur Seite, als erwarte er einen Schlag, Tante Cat zuckt ein kleines Stück von ihrem Stuhl in die Höhe, der kranke alte Hackett zieht sich zusammen, als sei ihm kalt. Nur Rusty rührt sich nicht. Wie eine aus Stein gehauene Figur in einer Unterwasserwelt ist er der einzige, der nicht von der Strömung gepackt wird, und die anderen spüren hinter seiner absoluten Reglosigkeit eine unnatürliche Selbstbeherrschung.

Martin schob die Vorhänge zurück.

»Das ist unsere Tochter Vaire, höchstwahrscheinlich mit ihrem kleinen Mädchen.« Seine Stimme war leise und bedrückt.

Vaire sprang aus dem Auto, als die ersten dicken Regentropfen in den Staub des Hofes platschten und die Hagelkörner auf das Dach der Veranda schlugen. Anne war nicht bei ihr. Sie trug einen fließend grünen Rock und eine weiße, mit Rüschen besetzte Bluse und sah strahlend aus wie der Sommer selbst mit ihrem goldblonden Haar, das sich im aufkommenden Wind bauschte. Sie rannte auf die hintere Veranda, sah den großen zottelhaarigen Mann mit der Flinte und blieb stehen. Ihr Gesicht war zu einem Lächeln gefroren.

»Los, kommen Sie rein«, sagte Gus beinahe flüsternd, während er ihr mit der Flinte den Weg wies.

Wieder donnerte es, weiter entfernt jetzt, und der Regen begann dichter zu strömen.

Beim Spültisch blieb Vaire stehen, nahm ihren Vater beim Arm, sah ihn an, als erwarte sie, daß er mit einem Wort alles klären würde.

»Dafür, daß ihr zwei solche Vogelscheuchen seid«, bemerkte Rusty, das Fleischermesser zwischen den Fingerspitzen haltend, »habt ihr ein echtes Prachtstück von einer Tochter. Los, komm hier rüber, Puppe.«

Er deutete auf den Stuhl zwischen Tante Cat und Robert. Vaire kam ins Eßzimmer, ging um den Tisch herum und streichelte Robert über den Kopf, als sie an ihm vorüberkam.

Solange sie am Tisch saß, sah sie nur ihren Vater an, für den sie tiefes Mitgefühl zu empfinden schien. Nicht einmal blickte sie auf Rusty, und es war, als wären er und seine Kommentare überhaupt nicht vorhanden. Robert empfand sie als eine Quelle der Kraft, denn sie schien das Böse zu bannen, indem sie sein Vorhandensein einfach ignorierte.

»Mehr Geld haben wir nicht im Haus«, sagte Martin. »Wir haben ein kleines Konto auf der Bank, aber da würde man euch einen Scheck nicht einlösen.«

»Schauen wir uns doch mal um, Bauer«, sagte der alte Hackett. »Ich glaub dir nämlich nicht. Her mit dem Gewehr«, wandte er sich an Gus und wollte nach der Flinte greifen. »Ich zieh dem gottverdammten Lügner das Geld schon aus der Nase.«

»Weg da«, zischte Gus ihn mit leiser Stimme an. »Das Gewehr behalte ich.« Er stieß den alten Mann zurück und schwenkte die Flinte wieder ins Zimmer hinein.

»Tommy, du und der Alte, ihr macht einen Rundgang mit dem Bauern ums Haus, ob ihr ihm helfen könnt, sich zu erinnern, wo er sein Geld versteckt hat«, sagte Rusty. »Gus und ich bleiben hier und unterhalten uns mit den Damen.«

»Ich schwöre es Ihnen«, sagte Martin, dessen Gesicht bleich war, »es ist kein Geld mehr im Haus. Wir haben kein –«

Donner krachte und pflanzte sich in langen dröhnenden Wellen fort, die den Rest seiner Worte verschluckten und grollend weiterrollten, während der alte Hackett mit wütender Miene etwas sagte, beide Arme in stummer Pantomime erhoben. Er sah aus wie eine komische kleine Kasperlfigur auf einer Marionettenbühne, schwach und lächerlich.

Tommy und Hackett nahmen Martin rechts und links bei den Armen und führten ihn durch die Hintertür hinaus.

»Schauen wir zuerst mal in den Keller«, sagte Tommy.

Geduckt liefen sie zur Tür hinaus in das graue Strömen des Regens, wurden sogleich zu nebelhaften Gestalten, die mit eingezogenen Köpfen an der mit Fliegengitter abgeschirmten Veranda vorbeiliefen und verschwanden.

»Eine Bande von Narren seid ihr«, sagte Tante Cat so plötzlich, daß Gus zusammenzuckte und fluchte. »Wir haben kein Geld mehr. Das Geld für die Schweine war so ziemlich alles, was wir an Ersparnissen hatten. Wir mußten dieses Jahr sogar einen Kredit aufnehmen, um die Sojabohnen setzen zu können.«

»Na, das wird sich herausstellen«, entgegnete Rusty. »Zufällig glaub ich Ihnen das nämlich nicht. Ich hab' doch die ganzen Maschinen gesehen, und das Auto da draußen ist höchstens zwei Jahre alt.«

Die ganze Zeit, während er sprach, betatschten seine Hände Vaire, ihr Haar, ihre bloßen Arme, ihren Hals, ihre Wangen. Und seine Augen sahen sie mit diesem glitzernden, starren Blick an, den eine Katze bekommt, wenn sie eine angeschlagene Maus beobachtet, die nicht mehr weglaufen kann.

Roberts Magen zog sich so fest zusammen, daß es weh tat. Über das Prasseln des Regens hinweg konnten sie aus dem Keller das Splittern und Krachen von Holz hören.

Rusty strich Vaire jetzt mit der Spitze des Fleischermessers über den Arm, so daß sie eine Gänsehaut bekam. »Du mußt die Bauerntochter sein, die in allen Witzen vorkommt«, flüsterte er ihr ins Ohr. »Du bist hübsch genug für eine ganze Fuhre Handlungsreisender, Baby.«

Vaire schüttelte den Kopf, als wolle sie eine Fliege vertreiben. Roberts Augen waren auf Rustys Gesicht gerichtet, verfolgten jede Bewegung seines Kopfes, als er sein Gesicht zu der jungen Frau hinuntersenkte, um an ihrem Haar zu riechen, ihr erst ins eine, dann ins andere Ohr zu flüstern.

»Es ist nicht so schlimm, Robert«, sagte Vaire und griff über den Tisch, um seine Hand zu nehmen. »Bald ist das alles vorbei. Die bösen Männer gehen wieder. Und dann ist alles wieder gut.«

»Hör auf mit deinen Mätzchen, du gottverdammter Idiot«, sagte Gus. Er war noch angespannter als zuvor, hielt die Flinte schußbereit in den Händen, den Finger am Abzug.

»Halt die Schnauze«, versetzte Rusty. »Hier bestimme ich.«

Er ließ seine freie Hand an Vaires Schulter hinuntergleiten, bis sie auf ihrer linken Brust ruhte. Wieder flüsterte er ihr etwas ins Ohr, und diesmal schaffte sie es nicht, die Bemerkung zu ignorieren. Tiefe Röte kroch ihren Hals hinauf und überzog ihr Gesicht. Robert konnte Rustys begieriges Schmatzen hören.

Die Geräusche im Keller waren verstummt, und der Regen prasselte unaufhörlich auf das Dach. Es klang wie der Schlagwirbel vieler gewaltiger Trommeln, die in unterschiedlichen Rhythmen gerührt wurden, so daß kein durchgehender Rhythmus entstand, sondern nur ein dumpfes, aufdringliches Geräusch, das die Ohren betäubte und einen ganz benommen machte.

»Paß du mal ein paar Minuten auf die beiden hier auf, Gus«, sagte Rusty, während er Vaire beim Handgelenk packte. Mit einem plötzlichen Ruck drehte er ihr den Arm nach hinten und drückte ihn hoch, so daß sie ihren Oberkörper über den Tisch nach vorn krümmte, und dann riß er sie vom Stuhl. Sie stieß einen unterdrückten Schrei aus, nahm aber sonst mit keiner Geste von Rustys Existenz Notiz.

»Die schöne Bauernmaid und ich gehen jetzt mal nach oben und schauen nach, ob wir was finden können.«

Vaire blickte zu ihrer Mutter hinüber, deren Hände jetzt krampfhaft die Tischkante umklammerten.

»Bleib ganz ruhig, Ma«, sagte sie, den Oberkörper seitlich verrenkt, als wäre sie verkrüppelt. »Mir passiert schon nichts.« Unnatürlich laut klang ihre Stimme über das Trommeln des Regens.

Als sie Roberts Hand loslassen mußte, wußte ich, daß er nicht mehr lange an sich halten konnte. Das Blut in seinem Körper schien aufzuquellen und alle Adern sprengen zu wollen, brannte in seinem Gesicht und in seinen Händen. Sein Verstand setzte aus, als Rusty sich an seinem Stuhl vorbeidrängte und Vaire vor sich her zur Treppe stieß. Die Hände des kleinen Jungen schossen vor, um den Mann in Hüfthöhe zu packen. Krachend stürzte der Stuhl um, als er sich an das Bein des Mannes klammerte und zubiß, so fest er konnte.

So hatte Robert es vor; doch als das Adrenalin in einem Schwall seinen Körper überschwemmte, konnte er seine Gestalt nicht beibehalten, und als er zubiß, kam plötzlich die Verwandlung.

Meine Zähne graben sich in Rustys Hüfte. Sie treffen knirschend auf seinen Beckenknochen, während meine Krallen sich in seine Lenden und in sein Gesäß schlagen, um ihn stillzuhalten. Seine Schreie sind sehr schrill, und er sticht mit seinem Messer nach mir. Ich schlage es ihm aus der Hand und versuche, mich von ihm zu lösen, aber seine Fäuste krampfen sich fest in mein Fell. Über das Dröhnen des Regens hinweg höre ich Geräusche an der Hintertür, und rasch beiße ich den schreienden Mann noch einmal, um ihn dann mit einem Prankenschlag wegzuschleudern. Im selben Moment stürzt krachend der Tisch um, landet auf meinen Füßen. Die Bauersfrau hat ihn umgekippt, entweder im Schreck oder in dem Bemühen, zu helfen. Eine Frau schreit. Mir macht in erster Linie die Flinte Sorge. Ich stoße und trete den Tisch weg und speie das Fleisch des Mannes aus, während ich mich gleichzeitig ducke, um den Schrotkugeln zu entgehen.

Das Krachen der feuernden Flinte klingt anders als das Grollen des Donners; es klingt ohrenzerreißend in dem kleinen Raum. Der Schuß gilt nicht mir. Martin hatte offenbar beobachtet, was in der Küche vorging, und zur gleichen Zeit, als Robert Rusty packte, selbst eingreifen wollen. Gus steht mit dem Gesicht zur hinteren Tür, die Flinte in Hüfthöhe. Unter der Tür wälzen sich drei Männer in einem wütenden Haufen. Die Augen von Gus funkeln wie kleine Lichtpunkte unter dem zottigen Haar, und sein Gesicht ist so fahlweiß wie das Eis auf einem gefrorenen Weiher. Die alte Bauersfrau, sehe ich, kriecht um den Tisch herum zur jungen Frau, die auf dem

Boden liegt, teilweise unter dem sich blutend wälzenden Rusty eingeklemmt, dessen Schmerzensschreie nicht aufhören.

Die Flinte schwenkt herum, als ich unter den Leibern, dem Stuhl, der Tischkante hervorkrieche. Das Linoleum in der Küche ist rutschig, ganz anders als Holz, und meine Pfoten finden keinen rechten Halt. Die Flinte schwenkt weiter, und nun sehe ich die schwarzen Zwillingslöcher des Laufs, die in der düsteren Küche wie Augen nach mir suchen. Ich kann beinahe direkt in diese todbringenden Augenhöhlen hineinblicken, doch ich mache einen langen Sprung und schwinge dabei meinen Vorderlauf so weit nach vorn, daß ich mit der Pfote den Doppellauf wegschlagen kann.

Krachend löst sich der Schuß und geht in die Decke. Es regnet einen Hagel von Mörtel und Holz. Gus torkelt, als ich, meinen Sprung abgeschlossen, aus geduckter Haltung emporschnelle und ihm an die Kehle springe. Ich verfehle seinen Hals und schlage meine Zähne in seine Schulter, spüre, wie das Schlüsselbein bricht und ein warmer Blutstrom sich aus der Wunde ergießt, während ich, die Hinterpfoten ins Linoleum gestemmt, nicht locker lasse und ihm die Flinte entwinde, als er zu schreien beginnt. Ich lasse los und reiße mit einer Drehbewegung den Kolben vom Lauf, um ihn mit aller Wucht gegen das Fenster zu schleudern. Die Scheibe zersplittert und der Kolben der Flinte saust hinaus in den grauen, prasselnden Regen. Gus bricht jetzt zusammen, liegt auf allen vieren in der Düsternis, während das heiße Blut in Stößen aus seinem Hals springt. Mit einem langen Sprung bin ich bei der Hintertür, wo, schwankend, die Arme fest auf die Brust gedrückt, Tommy vor mir steht. Ich schlage zu und schleudere ihn wie ein Reisigbündel in die Ecke der Veranda, wo er still und stumm liegen bleibt.

Unter der Tür nach draußen, wo der Wind den Regen in klatschenden Schwaden hineinpeitscht, liegt der alte Bauer. Eine Unzahl tiefroter Löcher klafft in seiner Brust, und das Blut aus seinen Wunden vermischt sich mit dem Regen, der über ihn hinwegströmt. Der alte kranke Hackett hockt an die Wand der Veranda gelehnt, die Augen weit aufgerissen, die Arme schlaff herabhängend. Er scheint mich anzusehen und nicht zu glauben, was er sieht.

Ich drehe mich um, einen letzten Blick in das verdunkelte Haus zu werfen, während der Regen meinen Rücken hinunterläuft. Gus liegt in seinem Blut auf dem Linoleum. Sein Körper zuckt in unbestimmten Bewegungen, während immer neues Blut aus seinem Hals schießt. Er wird sterben, denke ich. Weiter hinten, im Eßzimmer, sehe ich die beiden Frauen. Sie stehen neben Rusty, der sich in wilden Zuckungen auf dem Boden wälzt wie ein Kaninchen, das einen Schuß ins Rückgrat bekommen hat. Die ältere Frau hält ein langes Messer in der Hand, der grüne Rock und die weiße Bluse der jüngeren blonden Frau sind blutverschmiert. Aus verängstigten Augen blicken die beiden Frauen direkt auf mich. Ich beuge mich noch einmal über den alten Bauern. Die wasserhellen blauen Augen im Kranz ihrer zahllosen Fältchen sehen mich an. Es ist keine Furcht in ihnen, aber ich sehe, daß sie starr werden. Er liegt im Sterben. Das vom Regen durchnäßte Haar klebt ihm in Strähnen am Kopf. Die Mundharmonika steckt in seiner Hemdtasche. Aus irgendeinem Grund, der mir selbst verborgen ist, packe ich sie mit den Zähnen und laufe hinaus in das graue Rauschen des Regens.

4

(*The Grand Rapids Examiner*, Dienstag, 2. Juli 1935)

**Zwei Todesopfer bei versuchtem Raubüberfall.
Ortsansässiger Bauer erschossen, heimatloses Kind vermißt.**

Mr. und Mrs. Martin Nordmeyer, ihre Tochter und ein Pflegekind wurden am Montag auf ihrem Hof südlich von Grand Rapids Opfer eines versuchten Raubüberfalls. Dabei fanden Martin Nordmeyer, 61, und sein mutmaßlicher Angreifer, Aldo (Gus) Hamner, ein Landstreicher, den Tod. Robert Lee Burney, der Pflegesohn der Nordmeyers, wird vermißt, und man vermutet, daß er aus Entsetzen über die Gewalttätigkeit davongelaufen ist. Er ist, wie uns beschrieben wurde, fünf Jahre alt, schlank, mit braunem Haar und braunen Augen und trägt nur ein weißes Nachthemd.

Die drei überlebenden Tatverdächtigen befinden sich unter polizeilicher Bewachung im Krankenhaus der Barmherzigen Schwestern, wo die Verletzungen behandelt werden, die sie davontrugen, als sie von einem »wilden Hund oder Bären« angegriffen wurden, der der Familie Nordmeyer auf geheimnisvolle Weise zu Hilfe kam. Hamner starb noch am Tatort infolge des hohen Blutverlustes; seine Halsschlagader war durch einen Biß von dem Tier zerfetzt, das Mrs. Nordmeyer als eine »Kreuzung zwischen einem Bären und einem Gorilla« beschrieb.

Sheriff Leonard Kendall berichtete, die Küche der Familie hätte »wie ein Schlachtfeld« ausgesehen, als er am späten Vormittag auf einen Anruf von Mrs. Victoria Woodson, der Tochter der Nordmeyers, auf dem Anwesen eintraf.

»Alles war voller Blut, sogar bis an die Decke war es gespritzt. Mr. Nordmeyer war bereits tot, als ich kam, mit einer Schrotflinte erschossen. Einer der Verdächtigen lag durch hohen Blutverlust im Sterben, zwei andere waren schwer verletzt. Sie sahen aus, als wären sie von einem wilden Tier angefallen worden, das Schlimmste, was ich je gesehen habe.«

Der Verdächtige Roger Rustum wurde mit tiefen Bißwunden in der Hüfte und inneren Verletzungen ins Krankenhaus gebracht; Thomas Prokoff, der dritte Verdächtige, befindet sich mit zwei gebrochenen Rippen und einer Gehirnerschütterung nicht in Lebensgefahr. Sheriff Kendall berichtete, daß der vierte Verdächtige, Oliver Hackett, keine Verletzungen erlitt, jedoch an fortgeschrittener Tuberkulose leidet und sich in sehr schlechter körperlicher Verfassung befindet.

Die Suche nach dem kleinen Jungen, offenbar eine heimatlose Waise, die die Familie vor etwa zwei Monaten in ihrer Scheune gefunden hatte, wird heute fortgesetzt.

Das geheimnisvolle Tier, das den Raubversuch vereitelte, konnte nicht eindeutig identifiziert werden und wurde nicht mehr gesehen, seit es aus dem Haus der Nordmeyers geflohen war, nachdem es zuvor einen Verdächtigen tödlich und einen anderen ernstlich verwundet hatte. Auf die Frage, ob es sich um einen großen, verwilderten Hund handeln könnte, antwortete der Verdächtige Rustum: »Ein Hund war es bestimmt nicht. Es war ein Ungeheuer, das direkt aus der Hölle kam.« Nach Aussage der Nordmeyers ist auch ihnen das Auftauchen des Tieres rätselhaft.

Martin Nordmeyer hinterläßt seine Ehefrau Catherine, zwei Töchter, Victoria Woodson aus Cassius, und Renée Hegel, die hier am Ort lebt, sowie zwei Enkelkinder. Wann die Beerdigung stattfinden wird, steht derzeit noch nicht fest.

Törichterweise gestatte ich es mir, meine Gedanken zu diesem entsetzlichen Morgen zurückwandern zu lassen, so daß ich allzu bald haltmache, um in dem kleinen Eisenbahnschuppen Unterschlupf zu suchen, der weniger als eine Meile vom Hof der Nordmeyers entfernt ist. Ich mache mir keine Gedanken über den Schuppen, überlege gar nicht, wozu er gebraucht wird; ich weiß nur, daß ich mich verstecken muß, weil ich im Augenblick die Gestalt nicht wechseln kann. Ich grabe einen Tunnel unter der Grundmauer, die nicht tief in die Erde reicht, und tauche in dem muffigen kleinen Geräteschuppen wieder auf, wo ich auf den Einbruch der Dunkelheit warten will. Der zerfetzte, klatschnasse Lumpen, der einmal Roberts Nachthemd war, schlottert mir um den Körper. Ich reiße ihn weg, verknote die Mundharmonika in einem Streifen Stoff und binde mir den um die Körpermitte.

In dem Schuppen stehen Spaten, Schaufeln, Rechen, Spitzhacken und noch andere Werkzeuge und Geräte an die Wände gelehnt, und nicht weit von mir sehe ich einen Pritschenwagen mit eisernen Rädern und langen Hebeln obenauf. Mein Fell ist blutverklebt und so naß, daß es dampft, und der beißende Geruch nach Kreosot, der in der Hütte hängt, ist erstickend. Ich dränge das alles weg und verschließe mich dagegen, um zu schlafen.

Voller Schrecken erwache ich vom Klang knirschenden Kieses. Der rückwärtige Teil des Schuppens ist ungeschützt von Bäumen; die nächsten stehen erst eine halbe Meile oder mehr entfernt etwas abseits vom Bahndamm. Wie habe ich so dumm sein können? Das Knirschen des Kieses wird lauter. Männerstimmen, viele. Ich husche zu dem Tunnel, den ich unter der hinteren Grundmauer gegraben habe, aber da draußen sind jetzt schon Männer, die unter dem überhängenden Dach des Schuppens vor der Sonne Schutz suchen. Rundherum stehen sie an die schattige Wand gelehnt und unterhalten sich. In ihre Stimmen mischt sich das metallische Klappern von Eimern. Ich rieche Brot, Fleisch, Obst, das nicht mehr frisch ist. Sie machen Mittagspause.

Das Schloß an der zweiflügeligen Tür vorn im Schuppen fängt an zu klirren. Sie werden hereinkommen. Mein Kopf ist benebelt. Ich beschwöre Wut herauf, die die Nebel aus meinem Hirn ätzt, so daß ich die Beschaffenheit des Landes rundum vor mir sehen kann. Ich war nachts oft hier. Hinter dem Schuppen dehnt sich offenes Land bis zum Fluß hinunter, direkt vor der Hütte, auf der anderen Seite der Gleise, ist ein kleiner Bach, dann kommt eine Stechapfelhecke, die weit nach Süden reicht. Das Ende der Hecke liegt dem Schuppen beinahe direkt gegenüber. Ich muß vorn hinaus, wenn ich nicht über lange Zeit im Blickfeld der Männer bleiben will, die hinter der Hütte sitzen. Knirschend springt das Schloß auf, die Türflügel werden angehoben und über den Kies gezerrt. Flach zusammengekauert warte ich hinter dem eisernen Pritschenwagen und wünschte, ich könnte mich in diesem Augenblick verwandeln; aber ich kann es nicht. Ich schlage es mir aus dem Kopf.

»Essen wir doch erst fertig. Dann können wir das Ding immer noch rausholen«, sagt ein kleiner rundlicher Mann in einem Overall. »Das ist ein verdammt schwerer Brocken.«

Noch ehe sein Gefährte, der teilweise hinter dem geöffneten Türflügel verborgen ist, antworten kann, stürme ich zu der halbgeöffneten Tür und pralle krachend mit der Schulter dagegen.

»Heiliger Himmel!« schreit der Dicke, als ein wuchtiger Schlag meiner Schulter ihn trifft. Er torkelt und stürzt. Der andere Mann ist größer und hält eine Schaufel. Ich donnere durch die Tür, aber der andere Mann schlägt mit seiner Schaufel nach mir. Mitten im Sprung schlage ich mit einem Hinterlauf aus, treffe den Mann direkt in die Brust, so daß die Schaufel nur meinen Rücken streift. Dann fliege ich die Böschung hinunter, rutsche durch den Kies ins hohe Gras, setzte in ungeschicktem Sprung über den Bach hinweg, während hinter mir Geschrei und Tumult ausbrechen. Schon biege ich um die Hecke, um im gestreckten Lauf davonzupreschen, den Männern aus den Augen.

Aber ich habe die Zäune vergessen. Stacheldrahtzäune, die ersten beiden in vier Reihen, dann einer mit fünf straffgespannten gestachelten Bändern, und in der Ferne kann ich noch mindestens zwei weitere erkennen. Sie behindern mich, und ich höre das Schreien und Brüllen der Männer, die den Bahndamm entlanglaufen. Im Schutz der Dornenhecke lege ich eine kurze Verschnaufpause ein. Es ist sehr heiß. Flimmernd steigt die Hitze der Sonne aus der dunklen Erde des Maisfeldes auf, wo die Halme mit den tiefgrünen Blättern etwa zwei Fuß hoch stehen. Bis zu den fernen Zäunen hin dehnt sich das lebhafte Grün; und dort sehe ich Baumgruppen, das Dach einer Scheune, andere Gebäude. Dahinter liegt die Ostweide der Nordmeyers, die, auf der die Guernsey-Kühe grasen.

Plötzlich hab' ich einen völlig klaren Kopf. Ich rieche das verkrustete Blut in meinem Fell. Beinahe hätte ich wieder eine Torheit begangen. Einen Moment lang frage ich mich, ob ich krank bin; dann höre ich das Klirren eiserner Räder auf den Gleisen und erregte Stimmen. Die Männer jagen mir mit einem Wagen nach, den sie auf die Gleise bugsiert haben. Hinter dem Ende der Hecken gibt es keinen Schutz, und jetzt werden sie vor mir dort anlangen. Die Augen knapp über den Gräsern, blicke ich die Hecke entlang nach hinten. In den wabernden Hitzewellen, die vom dunklen Boden aufwallen, sehe ich die verzerrten Gestalten eines halben Dutzends von ihnen, die, mit Schaufeln, Hacken und Eisenstangen bewaffnet, eine Kampfreihe gebildet haben. Ihre Stimmen dringen jetzt aus zwei Richtungen auf mich ein. Die Männer auf der Draisine haben das andere Ende der Hecke erreicht.

Die Hecke ist zu dicht und zu stachelig; ich kann nicht durch sie hindurchkriechen. Und die Zeit reicht nicht aus, um sich unter ihr hindurchzuwühlen; Hecken haben zu viele Wurzeln. Das Maisfeld mit seinen endlosen Reihen niedrig stehender Pflanzen bietet überhaupt keinen Schutz. Ich bin gefangen, gefangen aufgrund meiner eigenen Torheit. Doch jetzt ist nicht der Moment, sich über die Ursache solchen Schwachsinns den Kopf zu zerbrechen. Von beiden Seiten der Hecke her rücken die Männer vorsichtig näher, wobei sie unentwegt mit ihren Schaufeln und Stangen ins Gras und in die Hecke stochern. Ich rieche meine eigene Angst. Ich versuche, mich auf Robert Lee Burney zu konzentrieren, aber ich kann es nicht. Da ist irgendeine Sperre, die ihn daran hindert emporzutauchen. Mit Verwunderung wird mir klar, daß *er* nicht herauskommen will. Jeder Versuch, eine andere Tiergestalt anzunehmen, wäre sinnlos. Dazu bin ich zu unerfahren. Ich habe kein Verlangen, Menschen zu verletzen. Die, über die ich auf dem Hof der Nordmeyers herfiel, bedrohten mein eigenes Leben, aber diesen Männern hier möchte ich nichts antun. Außerdem wäre es gefährlich, mich so vielen Zeugen zu zeigen; das würde zweifellos eine Großjagd auslösen, der zu entrinnen ich in meinem gegenwärtigen Zustand Mühe hätte.

»Ich komme raus, wenn du zurückgehst«, sagt eine hohe, klare Stimme.

Ich fahre hoch und lasse mich sogleich wieder flach ins Gras fallen. Die Stimme ist die von Robert, und sie kommt aus meinem eigenen Geist. Er will einen Pakt mit mir schließen. Am liebsten würde ich lachen. Ich denke die Worte, wenn du jetzt nicht herauskommst, wird es uns beiden schlecht ergehen, vielleicht werden wir sogar getötet.

»Versprich mir, daß du zurückgehst.«

»Das kann ich nicht. Sie haben mich gesehen. Das wäre auch für dich bedrohlich.«

»Versprich es!«

Die Männer zu beiden Enden der Hecke kommen näher, pirschen sich in breiter Front, die bis ins Maisfeld hineinreicht, langsam heran. Jetzt ist es zu spät, einfach das Weite zu suchen. Ich würde zumindest mit einigen von ihnen kämpfen müssen. Während Roberts Stimme in meinem Inneren wieder jene beiden Wörter ruft, höre ich etwas, ein metallisches, dumpfes Rattern, dann ein fernes, schrilles Pfeifen. Es kommt ein Zug, und er kommt schnell.

Jetzt hören auch die Männer am Südende der Hecke das Geräusch. Schreiend und rufend rennen sie um die Hecke herum zum Bahndamm zurück. Ich schicke mich an, durch das hohe Gras in ihrer Richtung davonzuschleichen.

»Der ›Lakeshore‹! Der ›Lakeshore‹!«

»Mensch, die Draisine muß runter von den Gleisen!«

»Los, mach ein bißchen Dampf. Sonst macht der Dicke da vorn Kleinholz aus uns.«

Am Südende der Hecke sind jetzt keine Männer mehr, und ich laufe schneller. Am Ende der Hecke angekommen, sehe ich ein halbes Dutzend Männer in Overalls, die sich in höchster Aufregung bemühen, den kleinen Pritschenwagen mit den eisernen Rädern von den Gleisen zu entfernen, während der sich nähernde Zug, eine lange, flache Rauchfahne hinter sich herziehend, zusehends an Form und Größe gewinnt. Die schwarze, stumpfnasige Lokomotive braust mit unglaublicher Geschwindigkeit heran. So schnell werden die einzelnen Gesichtszüge der Lokomotive klar erkennbar, daß ich Mühe habe, sie alle zu erkennen.

Die Männer auf dem Bahnkörper haben die Draisine jetzt von den Schienen gehoben, aber nun steht sie quer über den Gleisen. Sie werden es nicht schaffen. Der Zug hebt jetzt zu schrillem Pfeifen an, dessen Tonhöhe sich bis zur Unerträglichkeit steigert. Nur zwei von den Männern versuchen immer noch, die Draisine aus dem Weg zu räumen; die anderen rasen die Böschung hinunter, als die Räder des Zugs jetzt knirschend und kreischend über die eisernen

Schienen schleifen und sich die ganze Länge des Zugs entlang das klirrende Krachen der Kupplungen fortsetzt, das sich anhört wie ein Schlagwirbel von eisernen Hämmern.

Ich richte mich auf, um zu sehen, was vorgeht. Die letzten beiden Männer ergreifen die Flucht, stürzen die Böschung hinunter, und die gewaltige schwarze Lokomotive scheint sich der kleinen Draisine wie ein gieriges Maul zu nähern, das sie verschlingt und gleich darauf mit einem ohrenbetäubenden Knall die Trümmer wieder ausspeit. Holz splittert und Metall knirscht und dann fliegt ein schweres eisernes Rad über die Hecke. Kreiselnd, die herausgerissene Achse wie den Stengel einer Eisenblume schwenkend, saust es durch die Luft. Ein Hagel von Holzsplittern prallt vom Boden zurück gegen die schwarze Lokomotive, die trotz angezogener, schrill kreischender Bremsen weiter vorwärts braust. Als die Lokomotive über mir vorbeirast, sehe ich die weißen runden Gesichter zweier Männer, die vom Fenster des Führerhäuschens wegspringen, um in Deckung zu gehen.

Hinter mir höre ich jetzt wieder die Männer, die an der Hecke entlanglaufen. Sie rennen jetzt keuchend und schreiend. Auf der anderen Seite der Hecke, auf der Seite, wo sich der Bahndamm befindet, husche ich tiefgeduckt zurück, und als ich etwa den halben Weg hinter mich gebracht habe, sehe ich, daß sich die Männer um die Trümmer ihrer Draisine geschart haben. Der Zug ist schon an mir vorbei, kommt erst jetzt gerade zum Stehen. Sein letzter Wagen ist hundert Meter weiter gleisaufwärts. Ich lasse mich in den Bach hinuntergleiten, husche drüben die Böschung hinauf und krieche fast auf dem Bauch über die Geleise. Auf der anderen Seite wartet eine kleine Baumgruppe aus Eichen und Ahorn, die in einen Wald führt. Ich habe es geschafft.

Jetzt, wo ich von zwei verschiedenen Menschengruppen ganz deutlich gesehen worden bin, wird es bald schwieriger werden, aus diesem Gebiet herauszukommen. Ich muß unbedingt meine Fähigkeit, mich zu verwandeln, wiedergewinnen, so daß ich unbemerkt entschlüpfen kann. Und Robert ist jetzt ein Teil von mir. Ich verspreche ihm, daß wir wenigstens für kurze Zeit auf den Hof zurückkehren werden.

Nachdem ich zwei Nächte in einem verlassenen Pumpenhaus zugebracht habe, kehre ich auf den Hof der Nordmeyers zurück, wo ich den ganzen Tag oben in der staubigen trockenen Hitze des

Heubodens liege und durch die Ritzen des Tores spähe, während schwarze Autos auf den Hof fahren und wieder abfahren, Menschen in schwarzen Kleidern kommen und gehen. Nicht ein einziges Mal zuvor habe ich gesehen, daß jemand durch die vordere Haustür das Haus betreten hätte. Viele von den Menschen weinen. Ich erkenne Vaire, Anne, Walter und beobachte eine zweite Gruppe, die Familie der anderen Schwester wahrscheinlich, die mit Mann und Kind gekommen ist.

Hin und wieder lege ich im Laufe dieses langen, heißen Tages ein Nickerchen ein, weil ich hoffe, daß meine Sinne und mein Wahrnehmungsvermögen sich dann erholen. Sie scheinen durch die schreckliche Schlacht an jenem verhängnisvollen Morgen und durch die darauf folgende Flucht aus dem Lot geraten zu sein.

Einmal, als ich erwache, sehe ich die schmalen Sonnenstrahlen, die durch die winzigen Sprünge und Löcher im Dach eindringen und wie feine Drähte und Bänder und schlanke Säulen in der staubigen Luft hängen. Es ist ganz still im hohen, leeren Heuboden, so still wie auf einer Waldlichtung, wenn die Sonne durch den Morgennebel scheint. Ich bin durstig, doch vor Einbruch der Dunkelheit kann ich nicht hinuntergehen, um etwas zu trinken. Ich dränge den Durst zurück und mache mir Gedanken über die Unempfänglichkeit meiner Sinne. Jener Teil von mir, der Robert ist, ist offenbar durch eine Schwäche meiner sinnlichen Wahrnehmung von mir abgegrenzt. Ich schiebe das alles von mir weg und beschließe, bis zum Einbruch der Dunkelheit zu schlafen.

Als ich erwache, verspüre ich ein dringendes Verlangen nach Robert. Nie zuvor habe ich das empfunden. Ich konzentriere mich und verwandle mich mühelos.

Vorsichtig setzte Robert in der Dunkelheit einen Fuß vor den anderen, um sich nicht auf dem alten, rauhen Holzfußboden Splitter einzuziehen. In der Hand trug er ein Stück Stoff, in das die Mundharmonika eingewickelt war. Es war still im Stall, die Kühe schliefen, die Hunde waren draußen vor der großen Schiebetür angekettet. Biff trottete, seine Kette hinter sich herziehend, zu Robert hin und wedelte mit dem Schwanz, den Kopf gesenkt, als wäre alles seine Schuld.

Draußen vor der hinteren Fliegengittertür blieb Robert stehen. Drinnen war niemand wach, im Wohnzimmer brannte eine Lampe. Die Fliegengittertür war nicht eingehängt. Robert öffnete sie und ging langsam und leise über den geschrubbten Boden der Veranda, auf dem noch dunkle Flecken zu sehen waren. Die Küche war blitzsauber und sah sehr leer aus, der Eßzimmertisch stand wieder und war frisch poliert. Im Wohnzimmer ruhte auf zwei Sägeböcken ein grauer länglicher Kasten aus Metall mit langen Handgriffen an den Seiten. Der Deckel des Kastens war aufgeschlagen. Er erinnerte Robert an das Schmuckkästchen, das Tante Cat auf ihrem Toilettentisch stehen hatte. Im Inneren des Kastens schimmerte glatter Stoff, der einen so schillernden Glanz hatte, daß man hätte meinen können, er wäre naß. Die Lampe stand dort, wo sonst das Radio gewesen war, auf dem kleinen Beistelltisch mit den dünnen Beinen. Die kleingestellte Flamme war so still, als wäre sie gemalt.

Robert konnte nicht in den Sarg hineinsehen, deshalb mußte er sich einen Stuhl aus dem Eßzimmer holen. Auf dem Stuhl stehend, die Hände auf dem Rand des Kastens, blickte Robert auf Martin hinunter, der, die Hände auf der Brust gefaltet, zu schlafen schien. Robert hatte Martin nie im Schlaf gesehen, hatte ihn nie zuvor so still gesehen. Immer hatte er gearbeitet, immer war er in Bewegung gewesen, während er Robert von den Tieren auf dem Hof erzählt hatte und von der vielfältigen Arbeit auf dem Feld. Jetzt waren seine Augen in den vielen kleinen Fältchen verschwunden, und sein Mund war fest geschlossen, so, als bisse er knirschend die Zähne aufeinander, und an den Winkeln in einem Ausdruck des Mißfallens herabgezogen. Er trug einen schwarzen Anzug, den Robert noch nie an ihm gesehen hatte, und dazu ein weißes Hemd, das blütenweiß und steif war, und eine blaue Krawatte. Der Mann sah wie Martin aus, dachte Robert, aber es war gewiß nicht der alte frohsinnige Bauer, den Robert gekannt hatte. Lange Zeit starrte Robert in den Sarg hinein, beugte sich weit zu dem Toten hinunter, als könnte er so den leisen Hauch eines Wortes auffangen oder den Ansatz eines Lächelns sehen. Es war, als glaubte er, Martin necke ihn nur, wie er es früher immer getan hatte, wenn er sich ärgerlich gestellt hatte. Und dann schien sich das Gesicht tatsächlich zu verändern, und die Fältchen glätteten sich in einem Lächeln, während die Augenlider leise zu flattern begannen und sich vielleicht geöffnet hätten, wenn Robert nur noch einen Augenblick länger auf Martin hätte hinuntersehen können. »Robert!«

Die Stimme war ein lautes Zischen, ähnlich dem, das aus den Kulissen kommt, wenn ein Schauspieler zurückgerufen wird, der auf das falsche Stichwort hin vor den Vorhang getreten ist. Vaire stand in der Eßzimmertür. Sie trug einen langen wattierten Morgenrock, und ihr Gesicht war nur ein weißes Oval im dämmrigen Licht. Ihre Augen wirkten unnatürlich groß, Eulenaugen, die in die Dunkelheit spähten. Nur einen Moment lang blieb sie stehen, dann eilte sie hastig zu Robert und zog ihn in ihre Arme, drückte ihn an ihren warmen Körper, während sie sein Haar küßte und gleichzeitig weinte. Sie schob seine magere kleine Gestalt unter ihren Morgenrock und hüllte ihn ein.

Robert begann zu schluchzen und zu zittern wie damals an jenem ersten Abend. Er fühlte sich plötzlich so schwach, daß er kaum noch stehen konnte, spürte Übelkeit im Magen, Schwindel im Kopf. Er umschlang Vaire mit seinen Armen und drückte seinen Kopf weinend an ihre Schulter, während ihre Tränen in sein Haar flossen.

Robert mußte natürlich etwas über das Untier sagen, von dem sie glaubten, es hätte ihn an jenem Tag aus dem Haus geschleppt. Von Vorteil für ihn war die Tatsache, daß seine Erinnerungen an die Ereignisse wirklich nur sehr verschwommen waren. Der Aufruhr von Gefühlen, der ihn selbst überwältigt hatte, und die plötzliche Verwandlung waren für ihn so verwirrend gewesen, daß ihm nur das Entsetzen und die Angst und das Blut im Gedächtnis geblieben waren, und der Anblick des alten Bauern, der mit glasigen Augen und zerfetzter Brust auf der Veranda gelegen hatte. Er umklammerte die Mundharmonika, als wäre sie sein Talisman, und erzählte seine bruchstückhafte Geschichte der Familie, dem Coroner und einigen Beamten der State Police, die sehr imposant und ehrfurchteinflößend aussahen in ihren grauen Uniformen mit den breiten Ledergürteln, an denen die Pistolenholster hingen.

Die Aussagen der Eisenbahnarbeiter, von deren Draisine nur noch ein Haufen Splitter übrig war, die den »Lakeshore Limited« zierten, trugen auch nicht zu einer Erhellung der Angelegenheit bei; ihre Berichte nämlich erschöpften sich in höchst phantastischen Mutmaßungen, da ja nur zwei von den Leuten das Wesen, das da am Morgen aus dem Geräteschuppen hervorgebrochen war, einigermaßen klar gesehen hatten.

Roger Rustum und Thomas Prokoff widersprachen sich ebenfalls in ihren Berichten. Rustum behauptete, das Untier hätte einen

Rachen wie ein Hai gehabt und Arme wie ein Bär, während Prokoff mehr eine Art Berglöwe gesehen haben wollte. Oliver Hackett hatte gar nichts zu sagen, da er unter ständiger Einwirkung von Betäubungsmitteln stand, die man ihm zur Linderung der durch die Tuberkulose ausgelösten Schmerzzustände verabreichte.

Aufgrund dieser Hinweise hätte man auf keinen Fall einen streunenden Hund verantwortlich machen können. Da erst eine Woche zuvor ein Wanderzirkus durch Cassius gezogen war, redeten sich die Behörden flugs ein, der Übeltäter könne nur ein aus diesem Zirkus ausgebrochener Menschenaffe gewesen sein. Eine telegrafische Anfrage bei dem betreffenden Zirkus jedoch machte diese Theorie zunichte; keines der Tiere war ausgebrochen.

Weitere Hinweise auf die Existenz des seltsamen Wesens liefen auf den Polizeidienststellen in einem halben Dutzend Orten in Michigan ein, sobald die Abendzeitung, die einen Bericht über den Vorfall brachte, ausgeliefert worden war. In den folgenden Wochen sahen die Leute so ziemlich jede Art von Ungeheuer von King Kong über den Wolfsmenschen bis zu Frankensteins Monster, wobei King Kong einen Vorsprung von drei zu eins hatte.

Vaire und Walter hatten Robert in ihr Haus nach Cassius mitgenommen und ihm das Zimmer im ersten Stock gegeben, das dem von Anne gegenüberlag. Dort schlief er in einem breiten, durchgelegenen Doppelbett, dessen Sprungfedern jedesmal ächzten und stöhnten, wenn er sich des Nachts umdrehte. Das Bett gehörte wie das Haus selbst Großmutter Stumway, die Tante Cats Mutter war. Robert, der versuchte, diese Erwachsenen ins rechte Generationenverhältnis zu bringen, glaubte, sie müsse beinahe so alt sein wie die Erde selbst.

Robert fühlt sich wohl, aber ich verspüre manchmal Lust, mich davonzumachen und auf Wanderschaft zu begeben. Doch da ich nun seit Tagen überall in der Gegend in aller Munde bin, wäre das riskant. Vaire hat mich zweimal in meiner eigenen Gestalt gesehen, obwohl der eine kurze Augenblick in der Kirche wahrscheinlich mehr wie eine Halluzination war, und sie sich wahrscheinlich nicht mehr bewußt daran erinnert.

Dann und wann pflegte sie ganz beiläufig auf das seltsame Tier zu sprechen zu kommen, nach dem Frühstück etwa, wenn Anne und Robert das Geschirr zum Spültisch trugen, oder draußen im Garten, wenn sie alle drei Tomaten pflückten, oder abends, wenn die

Kinder sich auszogen, um zu Bett zu gehen. Sie pflegte dann laute Überlegungen darüber anzustellen, wie das Tier wohl so plötzlich ins Haus gekommen wäre, und beantwortete ihre eigene Frage damit, daß sie sagte, es hätte sich vielleicht in der Nacht hereingeschlichen und irgendwo versteckt, oder es wäre vielleicht durch die Hintertür hereingesprungen und hätte so den Schuß ausgelöst, mit dem Gus ihren Vater getötet hatte. Und was wohl aus dem Tier geworden sei, pflegte sie sich dann laut zu fragen, während Anne und Robert auf die Frage warteten, von der sie wußten, daß sie kommen würde.

»Armer, kleiner Robert. Du warst wahrscheinlich viel zu verschreckt, um dich daran erinnern zu können, wo das Tier herkam, nicht wahr?«

»Ja, ich hatte wirklich schreckliche Angst«, antwortete Robert dann, während Anne ihm einen neugierigen Blick zuwarf.

Sie sah ihn jetzt mit neuem Respekt: Er war von einem wahnsinnigen Gorilla verschleppt worden und mit knapper Not mit dem Leben – und Großpapa Nordmeyers Mundharmonika – davongekommen. Die letzte Tatsache bereitete Anne Kopfzerbrechen und gab auch einigen anderen Familienmitgliedern zu denken. Wie merkwürdig, daß Robert die in Fetzen seines Nachthemds eingewickelte Mundharmonika in den Händen gehalten hatte, als Vaire ihn in jener Nacht am Sarg überrascht hatte!

Walter zeigte sich Vaire gegenüber recht streng und unnachgiebig, wenn sie das Thema abends, nachdem sie die Kinder ins Bett gepackt hatte, aufs Tapet brachte. Seiner klaren und nüchternen Meinung zufolge gab es ein solches geheimnisvolles Untier nicht. Das Vieh war ein verwilderter Hund, der sich über Nacht im Haus versteckt hatte. Das Krachen des Schusses hatte ihn erschreckt, und er hatte einfach blind um sich gebissen. Robert war vor Angst einfach außer sich gewesen und war davongelaufen.

Der ruhige Blick der Augen in dem frischen, offenen Gesicht schien Vaire beinahe zu überzeugen, solange er sprach. Alles schien ganz einleuchtend und normal, wenn Walter ruhig und gelassen im dämmrigen Wohnzimmer ihres Hauses saß und ihr direkt ins Gesicht blickte und sagte: »Das ist doch nichts als Massenhysterie, Vaire. Es ist genau so, wie wenn die Leute sich einbilden, den indischen Entfesselungsakt gesehen zu haben. Man braucht ihnen nur einzureden, daß etwas Übernatürliches oder Grauenhaftes geschehen ist, und sofort machen sie sich daran, es nach Kräften auszuschmücken, bis es die unglaublichsten Dimensionen annimmt.«

»Aber ein Hund könnte Robert doch nicht weggeschleppt haben.«

»Natürlich nicht, Liebes«, pflegte Walter mit unerschütterlicher Gewißheit zu antworten. »Der arme kleine Bursche ist fortgelaufen. Der Hund hat ihn wahrscheinlich herumgestoßen, und da ist er auf- und davongelaufen und hat sich im Stall versteckt. Denn da hat er sich doch versteckt, nicht wahr, sagte er das nicht?«

»Ja, aber ich kann mir nicht vorstellen, daß er volle drei Tage lang da oben saß, während all diese Leute den ganzen Hof absuchten. Ich bin überzeugt, daß ein paar von den Männern oben auf dem Heuboden nachgesehen haben, wo er sich angeblich versteckt gehalten hat.«

Vaire widerstrebte es aus tiefster Seele, Walter in irgendeiner Weise zu widersprechen. Er war ein so guter Mensch. Aber für sie war es wirklich undenkbar, daß der kleine Junge sich zweieinhalb Tage lang nackt auf dem Heuboden versteckt gehalten hatte, während es auf dem Hof von Polizeibeamten, Suchhunden und Reportern gewimmelt hatte.

Dieses Argument reizte Walter jedesmal von neuem, und er pflegte dann bedächtig seine Pfeife zu stopfen. Das Pfeiferauchen hatte er erst vor kurzem angefangen, um sein Image zu unterstützen. Das Stopfen und Anzünden wollte mit Bedacht getan sein, und verlieh ihm einen Zug kluger Nachdenklichkeit. Manchmal allerdings, wenn er sprach, ohne die Pfeife aus dem Mund zu nehmen, schnappte sie hoch, wie an einem Scharnier, und dann mußte er hastig und wenig anmutig zupacken, um sie zu fassen zu kriegen, bevor sie aus dem Mund fiel.

Und wenn das umständliche Verfahren dann abgeschlossen war, fiel seine Antwort ausgesprochen dürftig aus.

»Ja, wie soll es denn sonst gewesen sein?« pflegte er schließlich zu fragen, als wäre die Unmöglichkeit, eine Antwort zu finden, der Beweis für die Überlegenheit des gesunden Menschenverstands in allen Dingen.

Ich habe es mir zur Gewohnheit gemacht, eine Zeitlang im Dunkeln in meiner natürlichen Gestalt im Bett zu liegen, um mich zu entspannen. Selbst dort, wo man eingeengt und gefangen ist, ist es gut und tröstlich, wieder man selbst zu sein. Außerdem kann ich auf diese Weise mühelos den Gesprächen lauschen, die unten geführt werden. Robert selbst hätte das meiste hören können, wenn er zur Luftklappe im Boden seines Zimmers hinübergegangen wäre und sie nur ein kleines Stück aufgeschoben hätte. Die viereckige Öffnung, die unten und oben eine lamellierte Klappe hat, geht zum Eßzimmer durch, befindet sich in der Ecke direkt neben der Schiebetür zum Wohnzimmer.

Eines Abends sitze ich dort auf dem Boden und blicke durch die Ritzen in den warmen Dämmerschein, lausche, wie ein Gefangener den vielfältigen Stimmen der Sommernacht lauscht. Ich höre Tante Cat, Walter und Vaire, die im Eßzimmer um den Tisch sitzen und selbstgebrauten Wein vom Hof trinken. Tante Cat hat bereits einiges über den Durst getrunken, und Walter bemüht sich, sie zu bremsen; viel allerdings richtet er nicht aus gegen die ältere Frau, die seine Bemerkungen einfach vom Tisch fegt, als wäre er ein Kind.

»Aber du hast doch selbst wiederholt gesagt, Mutter«, wendet Walter ein, »daß du keine klare Erinnerung daran hast, wie das Tier ausgesehen hat. Jetzt erklärst du plötzlich, daß du dich ganz genau erinnern kannst.«

Er macht sich daran, den Kopf seiner Pfeife mit einem Löffelstiel auszukratzen, um ihn frisch zu stopfen.

»Bei wildfremden Menschen, wie diesen Leuten von der Zeitung, Polizeibeamten und so muß man vorsichtig sein mit dem, was man sagt. Man weiß nie, was sie im Schilde führen«, versetzt die ältere Frau.

Ich höre, wie Vaire mit gesenkter Stimme auf ihre Mutter einredet. Ein Schluck Wein sei sicher gesund, sagt sie, aber allzu viel davon sei auch keine Hilfe gegen Kummer und Schmerz. Ihre Mutter entgegnet, daß gegen Kummer und Schmerz überhaupt nichts hilft, der Wein aber noch das beste sei. Walter übt jetzt geflissentliche Zurückhaltung im Gespräch, während Tante Cat zusehends aufgebrachter wird. Vaire weist darauf hin, daß die Kinder unmittelbar oberhalb schlafen, aber Tante Cat ist nicht mehr zu halten. Sie hat etwas zu sagen, und es scheint, daß sie entschlossen ist, es an den Mann zu bringen.

»Vaire! Victoria, du bist doch meine Tochter, meine Große! Wie kannst du seelenruhig hier am Tisch sitzen und mir erklären, du hättest dieses Untier nicht gesehen!«

»Aber Mutter, wenn da plötzlich ein großer, verwilderter Hund hereingesprungen kam –« begann Walter, doch die beiden Frauen ignorierten ihn.

»Natürlich habe ich es gesehen, Mutter, aber ich kann mich an Einzelheiten nicht mehr genau erinnern. Du weißt noch, dieser Mann hatte mir den Arm umgedreht, und dann sprang er plötzlich auf und nieder wie von der Tarantel gestochen und brüllte wie ein Wahnsinniger und fuchtelte dabei unentwegt mit dem Messer herum. Ich dachte, er wolle mich umbringen.«

»Weißt du nicht mehr, wie dieses – dieses Ding sich hinten an der Tür aufrichtete, direkt neben der Leiche deines Vaters«, rief Tante Cat jetzt mit immer lauter werdender Stimme, »und direkt zu uns herübergeschaut hat?« Sie legte eine kurze Pause ein, um ihren Worten dramatisches Gewicht zu geben und einen Schluck aus ihrem Glas zu trinken. »Und in seinen Zähnen hielt es Martins Mundharmonika!«

Ich lausche jetzt mit solcher Anspannung, daß ich kaum noch atme. Vielleicht habe ich die menschliche Fähigkeit, Fremdes und Befremdliches anzunehmen, unterschätzt.

Ich höre, wie Walter seinen Stuhl zurückschiebt. Auch Vaire steht auf. Tante Cat springt mit heftiger Bewegung von ihrem Stuhl auf. Jetzt stehen sie alle drei.

»Du hast es gesehen, Vaire!« Sie schreit beinahe. »Da war nirgends ein kleiner Junge, da war keine Spur von Robert zu sehen, weder drinnen im Zimmer noch draußen bei dem Ungeheuer. Und das Tier hatte Martins Mundharmonika zwischen den Zähnen, auf der er noch am Morgen gespielt hatte, während ich das Frühstück machte.« Schluchzend, aber voller Zorn bricht sie ab und sagt dann, noch immer weinend: »Vaire, sag mir, hast du es gesehen? Sag es mir. Hast du es gesehen, wie es da unter der Hintertür stand? Mit seinen großen unnatürlichen Augen und den riesigen Fängen?«

»Ja, Mutter«, antwortet Vaire sehr leise.

»Du hast gute Augen, Victoria. Du hast es gesehen.« Ich höre es ihren lallenden Worten an, daß sie betrunken ist. Noch immer schluchzend sagt sie es wieder, lauter jetzt. »Du hast es gesehen.«

Darauf folgt eine Pause. Dann scheint sie sich plötzlich voller Ärger und Bitterkeit gegen die jüngeren Leute zu wenden.

»Was hatte es an?«

»Wie, Mutter?« fragt Vaire, Angst in der Stimme.

Und Walter schaltet sich mit der gleichen Frage ein. »Was es anhatte?« sagt er ratlos.

»Es hatte Roberts Nachthemd an!« schreit Tante Cat schrill, und bei den Worten sträubt sich mir plötzlich in dieser heißen Augustnacht das Fell, als fege ein eisiger Wind aus nördlichen Wäldern über mich hinweg.

»O mein Gott! Ach, Mutter«, ruft Vaire entsetzt.

»Ich hole Doktor Fleishmann«, verkündet Walter. »Setz dich hin, Mutter.« Walter sagt es streng und bestimmt.

»Hast du Angst davor, es auszusprechen, Victoria?« fragte Mrs. Nordmeyer. »Hast du Angst davor, das auszusprechen, was dieser gräßliche Rustum sagte, daß es ein Ungeheuer aus der Hölle war?« Sie schreit jetzt ganz laut. »Aber genau das war es. Ja, genau das war es. Ein Ungeheuer aus der Hölle, und es hat meinen Mann umgebracht.«

Ich stehe jetzt beim Fenster und höre mir alles an. Walter läßt unten an der Auffahrt den Wagen an; Mrs. Nordmeyer ist offenbar zu Boden gestürzt. Vaire holt etwas aus der Küche. Ich schicke meine Sinne aus: Anne schläft. Unten auf der Straße, wo die Scheinwerfer von Walters Wagen davongleiten, ist kein Mensch. An der Ecke, wo der Schein der Straßenlampe durch das Laub der Ahornbäume abgeschirmt wird, schwenken die beiden Lichtstrahlen ab. Niemand kommt die Straße entlang.

»Mutter, Walter holt den Arzt. Leg dir das unter den Kopf. Und hier ist ein kaltes Tuch für dein Gesicht.«

Die Stimme der älteren Frau ist so leise, daß ihre Tochter Mühe hat, sie zu hören. »Was kann es nur sein, Vaire?« flüstert sie. »Was kann es sein?«

Sie wälzt ihren Kopf auf dem Kissen hin und her. Ich spüre beinahe die Glut ihrer Augen, die zur Decke gerichtet sind und Löcher in den Boden zu brennen scheinen, auf dem ich kauere. Sie beginnt wieder zu flüstern.

»Es ist da oben, Vaire. Da oben bei Anne, da oben in deinem Haus. Es lebt mit euch unter eurem Dach, dieses teuflische Ding, dieses Ungeheuer aus dem Feuer der Hölle.«

»Mutter, bitte! Ich bin völlig außer mir.« Jetzt weint auch Vaire. »Du kannst doch so etwas nicht über ein kleines Kind sagen, das nicht älter ist als Anne. So etwas kann nicht sein, Mutter.« Sie weint jetzt ganz offen.

»Was will es?« fährt die ältere Frau flüsternd fort. Es klingt so gespenstisch, daß mein Fell sich sträubt. Sie macht sogar mir Angst.

»Mutter, bitte, hör auf«, jammert Vaire. »Du machst mir Angst.«

Ich warte darauf, daß Vaire die Treppe hinaufläuft, aber sie kommt nicht. Sie scheint hin und her gerissen zu sein zwischen ihrer Mutter und ihrem Kind, und die Angst bewegt sie, unten zu bleiben, bis ihr Mann kommt. Keine klaren Worte kommen mehr aus dem Mund der älteren Frau, nur lallendes Gemurmel, während ihr die Sinne schwinden.

Einige Minuten später kommt der Wagen mit dem Arzt zurück. Männlich robuste Kraft und Entschiedenheit vertreiben die wabernden Schatten der Angst, die uns alle eingehüllt hatten. Als viel später jemand heraufkommt, um nach Robert zu sehen, liegt er ruhig schlafend in seinem Bett, einen feinen Schweißfilm auf der Stirn von der Hitze der Augustnacht, das Nachthemd hochgeschoben bis zum Bauch.

Robert ist mir jetzt ein Rätsel. Er weiß um die Gefühle abergläubischer Angst, die er bei Tante Cat auslöst, und er spürt die häufig nur notdürftig verhohlene Nervosität seiner geliebten Vaire. Wirklich fühlt er sich nur noch in der Gesellschaft Annes und anderer Kinder, die keinerlei bewußte oder unbewußte Ängste bewegt, in ihm ein Monstrum zu sehen. Doch er will sich nicht von der Familie trennen, und es widerstrebt mir, ihn zum Fortgehen zu zwingen, obwohl ich sicher bin, daß ich das fertigbrächte, wenn es notwendig wäre, um zu überleben.

Befremdlich zu spüren, wie er als eigene Persönlichkeit jeden Tag an Kraft gewinnt. Immer schwieriger wird es, ihm Vernunft beibringen zu wollen, immer schwieriger, ihm dann meinen Willen aufzuzwingen, wenn er nicht will, daß ich mich zurückverwandle, um mir draußen auf den dunklen Feldern die Nachtluft um die Nase wehen zu lassen. Ich frage mich, ob ich ein Ungeheuer geschaffen habe, und bei dem Gedanken muß ich lächeln, lächle direkt in die angstvollen Augen des Kaninchens, das ich eben gefangen habe und gleich verspeisen werde. Aufregend war die Jagd auf das Tier nicht, es ist kein reines Wildkaninchen, sondern so eine Kreuzung mit zahmen Stallkarnickeln, die die Leute hier in der Stadt für ihren Sonntagsbraten züchten. Es ist sehr groß und braun und dick, und unter dem Hals hat es einen wabbeligen Fettlappen. Mit den flinken Bürschchen, die ich immer bei Martin in den Hekken und an den Bachufern gefangen habe, hat es gar nichts gemein. Aber es schmeckt sehr gut, beinahe süß, ähnlich wie Hühnchen oder Lamm. Auch ich verändere mich, werde heikler, stelle ich fest, während ich Fetzen von Haut und Pelz ausspeie. Ich finde keinen Genuß mehr daran, kleine Tiere in einem einzigen Happen zu verschlingen, sondern habe angefangen, sie auseinanderzunehmen, um mir nur die guten Stücke zu Gemüte zu führen. Den Rest lasse ich einfach verkommen. Vielleicht werde auch ich langsam ein zivilisiertes Wesen und fresse bald nur noch nahrhaftes Hundefutter in drei köstlichen Geschmacksrichtungen aus der Dose.

Doch die warmen Sommernächte behalten für mich ihren ungebrochenen, alle Dinge berauschenden Zauber, der mich immer von neuem umfängt, wenn ich draußen vor der Stadt mit leichtem Schritt über die Weiden und Stoppelfelder wandere. Meine Sinne erspüren die Kühe, die drüben an der Ecke einer Weide schlafend unter dem dunklen Schirm eines Ahornbaums liegen, und die Bisamratten, die an den Mündern ihrer unterirdischen Baue in den Flußufern auf Elritzen lauern; verstohlen schleichen die Katzen durch die Nacht, und ihre Augen glühen auf wie Laternen, wenn ein Automobil auf der Landstraße vorüberfährt. An jedem Graben, unter jedem Büschel Gras zirpen die Grillen und quaken die Frösche in scharfen, kantigen Tönen. Die Erde liegt weich und gut unter meinen Füßen, während ich, in dem Gefühl, eins zu sein mit der Natur, lautlos durch die Dunkelheit streiche und die Gerüche und Düfte all der kriechenden, springenden, jagenden Nachtgeschöpfe einatme, deren Hunger in den sommerlichen Nächten so leicht gestillt ist. Das Tiergefühl wohliger Fülle und Sättigung nehme ich auf, das den eisigen Winter ebenso vergessen macht wie die stumpfe Erstarrung der Sinne, die sich in der dunklen, von Schnee zugeschütteten Höhle einstellt, während der Magen langsam schrumpft, und die Kälte Herz und Hirn lahmlegt und wo nicht einmal mehr Träume kommen.

Ich blicke hinauf zu der schmalen Sichel des Mondes, deren spärliches Licht in der Dunkelheit kaum Schatten wirft. Ein neues, fremdes Gefühl ist in mir geboren worden, das schon seit einiger Zeit ständig wächst und mich mit einer seltsamen Unrast erfüllt. Manchmal wird es sogar wach, wenn ich einer Füchsin auf der Spur bin und einen Hauch ihrer Ausdünstung auffange. In Robert regt es sich, wenn er seine geliebte Vaire betrachtet. In mir ist es wie ein Verlangen, zu töten und genußvoll zu fressen, aber ohne das Tier, das ich töte und fresse, zu verletzen. Es ist ein ganz paradoxes Gefühl, das ich nie zuvor gekannt habe, und das ich nur Roberts wachsender persönlicher Eigenständigkeit zuschreiben kann; mir scheint, daß da etwas, das in den Erlebnisbereich des Menschen gehört, in mein eigenes Leben hineinsickert. Es ist daher etwas, mit dem ich mich auseinandersetzen muß, denn es scheint jetzt, daß ich mich endgültig auf ein Zusammenleben mit den Menschen eingelassen habe. Sie sind seltsame, schreckliche, leidende Wesen, doch jetzt, wo Robert geboren worden ist, bin ich einer von ihnen. Dieses Gefühl kann ausgekostet werden wie jede andere Empfindung, und daher lasse ich es mir gefallen, auch wenn es irritierend ist. Jedes Gefühl, selbst der Schmerz, muß erfahren werden und ist besser, als überhaupt kein Gefühl.

5

Willie Duchamps hütete sich, den Garten der Woodsons zu betreten. Er war sowohl von Vaire als auch von Walter bereits mehrmals wegen seiner sinnlosen und teilweise grausamen Streiche kräftig ausgeschimpft worden. Er hatte Katzen an den Schwänzen zusammengebunden, hatte einem Hund einen Knallfrosch unter das Halsband gesteckt, hatte Anne Ausdrücke beigebracht, mit denen sie in aller Unschuld die Freundinnen ihrer Mutter aufs höchste schockiert hatte, hatte eines Tages – und das war nach Walters Ansicht der übelste Scherz, den er sich überhaupt geleistet hatte – in einem Wutanfall den Gartenschlauch der Woodsons mit Walters eigener Axt in achtunddreißig nahezu gleich lange Teile zerstückelt. Walter hatte an jenem Sonntagmorgen nur einen Blick in seinen Garten geworfen, wo es aussah, als hätte es rote Makkaroni geregnet, dann war er fuchsteufelswild ins Wohnzimmer gestampft und hatte erklärt: »Dieser Duchamps, dieser Fratz, setzt mir keinen Fuß mehr in meinen Garten.«

Auf Unterstützung von Willies Vater, von dem man munkelte, er betätige sich neben seiner nächtlichen Arbeit als Barkeeper in der *George Washington Tavern* auch noch als Zuhälter, war nicht zu hoffen. Der Mann sah aus wie ein rasierter Gorilla – wenn er sich rasierte – und hatte sich seiner geplagten Ehefrau entledigt, indem er sie so brutal prügelte, daß das Gericht ihr verbot, zu ihm zurückzukehren; worauf sie Cassius für immer den Rücken kehrte, um zu ihrer verwitweten Schwester in Colorado zu ziehen. Bart Duchamps war kein Nachbar, dem man mit ärgerlichen Worten kommen durfte, und noch weniger hätte er es sich bieten lassen, daß man ihm seinen mißratenen Sprößling beim Schlafittchen angeschleppt und mit Repressalien gedroht hätte. Bart schlug Willie häufig mit solcher Härte, daß er nicht mehr stehen oder mehrere Tage nicht zur Schule gehen konnte; er würde aber jedem, verkündete er laut, das Genick brechen, der es wagen sollte, seinem Sohn auch nur ein Härchen zu krümmen. Natürlich wurde in der Nachbarschaft weidlich über ihn geklatscht, und die vielen Kinder in diesem Außenbezirk von Cassius, wo die Woodsons lebten, schnappten das Getuschel begierig auf. Willie sei mit seinen neun Jahren doch sowieso zu alt, um mit Anne und Robert zu spielen, pflegte Vaire zu sagen, und es sei ihr schleierhaft, weshalb er sich dauernd vor dem Haus herumtreibe, anstatt mit Jungen seines eigenen Alters zu spielen.

Für Anne war der Grund seines ständigen Herumlungerns sonnenklar: Er wollte die Kleine hänseln und herumkommandieren, und außerdem, sagte sie zu Robert, während sie nebeneinander auf der Verandaschaukel saßen und zusahen, wie Willie mit Steinen auf eine Katze warf, die unter der vorderen Veranda seines Hauses hockte und nicht heraus konnte, sei Shirley seine Freundin. Shirley war ein mageres, schwarzhaariges Mädchen von etwa sechs Jahren, das zwei Häuser entfernt von den Woodsons wohnte. Richtige Eltern hatte sie nicht, erzählte Anne Robert, denn sie lebte mit ihrer Großmutter und einem jüngeren Ehepaar, angeblich ihre Tante und ihr Onkel, das aber nur selten zu Hause war. Anne ließ sich des langen und breiten darüber aus, daß Shirley zwar fast ein Jahr älter war als sie, aber immer noch nicht zur Schule ging, sondern erst im Herbst anfangen würde, zur gleichen Zeit wie Anne. Sie litt an einer immer wiederkehrenden Krankheit, die sie manchmal eine ganze Woche ans Bett fesselte, und war nach Annes Überzeugung längst nicht so schlau, wie sie sich einzubilden schien. Shirley war Willies besondere Freundin, und das hieß, daß sie nicht nur an den interessanten Spielen teilhatte, die sich ein aufgeweckter Neunjähriger ausdenken konnte, sondern, aus zweiter Hand, auch an den Prügeln, die Willie von seinem Vater bekam.

Sie war ein mürrisches Kind mit einem blassen Gesicht und dunkelumschatteten Augen, die meist abweisend in die Welt blickten, da sie selbst offensichtlich häufiger Zurückweisung als Zuwendung erlebt hatte. Ihre Großmutter war ausländischer Herkunft und hatte mit ihrer Hakennase und den feinbehaarten Warzen in ihrem Gesicht eine starke Ähnlichkeit mit der Hexe in Annes Buch von Hänsel und Gretel. Eine unfreundliche Frau war sie nicht, meinte Robert, nachdem sie ihm eines Nachmittags einen halben Apfel geschenkt hatte, aber sie sah wirklich schrecklich hexenähnlich aus in ihrem schwarzen Gewand und ihrem grauen Haar, das ihr wie dürres Gras ums Gesicht hing.

Willie hatte in Robert augenblicklich das ideale Opfer gewittert; der kleine Junge war beinahe völlig unschuldig, klein für sein Alter, fügsam und so vertrauensselig, daß er auch die haarsträubendsten Geschichten glaubte, die Willie sich ausdenken konnte. Tatsache war, daß Robert Willie äußerst interessant fand, da er bisher soviel mutwilliger Bosheit nie begegnet war, und sich davon gleichzeitig angelockt und abgestoßen fühlte.

Eines Morgens, nach einem Schwatz am hinteren Zaun, gelang es Robert, sich unbemerkt von Anne davonzumachen, und er wanderte mit Willie und Shirley die kleine Gasse hinunter zum Flußufer, wo sich der alte Hochwasserabfluß in den Kanal ergoß. Ein ganzes Stück in der Tiefe des Rohrs, das an der Öffnung mannshoch war und ebenso breit, hatten sie ein geheimes Versteck. Ein großer Brocken hatte sich aus der Mauer gelöst und bildete eine Höhle, die hin und wieder offensichtlich Landstreichern als Lager gedient hatte. Willie hatte eine Decke für den Boden mitgebracht und dazu ein paar Kerzen, und er und Shirley hatten sich in dem muffigen, aber eben herrlich geheimen Schlupfwinkel häuslich niedergelassen. Robert, für den diese Situation etwas völlig Neues war, fand den Schmutz und die Heimlichkeit so faszinierend, daß er Willie augenblicklich als seinen Führer akzeptierte.

Die drei hockten in der dunklen Höhle neben dem Abflußrohr und ließen sich eine Orange schmecken, die Willie an Caps Obststand gestohlen hatte. Robert hätte von den Woodsons welche mitbringen können, aber so kamen sie sich viel mehr wie Banditen vor.

»Das Weiße darfst du nicht essen«, sagte Shirley mit ihrer Piepsstimme. »Meine Oma hat gesagt, davon kriegt man Würmer.«

»So ein Schmarrn«, erklärte Willie, während er ein großes Stück von der weißen Haut abriß und verspeiste. »Würmer kriegt man von rohen Kartoffeln. Das weiß doch jeder Idiot.« Er riß einen Orangenschnitz ab und reichte ihn Robert, der auf dem Betonrand der Höhlenöffnung saß. »Da, hier, Robert, du gehörst jetzt zu unserer Bande.«

»Danke«, erwiderte Robert und nahm den Orangenschnitz. »Das ist eine tolle Höhle hier. Da können wir Räuber spielen, ohne daß uns einer entdeckt.«

»Ach, wir machen ganz andere Spiele, was, Shirley?« versetzte Willie, schob das letzte Stück von der Orange in den Mund und wischte sich die Lippen mit seinem Ärmel.

Shirley kicherte und verdrehte die kleinen dunklen Augen, das fast nur noch das Weiße zu sehen war. Gleichzeitig nickte sie so heftig mit dem Kopf, daß ihr das schwarze Haar, das aussah, als müßte es dringend gewaschen werden, ins Gesicht fiel. Robert hatte keine Ahnung, wovon sie redeten.

»Willst du zu unserer Bande gehören und niemals einem Menschen verraten, nicht mal deinem Vater und deiner Mutter, wo das Versteck ist, und was wir da machen?« fragte Willie, während er Robert bei den Schultern faßte und ihm in die Augen sah.

Robert erwiderte den Blick der grünlichschimmernden, dunklen Augen in Willies schmalem Gesicht und nickte.

»Dann mußt du bei den Gebeinen deiner Vorfahren schwören«, erklärte Willie und grub Robert seine Finger so tief in die Schultern, daß es schmerzte.

»Aua! Ja, das schwöre ich. Ich meine, wie schwört man denn überhaupt?«

»Du hast es eben schon getan. Man sagt ganz einfach, ›ich schwöre es‹.«

»Also gut, ich schwöre es. Und du tust mir weh, Willie.«

»Okay. Ich hab' dir nur ein bißchen weh getan, damit du nicht vergißt, daß jedem von der Bande, der unsere Geheimnisse verrät, etwas ganz Schlimmes passiert.«

»Ich verrat nichts.«

»Okay. Jetzt gehörst du zur Bande. Aber jetzt kommt erst noch die Aufnahmeprüfung, sonst bist du kein richtiges Mitglied.«

Er machte sich daran, Roberts Hemd aufzuknöpfen.

»Man muß sich dazu ausziehen?« erkundigte sich Robert.

»Ja, wir müssen dich untersuchen, damit wir auch sehen, ob du in Ordnung bist.«

Willie half Robert, Hemd, Hose und Unterhose auszuziehen. Sie liefen immer barfuß, also saß Robert schließlich nackt auf der Decke in der Höhle.

»Jetzt leg dich hin, damit wir dich untersuchen können«, befahl Willie.

Robert streckte sich auf der Decke aus, und Shirley kauerte sich nieder, um zuzusehen, während Willie sich daranmachte, mit dem Zeigefinger in diversen Partien von Roberts Körper herumzustochern. Robert fand dieses kitzlige Verfahren höchst interessant und aufregend, und als seine Erregung stieg, begannen auch meine Sinne zu erwachen. Willie kitzelte und rubbelte, bedächtig wie ein Arzt, der eine gründliche Untersuchung vornimmt. Nach einer Weile wurde auch Shirley, die die Krankenschwester spielte, aktiv. Sie zählte Roberts Puls und schaute ihm in den Mund, um seine Zähne zu zählen.

»So, jetzt haben wir dich gründlich untersucht«, erklärte Willie schließlich, stand auf und stieg aus seinen Kleidern. »Jetzt machen wir das Sandwich-Spiel.«

Shirley zog sich ebenfalls aus, und Willie bestimmte die Spielaufstellung. Er und Shirley stellten sich einander gegenüber auf, und Robert mußte hinter Shirley stehen, das Gesicht ihrem Rücken zugewandt. Dann hielten sie sich alle aneinander fest und begannen einen lustigen kleinen Tanz, wobei sie einander drückten und quietschend und lachend auf und nieder sprangen. Nach einer Weile spielten sie im Liegen weiter, auf der Decke, wälzten sich übereinander, kitzelten sich gegenseitig und schlugen einander mit lautem Klatschen auf die Körper. Sie machten so lange weiter, bis sie alle drei hochrote Gesichter hatten und wie die Hunde japsten und kaum noch einer Bewegung fähig waren. Keuchend lagen sie in der jetzt dampfenden Höhle auf der Decke und besahen sich die Kratzer und Schrammen, die sie sich bei dem wilden Spiel geholt hatten.

Robert meinte, er hätte noch nie etwas so Lustiges gespielt. Ausgestreckt lag er da und blickte hinauf zur Decke aus hartem Lehm, die vom Rauch vieler Kerzen geschwärzt war, und dachte, das wäre das Schönste, was er je erlebt hätte. Er fühlte sich so wohl und lokker wie ein kleiner Teich, den ein heftiger Sturm zu weißschäumenden Wellen und kreiselnden Strudeln aufgepeitscht hatte, und der jetzt in sanftem Gekräusel kleine Wellen ausatmete, die sich langsam auf dem abendlichen Wasserspiegel ausbreiteten, bis er wieder glatt und ruhig war. Ich hatte alles wahrgenommen, was sich da abspielte, da Roberts Erregung mich zeitweilig an die Oberfläche zog, doch wenn mir auch die Empfindungen und Gefühle zusagten, so fand ich das Spiel doch reichlich sinnlos und machte mir keine weiteren Gedanken darüber.

Robert fühlte sich jetzt wirklich als ein Mitglied der Bande, doch die Spiele in der Höhle reihten sich einfach als eine weitere neue Erfahrung in sein tägliches Erleben ein, stellten für ihn nicht mehr dar, als etwas bis dahin Unbekanntes, das staunend erforscht werden mußte wie alle anderen neuen Spiele. Dazu gehörten ebenso die von Willie angeregten Wanderungen zum Hügel, um auf die unten vorbeisausenden Autos Steine zu werfen; dazu gehörte es, gemeinsam mit Willie und Shirley die Kühe der Bauern zu jagen und sich dann vor Lachen zu krümmen, wenn sie mit hocherhobenen Schwänzen und schwabbelnden Eutern in Panik davonpreschten; dazu gehörte auch ein kompliziertes Himmel-und-Hölle-Spiel mit Shirley und Anne auf dem Bürgersteig vor dem Haus. Doch alles, was mit der Höhle, der Bande und dem Sandwich-Spiel zu tun hatte, wurde Robert zu einer verborgenen Seite seines Lebens, als ihm allmählich aufging, daß er Anne deshalb nicht davon erzählt hatte, weil sie der Erwachsenenwelt näher stand als er und zwischen ihr und ihren Eltern enges Vertrauen bestand. Ihm wurde klar, daß man den Erwachsenen von der Höhle und der Bande und ihren Spielen nichts erzählen konnte, weil sie solche Dinge wahrscheinlich gefährlich finden und verbieten würden. Dieses geheime Wissen bildete zwischen den drei Kindern ein festes Band, das eine Zeitlang unzerreißbar und mit keinem anderen teilbar schien. Manchmal ließ Willie sie an dem Reichtum seines Wissens teilhaben, den er bei nächtlichen Besuchen in der Kneipe seines Vaters zusammengetragen hatte, und erklärte ihnen dann etwa, wie kleine Kinder gemacht wurden.

»Man braucht ein bißchen weiße Pisse von einem Mann und ein bißchen von einer Frau«, sagte er einmal, als sie in der finsteren Höhle waren. »Das tut man in eine Maisschote, damit es sich vermischen kann, und dann wickelt man die Schote fest ein und legt sie an einen dunklen Ort, zum Beispiel unter die Veranda, und nach einer langen Zeit wächst daraus ein kleines Kind.«

»Aus der Maisschote?« fragte Robert mit großen Augen.

»Ja.«

Diese Behauptung machte Shirley unweigerlich zornig, da sie überzeugt war, daß das längst nicht alles wäre. Sie hatte gesehen, was für einen dicken Bauch ihre Tante gehabt hatte, ehe ihr kleiner Vetter geboren worden war, aber sie verkniff es sich, mit Willie zu streiten. Er war größer und stärker als sie, und außerdem war es ihr im Augenblick eigentlich ziemlich egal, weil sie wieder diese komischen Magenschmerzen hatte.

Robert andererseits sah sich in der nächsten Zeit, wenn er zu Hause auf die Toilette ging, seinen Urin genau an, um festzustellen, ob er weiß wäre. Er stellte es sich interessant vor, ein kleines Kind zu haben, wenn es ihm nur gelang, ein bißchen von seiner weißen Pisse in einer Maisschote aufzufangen. Doch sein Interesse ging nicht so tief, das Spiel so lange fortzusetzen. Es war für den Augenblick faszinierend, doch es gab so vieles andere, was man tun konnte und worüber man nachdenken mußte, daß er nach einer Weile seine Bemühungen, ein Kind zu machen, aufgab.

Die Bande hätte wahrscheinlich bis zum Ende des Sommers ihre vergnüglichen Spiele getrieben, wenn Shirley nicht krank geworden wäre und aus der Bande hätte ausscheiden müssen. Eines Morgens beim Frühstück hörte Robert, daß die kleine Stillings ins Krankenhaus gebracht worden war, und man vermutete, sie hätte etwas an der Leber. Was das zu bedeuten hatte, ging Robert erst auf, als mehrere Tage verstrichen waren, ohne daß er und Willie das Versteck aufgesucht hatten. Auf seine Fragen reagierte Willie äußerst ekelhaft, versetzte ihm eine schallende Ohrfeige und nannte ihn »andersrum«, als er vorschlug, sie sollten in die Höhle gehen und allein das Sandwich-Spiel spielen. Robert war mehr seelisch als körperlich verletzt, denn er war Willies Wutanfälle und unmotivierte Schläge gewöhnt.

»Aber mir macht es eben Spaß, Willie«, erklärte er mit brennend rotem Ohr.

»Ohne ein Mädchen können wir das nicht machen, du Blödian.«

Robert ließ sich das durch den Kopf gehen und machte sich davon, um Anne zu suchen. Es gab schließlich mehr als ein Mädchen auf der Welt, sagte er sich, und mit Anne würde das Spiel doppelt so viel Spaß machen, weil sie viel netter war als Shirley, und er sie lieber mochte. Er lief überall herum und suchte sie, bis er sie vor dem Haus fand, wo sie auf ihrem Dreirad herumfuhr. Atemlos erzählte er ihr, er wüßte ein Spiel, das lustiger wäre als alles andere, und er würde ihr zeigen, wie es ginge, und Willie würde auch mitmachen, wenn sie das wollte. Anne sagte, sie hätte Willie dick, weil er immer so gemein sei, aber mit Robert würde sie das Spiel schon spielen, wenn dabei ihr Kleid nicht schmutzig würde. Er versicherte ihr, daß das ganz bestimmt nicht geschehen würde, sagte aber nichts davon, daß sie zu dem Spiel ihre Kleider ausziehen mußte, da ihm diese Einzelheit nicht wichtig erschien. Sie beschlossen, das Spiel in der Garage bei geschlossenen Türen auszuprobieren. Robert gab sich alle Mühe, Anne genau zu zeigen, wie es ging, aber es war nicht das gleiche. Die Garage war nicht so heimelig und heimlich wie die Höhle, die Decke war zu hoch, so daß er das Gefühl hatte, sich auf dem Grund eines Schachts zu befinden, nicht in einer gemütlichen kleinen Höhle. Er wollte das Spiel unbedingt spielen, aber es war einfach nicht so wie sonst. Anne hatte nichts dagegen, sich auszuziehen, aber alles übrige, was dazugehörte, fand sie ziemlich blöde. Sie fand es lustig, sich kitzeln zu lassen und nackig in der Garage herumzulaufen, aber nach einer Weile wollte sie sich wieder anziehen und zum Mittagessen ins Haus gehen. Robert kam zu dem Schluß, daß dies nicht der richtige Ort für das Spiel war. Er würde sie in die Höhle mitnehmen und Willie bereden müssen, sie in die Bande aufzunehmen.

Der August neigte sich in glühender Hitze seinem Ende zu. Die Nächte waren schwül und drückend nach den regelmäßigen Nachmittagsgewittern, und dann kamen sengend heiße Nachmittage, die im ganzen mittleren Westen sämtliche Rekorde brachen.

In den heißen Nächten hänge ich verdrießlich herum, gehe selten auf Jagd, obwohl das Wild wie betäubt ist von der Hitze und leicht zu fangen. Mein Geist scheint absorbiert von den Prozessen, die sich in meinem Innern abspielen, von quälenden Sehnsüchten, die ich nicht einordnen kann und die ich nie zuvor empfunden habe. In manchen Nächten liege ich wie ein Schwachsinniger der Länge nach im seichten Wasser des Flusses ausgestreckt, bin es zufrieden, einfach dazuliegen, das Wasser über meinen Körper spülen zu lassen und zuzusehen, wie es mein Fell in schmale Furchen teilt, die im Mondlicht wie Bronze glänzen. Eines Nachts fange ich sogar Fische, während ich träge im Fluß liege, die Ohren unter Wasser, und dem sachten Wispern der Flossen lausche. Ich erwische drei in jener Nacht, zwei davon nur Karpfen, an denen aber immerhin ein paar gute Happen dran sind.

Während ich nun in dieser Nacht darauf warte, daß die Woodsons sich zurückziehen, damit ich aus dem Haus schlüpfen kann, fange ich eine Bemerkung über jenen verhängnisvollen Morgen vor anderthalb Monaten auf und spitze augenblicklich meine Ohren.

»Dieser Prokoff ist zu dreißig Jahren verurteilt worden«, bemerkt Walter, die Pfeife im Mund.

»Noch ein halbes Kind«, sagt Vaire, und es hört sich an, als wäre sie mit ihren Gedanken woanders.

»Und dieser Rustum wird nie wieder laufen können, steht hier. Er muß in Zukunft eine Schiene tragen wie der Präsident«, fährt Walter fort und lacht leise.

Vaire gibt keine Antwort, deshalb fährt er zu sprechen fort.

»Der alte Mann ist letzte Woche gestorben, schreiben sie, und der große Bursche, dieser Hamner, hatte ganz hier in der Nähe eine Familie, wie sie festgestellt haben, eine Frau und vier Kinder, drüben bei Grand Valley.«

»Walter.« Vaires Stimme klingt, als wollte sie gleich zu weinen anfangen.

»Was denn? Ach, verzeih mir, Liebes.« Walter hatte jetzt die Pfeife aus dem Mund genommen und spricht wieder einigermaßen normal. »Es ist wirklich dumm von mir. Ich weiß gar nicht, was ich mir dabei gedacht habe. Gar nichts wahrscheinlich.«

»Ach, das ist es nicht. Ich mach mir Sorgen um Mutter.«

»Wegen des Trinkens?«

»Ja, das auch. Aber hauptsächlich wegen dieses merkwürdigen Menschen, den sie dauernd in Grand Rapids besucht. Ich hab' Angst, daß sie da irgendwie betrogen wird oder womöglich den Hof verliert oder so etwas. Es wimmelt ja überall von Schwindlern und Betrügern. Du hast doch den Artikel neulich gelesen, über diesen

Kerl in Chicago, der alle Leute um ihr Geld gebracht hat.«

»Sam Insull?«

»Ja, den meine ich. Und ich hab' Angst, daß dieser Mensch auch so einer ist.«

»Wer ist es denn überhaupt? Ich höre das erste Mal, daß sie jemanden konsultiert.« Walters Stimme klingt etwas gekränkt. »Ich hatte immer den Eindruck, daß sie jemanden braucht, bei dem sie Rat findet. Ich könnte ihr da helfen. In meiner Branche bin ich schließlich –«

»So einer ist das nicht, Walter. Er ist – äh – er ist, ich glaube, er ist so eine Art . . .«

»Nun, was denn, um Himmels willen, Vaire?« Walter scheint ungeduldig.

»Ein Medium.«

»Ein was? Ein Medium?« Jetzt lacht er.

»Es ist kein Scherz.« Vaires Stimme hat eine gefährliche Schärfe.

»Aber, Liebes, ich mache keine Scherze. Erklär mir doch, was du meinst.«

»Ich meine, der Mann ist ein Medium. Ein spiritistisches Medium. Einer, der mit Toten spricht.«

»Nein!«

»Doch. Aber sie ist nicht verrückt. Das darfst du nicht glauben. Sie hat Vater sehr geliebt, und es kam alles so, so unerwartet. Es schien alles so sinnlos und ungerecht. Sie ist blind vor Kummer und völlig aus der Fassung, aber verrückt ist sie nicht, glaub das ja nicht, Walter. Sie ist meine Mutter, und sie ist die beste Frau auf der Welt und –«

Vaire weint jetzt und Walter hat knisternd seine Zeitung zusammengefaltet und legt sie neben seinen Stuhl. Ich höre ein Kratzen, denn er schabt seine Pfeife aus.

»Ich habe doch gar nicht gesagt, daß sie verrückt ist, Liebes. Ich habe allerdings den Verdacht, daß sie einem Betrüger in die Hände geraten ist. Es gibt keine Geister, mit denen die Menschen Kontakt aufnehmen können, das ist alles Erfindung. Natürlich tut ihr das gut und macht ihr den Übergang leichter.«

»Walter!« Vaire ist aufgesprungen. Ich höre, wie gepreßt ihre Stimme ist. »Gott verdammich, Walter! Gott verdammich!«

»Vaire! Was, um alles in der Welt!« Jetzt springt auch er auf.

»Übergang wozu? Für sie gibt es keinen Übergang. Ihr Leben ist kaputt, Walter, zerbrochen! Begreifst du denn nicht, wie schrecklich das alles sie verändert hat?«

»Moment mal«, beginnt Walter.

»Nein!« Vaire läuft unter mir hin und her. »Ich möchte nur eines von dir wissen: Willst du mir dabei helfen, sie von diesem Menschen loszubringen, den ich für einen Betrüger halte? Das ist alles, was ich wissen will.« Nie zuvor habe ich Vaire, die sonst so ruhig und sanft ist, mit solcher Heftigkeit sprechen hören. Walter ist offensichtlich bestürzt. Stille.

»Ja, natürlich, will ich das, mein Liebes. Natürlich werde ich dir helfen.«

Wieder ist es still unter mir, während sie einander umarmen. Dann setzen sich beide wieder.

»Sie geht also zu einem Medium, um mit deinem Vater Verbindung aufzunehmen?«

»Ach, so richtig weiß ich das nicht. Sie sucht ihn jedenfalls zweimal in der Woche auf und hat mir erzählt, daß es ihr hinterher immer viel besser geht und daß er ihr alles so zeigen wird, wie es war und wirklich ist. Und ich weiß nicht, was sie damit meint, aber ich habe Angst um Robert.«

Während ich diesem Gespräch zuhöre, frage ich mich, was ein Medium wohl sein mag, was so ein Medium wohl vermag.

»Um Robert?«

Walter hat offenbar die frühere Episode vergessen, als seine Schwiegermutter betrunken war und behauptet hatte, der Junge sei ein Dämon. Ich fange an, mir darüber Gedanken zu machen.

»Walter, ich möchte Mutter so gern helfen, aber ich weiß nicht, wie ich es anfangen soll. Was können wir tun?«

Walters Stimme bekommt einen gebieterischen Unterton.

»Nun, zunächst einmal müssen wir diesen Menschen kennenlernen, um uns ein Bild von seinem Charakter und seinen Motiven zu machen, ehe wir versuchen, etwas zu unternehmen. Dann wären vielleicht sogar gerichtliche Schritte angebracht.«

Der Rest des Gesprächs interessiert mich nicht, und spät in der Nacht schlüpfe ich lautlos aus dem Haus, um im kühlen Fluß ein ausgedehntes Bad zu nehmen und in den schlammigen Untiefen das Boot eines nächtlichen Fischers umzukippen. Bisher hatte ich keinen sonderlichen Hang zum Streichespielen, aber in mir lodert diese

Rastlosigkeit, die kein Ventil zu haben scheint, und sie verleitet mich zu den merkwürdigsten Dingen. Leise lachend, dunkel und unsichtbar wie ein Otter, liege ich auf dem Rücken im Wasser und lausche dem Schimpfen und Planschen des Fischers, als dieser, sein Boot im Schlepptau, ans Ufer watet. Vielleicht habe ich ihn aber auch nur aus Rache umgekippt, weil ich mich früher einmal bei einem nächtlichen Ausflug in der Schnur verfangen habe, die er über Nacht ausgespannt hatte, und dabei einen Haken in meinen rechten Hinterfuß bekommen habe. Auf jeden Fall freut es mich, ihm zuzusehen, wie er im dunklen Wasser herumstampft, und zu hören, wie er flucht. Der letzte Gedanke, der mir durch den Kopf geht, ehe ich mich oben in Roberts Zimmer wieder zurückverwandle, ist der, daß das die Sache des Jungen ist und nicht die meine, und auch diese Unterscheidung ist etwas ganz Neues.

Der Versuch, Shirley durch Anne zu ersetzen, erwies sich komplizierter, als Robert geglaubt hatte. Anne fand es lustig, mit ihm in der Garage Doktor zu spielen, aber so aufregend wie das Sandwich-Spiel, das die drei Bandenmitglieder immer in der Höhle gespielt hatten, wurde es nie, und Robert wollte das wieder. Der Haken war, daß Anne Willie nicht mochte, und Willie nicht in den Garten der Woodsons kommen durfte. Ohne Shirley aber wollte Willie einfach nicht in die Höhle, und er wurde immer bösartiger, als sie am Ende der Woche noch immer nicht aus dem Krankenhaus zurück war. Robert meinte, es müßte doch ein Mittel geben, Anne davon zu überzeugen, daß eine Bande etwas Lustiges war, daß Willie in Wirklichkeit ein aufregender Bursche war, und daß es sich lohnte, sogar vor den eigenen Eltern ein paar Geheimnisse zu haben. Daß das letztere besonders schwierig werden würde, war ihm klar, da Anne sogar unter anderen Plappermäulern berüchtigt dafür war, daß sie ihrer Mutter alles erzählte, was passierte. Am Tag, als der große Hagel kam, war es dann endlich so weit.

Robert, um den man, da er ein Junge war, weniger fürchtete, durfte mit Willie spielen; Anne nicht. Gleich nach dem Mittagessen ging er zu Willie hinüber und spielte mit ihm in dem großen ungepflegten Sandkasten im Garten, da es im Haus drückend heiß war. Willies Vater allerdings lag irgendwo da drinnen und schlief. Er arbeitete nachts und schlief meistens bis zum späten Nachmittag.

Robert brachte immer wieder das gleiche Thema zur Sprache.

»Warum kann denn Anne nicht in unsere Bande aufgenommen werden?«

»Weil sie eine alte Petze ist.«

»Aber sie sagt bestimmt nichts, wenn wir sie schwören lassen, daß sie den Mund hält.«

»Ach, die erzählt ihrer Mutter doch alles.«

»Aber diesmal bestimmt nicht, weil sie nämlich immer das tut, was ich sage, und ich sag ihr, daß sie nichts verraten soll.«

Willie ließ sich das einen Moment lang durch den Kopf gehen. Es schien so, als würde Shirley noch eine ganze Weile im Krankenhaus bleiben müssen, und keiner hatte was von der schönen Höhle. Und in zwei Wochen fing die Schule wieder an. In zwei Wochen!

»Na ja, ich weiß nicht. Sie mag mich nicht, und ich mag sie auch nicht.«

Erst als Willie aufblickte und rief, »Mensch, schau mal die schwarze Wolke da«, merkten die beiden Jungen, wie finster es geworden war. Robert sah zu der gewaltigen Gewitterwolke auf, die, am unteren Rand von einem tiefen Violett, das fast schwarz wirkte, lautlos über ihnen dahintrieb und die Sonne verdunkelt hatte. Der ganze Himmel war jetzt mit einem schwarz-violetten Schleier verhängt. Kein Lüftchen regte sich, und Blätter und Grashalme waren völlig unbewegt, als wären sie in der durchsichtigen Sommerluft leise und unbemerkt zu Glas erstarrt. Robert spürte die Stille in seiner Kehle, und einen Moment lang hielt er den Atem an. Es würde ein heftiges Gewitter geben, und Gänsehaut überzog seinen Körper bei dem Gedanken. Erst seit kurzer Zeit hatte er ein Gefühl für die ehrfurchtgebietende Macht der Natur entwickelt, und er liebte es, die Blitze zu beobachten und sich vom Donner erschrecken zu lassen. Aus weiter Ferne kam das tiefe, heisere Grollen des aufziehenden Gewitters.

»Das gibt einen Riesenguß, was?« meinte Robert.

»He, ihr kleinen Scheißer, kommt ins Haus«, rief Mr. Duchamps von der Veranda. »Gleich wird's zu regnen anfangen, wie wenn Merkur auf 'ne Trommel pißt.«

Willie und Robert trödelten herum, bis die ersten großen Tropfen herunterprasselten und wie Schrotkörner in den Sand klatschten. Die Jungen quietschten und zogen die Köpfe ein, als würfe jemand mit Steinen nach ihnen. Dann tobte der Wind los, beugte die Bäume, als wollte er sie in die Knie zwingen, und der Regen strömte in Kaskaden herunter. Sie waren beide tropfnaß, ehe sie lachend und schreiend zur Veranda rannten.

»Los, macht, daß ihr reinkommt«, brüllte Mr. Duchamps.

Völlig durchnäßt, als hätte man sie beide bis über den Kopf in den Fluß getaucht, stürzten sie auf die Veranda, und Mr. Duchamps stellte zustimmend fest, daß sie in der Tat nicht nässer werden könnten, und ließ sie draußen im Regen spielen, wo sie wie zwei magere kleine Satyrn herumsprangen. Dann wurde es plötzlich kalt, und sie stürzten ins Haus. Eisig war es mit einemmal, und die heiße Luft, die sich im Hause aufgestaut hatte, wurde zu Dampf, als sie in den kühlen Regen hinauswallte. Die Erde, die Bürgersteige, die Straßen, die Automobile, alles begann zu dampfen, als der Regen plötzlich kalt wurde und auf das augustheiße Land herunterprasselte. Es war, als schwelte die ganze Welt.

Dann ließ der Regen nach. Bisher hatte es noch nicht viel gedonnert und geblitzt, doch jetzt brach es mit einem dröhnenden Knall los, der sich in einer wahren Kanonade fortsetzte. Blitze zuckten wie Stichflammen aus einer ganzen Batterie Schnellfeuergewehre über dem Haus, und die Donnerschläge folgten so rasch aufeinander, daß man nicht sagen konnte, welches Krachen auf welchen Blitzschlag folgte. Es war ohrenbetäubend. Die Jungen taten so, als unterhielten sie sich miteinander, bewegten ihre Münder und formten Worte, während das donnernde Krachen alle anderen Geräusche übertönte.

Als der Regen von neuem dichter zu strömen begann, und der Wind noch heftiger fauchte, verstummten die beiden Jungen und blickten hinaus auf die bucklige Teerstraße, über die der Sturm unablässig die grauen Regenmassen peitschte. Mr. Duchamps trank derweilen in aller Seelenruhe sein Frühstücksbier und starrte geistesabwesend hinaus ins Gewitter. Als der Regen wieder nachließ und der Donner schwächer wurde, die einzelnen Schläge nicht mehr so rasch aufeinander folgten, holte Robert tief Atem, so, als hätte er in den letzten Minuten die Luft nur genippt. Das Gewitter war aufregend gewesen, und er fand es schade, daß es vorbei war. Der Dampf löste sich auf, als das Land abkühlte, und es schien wieder heller zu werden. Draußen radelte der Zeitungsjunge vorbei und warf die Nachmittagszeitung ins Gras des Vorgartens. Mr. Duchamps fluchte und leerte die Bierdose.

»Der kleine Scheißer«, schimpfte er. »Schmeißt sie direkt ins nasse Gras.«

Er zog die Fliegengittertür auf und stampfte mit schweren Schritten über die vordere Veranda in den regennassen Garten hinaus. Und es war, als hätten die Regengötter nur darauf gewartet, daß Bart Duchamps unter dem schützenden Dach seines Hauses hervortrat, als hätten sie nur darauf gewartet, daß sein knolliger kahler Schädel und seine bulligen runden Schultern sich im Vorgarten zeigten, der zwar zu beiden Seiten von ausladenden Ulmen flankiert, im Mittelteil jedoch den Launen des Himmels preisgegeben war. Mr. Duchamps hatte sich gerade mit großer Anstrengung gebückt, um die gefaltete Zeitung aus dem nassen Gras aufzuheben, als ein gewaltiges Trommeln und Prasseln anhob, das so plötzlich einsetzte, daß beide Jungen erschreckt zusammenfuhren. Donner war das nicht. Eine Sekunde lang wollten sie ihren Augen und Ohren nicht trauen, Schlagbälle schienen da durch die Luft zu sausen, schlugen krachend aufs Hausdach, prallten schmetternd auf die am Bordstein geparkten Autos, rissen Zweige von den Bäumen, vollführten auf Straßen und Bürgersteigen einen wilden, kollernden Tanz, der Hunde unter die Veranden und schreiende Menschen in den Schutz von Bäumen und Häusern trieb. Wütend trommelten sie auf die Dächer der Stadt und zertrümmerten auf der anderen Seite des Orts jede einzelne Glasscheibe dreier großer Gewächshäuser, zerstörten jede einzelne Pflanze, die in ihnen wuchs.

Draußen im irrwitzig tobenden Hexentanz der Eisbrocken lag Mr. Duchamps bäuchlings in seinem Vorgarten, dem schlimmsten Hagelsturm, den diese Gegend je erlebt hatte, hilflos ausgeliefert. Schon der erste dicke Hagelbrocken war ein Volltreffer gewesen, war mit Wucht direkt auf dem Scheitel von Mr. Duchamps' kahlem Schädel gelandet, worauf Mr. Duchamps besinnungslos über der Zeitung zusammenbrochen war, die zu holen er hinausgegangen war. Der Hagelschauer war nur kurz, doch die eisigen Brocken malträtierten wie harte Fäuste seinen ganzen Körper, wie er später, als er von Blutergüssen übersät aufwachte, feststellen sollte, richteten aber nicht mehr Schaden an als jener erste Treffer.

Als die Jungen sich von ihrer Entgeisterung erholt hatten, war der Hagelschauer schon vorbei. Der Boden war allenthalben mit Eis bedeckt, das nicht in diese Jahreszeit gehörte und schon zu schmelzen begann; die Schlagbälle schrumpften zu Golfbällen zusammen. Willie und Robert stürzten in den Garten hinaus zu dem reglos daliegenden Duchamps, auf dessen Kopf eine blutige Wunde und mehrere kleinere Schrammen zu sehen waren.

»Papa! Papa!« kreischte Willie, als wäre sein Vater der beste Vater der Welt.

Der magere Junge ließ sich neben seinem Vater nieder. Zur gleichen Zeit kam der Mann wieder zu Bewußtsein und richtete sich auf Händen und Knien auf. Heftig schüttelte er den Kopf, so daß Blut auf Willies Gesicht spritzte, als dieser versuchte, seinem Vater auf die Beine zu helfen.

»Du lieber Gott«, stöhnte der ältere Duchamps, während er sich auf die Seite wälzte und sich ins Gras fallen ließ und dann mit vorsichtigen Fingern seinen Kopf betastete. »Was, zum Teufel?« Er blickte erst zum Himmel hinauf, dann auf das Geröll schmelzender Hagelbrocken hinunter, inmitten derer er wie ein alter Seelöwe an einem verlassenen steinigen Strand hockte.

»Papa, ist dir auch nichts passiert?« fragte Willie und wischte sich das Blut seines Vaters vom Gesicht.

»Wofür hältst du mich? Natürlich nicht«, versetzte Duchamps, während er sich hochrappelte. »Los, steh auf, du dämlicher kleiner Scheißer.«

Willie stand auf, hatte aber noch immer nicht zu seiner gewohnten Kaltblütigkeit zurückgefunden.

»Ich hab' gesehen, wie du hingefallen bist, und dachte, du wärst tot«, stammelte er den Tränen nahe.

Robert stand ein Stück hinter Willie, doch als Mr. Duchamps Willie knallend ins Gesicht schlug, war es Robert, als hätte die große Hand sein eigenes Gesicht getroffen. Der Knall der Ohrfeige schallte hinaus auf die Straße, so wie der Zusammenprall zweier Autos in einem ganzen Häuserblock gehört wird. Willie fiel ins wäßrig werdende Eis, hob die Arme über seinen Kopf und krümmte seinen Körper zusammen. Er war sehr schnell in die Wirklichkeit zurückgeholt worden.

Duchamps torkelte ins Haus zurück, wobei er wütend vor sich hin brummte, er wünschte, der Junge wäre tot, und er würde ihm die Flötentöne schon noch beibringen. Auf der anderen Straßenseite schrie eine Frau, die hinter einem Verandaspalier stand, der entschwindenden Gestalt nach: »Duchamps, Gott wird Sie strafen, Sie scheußlicher, verdorbener Mensch!« Sie hätte noch weiter geschrien, wenn nicht aus der Haustür ein Arm herausgelangt und sie zurückgezogen hätte.

Robert blieb neben Willies zusammengekrümmter Gestalt stehen, bis sie sich lockerte und aufstand. Brennendrot leuchtete der Abdruck von seines Vaters Hand auf Willies linker Wange. Willie drückte vor Schmerz das linke Auge zu, dann wischte er sich mit einer schnellen Bewegung die Tränen ab.

»Wir treffen uns in der Höhle, wenn du Anne mitbringst«, stieß Willie mit verzerrtem Gesicht hervor. »Und wenn du sie nicht mitbringst, dann gehörst du auch nicht mehr zur Bande.«

»Aber, Willie«, begann Robert. Doch er brach ab, als Willie sich umdrehte, um das Haus herum nach rückwärts zu gehen. Er hatte das Gefühl, daß jetzt alles kaputt war, aber er wußte es nicht genau. Vielleicht würde auch alles wieder gut werden. Er würde Anne überreden, mitzukommen, das Spiel würde ihr Spaß machen, Willie würde auch Spaß haben, und alles würde wieder gut sein.

Er drehte sich um und rannte aus dem Garten, rutschte auf der glitschigen Nässe des Grases aus, lief weiter nach Hause. Aber es wurde nicht wieder gut. Anne hatte keine rechte Lust, doch sie mochte Robert mehr, als selbst er vermutete, und so ging sie mit, blickte staunend auf den alten Hochwasserabfluß, in dem an diesem Nachmittag das Regenwasser des Wolkenbruchs noch knietief floß. Barfuß marschierten sie in die Dunkelheit des Rohrs hinein, lauschten dem fernen Plätschern kleiner Wasserfälle weit hinten in der Schwärze, wo die Abflußrohre des ganzen Orts sich in den Hauptkanal ergossen. Anne hatte Angst und hielt sich mit beiden Händen an Roberts Hemd fest, wodurch es für ihn doppelt mühsam wurde, die Höhle zu erreichen, was ihm aber gleichzeitig einen Vorgeschmack darauf gab, wie es war, Führer und Beschützer zu sein. Es war ein angenehmes Gefühl.

Als sie zu der Einbruchstelle kamen, wo die Höhle war, sahen sie Kerzenlicht. Willie war vor ihnen angekommen und hatte vier Kerzen aufgestellt, eine an jeder Ecke der kleinen Höhle. Robert meinte, sie nie so gemütlich und verborgen gesehen zu haben, obwohl durch das Gewitter alle möglichen alten, verrottenden Abfälle aus den Abflüssen hereingespült worden waren, und der Gestank im Tunnel so widerlich war, daß sich einem Erwachsenen der Magen umgedreht hätte.

»Hier ist es. Schau, Willie hat Kerzen mitgebracht«, sagte Robert, während er Anne hochschob, um ihr über die Mauerbrocken in die

Höhle zu helfen.

Willie blickte unwirsch auf die beiden Kinder. Sein Gesicht hatte sich unter dem linken Auge violett verfärbt.

»Du darfst keinem Menschen etwas von unserem Versteck verraten«, fuhr er Anne grob an, »sonst passiert dir was ganz Schlimmes.«

Anne starrte den größeren Jungen mit ängstlichen Augen an, aber sie war fest entschlossen, sich nicht einschüchtern zu lassen. »Ich hab' Robert versprochen, daß ich nichts verrate, wenn du nett zu mir bist.«

»Schau«, rief Robert aufgeregt, »das ist unser Bandenversteck, und wir gehen auf Raub aus und bestehlen die Reichen, damit wir was in unserer Höhle haben.« Er malte ihr in allen Einzelheiten aus, daß sie wie die Vogelfreien leben würden, von denen die Hörspiele im Radio immer handelten, bis schließlich Willie ihn unterbrach.

»Jetzt kommt die Aufnahmeprüfung«, sagte er.

Aber diesmal war es nicht das gleiche. Sie zogen sich aus und untersuchten Anne so, wie Robert untersucht worden war, aber Robert hatte den Eindruck, daß Willie viel unsanfter war als nötig gewesen wäre, und ein paarmal kniff er, anstatt zu kitzeln, so daß Anne Tränen in die Augen schossen, doch sie preßte die Lippen aufeinander und sagte nichts. Etwas später mußte sie lachen, und Robert glaubte, es würde doch wieder alles gut werden. Doch als er das Sandwich-Spiel spielen und herumtanzen wollte, wie sie das immer getan hatten, schien Willie keine Lust zu haben. Er wollte sich zuerst niederlegen. Schließlich aber setzte Robert seinen Kopf durch, und sie machten ihr Spiel und tanzten, hopsten lachend auf und nieder, umarmten einander, verteilten klatschende Klapse und kitzelten einander, bis ein sehr harter Hieb Robert direkt auf die Nase traf, so daß ihm schwarz vor Augen wurde. Einen Moment lang glaubte er, das Bewußtsein zu verlieren, und hockte sich auf den Boden nieder. Willie, der ihn geschlagen hatte, hörte auf zu spielen, und Anne drehte sich um, ihn voller Entsetzen anzusehen.

»Oh, Robert!« rief sie. »Du blutest ganz schrecklich.«

Robert führte seine Hand zu seiner schmerzenden Nase, und als er sie wieder wegzog, war sie blutverschmiert. Ungläubig starrte er auf das Blut. Es tat weh, aber so schlimm fühlte es sich auch wieder nicht an. Das sah ja aus, als würde ihm in ein paar Minuten das Blut ausgehen, wenn es weiter so lief. Willie hob einen Lumpen vom Boden auf und reichte ihn ihm; er solle eine Zeitlang sitzen bleiben, sagte er, während er und Anne das Spiel zu Ende spielten. Robert blieb sitzen und sah zu, während er sich das schmutzige Stück Stoff auf die Nase drückte und große Mengen von Blut hochzog, die er teilweise ausspie, teilweise hinunterschluckte.

Anne hätte sich lieber um Robert gekümmert, als weitergespielt, aber Willie hielt sie fest und tat etwas, was sie gar nicht schön fand. Er keuchte ganz schrecklich und machte immer weiter, drückte sie fest hinunter, während sie sich unter ihm wand, und Robert wollte eben sagen, »hör auf!«, als Anne aufschrie, als hätte sie etwas gestochen. Willie fuhr rasch zurück und griff nach seinen Kleidern.

»Du gehörst nicht zu unserer Bande, du blödes kleines Luder«, fauchte er. Er stieg in seine Hose, stopfte das Hemd in die hintere Tasche und sprang aus der Höhle ins Wasser des Abflußrohrs.

Anne weinte und hielt ihre Beine fest zusammengepreßt. Robert wartete, bis sie an sich hinunter zwischen ihre Beine sah. Er schaute auch.

»Oh, Anne«, sagte er erschrocken, »du blutest auch.«

Wieder blickte Anne an sich hinunter, dann machte sie sich daran, ihre Sachen zusammenzusammeln. Sie hörte auf zu weinen, aber ihre Lippen waren zusammengekniffen vor Schmerz, und ihr Gesicht war weiß. Roberts Nase hatte aufgehört zu bluten, doch durch das verschmierte Blut und die Schwellung sah sein Gesicht schlimm aus. Anne zog sich an. In ihrem weißen Höschen war Blut, als sie später nachsahen, aber die Wunde hörte auf zu bluten, ehe sie zu Hause waren.

Sie liefen durch die Gasse zum Garten, als Robert an die »Schwüre« dachte, die sie geleistet hatten.

»Ich mag Willie nicht mehr«, sagte er. »Und er hat uns allen beiden weh getan. Ich glaube, da gelten die Schwüre jetzt nicht mehr.«

»Ich verrat nichts«, versetzte Anne.

»Denk dir nichts«, meinte Robert, als sie am Gartentor stehen blieben. »Aber mir tut's trotzdem leid, und wenn du's sagen willst, dann sag's ruhig.«

Robert fühlte sich niedergeschlagen, und seine Nase tat weh, und er sah Anne an und fragte sich, ob sie auch solche Schmerzen hatte. In diesem Augenblick wünschte er, er wäre so groß wie Willie, weil er nichts lieber getan hätte, als Willie kräftig zu verprügeln.

Wenn Mr. Sangrom mit Tante Cat an einem anderen Abend zu Besuch gekommen wäre, dann hätte Vaire das Blut in dem kleinen weißen Höschen vielleicht sofort gesehen. So aber war die Familie in einem spannungsgeladenen Gespräch, als die Kinder kamen, und alle waren gereizt. Sie befanden sich alle im Wohnzimmer – Walter, der an diesem Freitag früh von der Arbeit gekommen war, Vaire und ihre Mutter, die einander mit einer Distanziertheit begegneten, die sie früher nicht gekannt hatten, und schließlich der ölig höfliche Mr. Sangrom, der etwas von einem Bestattungsunternehmer hatte und auf dem Gesicht unter dem schwarzen, glänzenden Haar, das Robert an einen frisch polierten Autokotflügel erinnerte, ein ewiges dünnes Lächeln trug.

Anne und Robert erhielten Weisung, sofort nach oben zu gehen, sich zu waschen und umzuziehen. Walter warf einen flüchtigen Blick auf Roberts Nase und erklärte, es sei nicht weiter schlimm, worauf er Robert einen scherzhaften Nasenstüber versetzte, bei dem dieser gequält das Gesicht verzog.

Mit einem spiritistischen Medium, wie Mr. Sangrom sich selbst bezeichnete, zu Abend zu essen, war nicht das, was Walter sich unter einem vergnüglichen Abend vorstellte. Der Mann schien keines anderen Gesichtsausdrucks als dieses verwünschten Lächelns fähig, und es lag auf der Hand, daß er sich mit irgendeinem gerissenen Trick bei Mrs. Nordmeyer lieb Kind gemacht hatte. So etwas brachte Walter immer in Rage, denn er konnte Leute nicht ausstehen, die versuchten, mit Geistern und spiritistischen Sitzungen und diesem ganzen Hokuspokus Geschäfte zu machen. Mr. Sangrom schien sich recht wohl zu fühlen, häufig jedoch wanderte sein Blick zu Robert hinüber, der an der anderen Seite des Tisches saß und aß, so gut er konnte, obwohl seine Nase beim Kauen schrecklich weh tat. Er merkte, daß die Erwachsenen sich an diesem Abend eingehender als sonst für ihn zu interessieren schienen. Besonders Tante Cat und der fremde Mann starrten ihn jedesmal an, wenn sie glaubten, er sähe es nicht. Nach einer Weile begann er, sich unbehaglich zu fühlen, und noch ehe die anderen fertiggegessen hatten, bat er, aufstehen zu dürfen. Walter erlaubte es ihm und fügte beinahe, als wäre es nicht weiter wichtig, hinzu: »Bleibt aber nach dem Abendessen hier, Kinder.«

Nachdem die beiden in Annes Zimmer hinaufgegangen waren, um zu spielen, servierte Vaire den Kaffee, und es schien, als hätten alle nur auf den Kaffee gewartet, um auf den wahren Grund dieses abendlichen Beisammenseins zu sprechen zu kommen.

»Ich halte es für richtig, Ihnen gleich zu sagen, Mr. Sangrom«, begann Walter steif, »daß ich diesen Dingen, mit denen Sie sich befassen, äußerst skeptisch gegenüberstehe, und daß mir das, was Sie mit dem Kind vorhaben, durchaus nicht sympathisch ist.«

»Mr. Woodson, wenn es niemanden gäbe, der meiner Arbeit kritisch gegenübersteht«, versetzte Mr. Sangrom bekümmert, »dann wäre diese Welt ein Paradies.« Er senkte den Blick in seine Kaffeetasse. »Ein Paradies«, wiederholte er mit leiserer Stimme.

»Haben Sie beim Abendessen etwas gespürt?« erkundigte sich Tante Cat.

»Das ist schwierig bei so vielen widersprüchlichen Schwingungen am selben Tisch«, erwiderte das Medium mit gesenkter Stimme. »Aber ich habe gewisse Emanationen entdeckt, und einmal hatte die Aura des kleinen Jungen einen seltsamen Glanz, der nicht natürlich war. Ja, Mrs. N., ich glaube schon jetzt sagen zu können, daß dies ein fruchtbares Experiment werden wird.«

Walter wandte sich angewidert ab und warf mit hochgezogenen Brauen einen Blick auf seine Frau.

»Mr. Sangrom«, fragte Vaire mit nervöser Stimme, »wie soll dieses Experiment eigentlich ablaufen? Wir können wirklich nicht zulassen, daß der Kleine womöglich zu Tode erschreckt wird, nur weil – nun ja . . .« Verlegen sah sie auf ihre Mutter.

»Vaire, du kannst mich heute abend nicht beleidigen«, sagte Mrs. Nordmeyer. »Heute abend werden wir den Beweis dafür bekommen, daß ich recht habe.«

Ihr langes, reizloses Gesicht war schmaler, als ihre Tochter es je gesehen hatte, und ihre Lippen lächelten nicht, obwohl sie an den Mundwinkeln leicht hochgezogen waren. Es war, als hätte ihre Mutter sich von den Lebendigen zurückgezogen, dachte Vaire und verspürte ein Frösteln in der heißen, schwülen Augustdämmerung.

»Es besteht keinerlei Gefahr für das Kind«, versicherte Mr. Sangrom mit seinem starren Lächeln. »Ich bitte lediglich darum, daß Mrs. N. und mir gestattet wird, einige Fragen über den schrecklichen Vorfall zu stellen, der seinen Kulminationspunkt in der Ermordung von Mr. Nordmeyer fand.«

»Ich finde, da sollten Walter und ich dabeisein«, bemerkte Vaire.

»Aber selbstverständlich, Mrs. Woodson«, erwiderte Mr. Sangrom. »Ihre Anwesenheit ist wesentlich. Schließlich ist es ja Ihre Skepsis, der wir beizukommen suchen.«

Vaire war erleichtert, dachte aber im stillen, wenn dieser Sangrom jetzt auch noch dazu überging, sie Mrs. W. zu nennen, dann würde sie ihm die Kaffeetasse ins Gesicht schleudern. Sie sah Walter an, der sich nüchtern und realistisch gab, und dachte, daß wenigstens seine Stärke und Gelassenheit von alledem, was hier vorging, unerschüttert blieb. Aber er hatte ja auch nichts gesehen. Und sie spürte, wie ihre eigenen Reserven an Stärke und Liebe zu Robert dahinschmolzen.

Es war gegen acht, Schlafenszeit für die Kinder, als Mr. Sangrom sich erhob und verkündete, er sei bereit, mit der Befragung zu beginnen. Nachdem Vaire Anne eiligst zu Bett gebracht hatte, führte sie Robert im Nachthemd herunter und bat ihn, sich zu Tante Cat und Mr. Sangrom an den Tisch zu setzen. Robert lächelte Tante Cat zu und blickte dann auf den dürren, dunkelhaarigen Mann mit dem aufgeklebten Lächeln, der aufstand, als er eintrat, und sich an die andere Seite des Tisches setzte, so daß er dem Jungen direkt ins Gesicht sah.

»Wenn Sie jetzt die Deckenbeleuchtung ausmachen würden, Mrs. Woodson«, sagte Sangrom leise, während er Robert im Auge behielt, als hätte er Angst, er könnte verschwinden. »Ich möchte nur das eine Licht da haben, die Lampe auf dem Sideboard, wenn es Ihnen recht ist«, fügte er hinzu und wies auf eine verschnörkelte Lampe, die hinter ihm stand. Somit leuchtete, von Robert aus gesehen, das einzige Licht im Raum hinter Mr. Sangroms Kopf.

»So, junger Mann«, begann Mr. Sangrom mit etwas schneidender, aber gütiger Stimme, »du brauchst keine Angst zu haben. Wir wollen dir nur ein paar Fragen über den Tag stellen, an dem die wilden Männer zu euch ins Haus kamen.«

Robert saß auf dem großen Gesundheitslexikon, so daß er sich richtig groß vorkam. Seine Pupillen weiteten sich im Dämmerschein des Speisezimmers. Ja, er konnte sich sehr deutlich an jenen Tag im Eßzimmer des Bauernhauses erinnern, als er am Tisch gesessen und gewartet hatte, während die Männer die Familie gequält und ebenfalls gewartet hatten, worauf, das wußte er nicht. Aber sie hatten gewartet. Er richtete den Blick auf das Gesicht des schwarzhaarigen Mannes, dessen Lächeln unverändert und dessen Oberlippe beinahe unbewegt blieb, wenn er sprach. Auch dieser Mann schien ihm gefährlich, aber nicht auf die gleiche Weise; die Szene wirkte geheimnisvoll auf ihn, faszinierend wie ein Abenteuer. Robert lächelte beinahe, als ihm dieser Gedanke durch den Kopf ging, und er spürte das vertraute Prickeln der Erregung auf seiner Haut. Niemand konnte ihm etwas tun, wenn Vaire und Tante Cat und Walter dabei waren, es würde also schon nichts passieren.

»Schön, Robert«, sagte Mr. Sangrom und streckte die Arme aus, so daß seine beiden langen, weißen Hände direkt vor Robert zu liegen kamen. »Ich möchte gern, daß du deine Hände auf die meinen legst, Robert«, fuhr er fort. »Weißt du, ich kann nämlich die magnetischen Ströme in deinem Körper spüren, und ich kann so deine Antworten besser verstehen.«

Robert legte seine Hände auf die langen, weißen fleischigen Hände, die vor ihm lagen wie Gipsabgüsse. Sie fühlten sich weich und zerknittert und kühl an, wie der Rücken einer Kröte. Er hörte, wie Walter auf dem Stuhl in der Ecke des Raums leise hüstelte, und blickte zur Fensterbank, wo er vor den Scheiben des Erkerfensters, auf dem noch grau das Zwielicht lag, Vaires Silhouette sehen konnte. Sie saß seitlich, die Hände im Schoß, und es gab Robert Mut, sie dort sitzen zu sehen. Dann wanderte sein Blick zu Tante Cat, doch sie war im Schatten, er sah nur eine hochgewachsene kantige Gestalt, einem Scherenschnitt ähnlich, die am anderen Ende des Tisches saß.

»So, Robert«, begann Mr. Sangrom mit sehr ruhiger, gleichmäßiger Stimme, die ausschließlich zu Robert zu sprechen schien. »Du fühlst dich sehr wohl hier im Kreis deiner Lieben, und du bist hier sicher und geborgen, und es wird langsam spät, so daß es mich nicht wundern würde, wenn du hier im verdunkelten Eßzimmer ein bißchen schläfrig werden würdest.«

Robert spürte, daß er ein bißchen schläfrig war, obwohl seine Nase noch immer schmerzte, und er sich um Anne sorgte. Und er fühlte sich ja auch wirklich geborgen hier, er hatte keine Angst vor dem Mann mit dem geschniegelten Haar, und deshalb hörte er sich das, was der Mann sagte, ruhig an. Es schien ihn immer schläfriger zu machen, aber es war nicht so, daß er richtig einschlief. Es war mehr so, als dächte er sich selbst in einen Traum hinein, als ließe er die Worte einen Traum spinnen, da das einfacher war, und dann träumte er wirklich, aber er lauschte immer noch den Worten des

Mannes, der ihn bei den Händen zu nehmen und ihn in der Dunkelheit irgendwo hinzuführen schien.

»Du erinnerst dich an jenen Morgen, als es regnete, nicht wahr? Du erinnerst dich daran, wie du an jenem Morgen die Treppe herunterkamst, und der Mann dich packte und dich zwang, dich an den Tisch zu setzen, nicht wahr? Du erinnerst dich, daß böse Männer im Haus waren, die deinem Onkel Martin und Tante Cat Schlimmes antun wollten. Etwas später kam auch Tante Vaire, und auch ihr wollten die Männer Böses. An das alles erinnerst du dich, nicht wahr? Und du mochtest diese schlimmen Männer nicht.«

Robert, der stumm zuhörte, hatte das Gefühl, wieder in die Küche des Bauernhauses geführt zu werden, und ihm war, als sähe er die Szene wieder vor sich, wie er von dem jungen Mann mit dem Hühnerkopf gepackt wurde, wie er sich an den Tisch setzte. Jetzt war auch Vaire da, hielt seine Hand, und der Landstreicher mit dem zerfetzten Jackett sagte Sachen, bei denen sie rot wurde. Er spürte, wie das Blut in seinem Körper brodelte. Er wünschte, es käme etwas sehr Großes und Starkes und Böses, um Vaire zu helfen, weil der Mann ihr sonst etwas Böses tun würde. Es kam auch, aber er hatte Angst davor. Es kam, und er wollte es nicht mehr zurückhalten. Doch wenn es kam, dann würde er nicht mehr bleiben können, und Martin würde getötet werden. Robert kämpfte eine Zeitlang gegen das Mächtige an, während er zusah, wie der rothaarige Mann Vaire weh tat. Alles schien plötzlich zum Stillstand zu kommen, während er spürte, wie sein Wünschen in zwei Richtungen auseinandergerissen wurde. Er wollte nicht zulassen, daß der böse Mann Vaire etwas tat. Aber er konnte das Mächtige nicht herauskommen lassen, weil dann Onkel Martin erschossen werden würde. Deshalb mußte alles stillstehen. Aber das konnte er doch noch gar nicht wissen. Das war doch noch gar nicht geschehen. Es hatte also alles seine Richtigkeit, und er konnte sowieso nichts ändern. Das Mächtige bäumte sich auf gegen sein Wollen, alles stillstehen zu lassen. Eine Stimme sagte: »Ja, so, laß es kommen! Laß es kommen!« Und nun gerieten die Dinge wieder in Bewegung. Der rothaarige Mann stieß Vaire gegen den Tisch. Schneller bewegte sich jetzt alles, wo sein Zaudern vergangen war, und das stille Bild wurde verdrängt von nunmehr sich rasch abspulenden Szenen. Die Zeit schritt fort, und der rothaarige Mann wollte Vaire mit sich fortziehen, um ihr Böses zu tun. Jemand sagte: »Sie braucht Hilfe! Robert! Hilf ihr! Hilf ihr!« Und jetzt stößt der Mann Vaire an seinem Stuhl vorbei. Es geschieht wirklich. Ich muß sie retten. Ich werde zubeißen ...

Ich erwache bei der Verwandlung, fühle mich desorientiert und außerhalb meiner selbst. Nie zuvor habe ich so empfunden. Das Zimmer wächst ganz unerwartet um mich herum. Es ist, als wäre ich zu früh aus dem Winterschlaf geweckt worden. Fremde Menschen im Raum, gefährliche Menschen. Hier kann ich nicht sein. Ich drücke gegen den Tisch, wo steht er? In der Küche des Bauernhauses, wo Rusty, nein, im Eßzimmer des Hauses der Woodsons. Wer ist dieser dunkelhaarige Mann mit dem aufgerissenen Mund, der aussieht, als wollte er schreien? Mit Wucht stoße ich den Stuhl zurück und den Tisch nach vorn und denke angespannt, ›Robert!‹

Tante Cat und Vaire schreien in der gleichen Tonlage auf, ganz harmonisch. Die ältere Frau springt so heftig auf, daß ihr Stuhl umkippt und krachend auf den Boden schlägt, und am anderen Ende des Zimmers steht Vaire vor der Fensterbank und hält die Hände auf den Mund gepreßt. Walter schlägt sich den Kopf an der Wand hinter dem Stuhl an und stößt einen Fluch aus. Jetzt zieht der Mann mit dem geschniegelten Haar seine Hände unter irgend etwas hervor, das auf dem Tisch liegt, und kreischt im Falsett, während der Tisch quietschend über den gewachsten Boden rutscht. Roberts Stuhl stürzt unter dem Gewicht eines Wesens nach rückwärts, das viel größer ist als er.

Mr. Sangrom stolperte, als er vom Tisch wegsprang, schlug so hart gegen das Sideboard, daß die Lampe zu Boden fiel und zerbrach. Der Glühdraht erlosch mit bläulichem Schein, und das Zimmer blieb in Dunkelheit zurück.

»Licht!«

»Hilfe! Hilfe! Helfen Sie mir doch«, schrie eine unbekannte Stimme vom Boden neben dem Tisch. Mr. Sangrom lag dort unten.

Die Lichter flammten auf, als Walter auf den Schalter der Deckenbeleuchtung drückte. Das Eßzimmer war plötzlich von grellem Licht durchflutet. Die beiden Frauen hörten auf zu schreien. Mr. Sangrom lag in einem wirren Bündel mit seinem Stuhl und der zertrümmerten Lampe auf dem Boden. In zimperlicher Manier rang er die Hände. Die beiden Frauen standen an gegenüberliegenden Enden des Tisches und blickten auf Robert, der aus leeren Augen, als wäre er immer noch im Traum, über den Tisch hinwegstarrte.

»Meine Hände«, jammerte Mr. Sangrom in erbarmungswürdigem Ton und hielt die Hände hoch, so daß die Frauen sie sehen konnten. »Er hat mich mit seinen Klauen zerkratzt, der Dämon hat seine Klauen in mich geschlagen«, wimmerte er.

Beide Handrücken waren von mehreren langen, tiefen, blutigen Kratzern durchzogen. Walter ging zum Tisch. Sein Gesicht zeigte Entgeisterung, als er Mr. Sangroms Hände nahm und mit ungläubigem Staunen auf sie hinunterblickte.

»Heiliger Jesus«, sagte Walter verdattert, während er Mr. Sangroms Hände in den seinen hielt, als wollte er mit ihm zum Tanz gehen. »Schaut euch das an.«

Robert setzte sich von Schwäche übermannt auf den Boden. Er wachte gerade erst auf. Was war geschehen? Ich bin zu benommen, frage mich noch immer, ob ich mich verwandelt habe oder nicht. Ich habe geschlafen, und ich soll mich im Schlaf verwandelt haben? Das habe ich nie getan, und ich glaube, daß es unmöglich ist. Aber irgend etwas hatte meine Sinne zu voller Wahrnehmung aufgerührt, während Robert noch als Person zugegen ist. Robert hatte ein Gefühl von Schwerelosigkeit, so, als könnte er auf einem Lufthauch davonfliegen. Er stand auf und betrachtete die Erwachsenen im Zimmer. Sie sahen ihn alle mit entsetzten Gesichtern an, und der dunkelhaarige Mann wedelte seine blutigen Hände vor seiner Nase hin und her.

»Glaubt ihr mir jetzt?« fragte Tante Cat, die kerzengerade am Ende des Tisches stand. »Glaubt ihr mir jetzt, wo ihr es mit eigenen Augen gesehen habt?«

»Sehen Sie nur, was der Dämon mir angetan hat«, jammerte Mr. Sangrom, und sein Mund lächelte nicht mehr, sondern war weinerlich verzogen. Sein glänzendes Haar hing ihm in klebrigen Strähnen unordentlich in die Stirn. »Das ist keine Arbeit für einen Spiritisten«, erklärte er mit seiner dünnen, gekränkten Stimme. »Sie brauchen einen Dompteur, einen Käfig.«

Er wandelte unablässig hin und her, während er sprach, und hielt seine verletzten Hände hoch, so daß alle sie sehen konnten. Walters Kopf folgte mechanich dem Auf und Ab seiner Bewegung, wie ein bewegliches Ziel in einer Schießbude.

»Nun, Mr. Sangrom«, sagte Vaire, die aus der Küche zurückkehrte, wohin niemand sie hatte gehen sehen. »Wickeln Sie das feuchte Tuch um Ihre Hände. Oben hab' ich Jod. Ich hole es.«

Mr. Sangrom packte seine Hände ein, doch in diesem Hause wollte er nicht bleiben. Auf unsicheren Beinen marschierte er zur Haustür, wobei er einen weiten Bogen um Robert machte, der neben seinem umgestürzten Stuhl stand. In seinem Nachthemd klaffte ein langer Schlitz.

»Nein. Nein, danke, Mrs. Woodson«, sagte Mr. Sangrom. »Dieser Fall ist für mich erledigt. Mrs. N., ich fürchte, ich bin für Sie nicht der Richtige. Ich bin ein Spiritist und ein Hypnotiseur. Ich bin kein Teufelsaustreiber, ich befasse mich nicht mit solchen Dingen, wie ich sie heute abend erlebt habe. Ich bin es nicht gewöhnt, mit solchen körperlichen, solchen entsetzlichen Dingen umzugehen.«

Er blieb weiterhin an der Tür stehen, wohl wissend, daß Mrs. Nordmeyers Auto seine einzige Hoffnung auf rasches Wegkommen war, und doch von dem Wunsch beseelt, aus diesem Haus zu stürzen, als stünde es in Flammen.

Robert war jetzt wach, blickte von Tante Cat zu Vaire und dann auf den verängstigten Mr. Sangrom, der jetzt so gar keine Ähnlichkeit mehr mit dem übertrieben höflichen Mann hatte, der seine weißen Hände vor Robert auf den Tisch gelegt und ihn gebeten hatte, seine eigenen daraufzulegen. Traurigkeit stieg in ihm auf, als er diese Menschen betrachtete, die schöne Vaire, die unfähig war, ihm direkt ins Gesicht zu sehen, Walter, der den Kopf seitlich geneigt hielt, das Gesicht noch immer schlaff in einem Ausdruck der Entgeisterung, und der Robert überhaupt nicht ansah; und Tante Cat, die ihm mit einem harten, unerweichlichen Blick in die Augen starrte, als wollte sie ihn hassen. Er begriff, was geschehen war, und begriff auch, daß er hier nicht bleiben konnte, daß er vielleicht nicht einmal er selbst bleiben konnte; begriff, daß dies vielleicht seiner letzten Nacht auf Erden gleichkam, denn nur mit diesen Menschen konnte er er selbst sein. Und er hatte diesen Menschen etwas Unverzeihliches angetan. Er wollte weinen, aber er konnte nicht. Er stand nur reglos da und sah zu, wie die Menschen um ihn herum langsam wieder zu sich selbst fanden, nach dem entsetzlichen Schock, den er ihnen versehentlich versetzt hatte, allmählich wieder sie selbst wurden.

Walters Augen verloren den glasigen Blick, und er begann auf die alte, selbstbewußt männliche Weise von Massenhypnose zu sprechen, erklärte, Sangrom hätte sie alle miteinander hypnotisiert. Tante Cat fing an, ihn zu beschimpfen, fluchte, wie Robert es nie zuvor von ihr gehört hatte. Vaire redete unterdessen beruhigend auf Mr. Sangrom ein, der noch immer an der Tür stand und fortwollte und furchtsame Blicke auf Robert warf.

Robert hörte und sah sich das alles an, während seine Finger den langen Riß in seinem Nachthemd hinunterglitten, den er mit seinen kleinen Händen nicht hätte machen können. Er wußte, wie dieser Riß zustandegekommen war, und er wußte auch, daß es nicht seine Schuld war. Er wurde plötzlich zornig, zornig auf diese erwachsenen Menschen, die ihm jetzt etwas Schreckliches antun würden, wo er doch nichts gewollt hatte, als mit ihnen zu leben, sie zu lieben und zu erfahren, wie es war, ein kleiner Junge zu sein, der mit anderen Kindern aufwuchs; wo er doch nichts gewollt hatte, als ein kleiner Junge zu sein und geliebt zu werden. Immer zorniger wurde er, so daß sein Gesicht sich mit Blut füllte, und er dachte daran, wie Mr. Duchamps vom Hagel niedergeschlagen worden war und Willie um ihn geweint hatte, und wie der breitschultrige Mann dann aus dem eisigen Gras aufgestanden war und Willie geschlagen und zu Boden geschleudert hatte. Er dachte daran, wie Willie Anne verletzt hatte, und Martins Gesicht stieg vor ihm auf, wie es ihn da im strömenden Regen angeblickt hatte, nasse graue Haarsträhnen über den sterbenden Augen. Er erinnerte sich des nackten Entsetzens in Tante Cats Blick und seines eigenen übermächtigen Bedürfnisses, zu ihnen allen zurückzukehren, und zu seiner schönen Vaire und der tapferen Anne, um sie zu lieben, wenn er das Lieben gelernt hatte. Ach, wüßte er doch nur, wie man liebte! Nun würde er es niemals lernen können. Er mußte fort, in die Nacht hinauslaufen und sich wieder verstecken, und er dachte an die schmutzigen Männer unter der Eisenbahnbrücke, an ihre kranken Körper und an ihre Grausamkeit, und an die Hunde auf dem Hof und die Schlangen im Hühnerhaus. Er dachte an die Tage, als er mit Martin im Kuhstall gewesen war, und sie die Katzen mit Milch bespritzt hatten. Das alles war jetzt vorbei. An Rusty dachte er und an den Geruch seines Körpers und seinen kalten Haß, der wie fauliger Fisch gestunken hatte, und er erinnerte sich, wie es gewesen war, mit Willie im Regen herumzuspringen, er dachte an das Sandwich-Spiel und Anne, wie sie ihm aus dem Buch über den Hund Strolch vorgelesen hatte, und jetzt mußte er fort, mußte für immer ein anderer werden, weil sie ihn gezwungen hatten, etwas zu tun, das er gar nicht tun wollte. Vor allem dieser Mr. Sangrom. Es freute ihn, daß die Klauen versehentlich herausgeschossen waren, denn jetzt gab es keine Möglichkeit mehr, wieder in die Familie zurückzukehren, keine Möglichkeit für diese Menschen, ihn, Robert, kennenzulernen, weil sie ihn mit Gewalt zu etwas anderem gemacht hatten und es nicht möglich war, das ungeschehen zu machen; es gab nicht mal eine Möglichkeit, zu diesem Nachmittag zurückzukehren, nicht in die Höhle zu gehen, nie wieder das Spiel mit Willie zu spielen, zum Abendessen überhaupt nicht heimzukommen, sondern davonzulaufen und sich unter der Veranda zu verstecken, damit Mr. Sangrom unverrichteter Dinge wieder abziehen würde und all das, was geschehen war, nicht geschehen würde. Es gab keine Möglichkeit, es einen anderen Moment sein zu lassen als den jetzigen, wo all diese gräßlich fremden Menschen um ihn herumstanden und ihn haßten, Angst vor ihm hatten. Es gab keine Möglichkeit, die Zeit zu wenden. Es konnte nur jetzt sein, jetzt!

Robert schrie auf und stürzte direkt auf Mr. Sangrom zu, der zurückschreckte, so daß Robert an ihm vorbei durch die Fliegengittertür laufen konnte, die Stufen der Veranda hinunter in die warme Dunkelheit. Während er die schwarzgeteerte Straße zu den Laternen in der Ecke hinunterrannte, deren Licht im Schleier seiner Tränen zu glitzern und zu funkeln schien, hörte er eine Frauenstimme, die seinen Namen rief.

Teil II
Zweite Person

1

Es gibt vieles, was ich über diese Welt, in der ich nun schon seit einiger Zeit lebe, nicht weiß. Ich muß leben lernen, mir mehr Wissen über die Menschen, ihre Gewohnheiten und ihre Fähigkeiten aneignen. Jetzt bin ich immer auf der Hut, wandere des Nachts, versuche nicht, mich zu verwandeln. Ich fange keine Schwingungen von Furcht oder Beunruhigung aus den Häusern auf, in deren Nähe ich mich des Nachts niederlasse. Es hat keine allgemeine Beunruhigung um sich gegriffen. Ob man den Jungen sucht, weiß ich nicht, und es kann mich im Augenblick auch nicht kümmern. Ich wandere in südwestlicher Richtung, einem Gefühl folgend, das ich nicht in Frage stelle. Nie raste ich lange genug, um daran zu denken, eine Höhle oder ein Schlupfloch zu bauen, lege mich nachts einfach im Unterholz, im Schutz von Hecken, in leerstehenden Stallgebäuden zum Schlaf nieder. Einmal nächtige ich in einem verlassenen Haus auf einer alten Matratze. Die Landstreicher, die dort untergekrochen waren, hielten mich in der Finsternis für einen großen verwilderten Hund, als ich erwachte und sie anknurrte. Aber schön ist dieses Wanderleben nicht, und zum erstenmal finde ich keinen Spaß daran, durch die Nacht zu traben. Das Wetter ist immer noch regnerisch. Gewitter und Regenschauer bei Tag und bei Nacht weichen die Erde auf, und ich kann es manchmal nicht vermeiden, Spuren zu hinterlassen.

So viele Felder, wo die Ernte eingebracht wird, muß ich umgehen, so viele Bäche und Flüsse durchqueren, so viele Zäune überspringen, so viele Ortschaften und Höfe mit ihren allgegenwärtigen Hunden meiden.

Heute nacht liege ich zusammengerollt in einem großen Abflußrohr aus Beton, das von einem sandigen Ufer über einem weiten See hängt, dessen andere Seite ich nicht sehen kann. Es ist zwar angenehm, dazuliegen und zuzusehen, wie die Blitze draußen über dem See zuckend von Wolke zu Wolke springen, aber ich verspüre ein bohrendes Schmerzgefühl, das ich nicht kenne, als hätte ich irgendwo eine zuckende Wunde. Ich werde es wissen, wenn ich am richtigen Ort angekommen bin, ganz gleich, wie weit er sein mag, und dort werde ich versuchen, in eine angemessene Gestalt zu schlüpfen, um mein Menschendasein fortzusetzen.

Nach den Kindern zu urteilen, die ich bisher gesehen habe, muß dieser Junge zwischen neun und zwölf Jahren alt sein. Er sitzt im Heck eines halbversunkenen alten Ruderboots, das an einer dicken Weide festgemacht ist und ein Stück in den Fluß hineinragt. Er trägt einen Strohhut und die Latzhose, die alle Bauernjungen tragen. Seine Angel ist nichts weiter als ein gewöhnlicher Stock, an dessen Ende eine Schnur geknüpft ist. Während ich ihm zusehe, fängt er zwei Fische, die Schnurrbarthaare haben und offenbar beißen oder Stacheln haben. Mir sind diese Fische unbekannt, und ich falle beinahe in den Fluß vor lauter Begierde, sie besser sehen zu können. Auf dem Rücken sind sie grünlichschwarz, und auf dem Bauch strohgelb, und sie haben breite Mäuler. Der Junge scheint unzufrieden mit seinem Fang, doch er hängt sie an einer Schnur auf, die ins Wasser baumelt, damit sie ihm nicht entwischen können.

Ich beobachte ihn schon seit einiger Zeit mit großer Aufmerksamkeit, um seine Persönlichkeit auf meine Gefühle wirken zu lassen, und nun bin ich beinahe bereit. Ich schicke meine Sinne aus, finde aber nicht mal einen Hund in der Nähe, nur Eichhörnchen, und am äußersten Rand meines Wahrnehmungsbereichs, an der Flußbiegung, zwei Enten im Schilf. Ich beginne den Konzentrationsprozeß, der Name kommt näher, während ich spüre, wie mein Selbst sich zu einem winzigen Punkt zusammenzieht, der wie ein Lichtfunke ist, und der Name legt sich von selbst in meinen Mund, während die Verwandlung vor sich geht: Charles Cahill.

Ich bin noch gegenwärtig bei der Verwandlung, wie immer, wenn ein neuer Mensch ankommt. Charles hält den Overall, den ich für ihn gestohlen habe, in den Händen und betrachtet ihn. Das Kleidungsstück ist zu klein. Charles ist größer, als ich es erwartet hatte, ein wenig kräftiger, glaube ich, als der Junge, der unten im Wasser in seinem Boot sitzt. Er steht auf und geht etwas schwankend nach rückwärts zu einigen Büschen, versucht, den Overall überzuziehen. Aber er ist viel zu eng. Während er lachend mit dem Kleidungsstück kämpft, frage ich mich, wie es geschehen konnte, daß ich mich in einen Menschen verwandelt habe, der soviel größer und kräftiger ist, als ich vorhergesehen habe. Flüchtig überkommt mich ein Impuls, es noch einmal zu versuchen, da dieser Mensch mir fremd scheint, aber mir fällt ein, daß mein Wesen nun über drei Monate lang in einem ganz anderen Menschen gewohnt hat, einem viel kleineren und jüngeren Menschen, also reagiere ich vielleicht nur auf die Veränderung. Ich halte es für unmöglich, daß ich mich in einen Menschen verwandeln könnte, der nichts mit mir gemein hat. Aber dieser Junge braucht Kleider. Ich bin drauf und dran, da etwas zu unternehmen, als er plötzlich, ehe ich ihn aufhalten kann, den Overall fallen läßt und zur hohen Uferböschung rennt, wo ich verborgen gelegen habe. Ich sammle mich, um meine eigene Gestalt anzunehmen, zögere jedoch, dies mitten in der Luft zu tun; wir fliegen nämlich jetzt, direkt über den Kopf des erschrockenen Jungen im alten Fischerboot hinweg, vom hohen Ufer durch die Luft und tauchen aufklatschend kopfvoraus in den Fluß.

Eine Fontäne schlammigen Wassers in die Luft prustend, kommt Charles Cahill an die Oberfläche. Er fühlt sich im Wasser offenbar ebenso zu Hause wie ich, schwimmt mühelos weiter in die Strömung hinaus, ehe er sich nach dem blaßgesichtigen Jungen im Ruderboot umdreht, der vor Schreck seine Angel fallengelassen hat und jetzt zusieht, wie sie im Wasser davontreibt.

»He!« brüllte Charles. »Hab' ich dich erschreckt?«

»Und wie, und zum Lachen ist das überhaupt nicht. Das ist die einzige Angel, die ich hab', und jetzt ist sie weg«, rief der andere Junge ärgerlich zurück.

»Dann spring doch rein und hol sie.«

»Ich kann nicht schwimmen.«

Mit kräftigen Stößen gegen die Strömung ankämpfend, kraulte Charles zum Boot zurück und holte die Angel aus dem Wasser.

»Hier!« Er reichte sie dem Jungen im Boot, der ihn musterte.

»Danke. Wer bist denn du?«

»Charles Cahill. Und du?«

»Douglas Bent. Ich wohn da oben auf dem Hügel in dem weißen Haus neben dem Doppelsilo.«

»Ja, ich seh's«, sagte Charles, der am Bootsrand hing und seine Beine in die Strömung hinausstreckte. »Ein ganz schön großer Kasten. Wieso bist du nicht beim Heuen wie alle anderen?«

»Ach, mein Pa läßt mich immer fischen gehen, wenn ich Lust dazu habe«, antwortete der Junge im Boot, den Blick abwendend.

»Du mußt ja einen prima Vater haben. Ich hab' da draußen auf dem Haferfeld, das zu euerm Hof gehören muß, einen Haufen

Männer und Jungen gesehen. Die schuften ganz schön, so schaut's jedenfalls aus.«

»Ich hab' da kein Talent dafür«, versetzte Douglas und sah Charles direkt ins Gesicht, als wollte er ihm eine runterhauen.

»Wieso denn das?« erkundigte sich Charles, während er das Boot hin und her schaukelte, daß auf beiden Seiten Wasser hineinschwappte.

»Hör auf!« sagte Douglas. Er hob ein Bein und legte es auf den Rand des Bootes. Es sah aus, als hätte er eine silberne Schraube im Fuß. »Weil ich ein Hinkebein bin.«

Charles sah sich den verschraubten Fuß eingehend an und entdeckte, daß der Junge eine wie ein U geformte Schiene trug, die bis ins Hosenbein hineinreichte. Der Fuß steckte in einem Schuh und sah steif aus. »Hast du ein verkrüppeltes Bein?« fragte Charles, als handelte es sich um eine phantastische neue Erfindung.

»Ich hab' Kinderlähmung gehabt, als ich klein war«, erklärte Douglas und zog sein Bein wieder ins Boot. »Gehen kann ich ganz gut, aber zum Heuen und so reicht's nicht.«

»Mensch, sei froh, dann brauchst du wenigstens nicht bei der Feldarbeit zu schwitzen und brauchst die schweren Milchkannen nicht zu tragen oder so was«, meinte Charles begeistert.

»Das wär mir aber viel lieber«, versetzte Douglas. »Aber Ma sagt, daß eben nicht alle Wünsche in Erfüllung gehen.« Er lächelte schief, als wollte er gleich zu weinen anfangen.

Charles merkte, daß er dem Jungen nicht helfen konnte, seinem Leiden gute Seiten abzugewinnen, und daß Douglas wahrscheinlich nicht viel Zeit damit zubrachte, darüber nachzudenken.

»Na, wenigstens hast du eine Familie und ein Bett zum Schlafen«, meinte Charles, das Kinn auf dem Heck des Boots. »Ich hab' gar nichts, nicht mal was zum Anziehen.«

»Du hast nichts zum Anziehen?« echote Douglas mit großen Augen. »Wieso denn?«

»Ach, ich habe heute morgen da oben bei der Eisenbahnbrücke Rast gemacht, weil ich bin bißchen schwimmen wollte. Ich weiß natürlich, daß es blöd ist, seine Kleider einfach rumliegen zu lassen, aber ich war gerade erst von einem Güterzug abgesprungen, und mir war so heiß wie in einem Backofen, da hab' ich sie einfach ausgezogen und bin reingesprungen. Ich bin gleich wieder umgekehrt, aber da waren sie schon weg.«

Douglas nahm seinen Hut ab und wischte sich die Stirn. Sein glänzendes, schwarzes Haar klebte schweißfeucht an seinem Kopf. Er hatte tiefbraune Augen und ein gutmütiges Gesicht mit einer unglücklich aufgeworfenen Nase, die über dem großen Mund fehl am Platz schien. Charles musterte das Gesicht einen Moment lang. Douglas, fand er, hatte große Ähnlichkeit mit einem Frosch. In diesem Augenblick lächelte Douglas strahlend, öffnete seinen Mund und lachte.

»Und da bist du den ganzen Tag nackig rumgelaufen?« Douglas lachte wieder, ein wenig zaghaft zunächst, fand es dann aber wirklich komisch und warf sich lachend im Boot hin und her, während er sich mit dem Hut das Gesicht fächelte. »Du bist bestimmt genau bei der alten McGee vorbeigekommen«, stieß er prustend hervor. »Wenn sie dich splitterfasernackt bei ihrem Haus gesehen hätte, hätte sie bestimmt die Nationalgarde geholt.«

Darüber mußte auch Charles lachen, und er schwor, er hätte im Vorgarten der alten McGee ein kleines Tänzchen aufgeführt, wobei er seine Blöße mit Rhabarberblättern bedeckt hätte. Douglas lachte, bis ihm die Tränen kamen, und Charles fand den kleinen Jungen nett, weil er so einen guten Humor hatte. Nach einer Weile beruhigten sich beide.

»Und du wohnst gar nirgends?« fragte Douglas.

»Ach, manchmal schlafe ich in einem Abflußrohr und mal in einem alten Haus wie ein streunender Hund«, antwortete Charles wahrheitsgemäß. »Ein richtiges Zuhause habe ich nicht, nein.«

Douglas ließ sich das eine Weile durch den Kopf gehen, während er Charles scharf in die Augen blickte, um zu sehen, ob er ihn neckte.

»In welcher Klasse bist du?« erkundigte sich Douglas in dem Bemühen, den anderen Jungen der Schwindelei zu überführen.

»Ich war mein Lebtag in keiner Schule«, antwortete Charles. »Aber ich würd' gern gehen, das kann ich dir sagen.«

»Du warst noch nie in der Schule?«

»In welcher Klasse bist du denn?«

»Ich komme dieses Jahr in die fünfte. Letztes Jahr hab' ich eine Klasse übersprungen, und jetzt bin ich in derselben Klasse wie Rudy. Rudy ist mein nächstälterer Bruder«, fügte Douglas hinzu.

»Ich kann mir vorstellen, daß der doofe Rudy das prima findet«, bemerkte Charles grinsend. Ihm wurde langsam kalt im Wasser.

»Eigentlich ist er gar nicht doof«, versetzte Douglas. »Aber woher weißt du, daß er sich darüber geärgert hat?« Dann erhellte sich sein Gesicht. »Ach so, ja, ich versteh schon.« Er sah den anderen Jungen mit mehr Achtung an.

»Sag mal, du könntest mir wohl nicht helfen?« fragte Charles mit einem leichten Frösteln.

»Aus dem Wasser raus? Ach so, du meinst, ob ich dir was zum Anziehen verschaffen kann und so?«

»Genau. Ich würde dafür arbeiten oder es irgendwie zurückzahlen. Aber eine Weile würde das schon dauern, zur Zeit hab' ich nämlich nichts als meine Schönheit.« Charles grinste.

Douglas betrachtete nachdenklich den größeren Jungen, der sich in seinem großen, kräftigen Körper wohlzufühlen schien; er schwamm erstklassig, verstand, die Leute zu nehmen, und hatte wahrscheinlich Tausende von Abenteuern erlebt. Douglas holte tief Atem.

»Ich besorg dir ein paar alte Sachen von Rudy oder Carl. Carl ist mein ältester Bruder«, erklärte er.

»Himmel, wie viele Brüder hast du eigentlich?«

»Nur zwei, aber Ma erwartet ein Baby, und bis Weihnachten werden wir wahrscheinlich einer mehr in der Familie sein, sagt Pa.«

»Also, ich würde mit dir durch dick und dünn gehen, wenn du mir ein paar Sachen besorgen kannst, damit ich mich wieder sehen lassen kann«, sagte Charles, während er durch den Schlamm zum Ufer watete. »Wenn die alte McGee mich noch mal so in ihrem Garten sieht, fällt sie vor Schreck bestimmt tot um.«

Ich fühle mich wohl hier in diesem geräumigen, luftigen Stall, dessen Heuboden sich langsam füllt. Unten stehen ein Dutzend prächtige holsteinische Kühe in ihren Boxen, dazu zwei Pferde und ein einjähriges Fohlen am anderen Ende. Es gibt hier alle möglichen Winkel und Nischen, wo ich mich verkriechen kann, und mehrere Türen, durch die ich nachts hinausschlüpfen kann. Die Hunde haben rasch gelernt, mich in Frieden zu lassen. Aber es ist eine merkwürdige Situation. Ich hab' das Gefühl, ein Doppel-Doppelleben zu führen. Douglas bringt Charles Kleider und Essen, wann immer er kann, gewissermaßen als Entgelt für die Geschichten, die Charles ihm von seinen Abenteuern erzählt; wo er diese Geschichten allerdings her hat, ist mir schleierhaft. Ich scheine mich in einen Menschen verwandelt zu haben, der eine unerschöpfliche Gabe besitzt, die Leute mit Flunkereien zu unterhalten, und genau das ist es, was dem jungen Bent gefällt.

Ich werde jetzt zur Schule gehen. Sie fängt in der übernächsten Woche an, und ich bin fest entschlossen, das Lesen zu lernen. Ich hatte gedacht, daß Charles mit seiner Zungenfertigkeit sich vielleicht mit Lügen einen Platz in dem kleinen Backsteinschulhaus erschleichen würde, das kaum eine Meile vom Hof der Bents entfernt ist. Doch es erweist sich, daß Lügen nicht notwendig sind. Das ist Mrs. Stumway zu verdanken, einer Witwe, die ganz allein in ihrem geräumigen Steinhaus lebt, nicht mehr als eine Viertelmeile von der Schule entfernt.

Charles erfuhr von ihrer Existenz, als er und Douglas eines Tages durch eine Lücke im Zaun in ihre Apfelplantage schlüpften. In Wirklichkeit war es gar keine Plantage mehr, es standen nur noch ein paar verkümmerte Bäume mit wurmigen Äpfeln da, doch das Gelände war abgelegen vom Haus, versteckt in dem fünf Morgen großen Waldstück, das einzige, was der alten Frau von einem Grundbesitz übriggeblieben war, der ihr und ihrem Mann einmal gehört hatte. Von der Straße her war ihr Haus unsichtbar. Es stand inmitten des fünf Morgen großen Grundstücks, verborgen hinter Eichen, Ahornbäumen, Obstbäumen, einigen Fichten und anderen immergrünen Bäumen, Flieder- und Haselnußbüschen, die zu hohen Hecken zusammengewachsen waren. Wucherndes Dickicht aus Himbeer- und Stachelbeersträuchern füllte die Lücken, so daß Mrs. Stumway wie ein altes, verwitwetes Kaninchen inmitten undurchdringlichen Gestrüpps lebte. Ihr Mann war vor etwa fünfzehn Jahren gestorben, und die Nachbarn hatten längst jeden Versuch freundschaftlichen Verkehrs mit ihr aufgegeben. Den meisten war es ziemlich gleichgültig, ob sie noch immer inmitten dieses undurchdringlichen Urwalds lebte oder inzwischen gestorben oder von wildwuchernden Pflanzen und Bäumen verschlungen worden war. Hätte sie sich nicht alle paar Tage bei gutem Wetter draußen bei ihrem Briefkasten gezeigt, so hätten sie angenommen, es gäbe sie gar nicht mehr. Denen, die sich ihr in guter Absicht näherten, begegnete sie mit scharfer Zunge, denen, die andere Absichten zeigten, mit Heftigkeit. Ein Hausierer und Scherenschleifer, der hin und wieder diese Gegend abklapperte, erzählte, er wäre mit einem Besenstiel verprügelt worden, weil er sie mit Schmeicheleien dazu hatte bewegen wollen, ein Stück parfümierte Seife zu kaufen.

Charles hörte sich Douglas' Erzählungen über die alte Mrs. Stumway an, während er auf einem tiefhängenden Ast hockte, sich den Magen mit ihren Äpfeln füllte und dabei die Hinterfassade ihres Hauses musterte, die durch das dichte Gewirr von Laub und Dickicht verschwommen auszumachen war. Ihm schien, so eine alte Dame böte gewisse Möglichkeiten, wenn man sich nur auf die richtige Art und Weise an sie heranmachte. Douglas erzählte, sie hätte ihm einmal ein Stück Kuchen geschenkt, weil er ihr wegen seines schlimmen Beins leid tat, seine beiden Brüder möge sie aber überhaupt nicht und hätte wahrscheinlich für seine Familie insgesamt nichts übrig. Charles fand, daß sie da eigentlich nur guten Geschmack bewies, denn auch er mochte die beiden älteren Brüder von Douglas nicht. Sie waren, dachte er, beide mürrische Gefangene der Landarbeit, praktisch Sklaven ihres Vaters, die Seite an Seite mit den Arbeitern schuften mußten, die Mr. Bent anheuerte, aber für ihre Arbeit nicht bezahlt wurden. Beide befanden sich ständig in einem Zustand unterdrückter Wut, der sich so auswirkte, daß sie entweder schlapp und ausgepumpt waren oder, und das war meistens der Fall, gefährlich aggressiv.

»Doug«, sagte Charles und legte dem Jüngeren die Hände auf die Schultern, »du mußt mir eine Unterkunft finden.«

Douglas' Gesicht zeigte Zweifel. »Wenn du vorhast, bei Mrs. Stumway einzuziehen, dann vergiß das lieber. Sie ist ungefähr genauso freundlich wie ein Schwertfisch.«

»Das kann schon sein, aber ich glaub, eine Frau, die so lebt wie sie, könnte einen wie mich brauchen, der ihr zur Hand geht. Gerade, wo ich so geschickt bin. Ich könnte ihr alles Mögliche richten und das Rattenloch, in dem sie da haust, ein bißchen aufpolieren.«

»Ich glaube, sie mag es so«, entgegnete Douglas.

Es gibt jedoch gewisse Faktoren, von denen Douglas nichts weiß. In den folgenden drei Nächten schleiche ich mich in Mrs. Stumways Wäldchen, dringe bis zu dem alten Steinhaus vor, das dunkel im Schatten der Ahornbäume und Eichen steht. Nur oben brennt in einem der Fenster eine Öllampe, und ich warte, bis die Lampe ausgeblasen wird. Dann springe ich geräuschlos auf das Dach der Veranda, das alt und verwittert ist, aber immer noch solide, husche an der Hausmauer entlang zum Fenster der alten Frau und lausche hinter dem Fliegengitter, bis ich sie in tiefen, regelmäßigen Zügen atmen höre. Es ist einfach, festzustellen, wann sie fest schläft. Sie schnarcht wie eine verrostete Windmühle. Mit langer, vorsichtiger Pfote klappe ich dann die Haken am Fliegengitter hoch und schlüpfe ins Schlafzimmer. Auf dem genoppten Bettvorleger, der verschnörkelte Blumen in einem kreisrunden Garten zeigt, kauere ich nieder und flüstere ihr ins Ohr.

Sie ist zwischen siebzig und achtzig Jahren alt, hat völlig weißes Haar, das oben am Scheitel so dünn geworden ist, daß sich eine kahle Stelle zeigt, einen schmalen Mund, der nachts zahnlos ist, eine hohe, breite Stirn mit feinen Furchen, eine lange, schmale Nase und ein scharfes Kinn, das zur Decke hinauf zeigt, während sie in ihren bauschigen Kissen schläft und langgezogene, pfeifende Schnarchtöne von sich gibt. Ihre Hände sind groß mit langen Fingern, die auch im Alter ihre Anmut nicht verloren haben, obwohl sie mit braunen Flecken übersät sind. Die Hände sehen so aus, als könnten sie noch immer auf einem Klavier oder einem Saiteninstrument spielen. Sie schläft auf dem Rücken, und ihre Hände liegen oben auf der Steppdecke.

Ich flüstere Charles' Namen: »Charles Cahill, ein braver Bursche.« Immer wieder flüstere ich die gleichen Worte, während ich dabei denke, wie absurd das ist, und doch habe ich das starke Gefühl, daß dieses Verfahren nicht ohne Wirkung ist. Dem Impuls, im Schutz der Nacht ihr Haus zu erforschen, habe ich widerstanden, denn wenn sie erwachen und mich hören würde, fürchtete sie vielleicht einen Einbrecher, und ich möchte ihr keine Angst machen. Das, glaube ich, wäre die falsche Taktik, wenn ich auch mit dem Gedanken gespielt habe, sie kräftig zu erschrecken, um in ihr das Bedürfnis nach einem Beschützer zu wecken. Die Flüsterpropaganda, die ich um Charles' Willen betreibe, ist ein interessantes Experiment, und sie gefällt Charles.

Die beiden Jungen bogen von der Straße ab und wanderten Mrs. Stumways Auffahrt hinauf, die eigentlich gar keine richtige Auffahrt mehr war, da vor Jahren eine Balsampappel quer über den Weg gestürzt und niemals beiseite geräumt worden war. Die Auffahrt war nur noch eine sechs Meter lange Wendebucht, wo einmal in der Woche der Lieferwagen des Lebensmittelhändlers vorfuhr, um die alte Frau mit Proviant zu versorgen. Charles hatte eine Wassermelone, eine von den langen, hellgrünen, als Freundschaftsgeschenk mitgebracht. Douglas war voller Zweifel, gleichzeitig aber auch recht aufgeregt angesichts dessen, was Charles vorhatte. Während sie sich durch das Unterholz zur hinteren Veranda durchkämpften, erwartete Douglas jeden Augenblick zorniges Schimpfen. Er war nervös und verärgert, weil seine Schiene sich immer wieder in den am Boden entlangkriechenden Himbeersträuchern verfing. Als die scharfe Stimme dann tatsächlich kam, erschreckte ihn das so, daß er auf ein Knie fiel.

»Raus hier, ihr verdammten Gören!« rief eine kräftige Stimme aus der Düsternis der Veranda, die rundum von verhängten Fenstern eingeschlossen war.

»Mrs. Stumway!« rief Douglas, während er sich wieder hochrappelte. »Wir haben Ihnen eine Melone mitgebracht.«

»Laßt mich gefälligst in Ruhe, ihr verflixten Fratzen«, schimpfte die Stimme wieder. »Los, ab durch die Mitte, ehe ich euch mit meinem Steinsalz komme.«

Soweit Douglas bekannt war, hatte die alte Dame weder Steinsalz noch ein Gewehr, doch sie steckte stets voller Drohungen.

»Das ist mein Freund, Charles Cahill, Mrs. Stumway«, schrie Douglas auf Charles' Drängen.

Charles hielt die Melone auf beiden Händen vor sich wie ein kleines Kind, das dem Moloch geopfert werden soll, um seinen Zorn zu besänftigen.

Auf der Veranda wurde es still, und Charles fragte sich, ob die nächtlichen Einflüsterungen vielleicht tatsächlich etwas an der Einstellung der alten Dame Fremden gegenüber geändert hatten.

Knarrend öffnete sich die Hintertür, und die alte Frau zeigte sich. Sie trug eine Kopfbedeckung, die wie eine Fliegermütze aussah, nur die große Brille fehlte. Dünne weiße Haarsträhnen umgaben wie kleine kalte Flämmchen ihr ganzes Gesicht. Sie trug ein langes, formloses, braunes Gewand, das ihr in gerader Linie vom Hals bis zu den Füßen fiel. Es sah aus, als stünde dort ein Theaterbaum, auf dessen Spitze das Gesicht einer alten Frau wuchs.

»Douglas Bent«, sagte sie, als gäbe sie dem Jungen einen Namen. »Komm herein und bring deinen Melonenfreund mit.«

In der Erwartung, drinnen ein ähnliches Chaos anzutreffen wie draußen, betraten die Jungen Mrs. Stumways Küche; doch die Küche sah genauso aus wie jede andere, war vielleicht sauberer als die meisten. Sie hatte einen ordentlichen Spültisch und eine Pumpe, einen Kerosinherd zum Kochen und einen Tisch mit Emailleplatte, der blitzsauber war. Die Beleuchtung war recht trübe, weil jedes Fenster von Efeu und Wein und verwilderten Zierbüschen überwuchert war. Im grünlich schimmernden Licht, das flackernd durch das Geschlinge leicht bewegter Blätter fiel, fühlte sich Charles beinahe wie in einer Unterwasserhöhle.

»Du da!« sagte Mrs. Stumway so plötzlich, daß Charles zusammenfuhr. »Leg die Melone auf das Brett. Ihr Burschen wollt wahrscheinlich was von mir, wenn ihr mir schon eine Melone bringt. Aber ich kann mir nicht vorstellen, was es sein soll. Ihr stehlt mir das Obst von den Bäumen, sobald es reif wird. Schlimmer als Häher und Elstern.«

Charles überlegte, wie er die alte Dame in bessere Stimmung bringen könnte, aber jedesmal, wenn er den Mund öffnete, um etwas zu sagen, schoß sie selbst irgendeine Bemerkung ab, die ihn zum Schweigen brachte. Douglas stand da, und sein Kopf ging unablässig hin und her, während die alte Frau vom Schrank zum Tisch wanderte, um Teller und Gabeln aufzulegen. Auch er versuchte, ein Wort anzubringen. Als sie sich zum Küchenschrank hinunterbeugte, wollte er sich eben eine Pause in ihrem Monolog zunutze machen, doch er hatte Charles' Namen noch nicht ausgesprochen, da richtete sich Mrs. Stumway auf und zog mit einem Schwung etwas Langes und Blitzendes aus der Schublade. Sie wirbelte herum, in der Hand ein riesiges Messer, das so lang wie ihr Arm zu sein schien.

»Ha!« stieß sie hervor und schwenkte das Messer durch die Luft.

»Charles!« schrie Douglas unwillkürlich, fuhr stolpernd zurück und stieß mit Charles zusammen, der ebenfalls zurückwich.

Über die lange blitzende Klinge hinweg blickte die alte Frau auf die beiden Jungen und grinste, so daß ihre künstlichen Zähne wie eine Reihe von Totenschädeln blitzten.

»Hab' ich euch erschreckt?« fragte sie. »Das Messer ist von den Philippinen. Mein jüngster Bruder Adam hat es mitgebracht. Er hat dort gegen die Moros gekämpft. Ein Bolomesser nennt man so was.« Sie schwenkte es wieder hin und her, aber weniger kriegerisch diesmal.

»Und zum Zerschneiden von Melonen ist es bestens geeignet«, fuhr sie fort, während sie zum Holzbrett ging. Sie hob das lange

Messer in beiden Händen und ließ es mit Wucht durch die Mitte der Melone sausen, so daß es im Holzbrett steckenblieb. »Das verdammte Messer. Ich hab' schon ewig keine Melone mehr gegessen.« Sie konnte das Messer nicht aus dem Brett herausziehen.

Charles trat zu ihr, löste die lange Klinge mit einiger Mühe aus dem Brett und reichte es der alten Frau zurück. Sie schnitt Melonenringe für alle drei auf, und sie setzten sich an den emaillierten Tisch und aßen sie mit alten eisernen Gabeln, die schwarze Holzgriffe und lange Zinken hatten. Die alte Frau musterte Charles ganz unverhohlen, während sie aßen, erkundigte sich nach seinem Zuhause, seinen Eltern, ob er zur Schule ginge. Charles bemühte sich nach Kräften, einen guten Eindruck zu machen und ihr nach dem Munde zu reden.

»Meine Eltern hab' ich nie gekannt, Madame«, erklärte Charles und machte ein Gesicht, als wollte er gleich zu weinen anfangen. »Ich hab' bei meinem Onkel gelebt, und da mußte ich jeden Tag bis neun Uhr abends in seinem Laden arbeiten, und samstags mußte ich immer aufkehren und die Böden schrubben und die Fenster putzen.«

Douglas starrte Charles verblüfft an. Diese Version vom Leben des anderen Jungen hatte er nie gehört, und er wußte jetzt nicht mehr, ob er ihm überhaupt noch etwas glauben sollte, ob er über die Leichtigkeit, mit der Charles flunkerte, verärgert oder entzückt sein sollte. Mrs. Stumway nickte mit dem Kopf in der Fliegermütze und schnalzte bei passenden Stellen in dem Bericht mißbilligend mit der Zunge.

»Du bist also davongelaufen, als es daranging, mehr zu arbeiten?« bemerkte sie, und verwunderte Charles damit, der gemeint hatte, ihre Billigung zu finden.

»Es war aber auch wirklich schlimm, Madame«, erwiderte er, nicht wissend, welche Richtung er einschlagen sollte. »Und manchmal hat er mich mit dem Lederriemen geschlagen.«

»Es gibt Jungen, die das brauchen«, meinte sie und lächelte Charles, der sich seiner Sache jetzt gar nicht mehr so sicher war, mit ihren regelmäßigen falschen Zähnen an.

»Charles möchte in die Schule gehen und Lesen und Schreiben lernen, Mrs. Stumway, aber er hat keine Unterkunft«, erklärte Douglas mit einem Unterton von Verzweiflung in der Stimme. »Er hat sich bis jetzt in unserem Stall versteckt, aber wenn mein Vater dahinterkommt, kann er nicht bleiben.«

»Vielleicht könnte dein Vater beim Heuen einen zusätzlichen Arbeiter gebrauchen, Douglas«, versetzte die alte Frau und spie einen Strom von Melonenkernen auf ihren Teller.

»Aber Charles hat gesagt, daß er nicht –«

»Daß er nicht arbeiten will, wie?« unterbrach die alte Frau. »Na, das wundert mich nicht.«

»Moment mal«, schaltete sich Charles ein. »Ich bin bestimmt nicht arbeitsscheu. Da, wo ich herkomme, hab' ich geschuftet wie ein Gaul. Aber ich möcht' nicht, daß Douglas wegen mir mit seinen Leuten Verdruß bekommt. Er ist mir wirklich ein guter Freund. Ich dachte, Sie könnten hier vielleicht jemanden brauchen, der draußen ein bißchen Ordnung macht, das alte Holz von der Auffahrt räumt und so.«

»Oh, du kannst gern hierbleiben und zur Schule gehen, Charles Cahill«, sagte Mrs. Stumway und sah ihm direkt in die Augen. »Ich wollte nur nicht, daß ihr glaubt, zwei Rotznasen wie ihr könnten eine alte erfahrene Frau wie mich hinters Licht führen.«

Sie legte ihre Hände auf den Tisch. Die Winkel ihres breiten Mundes waren leicht hochgezogen, während sie Charles ansah. Ihr Gesicht, das das Alter runzlig und füchsisch gemacht hatte, erinnerte Charles an jemanden, aber er hätte nicht sagen können, an wen. Er lächelte sie mit seinem, wie er meinte, gewinnendsten und einschmeichelndsten Lächeln an. Er hatte ein Zuhause.

Charles stellte bald fest, daß die alte Frau, auch wenn sie eine scharfe Zunge hatte und ihn manchmal der Faulheit bezichtigte, nur höchst selten in Zorn geriet und ihm nicht viel an Arbeit abverlangte. Als am folgenden Dienstag in dem kleinen Backsteinbau unten an der Straße die Schule begann, fühlte sich Charles bei Mrs. Stumway schon ganz zu Hause und freute sich darauf, endlich das Lesen lernen zu können.

Miss Jessie Wrigley fand es nicht verwunderlich, als am ersten Schultag Charles bei ihr erschien, um Aufnahme in die erste Klasse zu beantragen. Er war so groß und kräftig, wie sich das für einen Zwölfjährigen gehörte, konnte aber noch nicht einmal seinen eigenen Namen schreiben oder auch nur richtig buchstabieren. Im vergangenen Jahr hatte sie William Seaboldt in die erste Klasse aufgenommen, und der war damals schon vierzehn gewesen. Er war nur einen Monat regelmäßig zum Unterricht gegangen, dann war er durchgebrannt. Sie hoffte, dieser arme Findling, den Mrs. Stumway bei sich aufgenommen hatte, würde mehr Ausdauer zeigen. Er machte jedenfalls einen vielversprechenden Eindruck. Doch dann las sie in dem Brief von Mrs. Stumway, daß er zwar ein hübscher Bengel wäre und ein gewinnendes Wesen hätte, aber weder sehr fleißig noch sehr beharrlich sei. Sie musterte ihn, wie er da mitten unter den anderen Kindern aller acht Klassen, die sich für das neue Schuljahr eintrugen, vor ihrem Pult stand, und sie fragte sich, ob sein gutes Aussehen nicht von Nachteil für ihn sein würde. Den verkrüppelten kleinen Bent hatte er offensichtlich bereits in seinen Bann geschlagen und bemühte sich schon jetzt ernsthaft um einige der anderen Jungen, indem er ihnen eine hanebüchene Geschichte über seine Abenteuer als blinder Güterzugpassagier erzählte.

»Charles Cahill«, sagte Miss Wrigley, »würdest du bitte eines der größeren Pulte in die Erstkläßlerreihe rücken? Nicht, daß du uns eine von den kleinen sprengst!«

Sie lächelte ihn an, um ihm die Schande, in der ersten Reihe zu sitzen, leichter zu machen, doch er schien nicht im geringsten verlegen darüber. Ein ungewöhnlicher Junge, ging es ihr durch den Kopf, während sie beobachtete, wie leicht und unbefangen er mit den anderen Kindern umging. Ganz anders, als die meisten dieser Bauernkinder, die so scheu und wortkarg sind, dachte sie. Ich bin gespannt, ob er schnell lernt.

Charles seinerseits war über Miss Wrigley sehr erfreut und auch über die Tatsache, daß er nun ein Zuhause hatte und in der Gemeinde akzeptiert wurde. Als er an diesem Dienstagmorgen mit Douglas hereinspaziert war und sich dem Kreis der Kinder zugesellt hatte, die um das Pult der Lehrerin herumstanden, hatte er eine bissige alte Jungfer erwartet, die ihm mit dem Lineal auf die Finger klopfen würde, wenn er nicht tat, was sie sagte. Statt dessen sah er vor sich eine junge, sanft wirkende Frau mit kurzem braunen Haar, von einer Direktheit, die den Kindern alles Unbehagen nahm, weil sie bei ihr immer wußten, woran sie waren. Wenn sich jemand schlecht vorbereitet hatte, und Miss Wrigley unzufrieden war, dann pflegte sie zu dem betreffenden Kind zu sagen: »Es bedrückt mich, Mary, weil ich das Gefühl habe, dir liegt gar nichts daran zu lernen, wie man ein zivilisierter Mensch wird.« Und das Kind fand es im allgemeinen nur recht und billig, daß Miss Wrigley so empfand.

Charles bewunderte diese Taktik zur Manipulation anderer, so sah er das nämlich, und bemühte sich nach Kräften, sie sich ebenfalls zu eigen zu machen. Er war außerdem, selbst an jenem ersten Tag schon, recht eingenommen von Miss Wrigley selbst. Sie war klein, nicht viel größer als Charles, und hatte einen kompakten, beweglichen Körper, den Charles gern ansah. Ihre Schulkleidung war nichts Besonderes, wirkte zumeist sogar ziemlich trist: braun und dunkelgrün, dazu hin und wieder eine weiße Bluse zur Aufhellung. Doch sie schien Charles eine wendige Anmut zu besitzen, die keinen Schmuck brauchte. Am meisten aber bewunderte er ihr Wissen. Sie schien überhaupt alles zu wissen, was es auf der Welt gab, und er wünschte sich leidenschaftlich, all das zu lernen, was sie wußte, um mit der gleichen Sicherheit wie sie Geschichten und Geschichte erzählen, mathematische Aufgaben lösen zu können. Und wenn er sich auch, wie Mrs. Stumway richtig vermutete, im Haus und auf dem Feld lieber vor der Arbeit drückte, so arbeitete er doch für Miss Wrigley, weil er lernen wollte.

2

Ich habe natürlich gemerkt, wie sehr ich gewachsen bin. Das ist keine Überraschung. Auch die anderen Veränderungen, diese merkwürdige Unrast, die wohl ein Erwachen der sexuellen Bedürfnisse ankündigt, diese plötzliche Lust, den Menschen verrückte Streiche zu spielen, die mich überkommt, wenn ich nachts auf Jagd bin, diese Veränderungen also sind bei einem heranwachsenden Geschöpf fast zu erwarten und spiegeln sich im täglichen Verhalten von Charles, dem Menschenkind. Es gibt jedoch andere Veränderungen in meiner Welt, die weniger leicht zu erklären sind.

Zum einen macht es eine geheimnisvolle Kraft mir seit neuestem unmöglich, das alte Haus von Mrs. Stumway zu betreten, wenn ich mich nicht vorher in Charles zurückverwandle. Das ist mir rätselhaft, da ich mir nicht vorstellen kann, daß es etwas gibt, was mich daran hindern könnte, eine menschliche Behausung zu betreten, es sei denn, so ein Haus ist durch Panzerplatten und gewaltige Schlösser gesichert.

In der zweiten Woche meines Zusammenlebens mit Mrs. Stumway schlüpfte ich wie gewöhnlich des Nachts hinaus, und bei meiner Rückkehr war ich nicht imstande, die Schwelle der Hintertür zu überschreiten. Ich versuchte mein Glück bei einem Erdgeschoßfenster, dann oben am Fenster meines eigenen Zimmers, aber überall war es das gleiche. Irgend etwas, von dem ich überhaupt keine Vorstellung habe, verwehrte mir den Zutritt. Sobald ich den Kopf durch das Fenster steckte, fühlte ich mich plötzlich schwach und elend, mein Herz fing an zu hämmern, daß es mir in den Ohren dröhnte, ein Gefühl, wie ich es nie zuvor gehabt hatte, schnitt mir durch die Därme, und nur, indem ich vom Haus zurückwich, war mir Linderung möglich. Und doch konnte ich, sobald ich mich in Charles verwandelt hatte, ohne Schaden und irgendwelche quälenden Empfindungen durch die Tür ins Haus gehen. Die Gefahr, die sich hier zeigt, ist etwas, worüber ich nachdenken muß, dem ich auf den Grund kommen muß; doch solange Charles dieser Kraft gegenüber immun ist, fühle ich mich relativ sicher. Neben den anderen Veränderungen, die sich in meinem Leben zeigen, ist diese eben um so beunruhigender und quälender, weil sie unerklärlich ist, und ich nicht weiß, ob die alte Frau dahintersteckt oder ob es sich da um irgendeinen Effekt handelt, von dem sie nichts weiß.

Die zweite Veränderung ist ebenso verwunderlich, aber wesentlich angenehmer. Ich liege zusammengekauert an der von Unkräutern überwucherten Ecke eines Feldes, etwa zwanzig Meter entfernt von einer Herde dicht gedrängt stehender Schafe, die jetzt in der Dunkelheit ein erstes unruhiges Blöken der Angst hören lassen. Ich rechne damit, daß jeden Moment die Hunde auftauchen werden, die in so einer Situation unweigerlich eingreifen. In letzter Zeit reiße ich nur noch selten Lämmer, aber in dieser Nacht bin ich hungrig und nicht in Stimmung, mich mit Hasen und Hühnern zufriedenzugeben. Ich warte auf die Hunde und schicke meinen Raumsinn aus, sie aufzuspüren. Sie befinden sich drüben bei der großen Raufe, aus der sich die Schafe ihr Heu holen. Es sind zwei große, stille Tiere, die sich an einen anschleichen und ganz plötzlich, ohne warnendes Gebell, zubeißen. Mir wird nichts anderes übrigbleiben, als mich mit ihnen anzulegen, denn jetzt haben sie mich gewittert. Ich spüre das Erwachen ihrer Wachsamkeit und ihre Furcht, als sie sich im hohen Gras am Zaun entlangschleichen. Ich werde sie schnell niedermachen, denn sie erfüllen mich mit Wut, und ich bin hungrig. Ich nehme sie jetzt, wo ihre Schwingungen auf meinen Raumsinn stoßen, ganz deutlich wahr, und ich fühle, wie ich sie, voller Haß darüber, daß sie mich stören, verwünsche und zurückstoße. Plötzlich stelle ich verblüfft fest, daß sie nicht mehr näherkommen. Sie kehren um, richten sich auf und trotten davon, hinüber zu den fernen Stallungen. Ich stelle mich im Unkraut auf, aber sie drehen sich nicht um. Im Gegenteil, jetzt rennen sie sogar, stürmen vorwärts, als trügen sie ein Rennen aus, um zu sehen, wer am schnellsten von beiden die Herde unbewacht zurücklassen kann. Kann es sein, daß sie zum Bauern laufen? Still wie ein Baumstumpf stehe ich im Gras und lausche, sende meine Sinne zu den fernen Ställen aus. Sie gelangen dort an und kauern sich nieder, die Köpfe den Feldern zugewandt. Sie sind jetzt mehr als dreihundert Meter entfernt, an der äußersten Grenze meines Wahrnehmungsbereichs, und sie legen sich nieder, als könnte nichts geschehen. Ich halte sie im äußersten Winkel meines Wahrnehmungsfeldes fest und laufe mitten unter die Schafe, die vor Entsetzen natürlich wie erstarrt sind, und suche mir ein schönes fettes Lamm heraus. Die Hunde haben sich nicht gerührt. Unglaublich!

Ich setze über einen kleinen Bach und lege mich ins Nachbarfeld, um meine Mahlzeit zu verzehren. Das Lamm schmeckt köstlich. Keine Spur von den Hunden, während ich ein kleines Loch grabe, um die Reste darin zu verscharren. Der Bauer soll nicht wissen, daß sein Lamm gefressen worden ist. Besser, ihn in dem Glauben zu lassen, es wäre einfach gestohlen worden.

Vielleicht sind die Hunde Feiglinge, aber ich muß Gewißheit haben. Auf dem Rückweg zum Haus von Mrs. Stumway probiere ich es noch einmal aus; ich schleiche mich an einen Stall heran, warte, bis die Hunde sich erheben und schnüffelnd nach mir Ausschau halten und schicke ihnen dann das Gefühl des Zurückstoßens entgegen. Sie halten inne, stehen auf, als wäre es heller Tag, und trotten zurück zu ihren Schlafplätzen unter der hinteren Veranda des Bauernhauses. Vielleicht läßt sich aus dieser Kraft sogar noch mehr machen. Ich spüre mit meinen Sinnen nach anderen Tieren und entdecke eine Katze, die auf der Suche nach Mäusen im Stall umherschleicht. Ich erzeuge in meinem bereits gesättigten Körper ein Gefühl von gierigem Hunger. Ich teile der Katze mit, daß sie zu mir kommen muß. Ich passe genau auf, während ich diese Gefühle dorthin schicke, wo die Katze sich befindet. Sie unterbricht ihre Pirsch nach Mäusen und läuft gehorsam zur Stalltür hinaus, den Schwanz hochaufgestellt, als wäre sie auf dem Weg zu einem Napf Milch. Mit anmutig wedelndem Schwanz kommt sie durch die große Tür heraus und läuft direkt zu der Stelle, wo ich im Schatten kauere. Ich hätte sie packen und auffressen können, aber ich habe einen Ekel vor Katzen. Sie steht da und läßt ihren Blick durch die Dunkelheit schweifen, ohne mich überhaupt zu bemerken. Ich löse das Gefühl in mir, lasse das Anziehungsgefühl irgendwie zerfließen, ich weiß nicht genau wie, aber ich nehme wahr, daß der Bann gebrochen ist. Die Katze sträubt plötzlich sämtliche Haare, plustert sich auf, faucht mir ihre Angst ins Gesicht und weicht voller Schrecken zurück. Ich lache leise, und sie dreht sich um und flitzt durch den Hof zu einem Baum, um in rasender Geschwindigkeit an ihm hochzuklettern.

Die Möglichkeiten, die diese neue Kraft in sich birgt, sind enorm. Ich muß sie sorgfältig ausprobieren, um ihre Grenzen zu bestimmen. Könnte ich beispielsweise ein größeres Tier oder einen Menschen zwingen, meinen stummen Befehlen zu folgen? Auf jeden Fall garantiert mir diese Kraft ständige Versorgung mit Nahrung, ohne daß ich mir danach die Beine ablaufen muß.

Charles begriff das Lesen so schnell, als hätte er es nur eine Weile vergessen, nicht, als müßte er es von Grund auf lernen. Als es Mitte Oktober wurde, hatte er bereits den zweiten Band der Fibel durchgearbeitet, mit dem sich die Zweitkläßler herumschlugen, und er konnte bereits schriftlich zusammenzählen und abziehen. Miss Wrigley betrachtete ihn als ihren Star unter den siebenundzwanzig Schülern.

Unter den Schülern waren allerdings einige nicht so hingerissen von Charles, weil er sie mit seinen treffenden Fragen und seinen erstaunlichen Fortschritten bald in den Schatten stellte; die meisten von ihnen aber mochten sein frisches, herzliches Wesen und seine Bereitschaft, bei jedem Spiel oder Abenteuer mitzumachen, das sie sich einfallen ließen. Es sprach für Charles' gutmütiges Wesen, fand Miss Wrigley, daß er sich ihres Wissens noch nicht ein einziges Mal geprügelt hatte, seit er in die Schule gekommen war. Das war für einen neuen Schüler ein Rekord. Er beruhte auf einem einfachen Rezept. Charles pflegte jedem Herausforderer – und in der ersten Schulwoche fanden sich da mehrere – zu sagen: »Von einem fairen

Kampf verstehe ich nicht viel, weil ich mich immer gegen Kerle wehren mußte, die Messer und so was hatten. Drum hoffe ich, daß du keine Rücksicht nimmst, wenn wir uns schlagen, weil ich das nämlich auch nicht tu.« Der blutrünstigen Geschichten eingedenk, die Charles von Schlachten zwischen den Landstreichern auf der Eisenbahn erzählt hatte, wurde sein Gegner dann regelmäßig anderen Sinnes. Bisher hatte Charles sich nicht schlagen müssen, und meist gelang es ihm, seinem Feind die Wut mit Humor auszutreiben und auf diese Weise dafür zu sorgen, daß keiner von ihnen das Gesicht verlor.

Beim Schlagball, dem einzigen Spiel, das die Jungen neben solchen Spielen wie Räuber und Gendarm spielten, zeigte Charles sich zwar sportlich, doch so rapide Fortschritte wie im Klassenzimmer machte er nicht. Gerade beim Schlagball erfuhr er aber, daß etwas von dieser merkwürdigen Kraft, die ich in jener Nacht im Schafpferch entdeckt hatte, auch in sein Leben hinüberspielte.

Der beste Werfer der Schule war Ronald Borsold, der allgemein Runt gerufen wurde. Runt Borsold war ein stämmiger kleiner Bursche von dreizehn Jahren mit kräftigen Armen und scharfem Auge, dafür bekannt, daß er die Schläger des gegnerischen Teams zur Verzweiflung brachte. Eines Nachmittags, als Runt warf, war Charles dem gegnerischen Team zugeteilt und fand es äußerst demütigend, daß er den Ball einfach nicht traf. Nachdem er, zum zweitenmal als Schläger an der Reihe, zweimal ins Leere geschlagen hatte, wurde er wütend. Das Gebabbel auf dem Spielfeld ging ihm unter die Haut. Schwitzend wartete er auf den nächsten Wurf, wohl wissend, daß der Ball an seinem Schagholz vorbeisausen würde wie zuvor, und plötzlich dachte er ganz verzweifelt: Wirf ihn schön leicht!

Der nächste Ball segelte wie eine Feder zum Schlagfeld, und Charles schlug ihn krachend hinüber ins hohe Gras beim alten freistehenden Plumpsklo. Die Zeit reichte, um in raschem Lauf das ganze Feld zu umrunden. Und das passierte ausgerechnet Runt! Charles' Mannschaft brachte ihrem Helden mit freundschaftlichen Püffen auf Rücken und Kopf diverse Blutergüsse bei, als er lange vor dem Ball, den ein plötzlich erwachter gegnerischer Spieler in weitem Bogen zurückwarf, das Heimmal überlief.

Runt Borsold stand auf dem kahlen Fleck im Rasen, der die Werferplatte war, und starrte Charles an, als hätte der soeben ein Wunder vollbracht. Der nächste Schläger konnte Runts Verblüffung noch ausnutzen und holte mit einem glücklichen Schlag noch einen Lauf bis zum zweiten Mal heraus, aber die übrigen Schläger hatten dann mit Runts Bällen wieder die gleichen Schwierigkeiten wie immer. Als Charles erneut an die Reihe kam, fragte auch er sich noch immer, was eigentlich geschehen war, und ließ den ersten Ball vorbeisausen, ohne es mit dem Befehl zu versuchen, den er zuvor angewendet hatte. Doch jetzt hat mich die erregende Wirkung, die das Spiel auf Charles hat, geweckt, und ich führe ein Ausströmen des Gefühls herbei, das ich auf die Tiere angewendet hatte. Charles verspürte darauf eine starke emotionale Reaktion, die ihn veranlaßte, dem Werfer den stummen »Befehl« zu geben: Wirf ihn leicht!

Und da kam der Ball schon, flog weich und sachte durch die Luft, das reinste Kinderspiel. Charles holte aus und schleuderte ihn über den Stacheldrahtzaun am linken Ende des Spielfelds. Wieder ein Lauf ums ganze Feld! Beide Mannschaften brüllten jetzt aus voller Kehle, die Spieler von Runts Team zum Teil deshalb, weil sie vermuteten, er hätte sich mit irgendeiner geheimen Belohnung von Charles bestechen lassen. Es sah schlecht aus für Runt, doch in den folgenden Minuten wurde klar, daß die Beschuldigung ungerechtfertigt war. Heulend – unter den Jungen eine nahezu unverzeihliche Gefühlsäußerung – verließ er das Spielfeld. Es lag auf der Hand, daß er seine Mitspieler nicht für dumm verkauft hatte, sondern das Opfer eines unerklärlichen Mißgeschicks geworden war.

Charles, hieß es danach, hätte Runt mit dem bösen Blick belegt, und sein Ansehen als Schlagballspieler stieg beträchtlich. Charles selbst kam, als er ein paar Minuten Zeit hatte, in Ruhe nachzudenken, zu dem Schluß, daß er tatsächlich Macht über den anderen Jungen besaß, und er überlegte, wie er diese Macht auch anderweitig zu seinen Gunsten ausnützen könnte. Er beschloß, sogleich das große Experiment zu wagen. Er versuchte, Miss Wrigley zu befehlen, und es klappte nicht. Es war ein glatter Mißerfolg. Er steigerte sich in eine künstliche Erregtheit hinein und befahl ihr stumm, an sein Pult zu kommen und ihm ein Buch zu bringen, das er aus der »Bibliothek« haben wollte, einem schlichten Bücherregal vorn im Raum beim Klavier. Miss Wrigley, die an ihrem Pult saß und Hefte der siebten und achten Klasse korrigierte, blickte tatsächlich einmal auf und lächelte ihn flüchtig an, als sie seinen Blick auffing, doch sie machte keine Anstalten, das erwünschte Buch zu holen. Charles war tief enttäuscht über diesen Mißerfolg, zumal er geglaubt hatte, er hätte hier ein leichtes Mittel entdeckt, sich alles zu beschaffen, was er haben wollte.

Er wiederholte das Experiment am selben Abend mit Mrs. Stumway, und es ging noch übler aus. Er erreichte nämlich genau die umgekehrte Wirkung, reizte sie zu zornigen Worten darüber, daß er die Küchenabfälle nicht zur Müllgrube hinter dem Haus hinausgetragen hatte. Und als Charles es ein zweites Mal versuchte, mit seiner ganzen Willenskraft den Befehl zu denken, daß die alte Frau ihm aus der Küche einen Apfel holen sollte, blickte sie, gerade so, als hätte sie den Befehl tatsächlich empfangen, von einem Brief auf, den sie gerade las, und sagte: »Charles, du streichst mir dieses Wochenende das Klohäuschen draußen.«

Er zog sich zurück, um sich über seine Hausaufgaben zu setzen. Das, was er da mit Runt angestellt hatte, war eben doch nur reiner Zufall gewesen, dachte er zornig. Ich weiß es anders, aber Charles begreift nicht, wenn ich versuche, ihn wissen zu lassen, daß diese Kraft zweckgebunden ist und durch bloße Launen nicht erschlossen werden kann.

An einem Samstag im Oktober ließen Charles und Douglas Bent sich vom Ausfahrer des Gemüsehändlers mitnehmen, weil sie zum Fischen wollten. In der Nähe vom Wehr, gleich am Stadtrand, stiegen sie aus und kletterten die zackigen Steinvorsprünge neben dem alten Kraftwerk am Nordufer des Flusses hinunter. Das Wasser stand hoch, floß wie ein endloses Tuch aus dunkelgrüner Seide die ganze Breite des Wehrs hinunter, ergoß sich schäumend über die Fischtreppen zu beiden Seiten. Auf der anderen Flußseite konnten sie unterhalb des neuen Kraftwerks die öffentliche Anlegestelle sehen, wo die Angler sich in langer Reihe drängten, und waren froh, daß sie ans Nordufer gekommen waren, wo nur ein paar junge Leute fischten. Sie sahen, daß auf diesem Ufer niemand viel fing, dennoch spießten sie Würmer auf ihre Haken und schleuderten die Leinen in das ruhige, tiefe Wasser zwischen dem Ende der Deichmauer und der alten Sandsteinmauer des alten Kraftwerks, das jetzt nicht mehr in Betrieb war. Das Wasser hatte einen metallischen Schimmer und sah bedrohlich aus mit seinen tiefen Strudeln.

»Hier müßt's eigentlich Flußbarsche geben«, bemerkte Douglas.

»Mir wär' ein Weißfisch oder ein Rotauge auch schon recht«,

versetzte Charles. Von Douglas hatte er die Namen der Fische rasch gelernt, gefangen hatte er noch nie etwas. »Oder vielleicht ein Hecht mit grüner Unterhose oder einer rosa Bauchbinde«, fügte er hinzu, um Douglas zum Lachen zu bringen. Er brachte Douglas gern zum Lachen, und der kleinere Junge ging immer bereitwillig auf die Scherze ein. Häufig lachte er so heftig über die Verrücktheiten seines Freundes, daß ihm die Tränen über das Gesicht liefen.

Nachdem sie eine Weile schweigend geangelt hatten, sagte Douglas: »Kommst du mit Mrs. Stumway einigermaßen zurecht?«

»O ja, sie ist gar nicht so übel. Eigentlich sollte ich dieses Wochenende das Klo streichen, aber sie hat nichts mehr davon gesagt, als ich gefragt hab', ob ich zum Fischen gehen könnte.«

»Mußt du viel für sie tun?«

»Nee. Sie ist komisch. Weißt du, ich wohn doch da und leb von ihrem Essen, und sie verlangt überhaupt nicht viel von mir.« Charles sagte es nachdenklich und wurde sich bewußt, daß es wahr war und daß er darüber eigentlich noch nie nachgedacht hatte. Vielleicht ist sie reich, dachte er sich, und sagte: »Vielleicht ist sie reich, was meinst du?«

»Keine Ahnung. Ma hat mir erzählt, daß ihr und ihrem Mann früher der ganze Grund rund um den kleinen Wald gehört hat, auch das Stück, wo die Schule steht, und alles, aber daß sie dann auf einmal alles verkauft und die Landwirtschaft aufgegeben haben. Das war, noch ehe ihr Mann krank wurde.«

»Sie hat bestimmt Geld«, meinte Charles ohne sonderliches Interesse. »Ich glaub, sie schickt immer Schecks mit der Post weg, weil sie nämlich Mr. Graham jede Woche einen Brief gibt und dann immer eine Weile mit ihm drüber redet.«

»Es ist wahrscheinlich nur das Geld, das er für die Lebensmittel kriegt«, vermutete Douglas.

»Nein. Die zahlt sie bar«, entgegnete Charles, den Blick in das wirbelnde Wasser gerichtet. »Auf jeden Fall ist sie ganz in Ordnung, wenn es einen nicht stört, daß es zum Frühstück immer Eier gibt, zum Mittagessen immer Sardinenbrote und abends immer Schweinekoteletts.«

»Das ist doch gar nicht so übel«, stellte Douglas fest. »Du brauchst wenigstens keine Erbsen zu lesen und Tomaten zu schnitzeln oder Mais zu schälen, wenn du keine Lust dazu hast. Das muß ich dauernd, und was viel Besseres krieg ich auch nicht zu essen.«

»Dafür brauchst du kein verdrecktes altes Klo zu streichen, das so verstänkert ist, daß letzte Woche sogar sämtliche Fliegen ausgezogen sind.«

Douglas lachte. »Das ist gar nichts. Ich mußte letzte Woche sämtliche Doppelfenster streichen, und das ist vielleicht eine Hundsarbeit, wenn man dauernd aufpassen muß, daß das Glas nicht voll wird, und –«

Aus dem stillen Becken, wo sie ihre Angelleinen ausgeworfen hatten, spritzte plötzlich eine Wasserfontäne auf. Einen Moment lang glaubte Charles, ein Riesenfisch wollte sich auf sie stürzen, doch dann merkten beide Jungen, daß jemand es darauf abgesehen hatte, sie zu ärgern. Forschend blickten sie zu den wenigen anderen Jungen hinüber, die auf den Steinvorsprüngen verteilt standen, aber keiner von ihnen schien der Übeltäter gewesen zu sein. Wieder sprühte das Wasser in einer wahren Springflut auf, so daß sie beide naß wurden. Von oben hörten sie Gelächter und blickten hinauf. Auf dem Sockel des alten Kraftwerkbaus, vier bis fünf Meter über ihren Köpfen, war ein Gesicht zu sehen, das begierig abwärts spähte und boshaft grinste. Das Haar war rot und stand nach sämtlichen Richtungen ab, und das Gesicht sah ungewöhnlich bleich aus.

»Paß ja auf«, rief Charles, als ein weiterer Steinbrocken an ihnen vorbei ins Wasser plumpste.

»He, du blöder Idiot da oben«, brüllte Charles zu dem weißen Gesicht hinauf, »wir wollen hier unten was fangen.«

Ein weiterer Steinbrocken folgte, verfehlte jedoch diesmal den Fluß und schlug an der steinigen Böschung auf, keinen halben Meter von der Stelle entfernt, wo Charles saß.

»He, verdammt noch mal«, brüllte er, »du triffst jetzt gleich jemanden.«

»Das ist einer aus der Stadt«, sagte Douglas, und Furcht lag in seiner Stimme. »Die machen so was nur zum Spaß.«

»He, das hört sich ja an, als hätt'st du vor dem rothaarigen Fliegenschiß da oben Angst«, meinte Charles grinsend.

Er legte seine Angel nieder, um die kantigen Felsvorsprünge hinauf zu der Ecke des alten Steinbaus zu klettern, wo mehrere Stufen zu dem Sockel hinaufführten, auf dem der Störenfried stand. Als er eine hervorspringende Felsnase umfaßte, um den Anstieg zu beginnen, stieß Douglas einen warnenden Ruf aus. Er blickte gerade noch rechtzeitig aufwärts, um wieder das weiße Gesicht mit dem roten Haar zu sehen, doch es blieb ihm keine Zeit mehr, dem Stein auszuweichen, der mit betäubender Wucht seinen linken Arm am Ellbogen traf.

Charles setzte sich recht unsanft auf den harten Stein und hielt sich den Arm. Er tat so weh, als hätte er einen Schlag mit dem Baseballschläger abbekommen. Wut flammte in ihm auf, und während der Schmerz sich vom Ellbogen bis zu seinem Hals hinaufzog, dachte er erbost: Mensch, spring doch in den Fluß, du Scheißkerl, und sagte laut: »Gott verdammich noch mal!«

Douglas schrie wieder, und im gleichen Moment klatschte etwas ins Wasser, etwas, das viel größer war als die Steinbrocken, die bisher heruntergekommen waren.

»Er ist reingesprungen«, brüllte Douglas, und die anderen Jungen auf den Felsvorsprüngen sprangen jetzt alle auf und deuteten zum schäumend wirbelnden Wasser am Ende der Deichmauer, jenseits der Fischtreppe.

»Schau, schau! Da ist er«, brüllten sie.

Charles schaute und sah den weißgesichtigen Jungen, der in den wilden Wirbeln unterhalb des Wehrs hin und her geworfen wurde. Der verrückte Kerl war über das stille Becken hinweg, wo sie fischten, direkt in die gefährlichste Stelle des Flusses hineingesprungen, in die kreiselnde Strömung unterhalb des Wehrs, wo die herabfallenden Wasser aufprallten und sich in wilden Wirbeln drehten. Manchmal verhedderten sich Fässer und alte Baumstämme tagelang in den schäumenden Strudeln, ehe sie freikamen. Der Junge würde bestimmt ertrinken.

»Der spinnt«, riefen einige der Jungen. »Wir müssen ein Boot holen oder so was. Einen Autoschlauch, ein Seil«, riefen sie, und einige rannten die Böschung hinauf, um irgend etwas herbeizuschaffen, was man dem Jungen zuwerfen konnte.

»Der ertrinkt bestimmt«, sagte Douglas, während er zusah, wie das weiße Gesicht des Jungen in den Wogen von Wasser und Schaum abwechselnd auftauchte und wieder verschwand.

Der Junge konnte schwimmen und versuchte mit aller Gewalt, aus der Strömung herauszukommen, kämpfte wie ein Wilder, aber jedesmal, wenn die Unterströmung ihn erwischte und nach unten zog, schluckte er eine Menge Wasser.

»Verdammt noch mal«, stieß Charles hervor, »ich muß ihn da rausholen.« Er riß sich sein Hemd herunter und blieb in seiner Arbeitshose mit den abgeschnittenen Hosenbeinen am Ufer stehen, während er zusah, wie der Junge wieder unterging. »Ich wünschte, ich müßte das nicht tun«, sagte er zu Douglas, während er seine Hose aufhakte und an seinen Beinen herunterfallen ließ.

Mit einem kurzen Anlauf stieß er sich ab und flog in einem langen flachen Kopfsprung über das Wasser zum Fuß des Wehrs. Sein nackter Körper blitzte wie braune Bronze in der Sonne, ehe er aufprallte, und er hörte noch Douglas' laute Stimme, ehe das Wasser aufklatschend über ihm zusammenschlug.

Charles war ein guter Schwimmer, aber so gut auch wieder nicht. Er schaffte es, gegen die Strömung in das donnernde Tosen des Wasserfalls hineinzuschwimmen, doch dann konnte er im wilden Getümmel von hochgehenden Wellen und Gischt den rothaarigen Jungen nirgends sehen. Er mußte mit aller Gewalt gegen die reißende Unterströmung ankämpfen, die ihn unter Wasser ziehen wollte, hinein in die herabstürzenden Fluten, die seinen Körper zertrümmert hätten. Zweimal kämpfte er sich an die Oberfläche empor, nachdem er mit solcher Wucht in die Tiefe gerissen worden war, daß sein Körper gegen den Fels auf dem Grund des Flusses geschleudert wurde. Strampelnd schlug er hart auf Grund und wußte, daß er sich ein paar häßliche Hautabschürfungen geholt hatte. Mit Macht stieß er sich wieder ab in dem Bemühen, aus der Strömung herauszukommen, nach oben zu gelangen, um Atem holen zu können. Er schaffte es, doch nur, um augenblicklich wieder in die Tiefe gerissen zu werden. Diesmal schlug er mit der Schulter und dem Kopf auf den Felsboden, die Luft wurde aus seinen Lungen herausgepreßt, und Wasser drang ihm in den Mund, so daß er sich verschluckte. Seine Finger umklammerten den Rand einer Spalte im ausgewaschenen Felsgestein, das einzige, was ihn noch davor rettete, unter das herabstürzende Wasser gezogen zu werden. Und dann verlor er noch mehr Luft.

Verwandlung.

Ich presse Wasser aus meiner Kehle und lasse mich von der wirbelnden Strömung fast bis unter die gewaltigen Druckwellen der herabströmenden Wassermassen tragen. Unmittelbar am Rand des Wasserfalls stoße ich mich vom Boden ab. Das Gewicht der Fluten streift gerade noch meinen Rücken. Ich halte Ausschau, aber im grauen Schleier der Gischt kann ich nichts sehen. Ich tauche unter, lasse mich vom Wasser zum Boden hinunterdrücken, wo ich mich fest zusammengerollt am Rand der Wehrmauer festhalte und meinen Raumsinn durch das Wasser schicke. Das Wogen des Wassers ist stark und schrecklich. Da ist er. Ein schlaffes Bündel, das kaum noch Leben hat. Wie ein Stück Treibholz wird er, beinahe unter dem Wasserfall schon, von der Strömung kreiselnd herumgeworfen. Ich richte alle meine Sinne auf ihn und stoße mich wieder vom Grund des Flusses ab. Es scheint, als stelle sich das Wasser jeder meiner Bewegungen entgegen, aber ich zerre den Jungen aus der Tiefe empor und schieße mit einem gewaltigen Stoß meiner Hinterläufe aufwärts, um Luft zu holen. Gleichzeitig schiebt die Strömung kräftig von unten, und ich scheine beinahe in voller Länge aus dem Wasser zu springen, den Jungen unter dem Vorderlauf. Ich hole tief Atem und sinke wieder zurück ins Wasser, wo mich sogleich erneut die Strömung packt. Ich schlingere dem Grund zu und scharre mit den ausgestreckten Klauen meiner Hinterläufe über den Fels, um irgendeinen Halt zu finden. Die Wassermassen drängen uns immer weiter zurück, bis ich schließlich spüre, wie meine Klauen in einen Spalt rutschen. Ich ziehe mich zusammen wie eine Feder und schnelle kraftvoll aufwärts, während ich mit einem Vorderlauf und den beiden Hinterläufen paddle. Zwei der Krallen meines linken Hinterlaufs bleiben in der Spalte hängen, und ich schieße ohne sie davon. Ich spüre nichts, aber jener Teil meines Geistes, der still ist, sagt mir, daß die Wunde später schmerzen wird. Wir sind jetzt den schlimmsten Wirbeln und Strudeln entronnen, und ich strebe mit beinahe geleerten Lungen der Oberfläche zu. Ich fühle, wie die Strömung, die flußabwärts führt, uns vom Wehr fortträgt. Noch einen Augenblick bleibe ich unter Wasser, und als ich dann weit draußen in der raschen Strömung auftauche, konzentriere ich mich scharf auf Charles Cahill und verwandle mich.

Nach Luft schnappend, den Blick zum Ufer gerichtet, hob sich Charles im glatt dahinströmenden Fluß aus dem Wasser, den rothaarigen Jungen lose in der Beuge seines linken Arms. Am Ufer sah er einen wirren Haufen rennender Menschen. Sie schrien und wedelten mit den Armen.

Charles packte den Jungen beim Haar und schleppte ihn mit sich, während er seitlich dem nahen Ufer zuschwamm. Seine Lungen pumpten in hastig keuchenden Stößen. Er hätte es nie für möglich gehalten, daß er überhaupt so schnell atmen konnte. Er spürte Grund unter den Füßen und versuchte, auf die Beine zu kommen, und stürzte. Doch da griffen schon Hände nach ihm, stützten ihn, Menschen schrien ihm die Ohren voll, es war ein Lärm, als explodiere das ganze Wehr, und er dachte, er würde ohnmächtig werden, doch das geschah nicht.

Als er wieder einigermaßen bei Atem und bei Sinnen war, stellte er fest, daß er bäuchlings auf dem Kies am Ufer lag, auf halbem Weg zwischen dem Kraftwerk und der Brücke des Highways. Der rothaarige Junge lag ausgestreckt auf einigen Brettern, und ein muskulös aussehender Mann versuchte, ihn durch künstliche Beatmung am Leben zu halten. Das Heulen einer Sirene näherte sich, Douglas hatte ihm ein Hemd über den kalten Körper geworfen und redete auf ihn ein, doch eine ganze Weile begriff Charles den Sinn seiner Worte nicht. Er schien immer wieder das gleiche zu sagen.

»Warum hast du das getan? Ja, warum hast du das getan? Du hättest umkommen können dabei.«

Charles fühlte sich, als wäre er durch die Mangel gedreht worden. Schmerz flackerte auf wie von Zauberhand entzündet; an Ellbogen, Knien, an Rücken, Stirn, Nase, Brust. Er hatte das Gefühl, als wäre sein Kopf mit Wasser gefüllt, so daß alle Geräusche in ihm Wellen schlugen. Es war, als hätte man ihm einen Eimer über den Kopf gestülpt. Er wälzte sich auf die Seite, um Douglas in das ängstliche Froschgesicht zu blicken, und grinste.

»Ich konnte doch den kleinen Scheißer nicht absaufen lassen, oder?«

Der Krankenwagen brachte Charles und den rothaarigen Jungen, der Wayne Ritter hieß, ins St.-Lukas-Krankenhaus, wo man feststellte, daß Charles, wie später im *Republican* berichtet wurde, »zahlreiche Blutergüsse und kleinere Verletzungen« davongetragen hatte. Über den kleinen Ritter hieß es, er sei »dank des heroischen Einsatzes seines Spielgefährten einem nassen Grab entrissen worden«. Über diese Fehlbezeichnung lachte Charles, bis ihm seine kleineren Verletzungen weh taten. Der Arzt im St.-Lukas-Krankenhaus hätte gern gewußt, wie Charles zwei Zehennägel an seinem linken Fuße hatte verlieren können, doch Charles konnte ihm nur erwidern, es sei der reinste Hexenkessel gewesen und er wisse nicht einmal, wie er da lebend wieder herausgekommen sei.

Die Funktionäre der Lebensretter-Ortsgruppe, die bekanntgaben, daß sie hiermit beschlossen hätten, Charles ihren Preis des »Helden des Jahres« zuzuerkennen, fanden, es wäre der Story rundum zuträglicher gewesen, wenn die Hauptpersonen des Abenteuers zur gesellschaftlichen Prominenz gehört hätten oder wenigstens nicht ganz so obskurer Herkunft gewesen wären. Charles entpuppte sich als Findling einer sauertöpfischen Mrs. Stumway, die weder Reporter noch Mitglieder der Ortsgruppe in ihr Haus ließ und jeden an der Haustür abfertigte, ohne auch nur das Fliegengitter zu öffnen. Man verkaufte Charles also als den »Großneffen von Mrs. Stumway, die auf ihrem Hof drei Meilen südlich von Beecher lebt«.

Wayne Ritter hatte zwar Familie, doch die war um so peinlicher. Die Mutter eine notorische Säuferin, der Vater ein ehemaliger Kohlenschaufler bei der Eisenbahn, ein Bruder im Gefängnis und daher nicht erreichbar, der andere beim Militär. Diesen letzteren hielt man für einen vielversprechenden Kandidaten für die öffentliche Bühne, bis sich herausstellte, daß er in Fort Sill in Oklahoma im Militärgefängnis saß, wo er wegen unerlaubter Entfernung von der Truppe eine Strafe von sechs Monaten zu verbüßen hatte.

Mit dem Geretteten selbst, einem unterernährten Früchtchen von zwölf Jahren mit einem unglaublich frechen Mundwerk, war auch nicht mehr Staat zu machen. Unter einem nicht abreißenden Schwall von Obszönitäten behauptete er, Charles hätte ihn in den Fluß gestoßen und versucht, ihn umzubringen. Zum Glück widersprachen dem sämtliche Zeugen, die übereinstimmend aussagten, daß Charles von dem kleinen Ritter mindestens drei bis vier Meter entfernt gewesen wäre, als der Junge ins Wasser gesprungen war. Der einzige erwachsene Zeuge, der muskulöse Mann, der sich bemüht hatte, Ritter mit künstlicher Atmung am Leben zu erhalten, gestand, daß der ganze Vorfall ihm rätselhaft wäre, da er den Eindruck gehabt hätte, der kleine Ritter wäre aus kniender Haltung gesprungen und beinahe viereinhalb Meter waagrecht durch die Luft geflogen, ehe er in die gefährliche Strömung des Wehrs hinabgestürzt war. Der Zeuge meinte, es müßte eine andere Person oben auf dem Sockel gewesen sein, die den Jungen mit beträchtlicher Kraft hinausgestoßen hatte, doch dem widersprachen alle anderen Zeugen und auch das Opfer selbst.

Auch Charles machte sich Gedanken über die Entfernung, die der Junge im Flug hatte überwinden müssen, um in der Strömung zu landen, und es wollte ihm scheinen, als hätte er den Jungen nicht nur gezwungen, einem Befehl von ihm zu folgen, wie er das beim

Schlagballspiel mit Runt Bosold praktiziert hatte, sondern als müsse er überdies irgendwie dazu beigetragen haben, daß der Junge mit solcher Stoßkraft vom Sockel über das Wasser hinausgeflogen war. Er begriff jetzt, daß heftige Gemütsbewegung notwendig war, um die Handlung anderer zu beeinflussen. So eine feine Sache schien ihm die geheime Kraft, die er besaß, jetzt gar nicht mehr zu sein, da die starke Gemütsbewegung, die zur Entfaltung dieser Kraft erforderlich war, die Natur der angewandten Kraft bestimmen würde. Charles war enttäuscht.

Auf der Feier, die der Elternbeirat zu Ehren »unseres Helden« im roten Backsteinschulhaus gab, meinte Charles, etwas Beglückenderes könne ihm nun wohl kaum noch widerfahren. Das Schwarze Brett war mit Zeitungsausschnitten bepflastert, die von seiner Heldentat berichteten, und die alte Mrs. Stumway entsagte einen Nachmittag ihrem Einsiedlerleben, um an der Feier teilzunehmen, auf dem Kopf ein Kapotthütchen, um den Körper ein mit tropischen Blumen bedrucktes, bodenlanges Panamagewand, so daß sie wie eine alte zerknitterte Fliegerin aussah, die ein Spalier in voller Blüte mit sich herumträgt. Mr. Safford, der zuständige Schulrat, und die drei Bauern, die den Beirat vertraten, schüttelten Charles die Hand voll Bewunderung für seine Kraft und für seinen Mut, und die Mädchen sahen ihn jetzt, wo er nicht mehr nur der gutaussehende Bursche war, der mit zwölf Jahren erst in die erste Klasse ging, mit neuen Augen an.

Nur von einem bekam Charles anderes zu hören als Lob und Bewunderung, und zwar vom wahren Helden des mutigen Rettungsunternehmens, der an einem Hinterfuß zwei Krallen verloren hatte und unseren Helden ausdrücklich ermahnte, nie wieder eine solche Dummheit zu machen, da er und der wahre Held diese großartige Geste Charles' leicht mit dem Leben hätten bezahlen können.

Es steht jedenfalls fest, daß Charles niemals zu Betty Baileys zwei Wochen später stattfindendem Halloween-Fest eingeladen worden wäre, hätte er sich nicht durch seine mutige Rettungstat hervorgetan. Bettys Familie galt in dieser Gegend, die mitten in der gesellschaftlichen Wüste des ländlichen Illinois mit seinen endlos wogenden Getreidefeldern lag, als »vornehm«. Ihre Mutter Cora wurde allgemein als elegante Frau betrachtet, und von ihrem Vater Edward sagte man, er sei ein »Lebemann« und habe ein Profil wie Douglas Fairbanks. Edward Bailey kam der Vorstellung vom Gutsbesitzer näher als alle anderen Bauern in der Gegend, da er abgesehen von seinem Hof auch noch Immobilien in Beecher und einigen anderen kleineren Orten des Landkreises besaß. Eine Einladung bei den Baileys kam daher einem gesellschaftlichen Ritterschlag gleich.

Betty Bailey war, wie die Eltern es ihr beigebracht hatten, hübsch und gepflegt, im Auftreten so sicher, wie das ein Mädchen von vierzehn Jahren sein kann: gesellschaftlich gewandt. Ihr älterer Bruder, Edward junior, hatte sich gerade an der North Western University immatrikuliert, unter hohen Kosten, hieß es, und stellte im Augenblick das glitzerndste gesellschaftliche Juwel dar, das die Familie vorweisen konnte. Wäre es damals üblich gewesen, die jungen Damen der vornehmen Familien in die Gesellschaft einzuführen, so hätte Betty Bailey zweifellos auf einem Debütantinnenball getanzt. Immerhin aber waren die Baileys in dieser Zeit, da das Land noch unter den Nachwehen der großen Depression litt, dieser ländlichen Gemeinde auf ihre bescheidene Art ein gesellschaftliches Vorbild, dem andere nacheifern konnten.

Betty wurde selbstverständlich von jenen umworben, die sich einbildeten, mit ihr gesellschaftlich auf gleicher Stufe zu stehen, wurde von den jungen Männern und Jungen angeschmachtet, die gesellschaftlich unter ihrem Stand waren und hatte sogar einen richtigen Verehrer, einen gewissen Alfred Kearney, Sprößling einer ortsansässigen Bauernfamilie, der nach seinem Abgang von der High School in Beecher mit Aussicht auf eine spätere Partnerschaft eine Stellung in einem Lebensmittelgeschäft angenommen hatte. Er war der stolze Besitzer eines 1923er Model B Coupés mit einem Klappsitz und einem Achtzylindermotor, bei dem er die Lamellen der Kühlerhaube abwechselnd rot oder weiß lackiert hatte. Außerdem besaß er eine schrille Trillerpfeife, die er stets betätigte, wenn er am Freitagnachmittag an der Schule vorfuhr, um Betty abzuholen. Die rechte Tür dieses Prachtvehikels zierte ferner, in verschnörkelten Lettern geschrieben, der Name »Betty«. Alfred trug Polohemden und gelegentlich seidene Schals, und war weit und breit der tollste Mann, der den Bauernjungen je zu Gesicht gekommen war.

Charles hatte Betty natürlich bewundert, doch aus beruhigender Ferne, da sie zwei Jahre älter war als er, wenn das Alter stimmte, das man ihm gab, und ihm, was den gesellschaftlichen Status betraf, himmelweit überlegen war. Alfred, fand er, hatte zwar die großen

Ohren von Clark Gable, ansonsten aber war er nichts weiter als ein knollennasiger, schlaksiger Bauernbursche. Er schien auch etwas alt, um Freitag nachmittags eine Siebtkläßlerin von einer Dorfgrundschule abzuholen.

Kein Wunder also, daß Charles baß erstaunt war, als er eines Mittags sah, wie Betty Bailey mit einem Briefchen in der Hand und einem Lächeln auf dem Gesicht quer durch den Schulhof kam. Sie ist wirklich hübsch, dachte Charles und versteckte die Hand, die das Sardinenbrot hielt, in seiner Pausenbrottasche. Ihre Lippen waren rot und klar gezeichnet, wie mit einer scharfen Feder, und sie hielt den Kopf mit dem schweren kastanienbraunen Haar, das ihr auf die Schultern hing, leicht zur Seite geneigt. Charles hatte das Gefühl, als wiche die Wirklichkeit immer weiter in den Hintergrund zurück, als sie sich ihm näherte, die dunkelbraunen Augen direkt auf sein Gesicht gerichtet. Ihr Rock schwang vom Gang durch den Schulhof noch leicht hin und her, als sie unmittelbar vor ihm stehenblieb. Charles war wie hypnotisiert und hätte nicht sagen können, ob er noch auf den Füßen stand, oder ob ihn vielleicht jemand auf den Kopf gestellt hatte.

»Charly«, sagte Betty. Nie zuvor hatte ihn jemand Charly genannt. »Ich möchte dich zu meinem Halloween-Fest am nächsten Freitag einladen. Ich hoffe, du kannst kommen.«

Sie neigte ihren Kopf auf die andere Seite, als wollte sie sehen, ob Charles wach war oder womöglich plötzlich das Bewußtsein verloren hatte.

»Du schaust doch, daß du kommen kannst, nicht wahr?«

»Hm«, versetzte Charles. »Oh ja.« Er erholte sich, schnaufte gierig, als wäre er wieder unter den Wasserfall geraten. »Ach, ja, natürlich, Betty. Vielen Dank für die Einladung.«

Er streckte eine Hand aus, um das Briefchen entgegenzunehmen, doch die Hand war unerklärlicherweise voll mit Sardinen und zerquetschtem Brot.

Betty lachte strahlend. »Nein, danke, Charly«, sagte sie. »Ich hab' mein Mittagsbrot schon gegessen.«

Charles blickte auf seine Hand, riß sie zurück und fing an zu lachen.

»Ich bin so überrascht«, erklärte er, Miss Wrigleys Stil nachahmend, »daß mir anscheinend einfach die Spucke weggeblieben ist.«

Dann lachten sie beide, und ihre Augen begegneten einander, das war ein Trick, auf den Betty sich gut verstand, und Charles spürte, wie wieder dieses merkwürdige Gefühl von Unwirklichkeit über ihn kam. Betty steckte ihm das Briefchen in die Tasche am Latz seiner Hose, drehte sich um und winkte noch einmal. Er starrte auf ihren schwingenden Rock, als sie zur Gruppe der Mädchen zurücktrippelte, die unter der großen Balsampappel neben der Schaukel standen. Er ertappte sich dabei, daß er etwas vor sich hinmurmelte, und fragte sich, ob er jetzt anfing, Gedichte aufzusagen.

»Ach, Charly«, ertönte eine künstlich piepsende Stimme neben ihm. »Ich hoffe wirklich, du kannst zu meinem Fest kommen.«

Es war Kick Jones, der hochaufgeschossene magere Sechstkläßler, mit dem Charles sich unterhalten hatte, ehe die Welt für ihn erstorben war.

»Sie hatte Parfüm an«, sagte Charles, ohne auf Kicks Bemerkung einzugehen.

»Ja, ja, die Baileys und ihr Packard«, versetzte Kick.

»Sie haben einen Packard?« fragte Charles zerstreut.

»Klar, und Betty hat gesagt, daß sie vielleicht auch einen Chauffeur kriegen«, berichtete Kick wegwerfend. »Mensch, dabei haben die's gar nicht so dick. Mein Vater sagt, Ed Bailey hat im ganzen Staat Schulden, die er nicht bezahlen kann.«

»Na und wenn schon«, versetzte Charles, während er sich eine Sardine in den Mund stopfte. »Die brauchen kein Geld. Mann, die ist wirklich toll.«

»Mach ihr lieber keine schönen Augen«, riet Kick. »Sonst macht Alfred Kleinholz aus dir. Sie ist sein Mädchen.«

»Ach, wer denkt denn an so was«, erwiderte Charles. »Ich finde einfach, sie ist ein toller Käfer. Wer ist schon scharf auf 'ne Freundin?«

3

In den Tagen vor Halloween half Charles bei einigen Bauern aus der Umgegend, um sich ein paar Dollar zu verdienen, weil er sich für das Fest bei den Baileys ein neues Hemd kaufen wollte. Dann kam, wie ein riesiges Zerrbild der Eleganz, mit der die Baileys am Abend des einunddreißigsten aufwarten würden, das alljährliche Halloween-Fest der Schule, das am Abend des vorhergehenden Mittwoch stattfand. An diesem Mittwoch war die Schule schon mittags aus, weil das Schulzimmer noch geschmückt werden mußte. Orangefarbene und schwarze Luftschlangen wurden aufgehängt, alle Fenster wurden mit schwarzen Katzen beklebt, die Tafeln mit orangefarbenen Hexen bemalt, und von den Deckenlampen ließ man selbstgebastelte Skeletts herabbaumeln. Für das Äpfeltauchen mußten Eimer mit Wasser angeschleppt werden, die Bänke mußten in den Keller hinuntergetragen werden, damit für die Ringelspiele Platz war, und schließlich mußte vorn im Zimmer eine kleine Bühne mit Vorhängen aufgebaut werden, damit die Kinder aus der dritten, vierten und fünften Klasse das Geisterstück aufführen konnten, das für diese Gelegenheit ausgesucht worden war.

Kostümzwang bestand nicht mehr, seit bei dem Fest drei Jahre zuvor, als die Lehrerin, die vor Miss Wrigley dagewesen war, auf Kostümierung bestanden hatte, sämtliche Kinder in alten Leintüchern aller Größen und Schattierungen von Vergilbtheit erschienen waren. Selbst der arme kleine Ricci, dessen Familie im verlassenen Holzbau einer Kirche zwei Meilen entfernt lebte, hatte sich in ein Leintuch eingehüllt. Die Wirkung war zwar durchaus gespenstisch gewesen, doch im Lauf des Abends waren sämtliche Leintücher in Fetzen gerissen worden, und die Eltern hatten sich hinterher darüber beschwert, was sie das gekostet hatte. Inzwischen fand man es komisch, in einem Leintuch zu kommen, aber der Witz war schon ein wenig schal geworden, und die wenigsten Familien hatten die Phantasie oder die Lust, eigene Kostüme anzufertigen. Gekaufte Kostüme kamen selbstverständlich gar nicht in Frage.

Das Theaterstück entpuppte sich als eine Farce von Irrungen und Wirrungen, bei der ein Ritter, eine Hexe, ein tolpatschiger König und seine stumme Gemahlin – sie hatte ihren Text vergessen – sowie eine Anzahl von Chargen mit spitzen Hüten mitspielten, geführt von einer lachenden und völlig abgehetzten Miss Wrigley, die Stichwörter gab, diesen von der Bühne herunterzog, jenen hinaufschob und aus der Kulisse die Requisiten herausreichte. Dazwischen spielte sie auf dem Klavier angemessen geisterhafte Musik, während der Hexe das Haar aus Maisseide in die Augen rutschte, dem König die Krone vom Kopf in den Schoß fiel, und der Ritter den Leuten mit seiner Lanze - dem Zeigestab - auf den Kopf schlug. Gerade als es schien, als wollte die Hexe triumphieren, teilweise deshalb, weil sie ihren ganzen Text gekonnt und ihr Kostüm noch am besten zusammengehalten hatte, sprang der Ritter vor und bedrohte sie mit seiner Lanze, eine nicht völlig leere Geste, da er sie Mary Mae Martin - der Hexe - mit erheblicher Wucht ins runde Bäuchlein stieß, während er sieghaft die letzten Worte seines Texts deklamierte. Mary Mae zog sich geschlagen zurück, jedoch nicht, ohne Harry Bennett - dem Ritter - einen haßerfüllten Blick zuzuwerfen und ihn mit drohendem Gebrummel wissen zu lassen, daß er schon noch was erleben würde dafür, daß er sie mit der Lanze gestochen hatte. Harry blieb als nervöser Sieger zurück, denn eine Drohung von Mary Mae konnte man nicht auf die leichte Schulter nehmen, wenn man einen halben Kopf kleiner und zwei Jahre jünger war als sie. Doch alles nahm ein harmonisches Ende, während Miss Wrigley auf dem alten Klavier einen Siegesmarsch spielte, und das Publikum dankbar klatschte und lachte.

Dann wurden die Stühle hinausgetragen und die Bühne abgebaut, damit die Spiele beginnen konnten, das traditionelle Apfeltauchen, Blindekuh, das Schnurkauen, wo jeweils ein Spielerpaar um das Bonbon kämpfte, das in der Mitte der Schnur festgebunden war, und schließlich das Blinzelspiel.

Charles amüsierte sich wie noch nie, lachte bei dem Theaterstück so heftig, daß er und Douglas von ihren Stühlen kippten und vom älteren Bent ausgeschimpft wurden. Als die Paare für das Schnurkauen eingeteilt wurden, paßte Charles nicht auf und sah sich unversehens mit Mary Mae als Partnerin, die noch immer ihr Hexenhaar auf dem Kopf hatte und ihr Kostüm trug. Ihre Augen strahlten, als sie Charles anlächelte, der jetzt bei Spielen und Festen ein begehrter Partner war. Charles klemmte sich das andere Ende der Schnur zwischen die Zähne, blickte Mary Mae in die kleinen runden Augen unter der Hexenperücke aus seidigen Maisfäden und lächelte. »Du warst gut in dem Stück«, sagte er um die Schnur herum.

»Danke, Charles«, versetzte Mary Mae um ihr Ende der Schnur herum.

Charles blickte an der Zweierreihe von Kindern entlang, jedes mit einem Stück Schnur im Mund, Jungen auf einer Seite, Mädchen auf der anderen. Zwischen ihnen hingen in keilförmiger Schlucht die Schnüre herab, jede mit einem Stück selbstgemachtem Toffee im spitzen Winkel. Charles nahm sich vor, das Spiel fair zu spielen und zu versuchen, das Bonbon zu schnappen, selbst wenn er in diesem Bemühen in der Mitte mit Mary Mae zusammenstoßen würde, die als Konkurrentin nicht zu verachten war. Die Spannung stieg, während noch letzte Vorbereitungen getroffen wurden, man legte die Hände auf den Rücken, irgendwo verhedderte sich eine Schnur, und Miss Wrigley mußte sie wieder entwirren, und endlich rief sie laut: »Los!« Und alle fingen an, wie wild Schnur in sich hineinzuschlingen.

Paul Holton wurde disqualifiziert, weil er verbotenerweise die Schnur mit den Zähnen gezogen und Sally Marshall so das ganze Knäuel aus dem Mund gerissen hatte, der kleine Joe Ricci war vorn, bis er sich plötzlich verschluckte, und Miss Wrigley zu ihrem Entsetzen entdeckte, daß er die ganze Schnur auf seiner Seite hinuntergeschluckt hatte. Douglas Bent und Martha Portola kamen zur gleichen Zeit bei ihrem Bonbon an, und Douglas bekam einen Biß in die Lippe. Charles fand sich Nase an Nase mit Mary Mae, als sie genau gleichzeitig bei ihrem Bonbon anlangten. Er wich nicht zurück, sondern kämpfte tapfer weiter, als Mary Maes Lippen sich schon fast um den süßen Preis geschlossen hatten, und es gelang ihm, seine Zähne in das Toffee zu schlagen. Mit aneinandergequetschten Gesichtern, Speichel auf den Wangen, kämpften er und Mary Mae verbissen weiter, Mary Mae hochrot im Gesicht, keuchend und schielend vor Aufregung, Charles, dem der Atem durch die in das Toffee verklammerten Zähne pfiff, schnaubend wie ein Zuchthengst – wie Paul Holton später sagte. Schließlich aber drückte Mary Mae in wilder Raserei ihre Zähne knirschend gegen die von Charles, und verdattert ließ er das Bonbon fahren. Die Schnur lief wie von einer Spule aus seinem Mund, während Mary Mae sich aufrichtete und triumphierend den Preis zwischen den Zähnen hielt. Das Bonbon, das noch Charles' Bißspuren trug, gehörte ihr. Erst da merkten sie, daß die übrigen Mitspieler längst fertig waren, und alle ihnen mit lauten Anfeuerungsrufen zugesehen hatten.

Als dann das Apfeltauchen kam, gingen Charles und Douglas und ein paar andere Jungen auf den dunklen Hof hinaus. Paul Holton hatte eine Zigarette und zündete sie an und reichte sie herum. Als Charles an die Reihe kam, nahm er sie, sog den Rauch ein und verschluckte sich so fürchterlich, daß er meinte, er würde sich gleich übergeben. Die anderen Jungen lachten nachsichtig, machten sich aber nicht über ihn lustig. Allzu leicht passierte einem selbst das gleiche, und außerdem war Charles beinahe zu erhaben, um wegen so etwas ausgelacht zu werden. Was hingegen das Mädchen anging, war er recht leicht zu treffen.

»Ich hab' schon gedacht, Mary Mae würde dich mit Haut und Haar auffressen«, bemerkte Paul Holton, während er wie ein Alter an der Zigarette sog.

»Die haben ihre Spucke getauscht«, sagte Carl Bent, mit fünfzehn der Älteste in der Schule.

»Ach Quatsch«, versetzte Charles und wischte sich noch einmal über das Gesicht. Ehe er hinausgegangen war, hatte er sein Gesicht in einen der Wassereimer für das Apfeltauchen gesteckt, um sich zu säubern.

»Ich hab' gar nicht gewußt, daß du so scharf auf was Süßes bist«, sagte Kick Jones, in zweideutigem Ton eine Anspielung machend, die nur er und Carl verstanden. Sie lachten schmutzig, so daß Charles sich dumm vorkam.

Flüchtig kam ihm der Gedanke, in die Dunkelheit hinauszugehen und sich zu verwandeln und dann zurückzukehren, als wäre er kostümiert. Das wäre lustig, dachte er lächelnd, aber dann müßte ich den anderen das Kostüm zeigen. Unwillkürlich lachte er leise vor sich hin, und dann sagte Douglas, sie sollten lieber wieder hineingehen, ehe sie alle erwischt würden. Charles erwiderte, das wär ihm schon recht, wenn ihm nur jemand ein Leintuch leihen würde, damit er sich vor Mary Mae verstecken könnte, und darauf lachten alle.

Beim Blinzeln hob sich Charles' Stimmung wieder, und nicht einmal die schrägen Blicke von Mary Mae störten ihn, die immer wieder versuchte, auf seinen Stuhl zu kommen, obwohl er ihr gar nicht zugeblinzelt hatte. Sein Stuhl war frei. Er sah sich im Kreis der Mädchen um, große und kleine, hübsche und nicht so hübsche, dicke und dünne, die ihn alle erwartungsvoll anblickten, während ihre Wächter in gespannter Haltung dastanden wie Revolverhelden des Wilden Westens, die auf die Abrechnung mit einem Gegner warten, der eine schnellere Hand hat als sie.

Betty Bailey saß ihm beinahe direkt gegenüber und wirkte, die Augen halb geschlossen, den Kopf mit den kunstvoll gedrehten Lokken unbewegt, recht gelangweilt. Sie trug einen Pullover, der die frühreife Entwicklung ihres Busens betonte, und Charles meinte, er hätte nie in seinem Leben ein schöneres Mädchen gesehen. Er wandte den Blick zum anderen Ende der Reihe, um Kick, der ihr Wächter war, abzulenken, und dann blickte er sie ganz plötzlich an und blinzelte. Sie wollte aufstehen, aber so langsam und gesittet, daß Kick schon ihre Arme umfangen hielt, ehe sie sich überhaupt vorbeugen konnte. Charles suchte weiter, überging Mary Mae, Kicks Zwillingsschwester Carol, die kleine Ellie Gustafson, 'ne Zweitkläßlerin, kam zu Brenda Gustafson, ihrer älteren Schwester, einer Sechstkläßlerin, und blinzelte. Mit einem Riesensprung hob Brenda von ihrem Stuhl ab, und der zaghafte Kenny Grattan erwischte nicht einmal mehr ihren Rockzipfel. Brenda ließ sich auf Charles' Stuhl nieder, als fühle sie sich hier völlig zu Hause, und sah mit stummem Triumph in die Runde. Sie war ein ruhiges, ziemlich reizloses Mädchen, im Sport sehr gut, so daß sie manchmal mit den Jungen Schlagball spielen durfte. Charles mochte sie auf eine kameradschaftliche Weise, und es gelang ihm, sie auf seinem Stuhl zu halten, während rund um sie herum die Schlacht tobte.

Zweck des Spiels war es natürlich teilweise, den Jungen und Mädchen Gelegenheit zu körperlicher Berührung zu liefern. In Paaren getanzt wurde nicht; es gab höchstens Kreistänze oder hin und wieder eine Art Kontertanz, so daß es für Jungen und Mädchen kaum Möglichkeiten gab, einander zu berühren, ohne sofort als »verknallt« zu gelten und entsprechend gehänselt zu werden. Wenn ein Junge und ein Mädchen tatsächlich beschlossen, »miteinander zu gehen«, mußten sie einen Hagel von Spötteleien über sich ergehen lassen, der oft wochenlang anhielt.

Als die Plätze getauscht wurden, die Jungen sich setzten und die Mädchen blinzeln mußten, war Charles von dem Spiel und den zufälligen Berührungen und Umarmungen, die er mit verschiedenen Mädchen getauscht hatte, leicht erregt. Mädchen, stellte er fest, waren interessante Wesen, die gut rochen, erstaunlich weiche und lebendige Körper hatten, und insgesamt viel aufregender waren als jedes Spiel, das er je draußen auf dem Spielplatz gespielt hatte. Als sie zu den Klängen der Musik, die Miss Wrigley dem alten Klavier entlockte, die Plätze tauschten, war die Auswahl an Partnern nicht groß. Charles landete unter dem wachsamen Auge der kleinen Lula Bright und wußte, daß er davon jederzeit loskam, wenn er nur wollte. Als erstes wurde er von einer der berüchtigten Portola-Schwestern geholt. Charles glaubte, es wäre Fern, aber es konnte auch Flossie sein. Gleich, welche es war, sie blies ihm dauernd ins Genick und kitzelte ihn am Ohr, bis er solche Gänsehaut hatte, daß er sich vorkam wie ein Kaktus. Schlimmer noch, die Fünfzehnjährige erregte ihn auf eine ganz neue Art. Er bekam eine Erektion und hatte scheußliche Angst, daß die andern es merken könnten. Als deshalb Mary Mae ihm zublinzelte, vollführte er einen wahren Hechtsprung, entwand sich Ferns Händen und stolperte halb auf den Knien zu Mary Maes Stuhl hinüber. Alle mußten den Eindruck haben, als wäre er ganz versessen darauf, zu Mary Mae zu kommen, und auf ihrem Gesicht breitete sich ein entsprechend selbstzufriedener Ausdruck aus, als er sich auf ihrem Stuhl niederließ, von dem er, davon war er überzeugt, den ganzen Abend nicht wieder wegkommen würde. Er bekam mehrere Aufforderungen, einmal von derselben Portola, die ihm so ungeheuer verführerisch zuzwinkerte, daß er am liebsten aufgesprungen wäre und etwas ganz anderes getan hätte, doch er konnte Mary Maes hartem Griff nicht entkommen. Sie kniff ihn auf eine Art und Weise in die Haut seiner Schulter, daß er es vorzog, ruhig sitzen zu bleiben, anstatt einen Teil seiner Schulter in ihrer Faust zurückzulassen. Er hatte sich gerade mit einigem Ärger gesagt, daß ein solcher Griff unfair war, selbst für ein Mädchen, als Betty Baileys Gefangener entkam, Paul Holton, der so langsam aufstand, daß sie ihn mit einem Finger hätte aufhalten können. Doch Betty schien erst zu merken, daß er ihr davonging, als er schon in der Mitte des Kreises war. Unter dem Gelächter der anderen schlich Paul hinüber zu Fern Portolas Stuhl, setzte sich und legte sich Ferns Hand auf den Kopf wie einen Hut.

Betty zwinkerte mehreren anderen Jungen zu, Kick, Carl Bent, Runt, doch ihre Mädchen hielten sie fest, als gälte es das Leben, wobei allerdings Carl beinahe mit der anderen Portola auf dem Boden gelandet wäre. Und endlich blinzelte sie Charles zu, der sie so angespannt beobachtet hatte, daß er sich wie mit ihr verwachsen fühlte und von seinem Stuhl aufsprang, noch ehe ihre bemerkenswert hübschen Wimpern zuckten, ihm das Signal zu geben. Doch Mary Mae war auf dem Sprung und grub Charles ihre Fingernägel so tief in die Schultern, daß es sich anfühlte, als würde er gebissen. Mit Verbissenheit versuchte er freizukommen, strebte mit aller Kraft von ihr weg, während die Nägel sich noch tiefer in seine Schultern bohrten, riß und zerrte noch heftiger, den Blick auf die lächelnde Betty gerichtet, die ihn immer wieder blinzelnd ermutigte, während er sich abmühte, das Mädchen in seinem Rücken abzuschütteln. Mit einem neuerlichen Aufbäumen sprang er vom Stuhl hoch, der Stuhl kippte um, klappte zusammen und klemmte einen von Charles' Fingern ein, während Mary Mae über ihm in die Knie ging. Charles schrie auf und riß seinen Finger los, kroch dann unter dem brüllenden Gelächter der anderen quer durch den Kreis, den zusammengeklappten Stuhl hinter sich herziehend, rittlings auf seinem Rücken Mary Mae, die jetzt seinen Hals mit beiden Armen umschlungen hielt und ihm die Luft abdrückte.

Doch sein Ziel erreichte er nie. An dieser Stelle nämlich unterbrach Miss Wrigley das Spiel mit der Ankündigung, daß Kuchen und Bowle für alle bereit stünden und daß nun die Preise für die früheren Spiele verteilt würden. Charles blieb noch einen Moment lang auf allen vieren liegen, als der Kreis sich auflöste, und Mary Mae von seinem Rücken rutschte. Er blickte auf, um nach Betty Bailey Ausschau zu halten, doch sie war schon verschwunden. Er ließ sich auf den Boden niederfallen und drehte sich um, Mary Mae in das erhitzte Gesicht zu blicken. Die Hände in die Hüften gestützt stand sie da und sah auf ihn herunter, die kurzen mausbraunen Lokken feucht von Schweiß.

»Bist du also doch Siegerin geblieben«, bemerkte Charles grinsend.

»Ha! Ha! Ha! Charles Cahill«, gab Mary mit zornverzerrtem Gesicht zurück. Zu Charles' bodenloser Verwunderung begann sie zu weinen. Dann schüttelte sie heftig den Kopf, so daß ihr die Tränen von den Wangen flogen, und rannte hinaus, um im Toilettenraum der Mädchen zu verschwinden.

Es hat längst nichts Befremdliches mehr, daß Charles in mir Emotionen aufrühren kann, von denen er kaum etwas ahnt. In den beiden Nächten zwischen Schulfest und der Fete, die bei den Baileys stattfinden soll, befinde ich mich in einem Zustand quälender Frustration, den ich mit keiner meiner üblichen Aktivitäten überwinden kann. Ich treibe allen möglichen Schabernack, wie das am Vorabend des Allerheiligenfestes allgemein üblich ist, aber selbst das hilft mir nicht. Ich habe in der Dunkelheit Klosetthäuschen umgestoßen, in denen sich Menschen befanden, und ihrem wütenden Geschimpfe zugehört, während sie sich abplagten, da wieder herauszukommen, ich habe Gartentore auf Stalldächer hinauftransportiert, und auf einem Hof habe ich zwei Hofhunde zum Firstbalken des Hauses hinaufgeschleudert, wo sie sich wie zwei verängstigte Nestlinge festkrallten, unfähig, auch nur einen Schritt auf dem steilen Dach zu tun, und sich die Lunge aus dem Leibe jaulten; ein paar Menschen habe ich einen solchen Schrecken eingejagt, daß sie beinahe der Schlag getroffen hätte, ich habe unheimliche Geräusche unter fremden Fenstern gemacht und drei Lämmer, ein Dutzend Enten und Hühner und eine freche Katze gefressen, die mir heute noch schwer im Magen liegt.

Aber die Nächte werden kälter. Bald wird es zu schneien anfangen, und dann werde ich in meiner Bewegungsfreiheit beschnitten sein, vielleicht bekomme ich sogar Lust auf einen Winterschlaf. Diese quälenden Gefühle der Frustration sind Teil des Wachstumsprozesses und werden schon noch gemeistert werden. Inzwischen muß ich versuchen, Charles' Leben näherzukommen und mehr an seinen Erlebnissen teilzuhaben. Vielleicht kann ich auf diese Weise das unruhige Blut stillen, das durch meine Adern pulst. Gelassener Stimmung stelle ich nun fest, daß die Macht, andere Geschöpfe zu lenken, sich bis jetzt noch nicht auf Menschen erstreckt, jedenfalls nicht für mich. Eines Nachts schicke ich einem späten Wanderer auf der Landstraße Strahlen der Anziehung entgegen, aber sie scheinen kaum eine Wirkung zu haben. Sie machen ihn nur nervös. Er geht schneller, reagiert aber sonst in keiner Weise. Alle anderen Geschöpfe jedoch sprechen auf diese Macht an, und sie ist mir in dieser Zeit des Mißvergnügens eine willkommene Annehmlichkeit und ein gewisser Trost.

Anläßlich des Fests bei den Baileys hatte sich Charles eine schwarze Wollhose gekauft, dazu einen Gürtel, ein weißes Hemd und eine fertiggebundene Fliege, die einfach an den Kragen geklemmt wurde. Für ein neues Paar Schuhe reichte sein Geld nicht, deshalb mußte er sich damit begnügen, seine Arbeitsschuhe mit schwarzer Schuhcreme auf Hochglanz zu bringen. Als er sich in seinem Schlafzimmer im goldgerahmten alten Spiegel betrachtete, fand er, er sähe wirklich nicht übel aus. Wenigstens paßte alles. Er hatte nicht daran gedacht, daß es kalt sein könnte und er den ganzen Weg von mehr als einer Meile bis zum Hof der Baileys würde zu Fuß gehen müssen. Außer einer alten Jacke, die ihm Douglas für die Arbeit geschenkt hatte, besaß er nichts, was er über sein weißes Hemd hätte anziehen können. Der Abend war kalt, aber er brachte es nicht über sich, die schmutzige alte braune Jacke, die nach Schweiß und Stallmist roch, über seinen sauberen Sachen zu tragen. Er beschloß deshalb, den Weg im Laufschritt zurückzulegen, und zwar genau im richtigen Tempo, um weder verschwitzt noch durchfroren anzukommen.

Mrs. Stumway saß wie immer in ihrem Schaukelstuhl im Wohnzimmer und las im Lampenlicht, die Brille mit den kleinen ovalen Gläsern auf der Nase. Sie blickte über den Rand der Brille hinweg auf Charles, als dieser auf dem Weg nach draußen durch das Eßzimmer gelaufen kam.

»Charles«, sagte sie laut, »wie alt bist du eigentlich?«

»Zwölf, glaube ich«, antwortete Charles recht verlegen.

»Dann bist du groß für einen Zwölfjährigen«, stellte sie fest. »Ja, du bist wirklich unglaublich gewachsen seit dem Tag, an dem du hier ankamst.« Sie blickte wieder in ihr Buch. »Diese Kinder heutzutage. So schnell hab' ich noch nie ein Kind wachsen sehen.« Und ihre Stimme verlor sich in unverständlichem Gemurmel.

Charles blieb noch einen Moment am Rand des Lichtkreises stehen.

»Geh nur«, sagte Mrs. Stumway und schüttelte die weißen Lokken, die unter der Fliegermütze hervorlugten. »Du schaust gut aus in deinen neuen Sachen.«

Charles grinste. »Vielen Dank, Madame«, versetzte er und spurtete hinaus in die frostige Nacht.

Obwohl er unterwegs zweimal seine Fliege verlor, erreichte er doch schließlich den Hof der Baileys. Keuchend blieb er draußen vor dem weißen Tor stehen und brachte sich in Ordnung, während er auf das große Haus mit der elektrischen Beleuchtung blickte, das wie ein Hotel in der Stadt glitzerte. Er wartete noch einen Moment, bis sein Atem wieder ruhig ging, und überlegte, was wohl an diesem Abend geschehen würde. Dann warf er einen letzten Blick auf das

Haus, holte noch einmal tief Atem und marschierte den Weg hinauf zu der großen weißen Tür mit den Milchglasscheiben zu beiden Seiten, um zu klopfen.

Im strahlenden Licht der Verandalampe kam er sich vor wie ein Schauspieler auf der Bühne, als die Tür sich öffnete, und Mrs. Bailey, drall und hübsch, ihn mit einem strahlenden Willkommenslächeln hereinbat.

»Komm herein, Charles«, sagte sie und legte ihm eine Hand auf den Rücken, um ihn ins Vestibül zu führen. »Darf ich?« fragte sie und überging es dann einfach, als sie merkte, daß er keinen Mantel hatte. »Es ist heute abend ziemlich frisch draußen, nicht wahr?«

»Ja, Madame«, antwortete Charles, der langsam weiterging, als sie ihn mit leichter Hand dem Stimmengemurmel entgegenschob, das er aus dem Wohnzimmer hörte. »Der richtige Abend für einen Sprint, ich meine, für einen Spaziergang«, sagte Charles grinsend.

»Hier ist unser junger Held«, rief Mrs. Bailey in das Zimmer voller Menschen hinein, die Charles plötzlich alle wildfremd schienen. Das Gespräch versiegte einen Moment lang, während sich alle umdrehten, ihm entgegenzublicken.

»Hallo«, sagte Charles lächelnd, mit einer etwas künstlichen Munterkeit.

Doch da tauten sie alle auf und nahmen wieder vertraute Proportionen und Gesichter an. Betty kam ihm entgegen, ihn willkommen zu heißen. Ihr schönes ovales Gesicht war noch strahlender als sonst, ihr Haar schimmerte wie glänzendes Mahagoni im elektrischen Licht, die Augen leuchteten unter den dunkel gefärbten Wimpern. Sie sah aus wie mindestens zwanzig in ihrem Tanzkleid, das tief ausgeschnitten war, um ihren Busen zu betonen. Er sah die Portola-Zwillinge mit scharlachroten Mündern, beide in festlichen Kleidern mit Volants an den Röcken und gewagten Dekolletés; Douglas' Bruder Carl war da, Kick und Carol Jones, Brenda Gustafson und Paul Houlton, und sogar der große, verschlossene Waldo Wickham war gekommen. Es waren auch noch andere Gäste da, die Charles nur flüchtig kannte. Alfred präsentierte sich im offenen Hemd mit seidenem Schal um den Hals – ein Ascot nenne man das, flüsterte Waldo –, und Mr. Bailey glänzte in einem dunkelgrauen Nadelstreifenanzug mit einer seidenen Krawatte und sah aus wie ein Edelgangster. Es waren noch ein paar andere ältere Leute da, die Charles überhaupt nicht kannte.

Im Kreis seiner Mitschüler und dank der mütterlichen Betulichkeit von Mrs. Bailey, die dafür sorgte, daß er ein Coca-Cola mit Eiswürfeln bekam und ins Speisezimmer geführt wurde, wo eine Tafel mit Leckereien ihn erwartete, fühlte er sich bald wie zu Hause. Er unterdrückte die ehrfürchtige Bewunderung, die ihn überkam, als er den blitzenden Kristallüster im Speisezimmer sah, den riesigen offenen Kamin im Wohnzimmer, in dem ein knisterndes Holzfeuer loderte, dessen Flammen sich in den Feuerböcken aus Messing spiegelten. Und er ließ sich auch nichts davon anmerken, wie beeindruckt er, nach einem Blick durch die Schwingtür, von dem elektrischen Kühlschrank in der Küche war, in dem man die Speisen ohne Eis kühlhalten konnte und der Eiswürfel machte wie die, die er in seinem Cola hatte.

Er unterhielt sich mit seinen Freunden und bewegte sich mit vorgetäuschter Selbstsicherheit in all diesem Prunk und Gepränge, so, als wäre er in einem Palast geboren und hätte nur die besten Schulen besucht. Betty lachte über sein Getue, das er um ihretwillen übertrieb, und es mißfiel ihm durchaus nicht, zu sehen, wie Alfred diesem Anblick den Rücken drehte, um sich mit Waldo zu unterhalten, der starr wie eine Statue neben dem Kamin stand.

»Also diese hier zum Beispiel«, sagte Charles, den Deckel einer Milchflasche statt eines Monokels im Auge, »diese kleinen Satansbraten hier sind teuflisch schwer zu fangen.« Er hielt ein winziges Brötchen hoch, das wie ein schwarzes Kätzchen mit gekrümmtem Rücken geformt war.

Betty Bailey lachte entzückt, legte ihre zarte weiße Hand auf Charles' Schulter, als müßte sie sich festhalten, und Charles fühlte sich beinahe wie im siebten Himmel.

»Betty«, sagte Alfred Kearny, der plötzlich in seiner ganzen Größe neben ihnen stand. »Meinst du nicht, du solltest jetzt ein bißchen Musik auflegen? Ich glaube, einige unserer Gäste würden gern tanzen.«

Charles blickte aus zusammengekniffenen Augen auf Alfreds rotseidenen Schal, der sich etwa auf gleicher Höhe mit seinem Gesicht befand. »Hier nun haben wir etwas, dem man nicht alle Tage begegnet«, begann er, doch Alfred wandte sich abrupt ab, die Hand auf Bettys Arm, so daß auch sie Charles den Rücken kehren mußte.

Charles hatte nicht geglaubt, daß sie tanzen würden. Er hatte in seinem ganzen Leben noch nie zwei Leute miteinander tanzen sehen, höchstens einmal in einer Zeitschrift, und er hatte keine blasse Ahnung, wie das vor sich ging. Ein elektrisches Grammophon wurde eingeschaltet, eine große schwarze Platte wurde draufgelegt, und dann tönte die Musik von Glen Grays Casa Loma Orchester durch das Wohnzimmer, aus dem man die Teppiche entfernt hatte, damit die Gäste tanzen konnten, wenn sie wollten.

Charles saß in einem mächtigen Polstersessel, auf der einen Seite Paul Holton neben sich, auf der anderen Carl Bent, und sah zu, wie Betty und Alfred mit anmutigen Schritten auf dem gewachsten Eichenboden umhertänzelten. Die Portola-Zwillinge tanzten auch, die eine mit Waldo, sehr steif und förmlich, die andere mit einem älteren Mann von ungefähr zwanzig Jahren, der, nach der Größe seiner Ohren zu urteilen, Alfreds Bruder hätte sein können. Die Tänzer schienen sich königlich zu amüsieren, unterhielten sich angeregt, nur Waldo nicht, der schwerfällig und stumm durch das Zimmer tappte, während die eine Portola zu seinem Doppelkinn hinauflächelte, als empfinge sie von dort insgeheim irgendeine herzerfrischende Botschaft.

Zur nächsten Platte tanzten nur Alfred und Betty und Fern Portola und Alfreds Bruder. Es war ein schnelles Stück mit viel Schlagzeug, bei dem die Tänzer fast dauernd im Kreis herumwirbelten. Charles meinte, so einen langsamen Tanz könnte er vielleicht schaffen, aber bei einem Tanz wie diesem, das wußte er, würde er seiner Partnerin ständig auf den Füßen herumtrampeln.

Wenig später kam Mrs. Bailey ins Zimmer gerauscht, mit einem mißfälligen Lächeln, wie Charles es empfand, als er ihr ins Gesicht blickte. Vor den drei Jungen, die brav in einer Reihe saßen und wie Mauerblümchen wirkten, blieb sie stehen.

»Hätte nicht einer von euch gutaussehenden jungen Männern Lust, mit mir zu tanzen?«

Charles blickte an ihr empor, auf das glitzernde Kleid mit dem tiefen Ausschnitt, die dreireihige Perlenkette, die glatten, von Rouge geröteten Wangen, das in einer Hochfrisur aufgesteckte Haar, die Augen, die soviel Ähnlichkeit mit denen von Betty hatten, und er dachte, na gut, versuchen wir's.

»Ja, Mrs. Bailey, ich würde sehr gern mit Ihnen tanzen«, erwiderte er und stand auf, wobei er sich vergewisserte, daß seine Fliege noch am Kragen klemmte. »Aber ich kann's nicht besonders gut.«

»Ach, da ist doch gar nichts dabei, Darling«, versetzte Mrs. Bailey, nahm sogleich seine rechte Hand und zog seinen Arm um ihre Taille. »Ein junger Mann, der so mutig und galant ist wie du, lernt das bestimmt im Nu.«

Anfangs bewegte sich Charles ganz steif und hielt mit der linken Hand Mrs. Baileys Arm gestreckt nach außen, während er zwischen ihren beiden Körpern zu seinen Füßen hinunterspähte. Als sie langsam davontanzten, der Mitte des Zimmers zu, blickte er auf und sah die großen Brüste vor sich und gewahrte, daß er, statt auf seine Füße zu schauen, ebensogut der Frau in den Ausschnitt hätte spähen können. Er blickte Mrs. Bailey lächelnd in die Augen und beschloß, nicht wieder nach unten zu blicken. Sie lenkte seine Schritte ganz wie eine Tanzlehrerin, führte ihn, zwang ihn, sich lockerer zu bewegen, fing ihn ab, wenn er aus dem Gleichgewicht kam, und nicht einmal gerieten dabei ihre Füße unter die seinen, so daß Charles am Ende der Platte den Eindruck hatte, er hätte sich sehr gut gehalten.

Als die Musik abbrach, löste sich Mrs. Bailey freundlich aus seinen Armen, ging mit ihm zurück zu seinem Platz, wo die beiden anderen Jungen ihnen mit düsteren Mienen entgegenblickten, und dankte ihm für den Tanz. Sie bemerkte, er wäre wirklich ein guter Tänzer und sollte unbedingt Betty oder eines der anderen Mädchen auffordern. Dann entschuldigte sie sich, erklärte, sie müsse in die Küche, wo Millie einen kleinen Imbiß vorbereite.

Charles wollte beim nächsten langsamen Stück gerade Betty auffordern, als Flossie Portola quer durchs Zimmer flitzte und sich mit erwartungsvollem Gesicht vor ihm aufpflanzte. Charles wußte, was sich für einen Gentleman gehörte und bat Flossie um diesen Tanz, während er hinter sich Carls schwaches »Heiliger Strohsack« hörte.

Mit Flossie zu tanzen, war etwas ganz anderes, als sich von Mrs. Bailey führen zu lassen. Flossie war etwa genauso groß wie Charles, schlank und biegsam und quicklebendig. Charles geriet ins Stolpern und sagte entschuldigend, »Ich bin noch ein Anfänger, Flossie«, nachdem er ihre Schuhspitze unter seinem Fuß zerquetscht hatte.

»Aber du lernst so schnell«, erwiderte Flossie, während sie ihren Körper in dem flammend roten Kleid ganz nahe an den seinen heranschob. »Am leichtesten lernt man, sich im gleichen Rhythmus zu bewegen, wenn man mit den Hüften führt«, erklärte sie und drückte ihren Unterleib gegen Charles.

Erschrocken wollte Charles zurückweichen, während ihm gleichzeitig die Röte ins Gesicht stieg, doch Flossie hielt ihn mit sanfter Gewalt fest.

»Du brauchst dich nur von den Hüften abwärts zu bewegen«, sagte sie, aber Charles war plötzlich sehr heiß, und er hatte einen dicken Kloß im Hals, während er von Flossie Portola bedrängt durch das Zimmer stolperte. Nach einem kleinen Weilchen löste sie sich mit einem leisen Lachen von ihm und streckte ihren Arm wieder im gewohnten Stil aus.

»Du kapierst es schon noch, Charles«, meinte sie. »Du brauchst nur Übung.«

»Vielen Dank, Flossie«, sagte Charles, der völlig verschwitzt war und plötzlich das Gefühl hatte, als wären ihm seine Kleider zu eng. »Aber ich glaub, das mit der Hüfte probier ich erst aus, wenn meine Füße wissen, was sie tun.«

Nach dieser Platte hatte das Tanzen ein Ende, da inzwischen der Imbiß bereit war. Charles dankte Flossie für den Tanz und reihte sich hinter dem lässig lümmelnden Carl Bent in die Schlange ein, die im Speisezimmer Aufstellung genommen hatte. Sie aßen kleine Brötchen mit irgendwelchem Fisch, Karotten und Selleriestreifen, die mit Käse bestrichen waren, und schließlich bekam jeder noch ein Stück Kürbistorte, für die sich Mrs. Bailey mit der Bemerkung entschuldigte, ihr Mann hätte darauf bestanden, daß neben all dem Gaumenkitzel auch etwas Handfestes serviert werde. Sie lachten höflich und aßen ihre Torte, und dann kamen die Spiele. Charles war überrascht, wie sich die Atmosphäre veränderte, als sie sich in einem Kreis auf den Boden setzten, um Flaschendrehen zu spielen.

Mr. und Mrs. Bailey entschuldigten sich, und die Gäste, die da im flackernden Feuerschein im Kreis saßen, schienen plötzlich wieder Schulkinder zu werden. Selbst Alfred wirkte jünger, während sie unter Gelächter ihre Pfänderspiele machten. Paul Holton drehte die Colaflasche, die auf Charles gerichtet zum Stillstand kam. Paul hatte ein boshaftes Grinsen auf dem Gesicht, als er aufblickte.

»Es hat Charles erwischt«, sagte er. »Er soll« – hier legte er eine Pause ein, um die dramatische Wirkung zu steigern, während er in die Runde blickte und sich die Hände rieb – »er soll Bettys nackten Fuß küssen.«

Kichern und Prusten ging durch die Runde, als Betty ihren Tanzschuh und den seidenen Kniestrumpf auszog. Charles kroch im

Feuerschein bis zu Bettys Fuß, der, mit lackierten Zehennägeln, bereits ausgestreckt auf ihn wartete. Er nahm ihn in die rechte Hand, spürte ihn warm und ein wenig feucht auf seiner Handfläche und blickte das glatte Bein entlang bis zu der Stelle, wo es unter dem weißen Tanzkleid verschwand. Dann sah er in ihr lächelndes Gesicht auf. Sie hielt den Kopf leicht zur Seite geneigt, als lausche sie, und das dunkle kastanienbraune Haar fiel ihr in großen Wellen auf die Schulter. Er senkte den Kopf, um den Rist ihres Fußes zu küssen, während die anderen Mitspieler sich vorbeugten, um besser sehen zu können. Als seine Lippen ihren Spann berührten, fuhr er rasch mit dem Fingernagel über die Sohle ihres nackten Fußes. Quietschend fuhr sie hoch, etwas Nasses spritzte Charles ans Ohr, und im gleichen Moment hörte er Alfred fluchen.

»Schau her, was du angestellt hast, du verdammter Idiot«, schimpfte Alfred, während er, das Gesäß nach hinten gestreckt, aus dem Kreis zurückwich.

»Alfred!« rief Betty schockiert. »Das war doch ein Versehen. Rede nicht so.«

Doch Alfred war wütend. Weil er bei diesem Spiel nicht mitgemacht hatte, hatte er, einen Tom Collins in der Hand, den Mr. Bailey ihm gemixt hatte, hinter Betty gestanden und sich über ihre Schulter gebeugt. Als Betty aufgesprungen war, hatte ihre Schulter genau das Glas mit dem Tom Collins getroffen, es war nach rückwärts gekippt, und der ganze schöne Cocktail hatte sich über Alfred ergossen und ihn von der Brust bis zu den Knien naß gemacht. Besonders peinlich war ein großer dunkler Fleck auf der hellblauen Hose in Schritthöhe. Alfred schimpfte weiter wie ein Rohrspatz, während er sich abtupfte, bis ihm Betty schließlich mit strengem Ton befahl, er solle das Zimmer verlassen, weil er das ganze Spiel verderbe. Und überhaupt hätte er das Zeug gar nicht trinken sollen. Alfred zog ab, stampfte wütend die Treppe hinauf, nicht ohne noch einen vielsagenden Blick auf Charles zu werfen, der noch immer grinsend in der Mitte des Kreises hockte.

Nach dem Flaschendrehen kam das Postspiel, das unter viel Gekicher von Fern Portola vorgeschlagen wurde, nachdem diese zuvor ausgiebig mit ihrer Zwillingsschwester getuschelt hatte. Brenda Gustafson sagte, sie fände das Spiel blöd, doch sie wurde überstimmt, und nachdem man die Schiebetür des Wohnzimmers ein ganzes Stück zurückgezogen hatte, wurde die dunkle Nische draußen unter der Treppe zum Postamt bestimmt. Charles, der das Spiel nicht kannte, sah verwundert zu, wie Carl in der Finsternis hinter der Tür verschwand und dann mit lauter Stimme rief: »Ein Brief für Carol Jones.«

Kichernd sprang Carol auf und schoß aus dem Zimmer in den dunklen Flur hinaus. Nachdem man ein Weilchen nichts anderes als einige merkwürdige Geräusche von draußen gehört hatte, kam Carl Bent mit einem breiten Grinsen auf dem Gesicht wieder hereingetrottet und ließ sich in einen der tiefen Polstersessel fallen, wo er murmelnd eine Bemerkung zu Paul Holton machte.

»Expreßbrief für Frank Kearny«, schallte Carols Stimme aus der Dunkelheit, und Alfreds älterer Bruder ging unter vielen Oh und Ah über Carols Mut zur Tür hinaus. Danach erschien Carol wieder, ebenfalls grinsend, und setzte sich. Langsam begann es Charles zu dämmern.

Als Flossie von Frank hinausgerufen wurde, blieb sie sehr lange fort, bis Betty schließlich rief: »Mensch, los, Flossie!« Danach folgte leichtes Gemurmel von dem Paar in der Finsternis, bis dann Frank wieder hereinmarschierte und sich neben der Tür auf den Boden setzte. »Luftpostexpreß«, rief Flossies Stimme aus der Dunkelheit, »für Charles Cahill.«

»Donnerwetter!« »Luftpost!« »Und Expreß dazu!«

Charles ging zur Tür hinaus. Nur schattenhaft konnte er Flossie sehen, die in der Nische unter der Treppe auf ihn wartete. Er tastete sich zu ihr hin und wollte eben fragen, was er jetzt tun müßte, als sie ihm beide Arme um den Hals legte und ihren feuchten Mund auf seine Lippen drückte. Er war völlig überrascht, wollte zunächst zurückweichen, dann aber schoß ihm die eigene Erregung wie ein Adrenalinstoß ins Blut. Er fühlte sich plötzlich größer und stärker, vielmehr Herr der Situation. Er legte seine Arme um Flossies biegsamen Körper, spürte ihre Rippen und den gerundeten Rand einer Brust unter der einen Hand, ihre Hüfte unter der anderen, während er sie an sich drückte und spürte, wie ihr Mund sich öffnete und ihre Zunge sich über seine Lippen schob. Das Schwindelgefühl stieg ihm zuerst in den Kopf und dann in die Lenden, und es mischte sich mit Furcht und einem krampfhaften Begehren, das er nie zuvor verspürt hatte.

In diesem Augenblick schiebe ich mich ganz dicht unter die Oberfläche, um zu fühlen, was Charles fühlt, ohne diese Gefühle in

Frage zu stellen oder mich verwandeln zu wollen. Ich lasse mich einfach von dem durchströmen, was in Charles' Körper vor sich geht, der in diesem Augenblick einer neuen Fabrik gleicht, die zum erstenmal in Betrieb genommen wird. Das Herz pumpt neues Blut, die Lungen atmen einen neuen Duft, der aus dem Körper und dem Haar des Mädchens emporsteigt, die Drüsen produzieren neue und exotische Säfte, die berauschen und in Charles und mir ganz neue Gefühle entstehen lassen. Alle seine Nerven schwingen auf der gleichen Wellenlänge und sein Geist entschwebt in eine gedankenleere Sphäre, wo es nur die sinnliche Erregung seines Mundes und seiner Hände gibt und die wachsende Spannung in seinen Lenden.

»Mensch, Charles«, murmelte Flossie, als sie ihren Kopf nach rückwärts neigte und sich die Lippen leckte.

Er ließ sie nicht los, wünschte, er könnte ewig ihre Wärme und den Druck ihres Körpers spüren. Er konnte nichts sagen, und gleich darauf drückte sie ihre Lippen wieder auf die seinen, und sie küßten sich weiter.

Nach einer langen Zeit, die Charles als eine Art sich ständig höher schraubender Wendeltreppe empfand, auf der er und Flossie von reiner körperlicher Ekstase emporgetragen wurden, hörten sie Rufe und Pfiffe aus dem Wohnzimmer.

»Los jetzt, die anderen wollen auch spielen. He, ihr zwei da draußen, macht endlich Schluß!«

»Wir müssen aufhören«, sagte Flossie keuchend und schob Charles, der sie noch immer festhielt, von sich. Flüchtig dachte er daran, sie mit seiner geistigen Kraft zu zwingen, hier zu bleiben, doch dann kehrte seine Vernunft zurück, und er erkannte, wo er war.

»Ja, du hast wahrscheinlich recht. Du meine Güte, Flossie«, sagte Charles, noch immer benommen.

Er senkte die Arme, um sie loszulassen, und Flossie beugte sich zu ihm, um ihm noch einen kurzen feuchten Kuß auf die Lippen zu geben. Er hob den Kopf, aber da war sie schon weg.

Er hockte sich auf der Treppe nieder und lauschte den Spötteleien aus dem dämmrigen Wohnzimmer. Er hatte eine Erektion, und seine Hände zitterten, und vor seinen Augen tanzten funkelnde Sterne. Er überlegte, was er jetzt tun sollte. Betty kann ich in diesem Zustand nicht herausrufen, dachte er, doch gleich darauf sagte er sich bestimmter, ich kann sie aber auch nicht einfach da drin sitzen lassen.

»Expreßbrief für Betty Bailey«, krächzte er.

Er vergaß, daß er auf der Treppe saß, und als Betty sich durch die Dunkelheit in die Nische vorgetastet hatte, sah sie ihn zunächst nicht.

»Was ist los, Charles?«

Als sie sich hinunterbeugte, stand er auf und prallte mit dem Kopf gegen ihr Kinn. Es tat ihm weh, daher wußte er, daß es auch ihr weh getan haben mußte. Sie schrie nicht auf, sondern stand nur sehr gerade und völlig reglos da und hielt sich Kinn und Mund.

»Ach, du lieber Himmel, Betty«, sagte Charles. »Ach, das tut mir so leid.«

Jetzt, dachte er, hatte er den ganzen Abend mit seiner Tolpatschigkeit verdorben.

»Es ist nicht so schlimm, Charly«, versicherte Betty und glitt in die Nische hinein, bis sie mit dem Rücken an die Wand stieß. »Es war meine Schuld. Komm und leg mir die Briefmarke auf, Charly.«

Er ging zu ihr hinüber. Konnte er es wagen, sie mit seinem schwitzenden Körper und der peinlichen Erektion zu umarmen? Doch dann vergaß er das alles, denn sie streckte die Arme nach ihm aus, nahm seinen Kopf in beide Hände und küßte ihn auf die Lippen. Er drängte sich nahe an sie heran, um sie trotz allem zu umarmen, von dem Verlangen getrieben, das zu spüren, was er mit Flossie gespürt hatte, aber diesmal mit Betty. Er roch den herben Duft ihrer Haut und ihres Schweißes, das Parfüm in ihrem Haar, und beinahe automatisch öffnete er seinen Mund, zwang ihre Lippen auseinander und stieß seine Zunge in ihren Mund.

Sie wehrt sich, doch er hält sie fest an sich gedrückt, spürt ihren gespannten Körper an seinem, begehrt sie, während ich wieder ganz nahe an die Oberfläche komme, so daß er unfähig ist, sie loszulassen, und ich von neuem die erregenden Empfindungen auskosten kann. Das Mädchen wehrt sich immer noch, aber mir scheint es um so verlockender, und deshalb zwinge ich ihr meinen Willen auf und bestimme sie, Charles entgegenzukommen, anstatt sich von ihm freimachen zu wollen. Sie folgt mir, umschlingt Charles mit ihren Armen und drängt sich an ihn, so daß seine Erregung wächst. Es wird immer lustvoller, und gerade will ich weiter in dieser Richtung vordringen, die Sperre überwinden, die da offenbar von irgendwelchen schwachen Bewußtseinsresten bei Charles und dem Mädchen gebildet wird, als plötzlich die Nische in grelles Licht getaucht wird. Ich ziehe mich zurück.

»O Charles!« schrie Betty auf und stieß ihn plötzlich zurück, so daß er nach rückwärts torkelte und mit dem Gesäß auf der untersten Stufe landete. »Das erlaubt dir Flossie vielleicht«, begann Betty, und dann gewahrte sie, daß über ihnen auf der Treppe jemand stand. Sie blickten beide auf und sahen Alfred, der in seiner durchnäßten Hose auf dem Treppenabsatz stand.

Bettys Gesicht war rot, ihr Haar zerzaust, und im Ausschnitt ihres Kleides steckte Charles' Fliege. Langsamen Schrittes kam Alfred die Treppe herunter, den Blick unverwandt auf Betty gerichtet, die am Treppenpfosten stand und immer wütender wurde, weil das, was er getan hatte, offensichtlich geplant gewesen war. Charles blieb auf der untersten Stufe sitzen, zum Teil, weil er so benommen war, zum Teil, weil es peinlich gewesen wäre, aufzustehen.

»Charles«, sagte Alfred mit leiser, bedrohlicher Stimme. »Du hast etwas verloren.«

Er zog die Fliege aus Bettys Ausschnitt und warf sie Charles in den Schoß.

Betty wich bestürzt einen Schritt zurück, als er das tat, und richtete ihren ganzen Zorn auf Alfred.

»Das hast du mit Absicht getan, Alfred«, rief sie, ihm entgegentretend. »Bei unseren Spielen willst du nicht mitmachen, und mir willst du auch jeden Spaß verderben. Du bist gemein, Alfred, du bist einfach ekelhaft.«

Betty strich sich mit einer heftigen Bewegung das Haar aus den Augen, eilte ins Wohnzimmer, sagte »entschuldigt mich« zu ihren Gästen und verschwand im rückwärtigen Teil des Hauses. Die anderen Gäste waren jetzt aufgestanden, sprachen mit gesenkten Stimmen miteinander, blieben aber der Nische fern, wo Charles, der jetzt aufgesprungen war, Alfred gegenüberstand, dessen Züge Wut und geballte Energie ausdrückten. Alfred packte Charles bei seinem neuen weißen Hemd und zog den Jungen nach Starker-Mann-Manier zu sich heran.

»Du bist dran schuld, daß Betty mir böse ist, du dämliche kleine Rotznase«, sagte er sehr bedächtig, »und was ich jetzt sage, ist nicht nur eine Warnung. Ich schwör dir, daß ich dich bei der ersten Gelegenheit, die sich mir bietet, auseinandernehme.«

Er ließ Charles los und stampfte hinüber zum Garderobenschrank, aus dem er einen hellbraunen Kamelhaarmantel holte. Er schlüpfte in den Mantel und war zur Haustür hinaus, noch ehe Charles eine Erwiderung auf die Drohung einfiel.

Damit kam das Fest zu einem jähen Ende. Die Gäste standen noch eine Zeitlang voll Unbehagen im Wohnzimmer herum, dann kam Mrs. Bailey und erklärte in traurigem Ton, daß Betty plötzlich heftige Kopfschmerzen bekommen hätte und leider gute Nacht sagen müßte. Mr. Bailey erschien im Mantel und erbot sich, diejenigen nach Hause zu fahren, für die der Weg zu Fuß zu weit war. Mehrere junge Leute nahmen das Angebot an; die Portola-Zwillinge wohnten gleich auf dem nächsten Hof und sagten, sie würden zu Fuß nach Hause gehen. Charles erklärte, er ginge gern im Dunklen spazieren und würde wirklich lieber zu Fuß gehen, und Mr. Bailey nickte, als verstünde er. Charles steckte seine Fliege in die Tasche und huschte vor allen anderen zur Haustür hinaus. Als er die Treppe hinunter in die kalte Nacht hinauslief, hörte er Flossie hinter sich etwas sagen, das wie ›warte doch!‹ klang, aber er tat so, als hätte er nichts gehört. Er wollte allein durch die frostige Dunkelheit laufen und nachdenken.

Es ist eine ganz neue Erfahrung für mich, daß das Menschenwesen auf diese Weise mit mir spricht. Ich erinnere mich, daß Robert einmal einen Pakt mit mir schloß, und jetzt ist Charles zornig und führt einen Monolog, während er die schmale dunkle Teerstraße hinunterläuft, die vom Hof der Baileys zur Landstraße führt.

»Das war wirklich nicht fair«, schimpfte Charles, die Hände zum Schutz vor der Kälte in den Taschen, »mich zu was zu verleiten, was ich nicht hätte tun sollen.«

»Wir könnten uns verwandeln, dann wäre es wärmer«, schlage ich vor, obwohl es vielleicht im Moment nicht von Belang ist.

»Ich spreche jetzt von einer ganz ernsthaften Sache«, sagt Charles. »Du hast mir geholfen, den Jungen da aus dem Fluß zu retten, und ich weiß, daß ich wahrscheinlich ertrunken wäre, wenn du's nicht getan hättest, aber ich mag Betty unheimlich gern, und was du da im Flur angestellt hast, war wirklich nicht in Ordnung.«

»Hatte denn das Mädchen was dagegen?« erkundige ich mich, während ich versuche, mich zu erinnern, was gesprochen worden ist, nachdem ich mich zurückgezogen habe.

»Sie war wütend«, antwortet Charles.

»War sie denn auf dich wütend?«

»Klar, natürlich. Schließlich hab' ich mich ja an sie rangedrückt wie verrückt und hab' ihr Zungenküsse gegeben und sie überall angefaßt. Ganz klar, daß sie wütend war.«

»Ich hatte den deutlichen Eindruck, daß es ihr gefiel.«

»Du spinnst ja.«

»Hat's dir nicht gefallen?« frage ich, wohl wissend, daß es ihm gefallen hat.

»Doch, natürlich, aber Mädchen sind eben anders. Sie mögen es nicht, wenn sie so aufgegeilt werden, jedenfalls die anständigen Mädchen nicht, Betty, meine ich. Mit Flossie ist das etwas anderes, der gefällt sowas vielleicht. Mensch, das war was«, schließt Charles in Erinnerung an seinen ersten Luftpostexpreßbrief. »Aber recht ist es trotzdem nicht«, brummelt er.

Ich genieße das Gespräch und dieses bisher unbekannte Erlebnis, mit den Menschenwesen zu sprechen. Keiner von uns beiden achtet so recht auf die Umgebung und plötzlich trifft Charles von hinten ein wuchtiger Schlag ins Genick, der ihn betäubt, und mein Bewußtsein auf und davon flattern läßt wie eine aufgescheuchte Ente, so daß ich unfähig bin, sicher zu reagieren.

Charles stürzte zu Boden und wälzte sich auf die Seite, um zu sehen, was ihn da von hinten niedergeschlagen hatte. Ein hochgewachsener dunkler Mann schlüpfte aus einem Mantel.

»So, du kleiner Scheißer«, sagte Alfred, während er seinen Mantel sorgfältig über einen niedrigen Busch am Straßenrand hängte, »jetzt kriegst du eine Abreibung, die du so schnell nicht vergißt.«

Charles stand auf und baute sich, die Fäuste hebend, Alfred gegenüber auf, während er sich fragte, wie er mit einem kämpfen sollte, der soviel größer war. Er versuchte, Alfred in den Magen zu boxen, doch im gleichen Augenblick traf ihn ein so harter Schlag mitten ins Gesicht, daß vor seinen Augen ein wahres Feuerwerk explodierte. Blind taumelte er nach rückwärts, und eine harte Hand schlug ihm knallend aufs rechte Ohr, so daß er seitwärts torkelte und einen Moment lang Alfred nicht finden konnte.

»Hier bin ich, du erbärmlicher Scheißkerl«, sagte Alfred, und als Charles sich schwankend umdrehte, traf ihn ein Faustschlag auf den Backenknochen. Er stürzte ins dürre Gras. Sein Kopf dröhnte, vor seinen Augen regnete es Funken, sein Geist flackerte wie eine erlöschende Kerze. Er spürte, wie ich wieder ans Bewußtsein kam und sagte mit hängendem Kopf, während ihm Blut oder irgend etwas Warmes vom Gesicht tropfte: »Nein! Nein!«

Ich warte, und er kriecht über den Boden, bis er auf allen vieren vor Alfred Halt macht.

»Na los, fang schon an zu winseln«, sagt Alfred, und ich ziehe mich zurück, um zu warten und zu sehen, was Charles tun wird. »Aber das hilft dir jetzt gar nichts, du kleiner Dreckskerl, jetzt kannst du dich nirgends hinter einem Schürzenzipfel verkriechen, du kleiner Charmeur. Das hier ist Männersache.«

Charles hatte seine Zehen in den Boden gestemmt, und jetzt rammte er mit den Schultern Alfreds Knie, drückte so fest er konnte genau gegen die Knie, während er mit beiden Armen die Beine des jungen Mannes umklammerte. Mit einer Kraft zog er sie dann hoch, die Beine weiterhin umfangen haltend, und Alfred stürzte. Nach Halt suchend, krallten sich seine Hände in Charles' Rücken, lockerten sich, als Charles' Hemd aus der Hose rutschte, über seinen Rücken glitt und schließlich zerriß. Als Alfred auf dem Boden aufschlug, hielt Charles noch immer seine Beine umklammert. Mit einer heftigen Bewegung trat Alfred aus, und ein Fuß traf Charles auf den Mund. Charles ließ los und stürzte sich auf Alfred, der sich halb herumgewälzt hatte. Er fiel auf die Seite des Mannes, statt auf seinen Bauch. Er landete einen guten Schlag auf Alfreds linkem Ohr, doch dann setzte Alfred seine größere Körperkraft ein, um Charles neben sich auf den Boden zu ziehen. Rittlings schwang er sich auf ihn und machte sich daran, seinen Kopf und sein Gesicht mit harten Schlägen zu bearbeiten. Charles versuchte, sein Gesicht zu schützen, doch er wurde immer schwächer, und Alfreds weit größere Kraft war selbst für seine Unerschrockenheit und seinen Eigensinn zuviel.

Ich gleite wieder an die Oberfläche und flüstere Charles zu: »Wenn er sich das nächste Mal hochhebt, dann ramme ihm das Knie genau zwischen die Beine.«

Charles ist beinahe schon zu benommen, um noch zuzuhören, doch die Augen in dem blutenden Gesicht passen genau auf, und als Alfred sich erneut auf die Knie hebt, um zum nächsten Schlag auszuholen, schnellt Charles plötzlich sein Bein hoch und trifft den Mann ein bißchen tief, genau am After. Alfred stöhnt grunzend auf und kippt, beide Hände zwischen den Beinen, vornüber. Charles wälzt sich unter ihm heraus und kriecht zu dem stöhnenden Mann hin, der auf dem Gesicht liegt. Als er sich rittlings auf den Mann niedersetzt, bin ich es zufrieden. Er hat jetzt eine bessere Chance, und ich ziehe mich zurück.

Ein großes Ohr in jeder Hand, hockte Charles auf dem Rücken des Mannes und schlug ihm den Kopf immer wieder in die Teerstraße. Alfred wußte sich nicht mehr zu helfen. Er war wie betäubt von den rasenden Schmerzen zwischen seinen Beinen und in seinem Kopf, der immer wieder in den harten Teer knallte. Er wollte gerade zu schreien anfangen, als Charles unter seinem Fuß einen Stein spürte, ihn aufhob und Alfred mit dem Brocken von der Größe eines Schlagballs einen kräftigen Schlag auf den Kopf versetzte. Alfreds Körper erschlaffte, und er lag plötzlich ganz still.

»Um Gottes willen, ich hab' ihn umgebracht«, sagte Charles keuchend und blutüberströmt. Er wälzte den Mann herum, so daß das reglose, von Teerklümpchen genarbte Gesicht zum dunklen, mondlosen Himmel aufblickte.

»Er ist bestimmt tot«, murmelte Charles, während er sich das Blut von seinem eigenen Gesicht wischte. Sein Kopf schmerzte so stark, als schlügen mehrere Hämmer gleichzeitig auf ihn ein, und er spürte, daß ein Zahn locker war und sein Mund voller Blut. In diesem Augenblick stöhnte Alfred und bewegte schwach eine Hand. Charles, der sich so elend fühlte wie eine junge Katze, die im letzten Moment vor dem Ertrinken gerettet worden ist, war klar, daß der Mann, wenn er das Bewußtsein wiedererlangte, ihn wahrscheinlich umbringen würde.

Er rappelte sich hoch, torkelte ein paar Meter die Straße entlang, merkte dann, daß er in der falschen Richtung ging, mußte umkehren, nochmals an Alfred vorüber, der sich jetzt umgedreht hatte und vor sich hin murmelnd auf Händen und Knien auf der Straße herumkroch. Charles stolperte an ihm vorbei und versuchte zu laufen, aber sein Kopf dröhnte vor Schmerz. Jetzt hatte er Angst, Alfred würde ihn einholen, und seine Angst hinderte ihn, klar zu denken.

Ich steige empor, taste die Situation ab und verwandle mich.

Der Schmerz bleibt, und ich spüre, wie die verletzten Gewebe anschwellen und tuckern, aber ich brauche nicht darauf zu achten, weil die Verletzungen nicht tödlich oder hemmend sind. Ich beginne zu laufen, während ich mir überlege, ob ich umkehren und Alfred noch einen Denkzettel geben soll, aber es ist keine ernsthafte Überlegung. Alfred bedeutet mir nichts.

Hinter einem Baum beim Bahnübergang sehe ich ein geparktes

Auto. Hier stellt sich eine praktische Überlegung ein: Ich muß Zeit genug haben, um zur Landstraße zu kommen, damit Charles quer über das Feld nach Hause laufen kann. Es wäre mir höchst unangenehm, mich verstecken zu müssen, während Alfred mit seinem Auto herumfährt und nach Charles Ausschau hält. Ich springe hinüber zum Wagen, schicke meine Sinne suchend nach anderen Wesen und Dingen aus, weil ich mir überlege, daß Alfreds Bruder vielleicht in der Nähe ist, aber nur die kleinen nächtlichen Tiere treiben sich hier herum. Das Ford Coupé ist durch eine Reihe von Bäumen, die sich am Zaun entlangzieht, von der Straße abgeschirmt. Alfred hatte den Wagen durch ein Gatter weiter unten an der Straße hineingefahren und dann Charles aufgelauert. Ich beschnüffle das Auto. Es riecht tödlich, wie die meisten dieser Maschinen. Ich habe nie versucht, eines dieser Dinger hochzuheben, doch jetzt packe ich die eine Seite unten am Rand und ziehe hoch. Das Auto hebt sich vom Boden, aber es ist sehr schwer. Ich drücke meine Vorderpfoten gegen den oberen Rand des Autos, stemme meine Hinterpfoten in den harten Boden, bis das Auto knirschend und klirrend umkippt. Vielleicht kann er es wieder aufstellen, denke ich mir, und stoße es noch einmal um, so daß es auf dem Kopf steht. Eine Flüssigkeit mit diesem tödlichen Geruch rinnt aus dem Wagen heraus. Jetzt wird er Mühe haben, uns heute nacht noch zu verfolgen. In der Dunkelheit husche ich davon, tief geduckt, und verdränge die Schmerzen, die mich plagen, bis wir das Wäldchen von Mrs. Stumway erreichen. Dort verwandle ich mich und lasse Charles zum Haus hintorkeln.

4

Charles wußte nicht, was sich zwischen Betty und Alfred abgespielt hatte, hatte keine Ahnung, in welchem Zustand sich Alfreds Auto befand, er beobachtete jedoch, daß Alfred sich in den letzten Wochen des Schulhalbjahrs bis zu den Weihnachtsferien nicht ein einziges Mal mehr blicken ließ, um Betty am Freitagnachmittag abzuholen. Die anderen Jungen berichteten ihm von Drohungen beider Brüder Kearny, Charles krankenhausreif zu schlagen, wenn sie ihn je erwischen sollten, und das machte Charles einige Wochen zu schaffen, bis es allmählich den Anschein hatte, als wären es nur leere Drohungen gewesen. Die Jungen erzählten auch, daß Alfred und Betty miteinander Schluß gemacht hätten, und Flossie verriet Brenda Gustafson, die es Kick Jones erzählte, der es wiederum Charles berichtete, daß Bettys Eltern mit diesem Ausgang ganz zufrieden waren.

Douglas Bent zeigte, wie es Charles schien, ein morbides Interesse an der Schilderung, wie genau er Alfred Kearny »zusammengeschlagen hatte«, so nämlich hatte Carl Bent es genannt, nachdem er Alfred am folgenden Tag in dem Lebensmittelgeschäft gesehen hatte, wo dieser arbeitete.

»Heiliger Strohsack«, hatte Carl mit einem Grinsen auf dem breiten Gesicht gesagt, »er hat ausgesehen, als wäre ihm ein Esel im Gesicht rumgetrampelt. Ein blaues Auge hatte der, so groß wie eine Tomate, und seine ganze Stirn war verpflastert.«

»Ich hab' nur Glück gehabt, Doug«, versicherte Charles wohl zum zwanzigstenmal. »Und außerdem hab' ich viel mehr abbekommen als er, und wenn ich ihm nicht den Stein auf den Kopf gehauen hätte, dann hätte er mich wirklich ins Krankenhaus gebracht.«

»Hast du 'n paar Burschen zusammengetrommelt, um sein Auto kaputtzumachen?« erkundigte sich Douglas, der immer noch nicht lockerlassen wollte.

»Von seinem Auto weiß ich überhaupt nichts«, versetzte Charles und fügte dann, einer plötzlichen Eingebung folgend, hinzu, »er war wahrscheinlich betrunken und hat's selbst kaputtgemacht. Er hat nämlich an dem Abend was getrunken, weißt du.«

Wonach es sich wie ein Lauffeuer verbreitete, daß Alfred wirklich »sternhagelvoll« gewesen war, und damit hatte man die Erklärung sowohl für sein demoliertes Auto als auch für die Niederlage, die er von einem, wenn auch ungewöhnlich großen Zwölfjährigen hatte hinnehmen müssen. Der Ruf, den Alfred sich mit dieser einen Episode verdiente, war nicht völlig von Nachteil, so daß er und sein Bruder in den folgenden Wochen in der Tat versuchten, Charles zu vergessen. Alfred war bei den Baileys sowieso schon seit einiger Zeit in Ungnade gewesen, da sein Interesse an der mannbaren Betty durchaus unehrenhaft gewesen war.

Charles beschloß, sich über seine Bücher zu setzen und arbeitete jeden Abend bei Lampenlicht im alten dunklen Eßzimmer, bis ihm die Augen tränten und er aufhören mußte. Miss Wrigley schrieb in einem Brief an Mrs. Stumway, Charles wäre »ein brillanter Kopf, der nie die Gelegenheit gehabt hat, zu zeigen, was er in der Schule leisten kann«, eine Eloge, die der alten Frau wenig bedeutete, die aber Charles auch nicht schadete.

Einer der Gründe, weshalb Charles es fertigbrachte, so schnelle Fortschritte zu machen, war der, daß Miss Wrigley ihm erlaubte, am Unterricht der anderen Klassen teilzunehmen, die schon weiter waren als er. Während er noch das dritte Lesebuch durchackerte, konnte er beim Leseunterricht der nächsthöheren Klasse, die Buch IV durcharbeitete, zuhören und auch Fragen stellen. Das bedeutete natürlich, daß er viel mehr Zeit als die anderen Kinder für seine Hausaufgaben aufwendete, aber häufig konnte er die Lektionen der Klassen drei und vier besser als die Schüler, die in diese Klassen hineingehörten. Wäre er bei alledem nicht so locker und unverkrampft gewesen, so wäre er vielleicht bald als verbissener Streber verschrien gewesen. So aber hatten die meisten Kinder alle Hochachtung vor seinem klaren Verstand und seinen manchmal seltsamen Kommentaren zu ihren Aufgaben.

Mitte November ließ Miss Wrigley die Klassen drei und vier die Mythen und Heldensagen lesen, die ihre Bücher enthielten, um eine allgemeine Diskussion beider Klassen daran zu knüpfen. Die dritte Klasse las unter anderem die Sage *Die Schöne und das Tier*, und die vierte Klasse las eine gesäuberte Version von *Beowulf*. Nachdem sie die Geschichten besprochen hatten, und dem kleinen Joe Ricci mehrmals versichert worden war, daß Beowulf kein Werwolf war wie der, den er im Kino gesehen hatte, rief Miss Wrigley Charles auf, der die Hand erhoben und auf dem Gesicht einen fragenden Ausdruck hatte.

»In beiden Geschichten heißt es, daß das Ungeheuer so unglücklich war, daß es andere Menschen töten wollte«, sagte Charles, während er in der Geschichte von Beowulf blätterte. Er fand die Stelle und las vor: »›Der Riese haßte das Licht und konnte den Gedanken nicht ertragen, daß andere glücklich waren.‹ Und später, Augenblick mal, ja, hier: ›Es machte ihn zornig, daran zu denken, daß die Menschen, die dort versammelt waren, glücklich waren.‹ Und daraufhin bringt er dreißig von ihnen um.« Charles blickte Miss Wrigley mit echter Verständnislosigkeit an. »Sie haben gesagt, daß beide so eine Art tierische Ungeheuer waren, und daß Heldentaten nötig waren, um sich von ihnen zu befreien, wie zum Beispiel, wenn die Schöne ihre Familie verläßt, weil ihr das Tier leid tut, und wenn dann Beowulf den Kampf mit dem Riesen aufnimmt, vor dem alle anderen Todesangst haben. Aber nirgends steht, warum die Ungeheuer so unglücklich sind, daß sie Menschen töten und auffressen müssen und alles so was.«

Miss Wrigley wartete auf Kommentare. Sally Marshall, die Gescheiteste in der vierten Klasse, die immer den Finger hob, auch wenn sie die Antwort nicht wußte, hob auch jetzt die Hand. Miss Wrigley nickte.

»Sie, ich meine das Tier und der Riese Grendel, sind böse und darum sind sie unglücklich«, erklärte sie, ihrer Sache sehr sicher. »Mrs. Ottenbeck in der Kirche hat gesagt, daß das der Grund ist, warum die Menschen unglücklich sind, weil sie böse sind.«

»Danke, Sally«, sagte Miss Wrigley. »Was meint ihr zu dieser Antwort?« Die Frage war an alle Kinder gerichtet.

Kenny Grattan flüsterte, »Bockmist«, aber keiner achtete auf ihn.

»Ja, gut«, sagte Charles nachdenklich. »Das kann schon sein, aber was war zuerst da? Waren sie erst unglücklich und wurden dann böse, oder waren sie erst böse und waren dann darüber unglücklich? So oder so find' ich's komisch, daß sie einfach herumsitzen und die ganze Zeit unglücklich und böse sind. Das schaut so aus, als hätten sie nur darauf gewartet, daß irgendein Held daherkommt und sie umlegt.«

»Ist euch aufgefallen«, fragte Miss Wrigley, »daß sowohl das Tier als auch der Riese Grendel sich von den übrigen Menschen unterschieden haben? Daß sie keine Freunde hatten, mit denen sie reden konnten, nicht mal einen einzigen? Vielleicht waren sie unglücklich und böse, weil sie nicht so waren wie die anderen Menschen und weil sie niemanden hatten, der sie lieb hatte.«

»Drum ist das Tier dann ein staatlicher Prinz geworden«, rief Lula Bright, ohne die Hand zu heben. »Weil die Schöne angefangen hat, ihn lieb zu haben, und da ist er staatlich geworden.«

Sie brach verlegen ab, als einige der Kinder zu lachen begannen.

»Doch nicht staatlich!« brüllte Harry Bennett. »Stattlich! Ha! Ein staatlicher Prinz! Oh, mein staatlicher Prinz«, schrie er im Falsett, während alle grölten vor Lachen, und die Kinder der anderen Klassen von ihren Arbeiten aufblickten und die Ohren spitzten.

»Harry«, sagte Miss Wrigley ruhig mitten in das Gelächter hinein, »wenn du das nächste Mal ein Wort falsch aussprichst, sollten wir Lula eine Chance geben, auch über dich zu lachen. Ist dir das recht?«

Harry zog den Kopf ein und flüsterte mit Kenny, während die anderen sich langsam beruhigten. Miss Wrigley wartete noch einen Moment, dann wandte sie sich wieder an Charles.

»Das ist wirklich eine ausgezeichnete Frage, Charles«, sagte sie mit gerunzelter Stirn. »Selbst wenn wir sagen, daß die Ungeheuer unglücklich sind, weil sie anders sind und von niemandem geliebt werden, ist es irgendwie mysteriös, weil sie tatsächlich zu warten scheinen.« Sie machte in echtem Nachdenken eine kleine Pause und wiederholte dann wie zu sich selbst. »Ja, sie scheinen tatsächlich auf das Unheil zu warten.«

Der kleine Joe Ricci war zwar der Diskussion gefolgt, nicht aber der Auseinandersetzung. »Sie sind doch einfach Ungeheuer«, rief er, »und Ungeheuer machen schlimme Sachen, weil sie Ungeheuer sind, und sie sind Ungeheuer, weil sie –« Er brach ab, perplex über den Kreis, den er da gezogen hatte. Dann erhellte sich sein kleines rundes Gesicht wieder in einem Grinsen. »Jedenfalls, wenn ich ein Ungeheuer wäre, hätte ich einen Heidenspaß!« Und alle lachten.

Die Frage war auch am Ende der Stunde noch nicht gelöst, und da es keinen in der dritten oder vierten Klasse wirklich zu kümmern schien, ob sie je gelöst werden würde oder nicht, hatte Charles weiterhin gewisse Zweifel an der Wahrheit der betreffenden Sagen.

Er konnte sich nicht vorstellen, daß ein Geschöpf so lebte, wie es in den Büchern beschrieben wurde. Ein solches Dasein schien so sinnlos. Es half ihm kaum, als Miss Wrigley nach dem Unterricht mit ihm über den Symbolismus von gut und böse sprach. Zunächst erfaßte er den Gedanken gar nicht, und als er dann doch begriff, verloren die Geschichten bei dem Gedanken, daß sie nur als warnendes Beispiel erfunden worden waren, ihre Faszination für ihn. Die Frage ging in der Hektik der anderen Stunden unter, und er dachte eine ganze Weile nicht mehr darüber nach.

Als das Erntedankfest heranrückte, hatte Charles das gesamte Mathematikpensum der dritten Klasse absolviert, las die Bücher drei und vier fließend, und versuchte sich an Büchern aus der »Bibliothek«, die mit fünf und sechs Sternen auf dem Rücken gekennzeichnet waren. Er las mit Douglas um die Wette, wenn die Wörter nicht allzu unvertraut waren.

Miss Wrigley und Charles saßen sich eines Nachmittags nach der Schule gegenüber und sprachen über Charles' jüngste Leistung; er hatte soeben eine schriftliche Prüfung über eine Geschichte bestanden, die die fünfte Klasse zu Beginn des Jahres gelesen hatte.

»Ich glaube wirklich, Charles«, meinte Miss Wrigley, »daß wir dich im nächsten Halbjahr, das im Januar beginnt, in die fünfte Klasse übernehmen können.« Sie lächelte und griff über den Tisch, um Charles' Hand zu nehmen, die er hin und her schlenkerte, um den Schreibkrampf loszuwerden. »Wäre das nicht herrlich? Ich meine, in einem einzigen Halbjahr solche Fortschritte zu machen, daß man von der ersten in die fünfte Klasse springen kann?«

»Ich weiß nicht, ob ich die Bürgerkunde schon schaffe, Miss Wrigley«, erwiderte Charles stirnrunzelnd.

»Ich habe das größte Vertrauen in dich«, versicherte Miss Wrigley. Und dann blickte sie hinauf zu der großen achteckigen Uhr, die beinahe auf fünf stand. »Ich muß jetzt gehen. Ich habe noch eine Menge Arbeiten zu korrigieren und heute abend muß ich zu einer Versammlung vom Buchklub in die Stadt.« Sie stand auf, glättete ihren Rock und blickte noch einmal auf Charles, der, in Gedanken verloren, sitzen geblieben war. »Charles?«

»Ja, Madame?«

»Was hast du denn am Donnerstag vor, wenn überall die großen Festessen zum Erntedankfest gegeben werden?«

»Ach, ich nehm an, ich werd' mit Mrs. Stumway essen«, antwortete Charles, der ein wohltätiges Angebot kommen sah. »Sie kocht nicht schlecht, wissen Sie.«

»Das glaube ich, Charles. Man braucht dich ja nur wachsen zu sehen. Aber mir ist eben eingefallen, daß ich am Donnerstag bei guten Freunden von mir in der Stadt esse. Ich glaube, sie würden sich freuen, einen Lokalhelden und aufstrebenden jungen Gelehrten an ihrem Tisch zu sehen.«

Charles wäre am liebsten aufgesprungen und hätte ja geschrien, doch er verkniff es sich und tat so, als dächte er darüber nach, wie das auf Mrs. Stumway wirken würde, obwohl er genau wußte, daß es sie ungefähr ebenso wenig kümmern würde wie die Frage, ob der Kaiser von China zum Frühstück Tee oder Kaffee trank.

»Ja, Miss Wrigley, ich würde wirklich gern mitkommen, wenn die Leute nichts dagegen haben.«

Das Haus von Victor und Lucille Boldhuis war klein, adrett und voll von interessanten Souvenirs, die sie von ihren vielen Reisen mitgebracht hatten. Im Wohnzimmer überschattete ein kleiner Flügel die wenigen anderen Möbelstücke, die zum Beweis dafür, daß der Raum wirklich ein Wohnzimmer und kein Klavierkasten war, an den Wänden standen. Charles hatte noch nie einen Flügel gesehen und betrachtete den halbgeöffneten Deckel mit Interesse, während ihm Miss Wrigley flüsternd erzählte, daß Victor unter anderem Klavierstimmer war und das Instrument aus einer Fuhre von Teilen zusammengebaut hatte, die er auf einer Auktion erstanden hatte; weiter, daß Lucille in jüngeren Jahren beinahe Konzertpianistin geworden wäre.

Victor Boldhuis war ein kleiner, rundlicher, schwarzhaariger Mann Ende dreißig, mit einem kahlen Fleck auf dem Kopf, der wie eine Mönchstonsur aussah, und einem Gesicht, das offenbar immer nur lächelnde Miene zeigen konnte. Die Bemerkungen, die er Charles zuwarf, während sie in dem alten schwarzen Ford zur Stadt fuhren, waren größtenteils scherzhaft gemeint. Anfangs beunruhigten sie Charles, dann mußte er darüber lächeln und nahm sich vor, sich einige davon zu merken, um sie später selbst anbringen zu können. Schon auf der Fahrt zur Stadt kam Charles zu dem Schluß, daß Mr. Boldhuis ein harmloser und ausgesprochen netter Mensch war, wobei er nicht ahnte, daß dieser Eindruck auf das absichtliche Bemühen des Mannes zurückzuführen war, einem nervösen Jungen die Befangenheit zu nehmen.

Lucille Boldhuis schien auf den ersten Blick das genaue Gegenteil ihres Mannes zu sein, eine schlanke, schmalgesichtige Frau mit grauen Strähnen im Haar und einem Mund, der traurig nach unten gezogen war. An der Tür schüttelte Charles ihr die Hand und sah mit Erstaunen, wie der Ausdruck des Kummers in ihrem Gesicht sich in strahlende Heiterkeit verwandelte, als sie lächelte. Das Lächeln veränderte ihre ganze Haltung mit einem Schlag, aus Trauer wurde Lebensfreude. Als das Lächeln erlosch, schien sie sich wieder in sich selbst zurückzuziehen und traurig zu werden. Es war schwer zu sagen, was sie wirklich empfand, dachte Charles, während er beim Essen am Tisch ihr Gesicht beobachtete. Sie schien aus einem Vakuum der Traurigkeit heraus zu reagieren, und die Wandlungen ihres Gesichts zu Lachen, Interesse und Bekümmerung oder Scherzhaftigkeit kamen ohne Ankündigung und vergingen ohne Abglanz. Angesichts der ganz gegensätzlichen Miene ihres Mannes, dessen permanentes Lächeln von einer runden Wange zur anderen reichte, mußte Charles an die beiden Masken denken, die tragische und die komische, die er vorn auf der Literaturgeschichte der achten Klasse gesehen hatte, die Miss Wrigley ihm einmal gezeigt hatte.

So üppig wie an diesem Abend hatte Charles noch nie gespeist. Da gab es den obligaten Truthahn mit einer köstlichen Füllung, Kartoffelpüree, in das irgend etwas Grünes hineingeschnitzelt war, Preiselbeergelee, grüne Bohnen mit knusprigem Schinken, süße Kartoffeln mit braunem Zucker und Marshmallows und dazu noch eine Platte mit Sellerie, Karotten und Radieschen zum Knabbern. Neben jedem Teller stand ein langstieliges Weinglas, rubinrot und wunderschön, als Mrs. Boldhuis die vier Kerzen in dem prächtigen silbernen Leuchter anzündete, der in der Mitte des Tisches stand. Charles fand es irgendwie schade, das schöne Bild dadurch zu zerstören, daß er einfach zu essen anfing, und er wartete im flackernden Kerzenlicht auf ein Zeichen von Miss Wrigley. Statt dessen jedoch hob Mr. Boldhuis sein lächelndes Gesicht und setzte sich hinter dem massigen Truthahn nieder, der noch nicht tranchiert war.

»Wir wollen den Herrn um Seinen Segen bitten«, sagte er.

Sie neigten alle die Köpfe, und Charles hörte zu, wie er eines der üblichen Gebete sprach, das mit den Worten begann: »Herr, wir danken Dir für alles, was wir von Dir empfangen haben.« Doch am Ende des Gebets, als Charles schon den Kopf heben wollte, hörte er, wie der Mann in verändertem Ton weitersprach.

»Und wir bitten Dich, o Herr, daß Du für uns unsere Lieben bewahrst, die Du in Deiner unerforschlichen Weisheit zu Dir genommen hast, damit wir eines Tages im Namen Jesu Christi wieder mit ihnen vereint sein mögen. Amen.«

Es dauerte ein, zwei Minuten, ehe nach dem Gebet die festlich-fröhliche Stimmung sich wieder einstellen wollte, obwohl Mr. Boldhuis schon wieder seine Scherzchen machte, als er daran ging, den Truthahn zu zerlegen.

Charles aß, Miss Wrigley und die Boldhuis' unterhielten sich über Bücher und Musik und Gedichte, über Namen wie Hemingway und Scott Fitzgerald und E. E. Cummings und Strawinsky, lauter Namen, die Charles nie gehört oder in Büchern gesehen hatte, die er gelesen hatte. Er machte sich Gedanken über die hohe Gelehrsamkeit dieser Menschen, die mit der klugen Miss Wrigley plauderten, als wäre solches Wissen und solche Vertrautheit mit den Künsten und der Wissenschaft etwas ganz Alltägliches. Nicht ein einziges Mal hörte Charles auch nur ein Wort über Kühe oder Schweine, über die Ernte oder den Markt, nicht ein einziges Mal vernahm er etwas über kürzlich Verstorbene oder über leidende Verwandte, Babys, die unterwegs waren oder langsam größer wurden, Krankheiten, die bei den Nachbarn vermutet oder erhofft wurden, hörte auch keine Bemerkung über das Wetter, das grau und trübe war und Schnee ankündigte.

Während des Essens nippte Charles immer wieder von seinem Wein, wie er das den Erwachsenen abgeschaut hatte, und allmählich nahm die Szene für ihn einen geheimnisvollen Zauber an und schien ihm umwittert von einem Ruch nach Unterwelt und heimlicher Verschwörung unter genialen Verbrechern, die irgendwo in einer versteckten Höhle beisammensaßen, während in der oberen Welt jedermann lustlos Maisbrei zum Frühstück aß, Sardinenbrot zum Mittagessen, Schweinekoteletts zum Abendessen und sich über die anderen das Maul zerriß. Er lauschte stumm, der Wein so stark und lieblich, daß er sein Inneres mit Wärme durchglühte, der Truthahn so köstlich, daß sein Mund nach ihm wässerte, dazu die feine Herbheit der Preiselbeeren und die Süße der süßen Kartoffeln, sein ganzer Körper ein Tempel exquisiter Lust.

Auch mir sagt das Mahl zu, aber auf andere Weise; der Wein treibt mich auf die Oberfläche von Charles' Sinnen, als er durchdringt und mich aus meinem Schlummer weckt. Charles und ich sind in wohliger Zweisamkeit zugegen, während er ißt und in genußvollen kleinen Schlucken, die mich erfreuen, den leichten roten Wein trinkt. Gemeinsam hören wir dem Gespräch zu, ohne uns darüber Gedanken zu machen, ob in unserer beider Gegenwart ein Konflikt liegt, und ich habe das Empfinden, daß ich vielleicht meine Sinne noch ein bißchen weiter spannen könnte, um diesen Moment voller auszukosten, doch auf eine Warnung von Charles merke ich, daß ich mich beinahe verwandelt habe, so behaglich und träge ist alles geworden.

Nachdem das Hauptgericht so ziemlich ratzekahl aufgegessen war, bemerkte Mrs. Boldhuis, daß es noch Pastete und Kürbistorte mit Schlagsahne gäbe, wenn wir Appetit darauf hätten. Mr. Boldhuis stellte sein Lächeln auf den Kopf und erklärte, er sei absolut unfähig, auch nur noch einen Bissen zu essen, Miss Wrigley beteuerte, daran sei im Moment nicht zu denken, und Charles warf einen beinahe verständnislosen Blick in die Runde. Vollgestopft wie er war, und mit zwei Gläsern Wein im Bauch, verschmolz sein Geist auf höchst angenehme Weise in einem unbestimmten Gefühl tierischen Gesättigtseins. Ich bin erfüllt von Wohlbehagen und nichts kümmert mich als die Freundlichkeit von Charles' körperlichen Reaktionen. Ich ziehe mich von Charles' Seite zurück, bin aber dem Wachzustand näher als sonst, als die Menschen ins Wohnzimmer hinübergingen und sich in den Sesseln rund um das Klavier niederließen. Draußen war es inzwischen fast dunkel geworden, und Mr. Boldhuis behauptete, er könne den Schnee riechen, auch wenn er ihn nicht sehen könne, und das könne nur bedeuten, daß er per Express von Chicago herunterkäme und spätestens um sechs Uhr sieben hier sein würde. Als Mrs. Boldhuis hereinkam, fragte Mr. Boldhuis sehr ruhig, ob sie nicht ein bißchen Chopin spielen könne, während ihre Körper sich von den Strapazen des köstlichsten Essens im ganzen mittleren Westen erholten. Danach könnten sie dann alle gemeinsam das Abspülen in Angriff nehmen und im Nu alles sauber machen.

Die Züge der schlanken Frau mit dem traurigen Gesicht hellten sich auf wie durch Zauberhand, sie küßte ihren Mann auf den lächelnden Mund, dann setzte sie sich ans Klavier und begann ohne Noten zu spielen.

Als ihre Finger die ersten Tasten anschlugen, spürte Charles, wie ihm im Nacken das Haar aufstand, und als ihre Hände dann in der dämmrigen Beleuchtung des Wohnzimmers sicherer über die Tasten glitten, ihnen die Melodie entlockten, die einen so wunderbar stimmigen Klang hatte und in der sich so maßlos tief ergreifende Töne aneinanderreihten, die nie zuvor miteinander verknüpft worden waren, schoß Charles das Wasser in die Augen, und er merkte, daß er weinte, während wohlige Schauder seinen Körper durchrannen, als wäre er ein Geschöpf des Meeres, das zum erstenmal den mächtigen Sog von Ebbe und Flut verspürte, ja, als hätte er bisher in einem winzigen, schlammigen, rundum von Land begrenzten Teich in ferner Einsamkeit sein Dasein gefristet, und erführe jetzt zum erstenmal das wahre Wesen seiner Welt, seines eigentlichen Zuhauses, des grenzlosen Meeres mit seiner endlosen Vielfalt von Leben, seinen unermeßlichen Tiefen und Weiten, als erlebte er zum erstenmal das ganze Spektrum seiner Bewegungen, seiner Stürme, seiner

Geschöpfe, die Unendlichkeit seines fortdauernden schöpferischen Lebens.

Ich bin mit Charles zugegen, als die Musik jetzt anschwillt, dem Tosen der Brandung ähnlich, die sich an felsiger Küste bricht. Eine schwermütige Freude, ein herzzerreißendes Gefühl von Weite und eine Leichtigkeit liegen in dieser Musik, der ich nicht nur zuhören möchte, sondern in der ich leben möchte, wie ich in Luft oder im Wasser oder in der Schönheit einer kalten, mondhellen Nacht lebe, wenn ich frei und ungebunden durch die klare Luft trabe, das geschmeidige Spiel meiner Muskeln fühle, das rhythmische Ein und Aus meiner Atemzüge, und dann von hohem Ufer ins mondbeschienene Wasser springe, das klatschend und spritzend über mir zusammenschlägt. Ich stehe jetzt bei Charles und weiche lautlos zurück in den schattigen Flur, um mich mit dem Rücken an die Wand zu lehnen. Ich muß diese Musik in ihrer ganzen Fülle fühlen, wie das nur meine wahre Gestalt erlaubt, denke ich, und beschwingt und ermutigt durch die Musik, die durch die offene Tür strömt und das ganze Haus erfüllt, vom Wein, von der gehobenen Stimmung der ruhigen und intelligenten Menschen, unter denen ich mich höchst sicher fühle, verwandle ich mich. In meiner wahren Gestalt stehe ich im dunklen Flur, den Rücken an die Tapete gepreßt, und die Musik durchflutet plötzlich alle meine Sinne, so daß jedes einzelne Haar meines Felles sich aufstellt. Mein Raumsinn erfaßt die sich kräuselnden Klangwellen, die Oberschwingungen, die die Luft erzittern machen wie Tausende winziger singender Vögel, die flatternd jene Bereiche überwinden, in die das Ohr noch folgen kann, während sie sich höher und höher schwingen, bis die Wellenkreise ihrer Vibrationen sich in einer das Gehör nicht mehr miteinbeziehenden Eruption von Regenbogen und Blitzen auflösen. Die Untertöne sind sanftes Donnerrollen in einem sich überschneidenden Rhythmus, so rund und bauchig wie dunkle Kumuluswolken, die sich vor dem Horizont zusammenballen, während die Vögel, deren Schwingen sich in der Harmonie ihres Aufstiegs auf und nieder bewegen, verschwinden und in schnellen Arpeggios wiederkehren. Da sind Dunkelheit und Farbe, Mondlicht und Wasser, Kühle und Wohlbehagen unter dichtbelaubten Bäumen, die Weichheit von Gras unter meinen Füßen und die Geschmeidigkeit meines Fells, das vom Wasser geglättet wird, während ich wie ein großer brauner Otter durch die Wellen schieße, die sich zu grünen Bergen krümmen und auf dem Sand zerschellen, während ich durch das Grün fliege, ein Geschöpf des Wassers und der Luft, im Leben und über das Leben hinaus ...

»Charles!«

Ich verwandle mich.

Ich stehe unter der Tür. Ich blicke ins Wohnzimmer. Mutter hat eben Chopin gespielt, und Vater sitzt in seinem Sessel und hört zu. Ich möchte aufschreien und ihnen zurufen: »Ich finde mich nicht zurecht! Helft mir! Wo seid ihr?« Doch ich stehe im dämmrigen Flur, bestürzt, da zu sein, lebendig zu sein. Ich wünschte ...

Ich steige empor, fühle mich kleiner, falsch, während Wellen von Schmerz in mein neues bewußtes Selbst hineinströmen. Wer? Die Frau am Klavier dreht sich um und sieht mich an. Ihr Gesicht macht eine rasende Folge von Verwandlungen durch, als sie mich erblickt. Sie fängt an zu schreien, schreit, zertrümmert die Musik. Habe ich mich verwandelt? Ich bin nicht Charles. Ich halte das kleinere Menschenkind zurück, zu dem ich geworden bin. Er möchte ins Wohnzimmer hineinlaufen. Mir wird angst, als die andere Frau mich ansieht, und ihre Augen sich zuerst weiten, dann verengen. Ihre Züge machen eine gewaltsame Veränderung durch, so, als zöge und zerrte jemand an der Haut ihres Gesichts. Und ich sehe, wie der Mann mich anstarrt, und wie sein Lächeln schief wird und sein Mund sich öffnet, während sein Gesicht kreidebleich wird. Ich weiß jetzt, daß etwas Schlimmes geschehen sein muß, und ich drehe mich um, um den Flur zum Badezimmer hinunterzulaufen, wo ich mit einer kleinen, sommersprossigen Hand, die nicht Charles' Hand ist, sondern eine viel kleinere, nach dem Türknauf greife. Habe ich mich in Robert verwandelt? Nein. Es ist nicht seine Hand, und langsam, so, als wäre die Zeit aufgehoben, schließe ich die Badezimmertür hinter mir und drehe den Riegel. Ich weiß genau, wie er gedreht wird, ich weiß genau, wie das Badezimmer aussieht, mein Badezimmer. Ich wende mich dem Spiegel zu, der an der Tür hängt.

Ich sehe mich selbst, acht Jahre alt, schwarzes Haar, rundes Gesicht, Sommersprossen und der aufgeworfene Mund, der wie der meines Vaters ist. Ich wünschte ...

Doch ich muß mich rasch verwandeln, denn ich höre Schritte im Flur. Ich konzentriere mich. Ich verwandle mich. Das Bild im Spiegel erschreckt mich. Ich bin so groß, so groß beinahe, daß der Spiegel meine Gestalt nicht mehr faßt, erschreckender, als mir bewußt war. Es ist ein Schock, sich selbst zu sehen. Ich bin stark gewachsen und wußte es nicht.

Jemand klopft an die Tür, und Miss Wrigleys Stimme sagt unsicher und ein wenig brüchig: »Charles?«

Ich konzentriere mich, sage fest und bestimmt den Namen. Charles Cahill. Ich verwandle mich.

Blond und hochgewachsen stand Charles im dämmrigen Badezimmer. Er öffnete die Tür und sah vor sich Miss Wrigley, die, eine Hand auf dem Mund, im Flur stand. Sie griff nach seiner Hand.

»Komm mit ins Wohnzimmer, Charles«, sagte sie. »Es ist etwas sehr Merkwürdiges passiert, und wir müssen jetzt viel Verständnis zeigen. Sei lieb und freundlich zu diesen Menschen, später werde ich dir den Grund dafür sagen. Und, Charles«, fügte sie hinzu, als sie sich anschickten, den dunklen Flur hinunterzugehen, »bitte vergiß nicht, daß ich diese Menschen sehr gern habe.«

Charles nickte. Sie traten wieder ins Wohnzimmer, wo der kleine, rundliche Mann neben seinem Sessel stand. Sein Gesicht war noch immer weiß, und der sonst stets lächelnde Mund war ein starrer gerader Strich. Die schlanke Frau saß noch immer halb der Tür zugewandt auf dem Klavierhocker, beide Hände auf den Mund gedrückt, als hätte der Schrei ihn verletzt.

Charles schritt zu dem Sessel, auf dem er zuvor gesessen hatte. Miss Wrigley ging zum Klavier und ließ sich neben Mrs. Boldhuis auf dem Hocker nieder. Sie legte der schlanken Frau ihren Arm um die Schultern.

»Ich glaube, wir sind alle die Opfer einer Halluzination geworden«, erklärte Mr. Boldhuis ins Zimmer hinein. »Charles, ich möchte mich für unser befremdliches Verhalten entschuldigen. Vielleicht darf ich dir erklären, was sich hier meiner Ansicht nach abgespielt hat.« Er wandte sein Gesicht, das schon beinahe sein Lächeln wiedergewonnen hatte, seiner Frau und Miss Wrigley zu. »Mit deiner Erlaubnis, Lucille?« Seine Frau nickte, den Blick auf die Tasten des Klaviers gerichtet.

»Weißt du, Charles, wir hatten zwei Kinder, Victor und Danielle, die bei einem Unfall ums Leben kamen, als der Schulbus, in dem sie saßen, von einer Brücke stürzte. Sie kamen gerade von einem Sonntagsausflug mit der Bibelschule zurück. Das ist jetzt schon mehrere Jahre her, aber wir empfinden den Verlust noch immer sehr schmerzlich, und ich glaube gerade bei Anlässen wie diesen, wo die

Familie« – er hielt inne und schluckte – »zusammen ist.«

Charles hörte die Worte, während er versuchte, in mehreren Dimensionen gleichzeitig zu denken, um seine äußere Gelassenheit zu bewahren, um zu begreifen, was geschehen war, damit ähnliches in der Zukunft vermieden werden konnte, und um zum Zwecke seines eigenen Überlebens die Gründe für diese befremdliche Verwandlung in ein unbekanntes Wesen zu entdecken.

Auch ich höre zu, näher der Oberfläche als Charles behaglich ist, voller Verwunderung und Neugier über die Verwandlung, die ich in einem Augenblick der Ekstase vollzogen habe. Es ist wahr, daß ich in ein Wesen hineingeschlüpft bin, auf das ich mich nicht konzentriert hatte, in ein Wesen, von dem mir bis dahin selbst der Name unbekannt war, und es liegt auf der Hand, daß die Gestalt dieses Wesens mir von den schmerzlichen Gedanken dieser beiden Fremden aufgedrängt worden ist, vielleicht sogar von der Atmosphäre dieses Hauses. Ich finde es interessant, festzustellen, daß meine Verwandlung also von Kräften beeinflußt wurde, die außerhalb meiner selbst lagen; Charles jedoch wird eine Offenbarung anderer Art zuteil. Gerade in jenem Augenblick, als er sich so wohl und glücklich fühlte wie selten zuvor in seinem Leben, war Charles plötzlich verdrängt worden, war seine Persönlichkeit auf eine Weise usurpiert worden, die völlig jenseits seiner Kontrolle lag. Ihm wurde jetzt klar, daß er immer, ganz gleich, wie glücklich und wie sicher er sich fühlte, in tödlicher Gefahr schwebte. Es war für ihn eine Vorahnung auf seine eigene Sterblichkeit, weit bitterer und härter als der Tod eines geliebten Menschen oder der beinahe tödliche Unfal, der im allgemeinen das Wissen um die Zerbrechlichkeit des Lebens weckt. Überschwemmt von einer Flut von Angst und Zorn, die ihn von Kopf bis Fuß schüttelte, erkannte Charles, daß es ihm jederzeit geschehen konnte, nicht nur für eine Weile auf die Seite gestellt zu werden, sondern für immer vernichtet zu werden, wenn sich Bedingungen ergaben, die sein Verschwinden erforderlich machten. Verstärkt wurden sein Zorn und seine Angst noch durch das Wissen, daß er einzigartig sein mußte, das einzige Geschöpf auf der ganzen Welt, das so gemacht und so bedroht war, daß das geringste assoziative Versehen oder eine Laune jener unterschwellig verborgenen Macht, deren menschliche Erscheinungsform er war, seine Persönlichkeit auslöschen würde, als hätte es sie nie gegeben. In diesem Zustand plötzlichen Begreifens saß er da und bemühte sich, die traurige Geschichte der Kinder der Familie Boldhuis aufzunehmen, die drei Jahre zuvor durch einen ebensolchen grund- und sinnlosen Akt des Universums umgekommen waren.

Der Vorfall schien auf sein Verhalten kaum eine Wirkung zu haben, dachte Mr. Boldhuis, während er im Schein der Deckenbeleuchtung, die er eingeschaltet hatte, das Gesicht des blonden Jungen betrachtete. Und doch machte er den Eindruck eines ausgesprochen sensiblen jungen Menschen, der einen solchen Verlust nachfühlen konnte. Aber Charles hatte ja auch nicht gesehen, tatsächlich gesehen, wie da plötzlich ein geliebter Mensch in Erscheinung getreten war, wunderbar lebendig ... Ach, Vic, dachte er, löschte das Bild aus und schloß eine Sekunde lang seine Augen ganz fest. Dann blickte er wieder auf den hochaufgeschossenen, ernsthaften Jungen. Mr. Boldhuis konnte den genauen Grund für den veränderten Ausdruck, den er jetzt auf Charles' Zügen erblickte, nicht ahnen und konnte auch nicht wissen, daß diese Wandlung beinahe gänzlich durch Charles' innere Entschlossenheit hervorgerufen wurde, das eigene Überleben zu sichern, und nicht durch Mitgefühl mit den Opfern der sinnlosen Grausamkeit dieser Welt. Charles schüttelte bekümmert den Kopf und schloß ebenfalls einen Moment lang die Augen, ein Verhalten, das Mr. Boldhuis für eine sehr feinfühlige Reaktion hielt, so daß er warme Zuneigung zu dem Jungen empfand und drauf und dran war, ihm die Hand auf die Schulter zu legen.

»Nein, es war Wirklichkeit.« Die Stimme von Lucille Boldhuis hob sich scharf und klar aus dem ruhigen Gespräch, das sie mit Miss Wrigley führte. Victor Boldhuis drehte sich um, bereit, die Rolle zu übernehmen, die er in diesen letzten drei Jahren viele Male gespielt hatte. Doch Lucilles Augen begegneten seinem Blick, und ihre Miene befahl ihm zu schweigen, sagte ihm, daß diesmal Mitgefühl und stützende Kraft fehl am Platze waren. Er war tief betroffen, als er den Blick ihrer Augen sah, in ihrer Stimme jenen schmerzlichen Unterton von Hoffnung hörte, die zu ersticken und durch etwas anderes zu ersetzen, er sich so lange bemüht hatte.

»Hast du bemerkt, wie er uns angesehen hat?« fragte Lucille mit lebendiger werdender Stimme. »Er wollte zu uns. Ach, Jessie«, fuhr sie glücklich fort, »sie sind irgendwo noch am Leben. Ich weiß es. Ganz bestimmt.«

Über Lucilles Schulter hinweg warf Miss Wrigley Mr. Boldhuis einen Blick zu, der seinerseits über Charles' Schulter hinweg Miss Wrigley ansah.

»Wir müssen doch aber zugeben –«, begann Mr. Boldhuis, doch seine Frau fiel ihm ins Wort.

»Ich weiß, Victor. Ich weiß schon. Ich fange jetzt nicht an, mich lächerlich zu machen«, erklärte sie mit leuchtenden Augen. »Es ist genug«, fügte sie rätselhaft hinzu.

Sie stand vom Hocker auf. »Ich hole den Likör«, bemerkte sie und eilte aus dem Zimmer, während die anderen ihr mit unterschiedlichen Graden von Sorge nachblickten.

Nach einem langen Schweigen und nachdem die kleinen Likörgläschen herumgereicht waren, sprachen sie von der Schule, von Charles' rapiden Fortschritten, die wahrhaftig beinahe phänomenal zu nennen waren, und Charles mußte von seinem früheren Leben erzählen, wobei ihm bewußt wurde, daß er sich genau erinnern mußte, was für Geschichten er Miss Wrigley erzählt hatte, wenn er nicht Gefahr laufen wollte, sich zu widersprechen. Er merkte, daß Mrs. Boldhuis ihn unter halbgeschlossenen Lidern hervor aufmerksam beobachtete, während sie an dem grünen Likör nippte, und fühlte sich geschmeichelt durch ihre Aufmerksamkeit, bis ihm klarwurde, daß sie wohl wieder jene Vision im dämmrigen Flur sah und sich fragte, inwiefern da ein Zusammenhang zu ihm bestehen könnte.

»Jessie hat uns erzählt, daß du nach Weihnachten schon in die fünfte Klasse kommst«, bemerkte Mr. Boldhuis. »Wenn du so weitermachst, bist du im nächsten Jahr vielleicht schon in der High School. Hast du dir schon überlegt, ob du dir den Zweig aussuchen solltest, der sich am College-Curriculum orientiert?«

Charles starrte ihn verständnislos an. »Am College was?«

Die Erwachsenen lachten plötzlich, und Mr. Boldhuis sagte gütig: »Wir lachen dich nicht aus, Charles. Aber weißt du, du bist ein so wortgewandter und belesener junger Mann, daß ich völlig vergessen habe, daß ich mich hier nicht mit einem Siebzehn- oder Achtzehnjährigen unterhalte. Da ist gewissermaßen einfach mein Vokabular mit mir durchgegangen.« Er lächelte Charles so freundlich an, daß Charles lachte.

»Ich glaube, ich vergesse selbst manchmal, wie alt ich eigentlich bin«, versetzte Charles. »Mit Strolch und Sally hab' ich in diesem

Herbst angefangen, und jetzt schlage ich mich mit dem Unterschied zwischen Legislative und Judikative herum.«

»Wie bemerkenswert«, sagte Mrs. Boldhuis und blickte Charles über den Rand ihres Likörglases hinweg direkt in die Augen. »Wie alt bist du denn, Charles?«

»Dreizehn, glaub ich«, antwortete Charles, voller Unbehagen über soviel Aufmerksamkeit, die da auf einen, wie er meinte, zu groß geratenen und übermäßig täppischen Burschen verschwendet wurde.

»Und nicht nur das«, bemerkte Miss Wrigley und stand auf, wobei sie mit ihren Händen glättend über ihren grauen Wollrock strich; »es ist kaum zu glauben, wie Charles seit Schulbeginn gewachsen ist.« Sie trat zu Charles' Sessel und nahm den Jungen bei der Hand. »Steh doch mal auf, Charles. Ich möchte zeigen, wie sehr du gewachsen bist.«

Charles stand auf, kam sich ungelenk und tolpatschig vor und neigte sich vornüber, und Miss Wrigley drückte ihm fest die Hand ins Kreuz und zwang ihn, gerade zu stehen.

»Schaut euch das an«, sagte sie, wobei sie Charles wie eine Topfpflanze auf den Boden stellte und dann hinter ihn trat, so daß sie nun Rücken an Rücken standen. »Er ist beinahe so groß wie ich, und als er im Herbst zu uns kam, da konnte ich noch über seinen Kopf hinwegsehen, das weiß ich ganz genau.«

Mr. Boldhuis stand auf, um die beiden zu mustern, und murmelte, wenn Jessie ihre Schuhe mit den hohen Hacken auszöge, dann wäre Charles vielleicht sogar eine kleine Spur größer als sie. Miss Wrigley schlüpfte aus ihren Schuhen und blieb auf Strümpfen hinter Charles stehen.

»Ja«, stellte Mr. Boldhuis fest, während er eine weiche Hand auf den Kopf der Frau legte und mit den Fingern gegen den Kopf des Jungen stieß. »Charles ist vielleicht einen Fingerbreit größer. Ist das nicht bemerkenswert.«

Miss Wrigley drehte sich um und schwang Charles mit der Hand herum, als wäre er ein Ausstellungsstück in einem Museum. Charles kam sich vor wie ein Preisbulle. Der Größenvergleich, bei dem Miss Wrigley ungeniert mit ihrem Gesäß gegen das seine gestupst hatte, hatte ihn recht hübsch erhitzt. Er stellte mit einiger Überraschung fest, daß er nicht nur Miss Wrigleys großes Wissen und freundliche Art attraktiv fand. Charles schluckte und sah seine Lehrerin ernsthaft an, während er alle anderen Gedanken aus seinem Hirn verbannte und sich fragte, ob er womöglich auf dem Weg war, ein Lustmolch zu werden.

»Charles«, sagte Miss Wrigley, während sie dem Jungen in die ernsthaften Augen blickte, »wie ist es nur möglich, daß du so schnell gewachsen bist?«

»Das weiß ich auch nicht, Madame«, antwortete Charles, »aber es ist schon eine Wucht.«

»Fast zehn Zentimeter in drei Monaten?« fragte Mr. Boldhuis lachend. »Ha, wenn das so weitergeht, können wir uns an langweiligen Tagen einfach hinsetzen und zusehen, wie Charles wächst.«

Daraufhin lachten alle, und das Gespräch wandte sich wieder anderen Dingen zu, unter anderem der Frage, wann Miss Wrigley vorhätte, wieder nach Champaign zu gehen, um den Magister zu machen. Charles fand es so schwierig, dem Gespräch zu folgen, daß er mehrmals völlig den Faden verlor und sich schließlich damit begnügte, die Bücherregale neben seinen Sesseln zu inspizieren.

Mit vielen der Titel hatte Charles seine Schwierigkeiten, und ihm wurde klar, daß all diese Autoren, deren Namen auf den Buchrükken standen, berühmt und den drei Erwachsenen wohlbekannt sein mußten, die das College besucht hatten, sich jetzt in einer geistigen Sphäre bewegten und nicht erdgebunden auf dem harten Boden der Tatsachen standen wie die Bauern, unter denen Charles lebte. Manche der Titel waren offenbar in fremden Sprachen, denn selbst wenn er versuchte, sie auszusprechen, konnte er sich auf die Worte keinen Reim machen. Zwei Bücher waren da, die wohl lustig sein mußten, weil in ihren Titeln das Wort Komödie vorkam; doch als er sie aufschlug, sah er sogleich, daß sie in Sprachen geschrieben waren, die er nicht verstand. Das eine hieß *Divina Commedia* und war von einem gewissen Dante noch etwas, das andere hieß *La Comédie Humaine* von einem so und so Balzac, und beide waren in verschiedenen Sprachen geschrieben. Charles blieb der Mund offen vor Ehrfurcht, als er sich klarmachte, was für ein Wissen dazugehörte, drei verschiedene Sprachen zu sprechen, wie das diese Leute hier offenbar taten. Dabei hatte er, wie es ihm schien, schon Mühe genug, wenigstens eine einzige zu meistern. Er hatte das gleiche Gefühl wie an jenem Tag, als er, nachdem er plötzlich den verzwickten Prozeß der Teilung verstanden hatte, von einer herrlichen Hochstimmung darüber erfaßt worden war, daß er endlich die vier Prozesse der Mathematik gemeistert hatte, nur um Miss Wrigley sagen zu hören, »ja, aber das ist noch längst nicht alles. Da kommt noch Algebra, Geometrie, die Differential- und Integralrechnung, Trigonometrie.« Wieder war er voll tiefen Staunens über die endlosen Weiten der geistigen Welt.

Später, als sich Charles nach Torte und Schlagsahne wieder angenehm gesättigt und ein wenig schläfrig fühlte, las Mr. Boldhuis ihnen aus ein paar dünnen Büchern Gedichte vor, ein paar sehr kluge von Edna St. Vincent Millay, einige recht brüske von Ezra Pound, ein närrisches von E. E. Cummings und schließlich ein trauriges von Tennyson, von dem Charles schon in der Schule einige Sachen gelesen hatte.

Auf der Rückfahrt über den Highway zum Haus der Witwe Stumway saß Charles im Fond des alten Ford und lauschte der gedämpften Unterhaltung von Mr. Boldhuis und Miss Wrigley, die vorn saßen, während wirbelnder Schnee sich auf die Windschutzscheibe setzte und die Kälte ihm in die Schuhe kroch. Er dachte darüber nach, wie groß und weit die Welt wirklich war, und wieviel es in ihr gab, das er wissen und erfahren wollte. Und er beschloß, an seinem Stück Welt festzuhalten, es sich um keinen Preis nehmen zu lassen.

5

Mrs. Stumways Haus hatte unten im Keller einen Kohleofen, aber wenn es nicht gerade bitterkalt war, sparte sie gern, und nur der hohe, verschnörkelte Ofen aus Eisen und Nickel, der im Eßzimmer stand, wurde angezündet. Seine Hitze und die Wärme, die der Kochherd in der Küche verstrahlte, hielten die Luft in diesen beiden Räumen immer auf angenehmer Temperatur, und das große Wohnzimmer war mit dicken Steppdecken und Tagesdecken abgeschirmt, die im Torbogen von Haken herunterhingen, die Mrs. Stumways verstorbener Mann viele Jahre zuvor angebracht hatte. Die Schlafzimmer im oberen Stockwerk waren hingegen von arktischer Kälte durchweht, die nur dadurch ein wenig gemildert wurde, daß man eine

Stunde vor dem Zubettgehen die Zugklappen im Boden öffnete. Charles und die alte Frau in ihrer Fliegermütze saßen daher jeden Abend nach dem Essen im Speisezimmer zusammen, ein höchst seltsames Paar, wie aus einem Märchen. Der hochaufgeschossene blonde Junge pflegte über seine Schularbeiten gebeugt am Tisch zu sitzen, während die hagere alte Frau sachte in ihrem Schaukelstuhl hin und her wippte, und, den Kopf leicht zur Seite geneigt, in ihren staubigen Büchern las oder in Zeitschriften blätterte, die die Nachbarn ihr manchmal aus reiner Freundlichkeit herüberschickten. Eine Zeitung las sie nie und zeigte kaum Interesse daran, was in der übrigen Welt vorging, so daß Charles auf die Schule und Miss Wrigley angewiesen war, um mit dem Leben in Kontakt zu bleiben. Sein Zuhause bei Mrs. Stumway sah er als eine Art Gefrierschrank, wo er auf Eis gelegt wurde, bis er wieder entrinnen konnte, um in der wirklichen Welt zu leben.

Es war ihm daher eine große Überraschung, als Mrs. Stumway eines Abends beiläufig sagte: »Bald ist Weihnachten, Charles, und wir bekommen Besuch.«

»Ach?« versetzte Charles, völlig absorbiert von der Geschichte des Bürgerkriegs, so daß er kaum gehört hatte, was Mrs. Stumway gesagt hatte.

»Meine Tochter Claire kommt für ein paar Tage.«

Charles hörte auf zu lesen und blickte auf, als die Worte in ihn einsickerten.

»Ihre Tochter?« echote er, den Blick auf die alte Frau gerichtet.

»Oh, ich habe natürlich eine Familie, junger Mann«, sagte sie und legte das Nähzeug aus der Hand, an dem sie gearbeitet hatte. »Ich sehe meine Kinder nicht mehr oft. Nein, nicht einmal, wenn sie Sorgen haben«, meinte sie gedankenvoll. »Aber sie schreiben mir, und ich denke an sie. Claire ist meine Jüngste, obwohl sie auch gar nicht mehr so jung ist, und sie hat ihr Päckchen an Sorgen und Schwierigkeiten tragen müssen.«

Mit pflichtschuldiger Aufmerksamkeit saß Charles da und hörte der alten Frau zu, deren Stimme er selten hörte, es sei denn, sie gab ihm irgendwelche Befehle oder beauftragte ihn mit irgendwelchen Arbeiten im Haus. Der Name von Mrs. Stumways Tochter löste irgendein verschwommenes Gefühl in ihm aus, das ihm zu schaffen machte. Es war ausgeschlossen, daß er sie kannte, doch er hatte das Bild eines jungen Mädchens in einem langen schwarzen Badeanzug vor Augen. Er hörte zu.

»Ich weiß, daß du dich gut benehmen wirst, Charles, denn du bist ein aufmerksamer Junge. Sie ist Witwe wie ich. Der arme Bernard, ihr Mann, ist in diesem schrecklichen Weltkrieg gefallen, in seinen besten Jahren, völlig grundlos, völlig sinnlos.«

Sie machte eine Pause und nahm ihre Brille mit den kleinen ovalen Gläsern ab, um sich die Augen zu wischen.

»Ach, die Männer in unserer Familie, was ist nur aus ihnen geworden? Und ich hab' gesagt, Claire, du mußt wieder heiraten, denn du kannst immer noch Kinder bekommen – sie war erst siebenundzwanzig und ein wunderschönes Mädchen, aber von den Männern, die ihr den Hof machten, wollte sie keinen haben. Sie sagte, sie hätten es alle nur auf das Vermögen abgesehen, das Bernard ihr hinterlassen hatte, von anderen sagte sie, sie wären geizig oder sie tränken zuviel oder sie wären nicht sehr sanft. Keiner von ihnen war ihr gut genug, aber sie wird wohl gewußt haben, was sie tut. Sie hat viele Reisen gemacht, mit Schiffen und Flugzeugen, und hat allerhand von der Welt gesehen. Das Geld an dem Grundbesitz, den Bernard ihr hinterlassen hat, hat sie gut verwaltet. Seit dem Bankkrach hat sie kaum einen Cent verloren. Ja und nun wird sie bald vierundvierzig, nein, fünfundvierzig. Im nächsten Februar. Sie ist eine Frau mittleren Alters, auch wenn man es ihr nicht ansieht.«

Charles saß da und fragte sich, warum die alte Frau ihm das alles erzählte, bis er merkte, daß sie völlig in ihren eigenen Gedanken versunken war und kaum noch wußte, daß er da war. Ihre Stimme verklang in einem undeutlichen Murmeln und dann folgte Schweigen, so daß der Junge aufschreckte, als die Stimme plötzlich wieder laut wurde.

»Ach ja, sie ist ein gutes Kind, ein feiner Mensch. Und Catherine, ach, meine Catherine, was soll nur jetzt aus ihr werden. Alle sind wir allein, einsame alte Frauen. Es ist so schwer, so schwer, allein zu sein, und meine arme gute Catherine. Ihr Kummer ist noch so frisch. Ach und die wirren Briefe, die sie mir schreibt, lauter Unsinn.«

Mrs. Stumway hörte auf zu schaukeln und krümmte sich nach vorn, um sich aus dem Stuhl zu stemmen. Auf dem Weg zur Küche blieb sie kurz stehen, um einen Blick auf Charles zu werfen, als wäre sie verwundert, ihn am Eßtisch zu sehen.

»Und du, du bist ein Findling, genau so allein wie wir alle. Weißt du, was sie mir geschickt hat?«

»Nein, Madame.«

»Ach was, Charles, ich sollte wirklich nicht mit dir über meine Familie reden und all unsere Privatangelegenheiten vor dir ausbreiten, aber du gehörst ja nicht zu uns, und manchmal babble ich einfach vor mich hin, als könntest du gar nichts verstehen, als wärst du ein Hund oder so was, der nur dazu da ist, daß eine alte Frau jemanden zum Reden hat. Ach, Charles, das tut mir leid. Weißt du, ich finde wirklich, du gehörst in eine Familie, denn du bist ja auch allein.«

Sie beugte sich zu ihm hinüber und tätschelte seinen Kopf, so daß sich Charles noch mehr wie ein freundliches Haustier vorkam.

Mrs. Stumway ging hinüber zu dem alten Sekretär mit dem hohen Bücherregal, das von leicht nach außen gewölbtem Glas umschlossen war, und klappte den Sekretär auf. Sie kramte in den Papieren, suchte in den kleinen Schubladen und fand schließlich einen schweren Gegenstand, den sie mitbrachte und mit dumpfem Krachen auf den Tisch setzte. Es war ein Stück behauenen Steins, etwa zehn bis zwölf Zentimeter hoch, das aussah wie die Gestalt eines Bären, der im Hals ein Loch für ein Lederband oder für eine leichte Kette hatte. Der Stein war glatt, als wäre er schon durch viele Hände gegangen. Charles betrachtete ihn einen Moment lang ohne Interesse, doch etwas an der Form der Figur drängte ihn, sie anzufassen. Er hob die Hand, um nach ihr zu greifen, und als seine Finger sie berührten, verspürte er ein Prickeln, als flösse ihm kitzelnd Elektrizität über die Haut. Er zog die Hand zurück und starrte wieder auf die Figur. Auf beiden Seiten konnte er fein eingeritzte Zeichen oder Buchstaben erkennen.

»Trau dich nur, faß sie ruhig an«, sagte die alte Frau und schob die Figur zu ihm hin, so daß sie vornüber kippte. »Das ist doch nur alter Plunder, den irgendein Quacksalber meiner armen Catherine angedreht hat. Das arme Ding.«

Die alte Frau schlurfte in die Küche hinüber, um sich ein Glas Wasser zu holen, wobei sie vor sich hin murmelte, über dem Gerede von den Kindern sei ihre Arthritis wieder schlimmer geworden.

Charles berührte wieder die Steinfigur. Und wieder kam das Prickeln, nicht schmerzhaft, doch so, als befände sich der Stein in rascher, unsichtbarer Schwingung, die Fleisch und Knochen wie Schallwellen durchzitterten. Er nahm die Figur in die Hand und hielt sie ganz fest. Sie war kühl, aus grauem, glattem Stein, der weiß gemasert war, und sie sah aus wie ein aufrechtstehender Bär, der laut brummend den Kopf erhoben hatte. Die Tatzen schienen durch ein Band oder einen Gürtel, straff um die ganze Figur gespannt, an seinen Seiten festgehalten zu werden. Insgesamt sah die Figur aus wie jede andere primitive Skulptur, abgeschliffen vom Alter und von vielen Händen, doch als Charles sie ans Licht hielt, sah er auf dem Band rund um die Tatzen eine Linie sehr feiner Zeichen, und ihm wurde immer unbehaglicher. Er war sich im klaren darüber, daß Mrs. Stumway das Prickeln, das er spürte, nicht fühlte, und daß es mit dem Stein mehr auf sich hatte, als sie meinte. Die Zeichen auf den Seiten der Figur glichen einfachen Darstellungen von Wolken, Blitzen, Vögeln und Strichmännchen. Die kunstvoll verschlungenen und geschlossenen Zeichen auf dem Band waren von anderer Art; wie die zierlichen Buchstaben irgendeiner unbekannten Sprache.

Er stellte den Stein wieder auf den Tisch. Das Prickeln hörte auf. Er nahm ihn wieder zur Hand und drückte ihn ans Ohr, doch er konnte kein Geräusch vernehmen. Kühl und glatt lag er an seiner Wange, und seine Haut prickelte mit einem dünnen Knistern wie damals, als sie auf dem Schulfest mit Trockeneis gespielt hatten. Verwundert und ein wenig ängstlich legte er den Stein wieder nieder. Er machte ihn unfähig, einen klaren Gedanken zu fassen. Weshalb hatte er ihn an seine Wange gedrückt? Warum hob er ihn dauernd hoch und legte ihn wieder zurück? Die alte Frau würde das sonderbar finden. Wieder nahm er den Stein, unfähig, es nicht zu tun. Es prickelte.

Mrs. Stumway stand unter der Küchentür und blickte zu ihm hinüber.

»Gefällt er dir?« fragte sie, während sie ihr Wasser aus dem alten Marmeladenglas trank. »Ich würd' ihn dir ja schenken, aber stell dir vor, die arme Catherine kommt auf Besuch und möchte wissen, wo ihr – wie hat sie ihn gleich wieder genannt? –, ach ja, wo ihr ›Zauberstein‹ ist. Irgend so was. Irgend so ein Quatsch. Dann muß ich ihr doch zeigen können, daß ich ihn noch habe.«

Sie beugte sich zum Tisch hinunter und nahm den Stein.

Charles beobachtete ihr Gesicht, um festzustellen, ob sie irgend etwas bemerkte. Er war so benommen, als hätte er einen Schlag auf den Kopf bekommen, und einen Moment lang, während Mrs. Stumway die Steinfigur wieder in ihrem Sekretär verschloß, konnte er überhaupt nicht denken. Nach einer Weile stellte sich das Gefühl ein, daß er in den letzten Minuten zum erstenmal in seinem Leben *allein* gewesen war, und es dauerte noch eine ganze Zeit, ehe er fähig war, dieses Gefühl in seiner ganzen Tragweite zu begreifen.

In der letzten Woche vor Weihnachten übertraf Charles sich selbst und bestand einige Prüfungen, die Miss Wrigley der fünften Klasse für das nächste Halbjahr zugedacht hatte. Am letzten Tag behielt sie daher Charles nach der Schule da und sah ihn mit einem kaum wahrnehmbaren Lächeln an. Er stand vor ihrem Pult vorn im Zimmer, das jetzt, wo man die Feuer in den Öfen hatte ausgehen lassen, langsam kalt wurde, und war gespannt zu hören, wie die Prüfung ausgegangen war. Er hatte sich die größte Mühe gegeben, gut abzuschneiden. Jeden Abend in diesen letzten Wochen hatte er über seinen Büchern gesessen, kaum mit den anderen Kindern aus der Schule gespielt.

Miss Wrigley blickte zu ihm auf. Die Hände hatte sie vor sich gefaltet, wie sie das immer tat, wenn sie den Kindern etwas Angenehmes mitzuteilen hatte. Sie lächelte ihn mit solcher Wärme an, daß Charles plötzlich das Gefühl hatte, der Magen sacke ihm weg.

»Charles, ich habe ein Weihnachtsgeschenk für dich«, sagte sie.

»Aber Sie haben mir doch –«

»Nein, ich spreche nicht von den Geschenken, die ich allen Kindern mache. Ich meine etwas weniger Greifbares, aber Wichtigeres.«

»Die Prüfung?«

»Du hast beinahe fehlerlos gearbeitet, Charles. Ich werde dich mit Beginn des nächsten Halbjahrs im Januar in die sechste Klasse einschreiben.«

»Himmel!« sagte Charles nur. Mehr fiel ihm nicht ein. In einer Klasse mit Paul Holton und Runt Borsold, eine Klasse höher als Doug Bent. Er kam sich vor wie einer, der plötzlich mutterseelenallein auf hohem Bergesgipfel sitzt.

»Himmel!« sagte er wieder, als Miss Wrigley aufstand, um ihr Pult herumkam und seine beiden Hände in die ihren nahm.

»Du bist wahrhaftig ein bemerkenswerter Junge, Charles«, sagte sie, während sie ihm in das erhitzte Gesicht blickte, zu dem sie jetzt schon aufschauen mußte. »Ach, Charles, du wirst eines Tages ein ganz großer Gelehrter, ein blitzgescheiter Mensch.«

Sie nahm ihn in die Arme und drückte ihn fest an sich.

Charles legte seine Arme sehr vorsichtig um Miss Wrigley, berührte nur leicht ihre Wolljacke. Er roch den Duft ihres Haares und hätte am liebsten Freudensprünge gemacht vor Glück, als sie von ihm wegtrat und ihn bei den Schultern nahm.

»Ich bin so stolz auf dich, Charles«, sagte sie, und ihre Augen sahen aus, als wollte sie zu weinen anfangen. »In so einer Schule zu unterrichten, weißt du –« begann sie, doch dann brach sie ab, schluckte und ging wieder hinter ihr Pult.

Als sie sich umdrehte, war sie wieder seine Lehrerin geworden, und er begriff erstaunt, daß ihre Gefühle gar nicht so unterschiedlicher Natur waren, obwohl er Miss Wrigley an Wissen und Erfahrung weit unterlegen war. Er spürte, daß er in diesem Moment einen Sprung ins Erwachsensein getan hatte, der beinahe seinem raschen körperlichen Wachstum in den letzten Monaten gleichkam.

Dann sagte sie ihm auf Wiedersehen. Sie wollte die Weihnachtsferien bei ihrer Familie in Joliet verbringen und würde erst am vierten Januar zurückkommen, wenn die Schule wieder begann. Im Zwielicht ging Charles aus dem Schulhaus hinaus und stieg die Stufen hinunter. Die Kälte traf beinah schmerzhaft seine Zähne, und er merkte, daß er immer noch lächelte. Mit langen Schritten rannte er durch die Schneewehen am Rand der Landstraße, auf dem Weg zu Douglas Bent, um ihm die Neuigkeiten zu berichten.

Die aufregenden Ferientage vor Weihnachten flogen in einem Ringelreihen fröhlicher Spiele vorüber. Da wurde Schlitten gefahren, Schlittenrennen wurden veranstaltet, die Kinder durften mit den Männern auf Kaninchenjagd gehen, fällten auf dem Peaussier-Hof Christbäume für praktisch jeden in der Gemeinde, ritten auf Bents Pferden aus, wenn sie die Erlaubnis dazu bekamen, sprangen von der Brücke der Landstraße in die Schneewehen auf dem Grund des Bachs. Der zaghafte Kenny Grattan wollte zeigen, daß er nicht feige war, hielt sich an der hinteren Stoßstange eines Milchwagens fest und sauste auf seinem Schlitten dahin, bis er in der Nähe der großen Kurve plötzlich auf ein Stück blanken Asphalts stieß und kopfüber von seinem Schlitten stürzte. Rudy Bent brach auf dem gefrorenen Fluß ein und mußte mit einer Leiter gerettet werden und schwebte ein paar Tage lang in Gefahr, eine Lungenentzündung zu bekommen, hieß es, doch er überstand es. Und Charles fand zwei Weihnachtsgeschenke im Briefkasten der alten Witwe Stumway;

ein Klappmesser von einer unbekannten Verehrerin – Douglas behauptete, es sei Brenda Gustafson – und ein Taschentuch von Flossie Portola, in das sie seine Initialen eingestickt hatte.

Auch er selbst arbeitete eifrig, um seine Geschenke rechtzeitig fertig zu bekommen – eine geschnitzte Holzpistole, das genaue Abbild einer fünfundvierziger Militärautomatik, für Douglas; einen handgeschnitzten Schmetterling aus Walnußholz mit einer Holznadel, die durch die beiden ausgebohrten Löcher gesteckt werden mußte, damit das Kunstwerk auch seinen Zweck als Haarspange nicht verfehlte. Dieses Geschenk war für Betty Bailey, die es aber erst nach Weihnachten bekommen würde, da sie mit ihren Eltern zu Verwandten nach Chicago gefahren war. Ein handgeschriebener Kalender für neunzehnhundertsechsunddreißig, auf dem alle Feiertage mit roten Mustern und Bildern gekennzeichnet waren, war für Mrs. Stumway gedacht, da sie gesagt hatte, sie vergäße dauernd, in welcher Woche man sich befände. Miss Wrigley hatte er ihr Geschenk schon gegeben, eine sehr schöne vergoldete Brosche, in die ein Stück versteinertes Holz eingefaßt war. Es war das einzige Geschenk, das er gekauft hatte, für mehr reichte sein Geld nicht, und sie hatte es mit großer Freude entgegengenommen.

Am Tag vor Weihnachten dann traf Claire Stumway Lanphier ein, bog von der Landstraße in die kurze Auffahrt ein, die Charles freigeschippt hatte, und ließ den Motor ihres neuen cremefarbenen Auburn Kabrioletts noch einmal aufheulen, ehe sie ihn abstellte. Douglas Bent entdeckte den Wagen, als er und Charles vom Schlittenberg gegenüber vom Schulhaus zurückkamen. Er stieß einen aufgeregten Schrei aus, ließ das Schlittenseil fallen und hoppelte in ungelenkem, steifbeinigem Lauf davon, bis er keuchend neben dem Auto stand. Es war anders, stellte Charles fest, als die Autos, die er bisher gesehen hatte. Es hatte ein spitzzulaufendes Heck und große blitzende Rohre, die aus den Seiten der Kühlerhaube herauskamen und unter den Kotflügeln verschwanden. Vorn hatte es eine V-förmige Stoßstange, und die Kühlerhaube krönte die Statuette einer nackten Frau, die den Kopf in den Nacken geworfen hatte und ihre Chrombrüste in den Wind hineinstieß.

»Mensch, das ist ein Auburn Speedster«, sagte Douglas, während er das cremefarbene Metall so vorsichtig berührte, als wäre es lebendige Haut. »So einen hab' ich noch nie in Wirklichkeit gesehen. Das ist bestimmt der einzige hier in der Gegend.«

Charles sah zu, wie der kleinere Junge ganz langsam um das Auto herumging und es dabei mit vorsichtigen Fingern hier und dort berührte. Er legte eine Hand auf eines der blitzenden Rohre, stellte fest, daß es warm war und kam zu dem Schluß, daß die Besucherin erst wenige Minuten zuvor eingetroffen war.

»Das Auto gehört wahrscheinlich Mrs. Stumways Tochter«, bemerkte Charles, nicht übermäßig interessiert.

Er konnte Douglas' Faszination an Maschinen aller Art nicht verstehen und geriet oft an den Rand seiner Geduld, wenn Douglas einfach stehenbleiben mußte, um irgendein völlig uninteressantes Stück technischer Kunstfertigkeit zu inspizieren.

»Das Ding läuft hundert Meilen in der Stunde«, sagte Douglas gerade. »Die muß wirklich reich sein.«

»Ja, wahrscheinlich«, meinte Charles. »Mrs. Stumway hat erzählt –« Doch er brach ab. Er wollte nicht weitererzählen, was die alte Frau da neulich abends in ihrer Gedankenverlorenheit von sich gegeben hatte. »Sie bleibt ein paar Tage.«

Er blieb abwartend stehen, während Douglas im Schnee niederkniete, um unter den Wagen zu schauen und angestrengt in sein Inneres hineinzuspähen, doch schließlich verlor er die Geduld. Seine Füße waren eiskalt.

»Ich muß jetzt rein und ihr guten Tag sagen, Doug.« Dann fiel ihm ein, daß er Doug sein Geschenk noch nicht gegeben hatte, und er machte sich das zum Vorwand. Er rannte ins Haus, sauste die Treppe zu seinem Schlafzimmer hinauf, ohne seine Stiefel auszuziehen, und stürzte wieder hinaus, in den Händen das Geschenk, das in braunes Papier eingewickelt war und ein selbstgemachtes Schälchen mit Douglas' Namen trug. Er sprang von der obersten Verandastufe in den Schnee hinunter und sah, daß Doug noch immer das Auto bewunderte.

»Hier, Doug, ich hab's selbst gemacht. Es ist wirklich ganz echt.« Er legte Doug das Päckchen in die ausgestreckten Hände. »Was ist denn los?« fragte er, als er merkte, daß das Gesicht des Jungen zuckte. Entweder war er traurig oder wütend.

»Ich hab' nichts für dich.« Douglas stand kerzengerade da, das geschiente Bein leicht abgespreizt. »Pa hat gesagt, den Leuten, die nicht zur Familie gehören, brauchen wir nichts zu schenken, weil –« Er brach ab und blickte auf das Päckchen hinunter.

»Mensch, Doug, du hast mir doch schon so viel geschenkt. Das kann ich dir nie im Leben alles zurückzahlen«, erwiderte Charles und legte dem Jungen den Arm um die Schultern. »Fröhliche Weihnachten, Doug«, sagte er und tätschelte dem Jungen die Schulter.

»Fröhliche Weihnachten, Charles«, erwiderte Douglas. Mit einem Lächeln blickte er auf. »Ich hab' doch was für dich, und es gefällt dir bestimmt. Kann ich's dir morgen vorbeibringen?«

»Klar, aber du brauchst wirklich nicht, wenn es dein Vater doch verboten hat.«

»Ach, das geht schon in Ordnung. Das, was ich hab', gehört schon mir, ich meine, ich kann es auch verschenken, wenn ich will.«

Damit hoppelte Douglas die Auffahrt hinunter, hob das Schlittenseil vom Boden auf und machte sich mit einem letzten Winken auf den Heimweg. Einen Moment lang verspürte Charles Mitleid mit Douglas, und dann sagte er sich, wieso ausgerechnet er mit einem Jungen Mitleid haben sollte, der eine Riesenfamilie hatte und auf den morgen sicherlich ein Haufen Geschenke wartete. Charles lag nicht viel an Geschenken für sich selbst, da er wenig erwartete, doch ihm lag viel daran, den Leuten, die er mochte, etwas schenken zu können, und er meinte, er hätte wohl ziemlich an alle gedacht. Bis zu diesem Augenblick war ihm überhaupt kein Gedanke daran gekommen, daß er selbst ein sehr mageres Fest erleben würde. Er ließ sich das durch den Kopf gehen, während er draußen auf der Veranda seine Stiefel auszog, dann schüttelte er den Gedanken ab. Es schien einfach nicht wichtig.

Als Charles neben dem Ofen in der Küche stand, wurde er der Anwesenheit einer neuen Person im Haus infolge mehrerer feiner Düfte gewahr, die er als fremd und anders empfand. Natürlich war da der Duft von Parfüm. So ziemlich jede Frau hatte irgendein Wässerchen, das sie auf Haut und Kleider spritzte, um gut zu riechen, und dieses Parfüm war wunderbar zart, nicht das übliche Lavendel- oder Flieder- oder Rosenölzeug, sondern es hatte etwas Wärme, ähnlich dem Duft, der von einem sauberen Pelz aufsteigt. Es hätte der Duft einer sehr exotischen Blume sein können, einer Blume vielleicht, die nur nachts blühte; und über diesem Aroma hing ein beißender Geruch wie von verbranntem Holz. Charles überlegte, was das sein könnte, es war ein ganz neuer Geruch im Haus, ganz anders als der, der dem Ofen entströmte, wenn darin Holz oder Kohle brannten.

»Charles, mein Junge, möchtest du nicht ins Wohnzimmer kommen?« klang Mrs. Stumways Stimme hoch und aufgeregt aus dem Wohnzimmer, das jetzt geöffnet und beheizt war.

Charles fuhr sich mit der Hand durch das Haar, doch es war völlig zerzaust von seiner Wollmütze und stand nach allen Seiten ab. Er zuckte die Achseln und ging ein wenig befangen durch das Eßzimmer, um unter der breiten Tür des Wohnzimmers stehenzubleiben.

»Charles, das ist meine jüngste Tochter, Claire Lanphier«, sagte die alte Frau.

Eine Frau in Dunkelgrün mit einem Pelz um die Schultern stand vom Sofa auf und bot Charles die Hand. Als er sie nahm, bemerkte er, daß sie ein Glas mit einer hellen braunen Flüssigkeit in der anderen Hand hielt, und wußte sofort, daß der Geruch nach verbranntem Holz von ihrem Getränk kam. Er blickte Mrs. Lanphier in die Augen und sah sie zum erstenmal richtig an, als sie ihn anlächelte und sich wieder ins Sofa zurücklehnte. Im Stehen war sie ein wenig größer gewesen als Charles. Das Haar war straff aus ihrem Gesicht gekämmt und hinten im Nacken zu einer weichen Rolle gedreht. Um den Hals trug sie einen weißen Seidenschal, der wie ein Ascot geknotet war und vorn in dem dunkelgrünen Kleid steckte, das, nach dem schweren, fließenden Fall des Stoffes zu urteilen, teuer gewesen sein mußte, dachte Charles. Mrs. Lanphier wirkte irgendwie vertraut, fand er, als er sich im anderen Sessel niederließ und lächelte. Sie hatte einen großen Mund mit einer vollen Unterlippe, der an den Winkeln leicht nach oben gezogen war, so daß ihre Lippen einen sehr hübschen Schwung hatten, obwohl sich an ihrem Hals und rund um die Augen feine Fältchen zeigten. Ihre Nase war lang und gerade und eine Spur zu groß, um hübsch zu sein, doch die großen, blauen, sehr ausdrucksvollen Augen machten das wieder wett. Wenn sie sprach, begleiteten die Augen ihre Worte mit wechselndem Ausdruck. Die Augen einer Schauspielerin, dachte Charles, völlig eingenommen vom Gesicht dieser Frau, während er sich zu erinnern versuchte, wem sie ähnlich sah.

»Du bist also der Lokalheld und das Wunderkind der Gemeinde, Charles«, sagte Mrs. Lanphier, und ihre Augen zwinkerten, um dem Jungen zu zeigen, daß sie das scherzhaft meinte.

»Laß dich nur nicht in Verlegenheit bringen, Charles«, bemerkte Mrs. Stumway. »Sie ist ein schreckliches Lästermaul.«

Charles sah genau, daß die alte Frau entzückt war von ihrer Tochter, und ihm war klar, daß die Tochter nichts tun konnte und vielleicht nie etwas getan hatte, das die Mutter nicht entzücken würde. Er lächelte wieder.

»Mir kam mein Heldentum ganz gelegen. Da konnte ich mir eine Menge Kleider und solches Zeug kaufen. Ich war schon drauf und dran, ins Rettungsgeschäft einzusteigen, aber die guten Leutchen hätten wahrscheinlich nicht regelmäßig für so was bezahlt.«

»Er hat vom Lebensretterverein in Beecher fünfundzwanzig Dollar Preisgeld bekommen«, erklärte Mrs. Stumway. »Er hat einen seiner Freunde aus dem Fluß gerettet«, fuhr sie fort, ohne Überlegung den Zeitungsbericht zitierend.

Charles sah, daß Mrs. Stumways Verstand vor lauter Freude über den Besuch ihrer Tochter ganz benebelt war. Er beobachtete unablässig Mrs. Lanphiers Augen, deren ständig wechselndes Spiel ihn mehr faszinierte als das Gespräch, das es begleitete. Eine Weile ging es um die Schule und um die letzten Neuigkeiten aus der Gegend, und Charles brachte sogar etwas Enthusiasmus für das Gespräch auf. Er folgte oberflächlich der Unterhaltung, während er die interessante neue Person studierte, die da in sein Leben getreten war. Mrs. Lanphier nippte von dem Glas in ihrer Hand, bis es fast leer war, und dann klappte sie ein flaches Zigarettenetui auf und entnahm ihm eine lange, dünne Zigarette.

»Stört es dich, Mutter? Charles?«

»Ich mag es nicht, aber heutzutage raucht ja jeder, sogar die Frauen«, erwiderte Mrs. Stumway, doch im Grunde störte es sie gar nicht, das merkte Charles ganz deutlich.

»Charles, würdest du einer Dame, die in der Wildnis des Getreidegürtels gefangensitzt, einen frischen Scotch mit Wasser besorgen?«

Mrs. Lanphier hielt mit bekümmerter Miene ihr beinahe leeres Glas hoch.

»Aber gern«, versicherte Charles und sprang eifrig aus seinem Sessel. »Äh – aber ich weiß nicht, wie man das machen muß.«

Er lachte, hielt das Glas in der Hand, als wäre es ein rätselhaftes Ding.

»Zwei Finger Scotch«, sagte Mrs. Lanphier und kniff ein Auge zu, während sie die Worte mit zwei Fingern illustrierte, »und genausoviel Wasser und ein bißchen Eis dazu.« Flüchtig huschte ein Ausdruck der Enttäuschung über ihr Gesicht. »Ach, ihr habt ja kein Eis, und das ausgerechnet hier, wo rundherum tiefster Winter ist.«

»Ich hole Ihnen schon welches«, sagte Charles.

Er lief aus dem Zimmer, stellte das Glas auf den Spültisch und stürzte durch die Hintertür hinaus. Mit langem Arm griff er nach oben und brach einen langen Eiszapfen vom Dach der Veranda ab. Er sah durch ihn hindurch, um sich zu vergewissern, daß er sauber war, doch um diese Jahreszeit war er eigentlich dessen sicher, da das Dach nun seit Wochen von Eis und Schnee überzogen war. Wieder am Spültisch, korkte er die Flasche mit der hellbraunen Flüssigkeit auf, goß zwei Fingerbreit ein und hätte beinahe die Flasche fallen lassen, als ihm der starke Duft des Whiskys in die Nase stieg. Er gab Wasser ins Glas und rührte mit dem Eiszapfen um, brach dann ein Stück ab, das über den Rand des Glases hinausragte, nahm ihn heraus und zerbrach ihn noch einmal. Ein paar Tropfen des Getränks blieben an seinen Fingern haften. Er leckte sie auf und schauderte. Wie konnte man dieses Zeug nur trinken? Mit dem Glas in der Hand eilte er ins Wohnzimmer zurück.

»Charles, du bist ein Schatz«, erklärte Mrs. Lanphier, als sie das Glas entgegennahm und bewundernd den Eiszapfen betrachtete. Sie sagte »Schatz« als wäre es mit zwei großen As in der Mitte geschrieben. Charles wurde ganz warm dabei. »Möchtest du für die Dauer meines Besuches mein offizieller Scotch- und Wasser- und Eiszapfenlieferant sein? Sag ja!«

»Mit Vergnügen, Madame.«

Charles kam sich vor, als wäre er eben zum Ritter geschlagen worden. Er ließ sie nicht aus den Augen, als sie den ersten Schluck nahm, wartete gespannt auf einen Blick des Lobs. Über den Rand des Glases hinweg sah sie zu ihm auf, und ihre Augen zwinkerten wieder, während sein Herz zwei überhastete Schläge tat.

»Ritterlichkeit an den unwahrscheinlichsten Orten«, murmelte sie. Sie zog zierlich an ihrer Zigarette und klopfte die Asche am Rand der Untertasse ab, die als Aschenbecher diente. »Willst du nicht auch einen Schluck trinken, Mutter?« fragte sie. »Heute ist doch Heiligabend, und wir sind schließlich zum erstenmal seit wie vielen Jahren wieder beieinander?«

»Ach, Claire, das weiß ich gar nicht mehr. Es sind bestimmt fünf oder sechs Jahre. Das Zeug da trinke ich nicht gern, aber ich nehme mir einen Schluck von dem Wein, den du geschickt hast.«

»Du hast den Wein immer noch?« Claire lachte und lehnte sich im Sofa zurück. »Ach, Mutter, das war doch das Geschenk vom letzten Jahr.«

»Ich weiß, ich weiß, aber ich trinke eben nur ganz selten. Charles, würdest du in den Keller hinuntergehen und die Flasche holen, sie hat unten am Boden so eine Einbuchtung. Sie liegt gleich auf der Konsole rechts von der Treppe. Aber sei vorsichtig, daß du sie nicht fallen läßt.

»Ja, bitte«, sagte Claire mit sehr leiser Stimme, die ihre Mutter bestimmt nicht hörte, dachte Charles.

Und so wurde es ein sehr vergnüglicher Abend, obwohl Charles seit Mittag nichts mehr gegessen hatte. Er trank mit der alten Frau zusammen ein Glas Wein, und dann machte er Claire noch einen Scotch. Im Haus war es inzwischen dunkel geworden, und Mrs. Stumway zündete die Lampen an und strich mit einer grauen Paste aus einer Dose, die Claire mitgebracht hatte, ein paar kleine Brötchen. Der Wein war von einem prachtvollen tiefen Rot und hatte eine weiche, sämige Herbheit. Jedesmal, wenn Charles trank, meinte er, den Wein an mehreren Stellen zugleich schmecken zu können, nicht nur mit dem Gaumen. Die Brötchen waren scharf gewürzt und schmeckten nach Leber, doch sie waren köstlich zum Wein. Sie saßen im dämmrig erleuchteten Wohnzimmer und unterhielten sich still über vergangene Weihnachtsfeste, während sie auf den kleinen Baum, den Charles von den Peaussiers dafür bekommen hatte, daß er so fleißig beim Fällen geholfen hatte, und auf die Geschenke unter dem Baum blickten, die einen ganz achtbaren Stapel abgaben, nachdem Claire ein halbes Dutzend Päckchen dazugelegt hatte, die sie mitgebracht hatte.

»Ja, Charles«, sagte sie, »für dich sind auch welche dabei«, als er verwundert auf die Päckchen blickte.

Es wurde später, und als Charles hinausging, um Claire noch einen Scotch zu machen, sah er, daß es wieder zu schneien angefangen hatte. Er hatte zwei Gläser Wein getrunken und überlegte, ob er sich noch eines einschenken sollte. Die alte Frau war, wie das manchmal vorkam, in ihrem Schaukelstuhl eingeschlafen, so daß er und Claire allein waren. Er goß sich noch einen Schluck ein und fühlte sich dabei sehr männlich und sehr groß. Im warmen Wohnzimmer stießen Claire und Charles auf Weihnachten an und sangen sehr leise »Stille Nacht«, das Charles schon in der Schule gelernt hatte. Als sie geendet hatten, war es sehr still. Sie konnten das Knistern des Feuers hören, das im Ofen vor sich hin murmelte.

Ich spüre die Wirkung des Weins, während Charles von einem wohligen Gefühl der Schläfrigkeit umfangen wird, aber dieser Tage bin ich in einem Wartezustand, denn immer, wenn er das Haus verläßt, nimmt er den machtvollen Stein mit. Er steckt auch jetzt in seiner Jackentasche, und wenn er im Haus ist, fällt es mir schwer, ans Bewußtsein emporzusteigen, so als befände ich mich im Winterschlaf. Die Stimmen, die ich vernehme, und die gedämpften Gefühle, die zu mir durchdringen, verlieren sich in einem Traum, weich, schwebend, unwichtig. Ich spüre, daß jetzt schon etwas Gewaltiges geschehen müßte, mich zu wecken. Es ist nicht wichtig. Ich schlafe wieder.

Gemeinsam halfen sie der alten Frau hinauf in ihr modrig riechendes Schlafzimmer, und Charles torkelte in sein Zimmer hinüber, während Claire ihrer Mutter half. Ein leises »Gute Nacht«, ein geflüstertes »Fröhliche Weihnachten«, und dann kroch er in sein Bett, und nicht einmal die Kälte machte ihm etwas aus. Er bewunderte sogar die Nebelwölkchen seines eigenen Atems im Kerzenlicht, ehe er die Kerze auslöschte und beinahe im selben Moment in einen tiefen Schlaf fiel.

Es war ein herrliches Weihnachtsfest, dachte Charles, und mit einer Anwandlung von Befremden fiel ihm ein, daß es auch sein erstes Weihnachten war. Die Geschenke, die er bekam, waren unerwartet und trafen genau seine Wünsche – so, wie es eigentlich immer sein sollte. Und obwohl er Claire kein Geschenk hatte besorgen können, war sie doch so lieb und wußte so genau, was er sich wünschte. Der weiche dunkelblaue Wollpullover im Zopfmuster war das Luxuriöseste, was er je gesehen hatte, und er paßte genau. Ihrer Mutter hatte sie ein halbes Dutzend wunderschöner langer Kerzen mitgebracht, die in einen Kristalleuchter gehörten, den sie aus einer weichen Filztasche zog wie ein Zauberer, der einen glänzenden Paradiesvogel aus dem Ärmel schüttelt. Nun stand er auf dem Eßtisch des alten Hauses und schimmerte wie ein riesiger, unregelmäßig geschliffener Diamant, dessen Facetten in allen Regenbogenfarben funkelten. Bei seinem Anblick überkam Charles eine große Sehnsucht, die großen Städte und die fernen Länder zu sehen, die Mrs. Lanphier kannte. Sie hatte eine Menge kleiner Fläschchen mit, wie sie sagte, Magenbitter mitgebracht, den ihre Mutter an kalten Winterabenden trinken sollte, und einen langen Schal in zarten Grün- und Goldtönen, von dem sie erklärte, er wäre aus Kaschmirwolle. Ein Gürtel aus geprägtem Leder für Charles kam zum Vorschein und ein Elfenbeinkamm für Mrs. Stumway. Es war wirklich so, als ob die wunderbare Flut an Geschenken nie versiegen würde. Im letzten Päckchen, das Charles öffnete, fand er eine Taschenlampe mit Batterien und eine Klemme, mit der er sich die Lampe an den Gürtel hängen konnte. Es war alles so überwältigend, daß er unter dem Vorwand, eine Kanne Kaffee kochen zu wollen, in die Küche hinausging und, den Kopf an die Wand gelehnt, weinte, während seine Finger über die Figuren auf dem Gürtel streichelten, den er über seinem Pyjama umgebunden hatte.

Am Nachmittag wurde es so kalt, wie es bisher in diesem Winter noch nie gewesen war. Die Fensterscheiben waren mit einer dicken Eisschicht überzogen, so daß es schien, als wäre das Haus unter einen Gletscher gesunken und sie müßten den ganzen Winter darin eingesperrt bleiben. Charles mußte dauernd den kleinen Ofen im Keller nachschüren und den im Eßzimmer auch, und dennoch strich immer wieder ein kalter Luftzug unter einer Tür oder durch eine Fensterritze herein und malte einen Streifen aus weißem Reif auf den Boden oder den Fensterrahmen, so als deutete der Winter mit höhnischem Finger auf die armen Wesen, die da krampfhaft versuchten, sich warmzuhalten.

Später kam Douglas mit einer in Seidenpapier eingepackten Schachtel für Charles vorbei und wünschte allen fröhliche Weihnachten und bewunderte wieder Mrs. Lanphiers Auto, obwohl es unter dem frisch gefallenen Schnee kaum noch zu erkennen war. Charles öffnete sein Päckchen, während Douglas in der Küche eine Tasse heißen Tee trank, um sich aufzuwärmen. In der flachen Schachtel befanden sich mehrere Reihen weißer und grauer Steine, die abgeplattet und angeschlagen aussahen. Lächelnd blickte er Douglas an, jedoch ohne recht zu begreifen, was er da geschenkt bekommen hatte.

»Das sind indianische Pfeilspitzen«, erklärte Douglas grinsend. »Es ist eine ganze Sammlung. Ich hab' sie von meinem Onkel in Wisconsin. Sie sind alle echt.«

Charles wußte nicht recht, was er damit anfangen sollte, doch er sah die Erwartung in Dougs Gesicht und gab seiner Freude über die Sammlung Ausdruck, bis der kleinere Junge vor Wonne strahlte.

Doug zog die handgeschnitzte fünfundvierziger Automatik aus der Tasche.

»Schauen Sie mal, Mrs. Stumway, was Charles mir gemacht hat.« Er fuchtelte damit herum, und die alte Frau zog unwillkürlich den Kopf ein. »Sie ist wirklich ganz prima, genau wie eine echte. Du kannst toll schnitzen, Charles.«

Nachdem Doug wieder in die blauweiße Kälte hinausgewandert war und sie dem Winter die Tür vor der Nase zugeschlagen hatten, bat Claire um einen Whisky, und sie setzten sich wieder ins Wohnzimmer. Der Nachmittag verdunkelte sich, und es wurde immer später, ohne daß Charles sich der verstreichenden Zeit bewußt wurde. Sie hatten kalten Truthahn mit Brot gegessen und Milch dazu getrunken, und jetzt war es schon wieder spät, und er stand in der Küche und machte wieder einen Drink für Claire. Er goß den letzten Tropfen Wein in sein Glas. In diesem Moment schien er zu erwachen, blickte sich in der dämmrigen Küche um, sah die Lampe auf dem Tisch, die zwei leeren Flaschen, die vor ihm standen. Er würde ihr keinen Drink mehr machen können, die Flaschen waren leer, und wer hatte den Rest des Weins getrunken? Gewiß nicht Mrs. Stumway, denn sie hatte nur lächelnd, ihren Schal um die Schultern, bei ihnen gesessen und war jetzt wieder eingeschlafen. Er selbst hatte ihn getrunken. Wie war das geschehen? Er ging ins Wohnzimmer zurück, zwei leere Gläser in den Händen haltend.

»Sieht aus, als wäre Weihnachten vorbei«, bemerkte er und hielt die Gläser hoch.

»Ach, du lieber Gott, jetzt noch nicht«, rief Claire. Sie schien echt bekümmert. »Wo ist denn die andere Flasche, die ich gekauft habe?« Sie lehnte sich zurück und überlegte, und Charles sah, wie ihr Gesicht einen Moment lang alt wurde, während ihre ausdrucksvollen Augen sich schlossen. »Ich hab' sie vergessen«, sagte sie betrübt. »Ich hab' sie auf den Tisch im Flur gestellt und hab' mir noch gesagt, daß ich sie bestimmt vergesse, wenn ich sie nicht gleich ins Auto bringe, und nun hab' ich sie doch vergessen.«

Einen Moment lang sah sie so niedergeschlagen aus, daß Charles glaubte, sie würde zu weinen anfangen. Er fühlte sich hilflos und täppisch.

»Nun gut«, meinte sie, während ihr Gesicht sich schon wieder aufhellte, »Whisky gibt's überall, wenigstens in diesem Jahr. Im letzten Jahr war das eine andere Sache.«

Sie stand auf, hob ihre Arme über den Kopf und streckte sich wie eine Katze, wobei sie gähnte und sich eine Hand auf den Mund drückte.

»Na, bist du dabei, alter Junge?«

Charles war nicht sicher, was sie meinte, doch er nickte grinsend.

Claire torkelte ein wenig, als sie vom Sofa wegtrat, und Charles faßte sie beim Ellbogen.

»Schon gut, alter Junge«, sagte sie und legte ihm einen Arm auf die Schulter, um sich zu stützen. »Nur ein kurzer Abstecher zu den kaledonischen Inseln und der Nachschub an Scotch ist garantiert.«

Sie zogen sich warm an, während Claire unverständliche Witze machte, über die Charles die ganze Zeit lachte. Als sie die Tür öffnete und ins Schneegestöber der tiefblauen Nacht hinausblickte, klopfte Charles noch einmal auf die Tasche seines kurzen dicken Mantels, wo er das beruhigende Gewicht des behauenen Steins spürte, zog sich seine Mütze über die Ohren und rannte als erster hinaus in den Schnee. Sie sprangen von der Veranda und versanken bis zu den Knien. Charles rann der feine Pulverschnee in beide Arme und in die Schuhe, während er die Windschutzscheibe und die Scheinwerfer des Autos abputzte. Er merkte, daß er vergessen hatte, seine Stiefel anzuziehen, ließ es aber dabei bewenden. Sie würden ja im warmen Auto sitzen.

»Das Ding soll hundert Meilen in der Stunde laufen«, bemerkte Claire, als der Starter wimmerte, ächzte und dann mit scheußlichem Orgeln den Motor in Gang zu bringen suchte. »Vorausgesetzt, das Ding läuft überhaupt.« Noch in diesem Moment sprang der Motor an und heulte auf. »Ah, die Wundertaten der Freunde aus Indiana«, bemerkte sie, während sie das Steuerrad drehte und der Wagen rückwärts aus der Ausfahrt schlingerte und holpernd auf die halbgeräumte Landstraße sprang.

Charles fühlte sich innerlich ganz warm vom Wein und von der Aufregung, mit dieser schönen Frau im Auto durch die Nacht zu fahren, auch wenn die Frau alt genug war, seine Mutter zu sein. Das schien überhaupt nicht von Bedeutung.

Der Wagen schoß heulend im ersten Gang vorwärts, und sein Heck schlingerte auf der Landstraße hin und her, bis Claire merkte, daß die Straße von festgefahrenem Schnee zugedeckt und so glatt wie Glas war.

»Nur ruhig, Schätzchen«, sagte sie, offenbar zu dem Auto. »Mama macht das schon, du kleines Ungeheuer. Reiß du dich auch ein bißchen zusammen.«

Und sie rutschten weniger, rollten schließlich ruhig und gerade auf der Straße entlang, die nach Beecher führte. Im dunklen Inneren des Coupés, wo der Wind ihnen durch unsichtbare Ritzen winzige Nadeln in die Gesichter spie, wo vor ihnen die sanfte Beleuchtung der Armaturen glühte, während die Nadel des Tachometers leicht hin und her schwankte und schließlich bei fünfzig stehen blieb, als sie in die Kurve an der Stadtgrenze hineinschossen, fühlte sich Charles beschwingt und aufgedreht von diesem mächtig aufregenden Nervenkitzel wie selten. In der Kurve begann der Wagen zu rutschen, doch Claire fing ihn geschickt ab, wobei es allerdings ein Glück war, daß die Straße leer war, denn sie brauchte die ganze Landstraße für das Manöver.

Am ersten Gasthaus an der Eisenbahnbrücke fuhren sie vorüber, weil dort keine Lichter brannten, aber dann war auch der große Beecher-Saloon neben der DX-Imbißstube geschlossen, und eine schlimme Ahnung erfaßte sie, daß vielleicht alle Spirituosengeschäfte und Kneipen geschlossen waren. Charles sprach es aus, und Claire hielt am Bordstein vor der Imbißstube an.

Sie legte ihren Arm auf die Rückenlehne des Sitzes.

»Charles, ich hab' mal in diesem gottverlassenen Nest gelebt, wo die Alkoholhändler schließen und nur sonntags und – heute haben wir –« sie machte eine Pause –, »äh, Mittwoch.«

»Aber es ist der erste Weihnachtsfeiertag«, versetzte Charles, der das Gefühl hatte, als wäre er an der Misere schuld.

»Ach, das Fest des Friedens«, sagte sie. Sie schlug sich mit der Hand vor die Stirn und schob ihr kleines grünes Hütchen mit der frechen Feder nach rückwärts, so daß sie aussah, fand Charles, wie Lady Marian in Sherwood Forest.

»Also schön, Scrooge«, sagte Claire, legte den Gang ein und brauste in einem weiten schlingernden Bogen zur Straßenmitte, über die alten Straßenbahnschienen hinweg, wendete und zog den Wagen vor der Kurve an der Brücke gerade. Aus irgendeinem Grund machten das Schleudern des Wagens und das Heulen des Motors Charles wieder fröhlicher und er lachte.

»Im Grunde macht es Ihnen sowieso nichts aus, nicht wahr?«

Er hielt sich am Armaturenbrett fest, als sie hinter der Brücke, wo man zum Glück für eben solche Fahrer gestreut hatte, um die Kurve schossen.

»Mir macht's nichts aus, alter Junge«, erwiderte Claire, während sie an der Stadtgrenze wieder in den hohen Gang schaltete. »Aber der edle Geist des Weins braucht die Unterstützung seiner Genossen. Scotch braucht Scotch, um genau zu sein.«

»Aber es ist doch alles geschlossen.«

»Also, du bist doch ein heller Bursche«, sagte Claire, als sie bei der Kreuzung mit der Route 17 in eine Kurve hineinrauschten und in östlicher Richtung weiterfuhren. »Was passiert, wenn ich ans untere Ende einer Wippe eine Kugel lege und dann das obere Ende der Wippe herunterdrücke?«

»Was?« fragte Charles, durch den plötzlichen Themawechsel verwirrt. »Ach so, sie rollt runter.«

»Genau, Doktor Einstein. Und wie nennt man das, was die clevere Kugel da macht? Was tut sie?«

»Oh, da hab' ich wirklich keine Ahnung. Ich weiß nicht, was Sie meinen«, erwiderte Charles. Er bemühte sich, dem Scherz der Frau zu folgen, doch es gelang ihm nicht.

»Du solltest dich schämen, alter Junge. Sie tut genau das, was wir jetzt tun – sie verändert ihren Ort!« Claire lachte kurz auf.

»Ach so«, rief Charles, »Sie meinen, weil wir jetzt nach Indiana rüberfahren?«

»Zum Grenzgasthaus. Es gibt immer ein Grenzgasthaus. In Texas steht eins und lacht dem blauen Hasen aus Oklahoma mitten ins Gesicht, und in Kalifornien steht eins und grinst die Blaunasen aus Arizona an.«

»Blaunasen?«

»Mein lieber Junge, wenn man einmal von so unwesentlichen Einzelheiten wie Geschlecht, Rasse, Alter, Religion und gesellschaftlichem Rang absieht, gibt es auf der Welt nur zwei Sorten von Menschen. Die Blaunasen, das sind die Abstinenzler, und die Rotnasen, das sind die, an die du dich halten solltest.«

Charles fing an zu lachen. Er fand die Art der Frau unwiderstehlich. An den surrenden Scheibenwischern vorbei blickte er hinaus auf die lange weiße Straße, die schnell unter ihren Rädern hinwegglitt, auf den wirbelnden Schnee, der ihnen in dichtem Gestöber direkt entgegenzufliegen schien, blendend weiß im Licht der Scheinwerfer, die eine breite helle Schneise in die Finsternis schlugen. Dies war die ganze Welt, hier in diesem rasch dahinrollenden Automobil, das jetzt noch schneller fuhr, obwohl er den Motor weniger laut heulen hörte. Sie schienen jetzt die Straße gar nicht mehr zu berühren, schienen wispernd über die schneeige Fläche und über die schwarzen Linien von Teer zu gleiten, die er dort sehen konnte, wo die Schneepflüge die Straße bloßgelegt hatten. Die schwarzen Linien sausten unter ihnen weg, und der Schnee schleuderte seine Pfeile ohnmächtig gegen die kleinen harten Scheiben, während sie der Grenze entgegenrasten.

»Ach, du süßer Charles«, sagte Claire und langte zu ihm hinüber, um sein Knie unmittelbar hinter dem Gelenk so fest zu drücken, daß es beinahe weh tat. »Du bist so herrlich jung und unschuldig und vollkommen zu Hause in der Welt.« Dann brach sie ab und konzentrierte sich, als die grellen Scheinwerfer eines sich nähernden Wagens ihnen blendend in die Augen fielen.

»Das Schwein«, schimpfte sie. »Ist dir eigentlich klar, junger Freund«, bemerkte sie mit einem Blick auf sein gespanntes Gesicht, »daß ich in Schwierigkeiten geraten kann, weil ich dich zu unmoralischen Zwecken in einen anderen Staat entführe?«

Sie schwieg, als wolle sie sich das einen Moment lang durch den Kopf gehen lassen. Charles hatte beinahe den Eindruck, daß es ihr ernst war.

»Ich dachte, ich wäre zu jung, um unmoralisch zu sein«, versetzte er. Er wußte nicht recht, was sie meinte, und es war ihm auch ziemlich gleichgültig.

»Mein lieber alter Junge, du mußt doch schon mal was von den Gesetzen gehört haben, die es dafür gibt. Vor Gericht ließe sich bestimmt nachweisen, daß ich einen Minderjährigen zum Zwecke einer Gesetzesübertretung in einen anderen Staat verbringe«, sagte sie, aber leise, als dächte sie an etwas ganz anderes. »Ach, zum Teufel damit«, murmelte sie. »Was wir jetzt brauchen, ist ein Schluck vom alten schottischen Lebenswasser, und ich glaub, wir haben's gar nicht mehr weit.«

Charles sah nur flüchtig das Schild, das besagte, daß sie die Staatsgrenze nach Indiana überschritten hatten, da merkte er schon, daß die Fahrt langsamer wurde, und sah weit vorn auf der linken Seite die roten und grünen Blinklichter eines Gasthauses. Bittere Kälte schlug ihnen entgegen, als sie aus dem warmen Auto stiegen, und sie rannten so schnell sie konnten zur Tür des Gasthauses. Seine Füße waren bereits eiskalt. Er umfaßte den Stein in seiner Tasche. Auch seine Handschuhe hatte er vergessen.

Es wäre vielleicht alles gut gegangen, wenn Mrs. Lanphier nicht auf den Gedanken gekommen wäre, einen Blick in die Bar zu werfen, um zu sehen, ob da vielleicht ein paar alte Freunde säßen. Nachdem sie sich einmal auf einem Hocker niedergelassen und einen doppelten Scotch und für Charles ein Glas Rotwein bestellt hatte, flog die Zeit unbemerkt nur so dahin, während sie tranken und über den Betrunkenen lachten, der neben Charles saß und dem dauernd die Nase in sein Bier fiel. Sie schwatzten mit dem Barkeeper, den Claire, wie es schien, vor langer Zeit einmal unter anderen Umständen gekannt hatte. Noch ein Doppelter wurde bestellt, noch ein Wein, wobei der Barkeeper bemerkte, er dürfte das Charles eigentlich gar nicht servieren, aber es wäre wahrscheinlich schon in Ordnung, da er ja mit seiner Mutter hier wäre. Worauf Claire, die gerade ihr Glas wieder zu den schön geschwungenen Lippen führen wollte, mitten in der Bewegung innehielt.

»Mit seiner *Mutter*!« rief sie mit gespieltem Entsetzen.

»Er hat doch nur Spaß gemacht«, begann Charles, aber dann merkte er, daß er in dem Gespräch gar keinen Platz hatte, und lehnte sich ein wenig gekränkt zurück, während die Neckereien weitergingen.

»Larry, du findest wirklich –«, begann Claire und packte die Hand des Barkeepers, die vom Abspülwasser ganz naß war. »Und dabei wollte ich mit ihm nach Crown Point fahren und ihn heiraten.«

»Also, Claire, du hast dich überhaupt nicht verändert«, stellte der Barkeeper lachend fest und steckte seine nasse Hand wieder ins Spülwasser.

»Du aber schon, du alte Bisamratte«, entgegnete sie und leerte ihr Glas. »Du hast deine Haare und deine jugendliche Unschuld verloren. Und wenn du mir da nicht noch einen draufgibst«, sagte sie, während sie das Glas über den Tresen schob, so daß er es auffangen konnte, als es umkippte, »werd' ich diesem Bürschchen hier seine Unschuld rauben, indem ich ihm von deiner eigenen Jugend erzähle.«

Der Barkeeper war tatsächlich glatzköpfig und dick und sah nach Charles' Meinung gar nicht gut aus, aber unter Claires scherzhaften

Bemerkungen und Anspielungen auf seine wilde Vergangenheit blühte er förmlich auf. Es kam also noch dieser Scotch und dann noch einer, und Charles hätte nicht sagen können, ob er nur ein Glas Wein oder drei getrunken hatte, weil er seine Gedanken überhaupt nicht mehr beisammenhalten konnte. Immer wieder glitt seine Hand zu dem Stein in seiner Tasche, denn das war sein einziger Talisman in einer unsicheren Welt, und er merkte es nicht einmal, daß er das Summen des Steins gar nicht mehr spüren konnte, oder es war vielmehr so, als hätte das Summen sich in seinem ganzen Körper ausgebreitet, während der Stein still und kalt geworden war. Dann zog ihn plötzlich jemand vom Hocker, und er öffnete blinzelnd seine Augen, um eine Gestalt mit einem grünen Hut und einer langen Feder zu sehen, die aussah wie ein Indianermädchen, oder war es vielleicht Lady Marian mit einem Pfeil im Kopf. Jedenfalls packte ihn die Gestalt beim Ärmel und schob ihn zur Tür, während rund um ihn herum wie vielfarbiger Donner ein wirrer Tumult von Geräuschen ausbrach und schwingende Lichter sich verdoppelten, wieder eins wurden, sich dann erneut verdoppelten, genau wie das Gesicht des Barkeepers. Dann traf ihn die Kälte wie ein harter Schlag ins Gesicht.

»Komm, Charly, alter Junge, wir müssen zurück an den heimischen Herd.« Claire bugsierte ihn in den Wagen. Sein rechtes Bein ließ sie in den Schnee hinaushängen und torkelte hinüber auf ihre Seite. »Den Rest mußt du selber machen, oller Junge. Ich kann dir nich' auch noch das Bein reinschieben.«

Er starrte auf sein Bein, das in den tiefen Schnee hing und dachte an Douglas. Was hätte Doug darum gegeben, in diesem Auto fahren zu dürfen, und Charles bedeutete es kaum etwas. Der Motor heulte auf, und jemand packte ihn im Genick und zog ihn herein.

»Los, komm rein jetzt.«

Er zog sein Bein hoch und hob es in den Wagen, beugte sich weit über einen gefährlichen Abgrund, um die Türklinke zu fassen zu bekommen und die Tür zuzuschlagen. Das Auto ruckte auf eine befremdliche Weise rückwärts und vorwärts. Charles machte eine große Anstrengung, um aus seinem Dämmerzustand zu erwachen und sah das rot-grüne Schild, das blinkend die Worte »Grenzgasthaus« in die Nacht hinausschickte, wie verrückt hin und her rutschen. Neben ihm schimpfte Claire wütend vor sich hin, während sie vor und zurück schaltete. Dann endlich schoß der Wagen mit einem letzten Ruck schleudernd und schlingernd davon, wendete sich nach links, während sie die rot und grün blinkenden Lichter im Schnee hinter sich zurückließen. Der Motor heulte eine Zeitlang, Claire schaltete fluchend und dann sahen sie wieder die gerade Landstraße, die sich vor ihnen in die Ferne dehnte.

Lange, schien es ihm, hatte er geschlafen. Kein Bild war zu seinen Augen gedrungen, kein Laut zu seinen Ohren, er war einfach weggewesen. Doch dann erwachte er durch einen Bocksprung des Wagens, der ihn mit der Schulter gegen die Tür schleuderte.

»Soll ich dir mal sagen, was dieser teuflische Alkohol mit mir angestellt hat, oller Junge«, lallte Claire. »Wir fahren in der falschen Richtung, wir sind auf dem Weg nach New York, weiß Gott.«

Sie fing an, ein Lied vom Broadway zu singen und schimpfte dazwischen immer wieder, daß es auf der ganzen gottverdammten Straße keine Möglichkeit zu wenden gab, ohne im Schnee steckenzubleiben, und dann heulte der Motor auf, als sie hinunterschaltete, und das Heck des Wagens schien von der Straße abzukommen. Charles blieb die Luft weg, als er im Schein der Lichter Bäume auftauchen sah, dann Straße, wieder Bäume, eine Brücke und wieder Bäume. Sie drehten sich in rasenden Kreisen auf der eisglatten Straße, und dann tanzte der Wagen von der Straße hinunter, abwärts, viel zu steil, viel zu schnell durch hohe Schneewehen, während der Motor brüllte und plötzlich still war. Ein schreckliches Schweigen breitete sich aus, und im Licht der Scheinwerfer sah es aus, als schlüge die Welt Purzelbäume. Irgend etwas schlug ihm mit solcher Wucht auf den Kopf, daß er einen Sprühregen von Funken und Sternen sah, und dann sah er gar nichts mehr.

»Charles! Charles!«

Jemand rief seinen Namen. Was war das für eine Stimme? Es war zu kalt, um aufzuwachen. Schlaf weiter. Ich hab' mir am Kopf weh getan.

»Charles!«

»Halt den Mund«, sagte Charles wütend.

Er versuchte, sich aufzurichten und konnte sich nicht rühren. Sein Körper war eng zusammengepreßt, die Knie oben am Kopf, der Hals nach vorn gedrückt, so daß er kaum atmen konnte, nur sein rechter Arm war frei. Ein schweres Gewicht lastete auf seinem Genick und seinem Kopf. Wie war das möglich? Er lag mit dem

Kopf nach unten!

»Charles!«

Die Stimme war nicht hörbar. Sie war in seinem Kopf. Sie kam aus seinem Inneren. War er tot?

»Du wirst es gleich sein, Charles, wenn du dir nicht von mir helfen läßt. Dann erfrieren wir beide.«

»Wo ist Claire?«

Charles wollte hastig nach ihr suchen, aber sein linker Arm war ganz fest unter irgend etwas eingeklemmt, und sein Genick und sein Kopf fingen jetzt an, rasend zu schmerzen. Seine Füße konnte er überhaupt nicht bewegen, er spürte sie nicht einmal mehr, und mit plötzlichem Erschrecken dachte er, sie könnten erfroren sein.

»Noch nicht, Charles, aber es wird bald so weit sein«, sagte die Stimme leise und kühl, als spräche sie über den Tod eines anderen. »Die Frau lebt, glaube ich, aber sie ist auch hilflos. Sie ist an deiner linken Seite eingeklemmt.«

Er versuchte, den Kopf zu heben, aber er konnte es nicht. Er ließ nicht locker, versuchte, ein Bein zu bewegen, doch er konnte nur sein rechtes Knie leicht aufwärts ziehen oder abwärts, da er ja auf dem Kopf lag, da das Auto offenbar mit ihnen umgekippt war. Versuchsweise streckte er den rechten Arm.

»Es steckt in deiner Tasche, Charles, und ich glaube, du kannst es erreichen«, sagte die Stimme.

Charles fand die Tasche. Der Stein war noch darin, lag beinahe oben an seiner rechten Wange. Er konnte den Stein durch den Stoff berühren, doch er hatte Mühe, die Öffnung der Tasche zu finden. Wenn er nur ein bißchen mehr Platz hätte, dachte er verzweifelt. Wenn er den Stein jetzt hergab, bedeutete das, daß er ihn vielleicht nie wieder zurückbekommen würde. Er würde für immer ohne seinen Schutz sein, ein Spielball der Launen des ...

Sein Körper rutschte ein Stück abwärts, so daß nun das ganze Gewicht auf seinem abgeknickten Genick ruhte, und ein mörderischer Schmerz schoß ihm vom Schulterblatt zum Hals hinauf und weiter in den bereits dröhnenden Kopf.

»Du willst doch kein toter Held sein«, sagte die Stimme ruhig.

Tränen schossen ihm in der kalten, starren Finsternis aus den Augen.

»Kannst du mir denn nicht helfen?« sagte er schließlich laut. Er hatte das Gefühl, als entfernte sich sein ganzer Körper langsam von ihm. Er fühlte nichts mehr außer dem scharfen Schmerz in Genick und Kopf.

»Solange du den Stein hast, nicht. Du brauchst ihn nur von dir wegzulegen. Gar nicht weit, nur so, daß er nicht mehr in deinem Besitz ist, glaube ich.«

Er berührte den Stein. Er hatte die Öffnung der Tasche gefunden. Er kämpfte mit der Tasche, bis er das Innere nach außen gekehrt hatte und der Stein ihm aufs Gesicht fiel. Er sprang von seinem Kinn ab und verschwand irgendwo über, oder besser unter seinem Kopf.

Jetzt stehe ich auf und verwandle mich.

Noch nie habe ich mich in einer Lage befunden, wo es so schwer war, Kraft einzusetzen. Es bieten sich keine Ansatzpunkte, aber dank meines anderen Körperbaus ist es mir möglich, mit den Hinterläufen kräftig aufwärts zu stoßen, während ich das Gewicht auf den Schultern statt im Nacken trage. Der Körper der Frau ist zart, und ich muß aufpassen, daß ich ihr keine Knochen breche. Ich trete mit aller Kraft, nehme das ganze Gewicht auf meine Hinterläufe und Schultern. Das Auto beginnt sich mit ächzenden, knirschenden Geräuschen von Metall und Eis in Bewegung zu setzen. Ich stoße noch gewaltsamer, spanne alle meine Kräfte an, und langsam hebt sich die Last. Ich schiebe eine Vorderpfote unter die Seite, die mir am nächsten ist, und versuche, die Last seitwärts zu schieben, während ich gleichzeitig aufwärts stoße. Das Gewicht hebt sich jetzt etwas leichter nach oben, ich höre neuerliche durchdringende Geräusche, so, als ob etwas zerreißt, und ich kann nur hoffen, daß diese Geräusche nicht von der reglosen Frau kommen. Doch wir müssen hier heraus, und die einzige Möglichkeit besteht darin, die Last ganz herunterzuschieben. Endlich drücke ich mit den Hinterläufen und dem rechten Vorderlauf so stark ich kann, und der Wagen rutscht nach links weg, während gleichzeitig über meinen Schultern etwas zerreißt. Der Wagen wälzt sich mit einem Ächzen und klirrendem Splittern von Glas auf die Seite, und ich hoffe, daß nicht der Arm oder vielleicht gar der Kopf der Frau sich unter der linken Seite befindet. Im Stoffverdeck des Wagens klafft ein großer Riß, den ich mit meinen Krallen weiter öffne, indem ich große Streifen herausreiße, bis ich endlich die Sterne sehen und den eisigen Wind spüren kann.

Nachdem das Verdeck abgerissen ist, winde ich mich heraus und taste nach den Armen und dem Kopf der Frau. Bisher scheint alles gutgegangen zu sein. Vorsichtig ziehe ich sie aus dem Wagen. Sie hat einen langen weichen Körper, wie ein Geschöpf, das man aus seiner Schale geschält hat. Auf ihrem Gesicht ist Blut, doch nachdem ich sie beschnüffelt und mit meinen Sinnen abgetastet habe, scheint mir, daß sie nicht ernstlich verletzt ist. Die Schuhe hat sie verloren, aber sonderbarerweise hat sie ihren Hut noch auf dem Kopf, und die lange Feder ragt trotzig in die Höhe. Es ist erheiternd, und trotz der Kälte und der dröhnenden Schmerzen in meinem Kopf muß ich lachen, während ich am Rand eines gefrorenen Teichs stehe, neben mir das verunglückte Auto, in meinen Armen die Frau mit der langen Feder auf dem Kopf. Ich lache, während ich sie durch den tiefen Schnee schleppe. Der Wein macht alles so komisch. Ich bin noch immer betrunken, und auch das ist komisch. Ein seltsamer Anblick muß ich sein, wie ich da in dieser stillen kalten Nacht die tiefverschneite Böschung hinaufklettere zur Straße – ein mächtiges, lachendes, von dichtem Pelz überwuchertes Geschöpf, das eine Frau mit einer langen Feder auf dem Kopf herumträgt. Im eisigen Wind, der mir jedoch keine allzu schlimme Plage ist, denke ich daran, einfach mit dieser Frau davonzuwandern, für sie und für mich einen Bau zu graben, sie zu meiner Gefährtin zu machen. Aber das macht der Wein in meinem Kopf, und irgendwo in weiter Ferne höre ich die Stimme des Jungen, der nach irgend etwas schreit und schreit. Nach dem Stein, Charles? Den kann ich dir jetzt nicht bringen, Charles. Er bedeutet mir nichts, du mußt dich um ihn kümmern.

Ich trage die Frau zur Straße und halte Ausschau nach einem Haus, doch ich sehe keines im wirbelnden Schneegestöber, das hier oben auf der Landstraße wütender tobt als unten im Graben. Ich schicke meine Sinne durch die bitterkalte Dunkelheit, suche nach Leben, nach einem Haus, nach Wärme. Nichts. Ich muß zu Fuß weitermarschieren, und jetzt muß ich die Frau warmhalten, denn sie ist leicht gekleidet und schon sehr kalt. Da ich nichts habe, womit ich sie zudecken könnte, kann ich nur versuchen, sie mit meinem eigenen Körper warmzuhalten, während ich die Straße entlangstapfe, in der Richtung, aus der der Wagen kam. Was, wenn ein Auto kommt und die Leute mich sehen? Mir ist es jetzt, wo ich dank der Marotten dieser betrunkenen Frau aus meinem erzwungenen Schlaf erwacht bin, ziemlich gleichgültig. Sollen sie mich ruhig sehen. Ich trotte durch die Dunkelheit, während meine Sinne uns vorauseilen, um ein Haus oder irgendein Zeichen von Leben aufzuspüren; doch es ist, als wäre der Planet von Menschen leergefegt. Das bißchen Leben, das ich wahrnehme, sind die wilden Tiere, die in der Kälte erfrieren oder fest zusammengerollt in einem so tiefen Schlaf liegen, daß sie beinahe ohne Leben sind. Dann erspüre ich weiter vorne ein kleines Gebäude und falle in Laufschritt.

Aber auch dort wartet kein Leben. Es ist nur ein verlassener Schuppen, der abgesehen von ein paar Obstkisten aus Holz und einigen alten Säcken in der Ecke leer ist. Ich lege die Frau drinnen auf die Säcke und trete wieder hinaus in den Wind. Ich schicke meine Sinne bis an die äußerste Grenze ihres Wahrnehmungsbereichs hinaus, aber ich kann kein menschliches Leben aufspüren, keine andere Unterkunft. Ich überlege, ob es besser ist, einfach so weit zu laufen, wie ich kann, aber nein, die Frau ist schon sehr kalt, sie würde gewiß erfrieren. Zuerst muß ich sie wärmen. Ich gehe zurück in den Schuppen, wo sie noch genauso daliegt, wie ich sie zurückgelassen habe. Ich schließe die Tür und schiebe ein paar Kisten davor, um sie gegen den Wind zu sichern. Dann lege ich mich nieder und nehme die Frau in meine Arme, hülle ihren Körper mit meinem Pelz ein. Ihre Füße lege ich zwischen meine Hinterläufe, ihre Hände unter meine Vorderläufe, und dann schicke ich mehr Wärme durch meinen Körper. Ich spüre, wie ihre eisigen Hände und Füße langsam warm werden. Sie rührt sich in meinen Armen, drückt ihr Gesicht in den dichten Pelz meiner Schulter. Ich fühle, daß sie nahezu bei Bewußtsein ist, doch ihr Geist ist nicht wach, und was sie sagt, ergibt keinen Sinn.

»Roger, das geht doch nicht, Süßer. Was soll denn die Gastgeberin denken?«

Ich ertappe mich dabei, daß ich die Frau in meinen Armen wiege, als wäre sie ein Junges. Kann ich solche Gefühle für ein menschliches Wesen, für eine Frau empfinden? Ich verspüre eine große Sanftheit dieser Frau gegenüber. Es ist angenehm, ihren Körper an den meinen zu halten, und ein Weilchen nicke ich ein, sträube mein Fell, um die Kälte abzuhalten und ziehe ein paar von den Säcken über unsere Körper, um dann in einen leichten Schlummer zu gleiten. Draußen heult der Wind durch den nachtdunklen Schnee.

Als das Licht kommt, höre ich wieder irgendwo in den Tiefen, von dort, wo ich ihn hingestoßen habe, Charles schreien. Die Frau ist warm und atmet leicht, aber sie ist nicht wach. Ich erlaube Charles, näherzukommen.

»Das ist nun aber wirklich nicht fair«, sagt er. »Du kannst dich nicht einfach so einmischen. Ich bin froh, daß du uns gerettet hast, ich bin dir wirklich dankbar, aber das ist mein Leben.«

»Unser Leben, Charles.«

»Du kannst hier nicht bleiben. Es kommen bestimmt bald Leute vorbei und finden das Auto, und deine Spuren führen hierher.«

»Der Wind hat sie verwischt.«

»Los, laß mich jetzt raus.«

»Ich fühle mich sehr wohl hier. Ich mag den Körper dieser Frau. Auch sie fühlt sich wohl. Du kannst sie nicht warmhalten.«

»Wenn sie aufwacht und dich sieht, bekommt sie vor Schreck einen Herzschlag.«

Es macht mir Spaß, mit Charles zu sprechen, und während er redet, halte ich die Frau und genieße das angenehme Gefühl, ihren warmen Körper an den meinen zu halten.

»Was ist mit der Geschichte, Charles?«

»Wovon redest du?«

»Die Schöne und das Tier.«

»Du bist ja verrückt. Das ist doch nur ein Märchen. Das ist nie passiert.«

»Vielleicht doch. Aber in der Geschichte war ja die Frau die Heldin.«

»Sie ist nicht deine Freundin. Sie ist meine Freundin. Sie weiß nicht einmal, daß es dich gibt.«

»Ich könnte ihr Tier sein, und sie könnte lernen, mich zu lieben.«

Sachte lasse ich eine Pfote unterhalb ihrer Taille über ihr Kleid gleiten und fühle, wie ihr schlafender Körper reagiert.

»Hör auf damit«, schreit Charles mich an. »Das ist grauenhaft. Hör sofort auf.«

Die Frau läßt ein kleines Stöhnen der Wollust hören und legt einen Arm um meinen Hals.

»Siehst du, sie könnte mich mögen.«

»Sie schläft doch! Du bist gemein, solche Sachen mit ihr zu machen, wenn sie schläft.«

Der Junge schäumt vor Wut. Ich höre auf, die Frau zu streicheln, und lege meinen Arm wieder um sie. Sie drängt sich näher an mich, und ihr Atem geht rascher.

»Vielleicht sind wir gar nicht so verschieden voneinander, Charles.«

»Doch«, widerspricht er. »Du bist nicht –« Dann schreit er mich wieder an: »Du redest ja nur, um mich abzulenken, damit du daliegen und sie in deinen Armen halten kannst.«

»Aber, Charles, ich habe dir das Leben gerettet – schon wieder.«

Schweigen. »Es macht mir Spaß, mit dir zu reden, Charles.«

Schweigen.

Doch unglücklicherweise hat der Junge recht. Ich spüre Bewegung draußen. Jetzt höre ich das Geräusch eines Autos. Ein Stück weiter straßenabwärts hält es an. Menschen steigen aus, drei. Ich kann sie beinahe sprechen hören. Nun ja, es war schön, Mrs. Lanphier, murmle ich ihr ins Ohr.

Aber jetzt müssen wir uns trennen. Ich gebe sie Charles Cahill zurück, dem jugendlichen Helden.

Ich konzentriere mich, verwandle mich.

Charles setzte sich auf, nahm Claires Kopf in seinen Schoß und schüttelte sie sachte, klopfte ihr die Wangen und blickte wie gebannt auf ihre Augenlider.

»Claire, Claire, wachen Sie auf. Da draußen sind Leute. Ich muß raus und um Hilfe rufen.«

Sie zog ihren Körper vor Kälte zusammen. Wieder schüttelte er sie, dann stürzte er zur Tür, schleuderte die Kisten zur Seite und riß sie auf. Der kalte Wind knallte ihm ins Gesicht, daß sich seine Augen ganz steif anfühlten. Ja, dachte er, da draußen wären sie wirklich erfroren. Es mußte an die dreißig Grad unter Null haben. Er stapfte hinaus in den knietiefen Schnee und sah, daß die Spuren verwischt waren, wie das Tier gesagt hatte. Das Tier? Er schlug sich diesen merkwürdigen Gedanken aus dem Kopf. Seine Füße und Hände waren schon starr vor Kälte, als er ein paar Schritte in den Schnee hinausging und hörte, wie er unter seinen Füßen knirschte.

Unten an der Straße, wo der Auburn die Böschung hinuntergestürzt war, hatte ein Lieferwagen angehalten. Männer liefen im Graben hin und her und um den Lieferwagen herum. Einer von ihnen bemerkte plötzlich die Spuren im Schnee und wies auf Charles. Er schwenkte die Arme wie ein Besinnungsloser und bedeutete ihnen, zu dem Schuppen zu kommen. Hinter sich hörte er, wie Claire sich regte. Dann erschien sie in der Tür des Schuppens, die Arme eng um ihren Körper geschlungen.

»Ach, Charles, mein Kopf«, stieß sie lallend hervor. »Was hast du mit deinem Pelzmantel gemacht?«

6

Mitte Januar erhielt Charles ein kleines Paket, dem ein Brief beigelegt war.

»Mein allerliebster junger Held,

ich bin sicher, daß ich diesen Glücksbringer aus Stein an dem Abend bei Dir gesehen habe, als ich mich so töricht benommen und unser beider Leben in Gefahr gebracht habe. Der Mechaniker, der sich meines armen Autos angenommen hat, fand ihn und gab ihn mir freundlicherweise zurück. Wenn er doch nicht Dir gehört, dann haben wir vielleicht durch Zufall eine archäologische Fundstelle präkolumbianischer Artefakte entdeckt, und ich werde es mir in der Hoffnung auf weitere Funde zur Gewohnheit machen, mein Auto in den Graben zu fahren. Ein Bekannter von mir hier in Chicago sagte, es sei jedenfalls ein seltenes Stück, und er bot mir eine interessante Summe dafür. Wenn Du es also einmal verkaufen möchtest, um dafür ein Jahr aufs College zu gehen, dann laß es mich wissen.

Es wird Dich freuen zu hören, liebster Charles, daß ich mir unser letztes Gespräch am Bahnhof gründlich durch den Kopf habe gehen lassen und ein neues Leben angefangen habe. Nicht ein einziges Mal, seit wir uns getrennt haben, habe ich die Kaledonischen Inseln aufgesucht, und es ist meine feste Absicht, eine eingefleischte Blaunase zu werden. Dir habe ich es zu verdanken, Charles, daß mein Leben nicht nur gerettet wurde, sondern daß ich jetzt auch daran bin, es wirklich umzukrempeln. Ich denke mit warmer Zuneigung an Dich. Bitte vergiß nicht, daß meine Einladung an Dich, mich in Chicago zu besuchen oder dort, wohin mich sonst vielleicht der Wind treibt, von Herzen kommt und aufrichtig gemeint ist. Bleib gesund und bewahr Dir Deine Hochherzigkeit und Deinen Mut.

In Liebe, Claire Lanphier.«

Diese letzte Ermahnung traf Charles mitten ins Herz. Seit einiger Zeit nämlich wurde er immer deutlicher gewahr, daß in ihm eine Kraft wucherte, die ihn im Wachen besaß und mit endlosen Bildern von Verführung und Vergewaltigung von seinen Träumen Besitz ergriff. In der Schule hatte er zum erstenmal Schwierigkeiten, sich auf seine Aufgaben zu konzentrieren. Sein Geist schien nur ein zischend umherflitzender Wassertropfen auf einer heißen Herdplatte zu sein. Wenn er versuchte, die Exportgüter der britischen Kolonien auswendig zu lernen, pflegte er sich dabei zu ertappen, daß er mit leerem Hirn auf Betty Baileys hübsche Waden starrte oder auf Flossie Portolas Busen, der ihm faszinierende Geheimnisse zu bergen schien, oder gar auf Miss Wrigleys schwingenden Rock, wenn sie mit raschem Schritt zwischen den Bankreihen auf und ab ging. Dann stieg ihm heiße Röte ins Gesicht und er verfluchte das, was er für das Tier in sich hielt, das sein Denken und seine Träume mit wilden Phantasien von Lust anfüllte.

Doch es war noch Januar, der kälteste seit langem, wenn man den alten Leuten glauben durfte, und da gab es wenigstens Zerstreuung durch kalte Spiele im Schnee und lange, mühsame Wanderungen über das weiße Land, wenn er mit den Bent-Jungen auf Kaninchenjagd ging.

Nachdem er von Mrs. Lanphier seinen Glücksbringer zurückerhalten hatte, schien er auf wunderbare Weise geheilt. Es kamen noch immer Momente träumerischer Abwesenheit, wenn er ein heimliches Lächeln von Brenda Gustafson auffing oder beim Austausch eines Arbeitsblatts zufällig Betty Baileys Hand berührte und den koketten Blick sah, den sie ihm zuwarf, doch die Nähe des Steins errichtete eine Schranke zwischen Charles und den unerträglichen Flammen der Lust, unter denen er gelitten hatte. In seinen Träumen stellte er noch immer die abscheulichsten und doch herrlichsten Dinge an, erlebte Abenteuer der Liebe, die einen Casanova fertiggemacht hätten, doch das waren Träume. Die Realität hatte jetzt wenigstens wieder ein vernünftiges Gesicht angenommen, und er konnte sich von neuem mit voller Konzentration der Arbeit in der Schule widmen. Miss Wrigley lächelte wieder häufiger und half ihm mit Ermutigungen nach seinem »Durchsacken«, wie sie es bezeichnete, zu Beginn des Halbjahrs.

Der zwingende Drang, mitten in der Nacht aufzustehen und aus dem Haus zu schlüpfen, damit das Ding in seinem Inneren im

Schnee herumtollen und die Tiere in den Ställen töten konnte, war ausgelöscht. Charles dachte nicht oft über das nach, woran er sich aus jenen Nächten kurz nach Weihnachten noch erinnern konnte. Es war dies eine andere Art von Traum, und wenn Jungen in der Schule erzählten, daß Wölfe aus dem Norden heruntergekommen wären und unter dem Vieh gewütet hätten, dann sperrte Charles alle Erinnerungen, die er an jene nächtlichen Massaker haben mochte, entschlossen weg und widerstand dem Impuls zu sagen: »Das ist gelogen, Harry. Es waren nicht vier Schafe. Es waren nur zwei.«

Im Februar kam der große Schnee. Am Ende der ersten Februarwoche, als grauer, hart gefrorener Schnee noch fußhoch die Erde bedeckte, begann es eines Nachmittags, in dichten Flocken zu schneien. Charles und die anderen Kinder saßen im Klassenzimmer und starrten wie hypnotisiert durch die hohen Fenster hinaus in das wilde Schneegestöber. Schon konnte man die Balsampappeln in der Mitte des Schulhofs nicht mehr sehen, dann verschwand der Spielplatz, der dem Gebäude näher lag, und schließlich war es, als wäre die ganze Welt in einem wirbelnden Meer von Schnee versunken, und jenseits der Fenster war nichts als das undurchdringliche Weiß der tanzenden Flocken. Charles bildete sich ein, zu spüren, wie das Schulhaus in den wogenden Schneemassen schwankte, während er von Fenster zu Fenster blickte und überall nur das gleiche blendend weiße, unaufhörliche Auf und Nieder der Flocken sah.

Allmählich vergaßen sie alle den Unterricht, standen in ihren Bänken auf oder wanderten wie im Schlaf zu den blinden weißen Fenstern. Miss Wrigley legte ihr großes Geschichtsbuch aus der Hand und stand auf, eine Hand in die Hüfte gestemmt, die andere zu ihrer Wange erhoben. Auch sie blickte jetzt zu den Fenstern, durch die nichts zu sehen war als Schnee.

An diesem Tag durften sie früher nach Hause gehen. Manche Eltern kamen ihren Kindern auf der Straße entgegen, um sicherzugehen, daß sie sich in dem Schneesturm, der alle Orientierungspunkte für das Auge verhüllte, nicht verliefen. Kein Fahrzeug bewegte sich auf der Landstraße, die sich wie ein breiter, seichter Graben durch das arktische Weiß zog, eine Führungslinie zu den im Schnee versunkenen kleinen Sträßchen und Fahrtwegen, die zu den unsichtbaren Häusern führten. Erst wenn man dicht vor ihnen stand, tauchten sie plötzlich aus den weißen Schleiern auf.

Mit gesenkten Köpfen kämpften sich die Menschen durch den Schnee, der zuerst herrlich aufregend war, dann lästig und schließlich zu einer bedrohlichen Gefahr wurde, die vor keinem haltmachte und selbst den Kindern Unbehagen einzuflößen begann. Wenn sie erst einmal wieder in ihren Häusern waren, standen die Familien an den Fenstern, während der Nachmittag sich verfinsterte, und blickten so blind wie zuvor die Kinder in der Schule aus den Fenstern, gebannt von der Gewalt der Natur, die sich hier plötzlich in ihren Möglichkeiten zeigte, Zerstörung und blankes Entsetzen zu säen.

Niemand starb in dieser Nacht in der Gemeinde, wenn auch viele einen neuen Respekt vor jener Zone bekamen, die in Charles' Geographiebuch die »gemäßigte« genannt wurde. In umliegenden Ortschaften, wo der gewaltige Schneesturm mehr als acht Stunden tobte und die Erde unter seinem Flockenwirbel begrub, kamen viele warmblütige Geschöpfe zu Tode, die sich im Schneetreiben verirrt hatten. Kühe und Schafe starben, während sie hilflos und aller Bewegungsfreiheit beraubt in den Schneemassen standen, die so tief waren, daß sie in ihnen keinen Schritt tun konnten; Leute in Autos und Bussen machten sich auf, Hilfe zu holen, verloren in der weißen Finsternis die Orientierung, wanderten im Kreis herum, machten schließlich halt, um zu rasten, und wurden dann Tage später, zu Eisbrocken gefroren, im endlosen, glatten Schneemeer gefunden.

Zwei Schwestern in Wisconsin, die sich nach einem Kaffeekränzchen auf den Heimweg begaben, verloren einander in der früh einfallenden Dunkelheit aus den Augen, und beide starben keine sechzig Meter entfernt von ihrer Haustür, nachdem sie sich dem Haus aus unterschiedlichen Richtungen genähert hatten. Ein älterer Mann ließ seine Frau bei laufendem Motor und eingeschalteter Heizung im Auto zurück, während er Hilfe holen wollte. Er geriet von der Straße ab in einen tiefen, mit Schnee gefüllten Graben, kämpfte sich weiter vorwärts, wurde müde, hielt an, um zu rasten, und erfror. Seine Frau starb noch vor ihm an Kohlenmonoxidvergiftung, während der Automotor weiterlief, bis kein Benzin mehr im Tank war. Darauf wurde es sehr kalt, so daß man drei Tage später, als der Wagen gefunden wurde, nicht sagen konnte, ob sie erfroren oder an Gasvergiftung gestorben war.

Ein Bus voller Kinder, die vom Schlittschuhlaufen auf einem nahegelegenen See zurückkehrten, rutschte in einer Kurve von der

Fahrbahn und geriet in eine Schneeverwehung, die so tief war, daß der Schnee bis zu den Busfenstern hinaufreichte. Vier Kinder und der Fahrer, die Hilfe holen wollten, kamen um. Die übrigen Kinder blieben mit einem achtzehnjährigen Betreuer zurück, der die Sitze des Busses verfeuerte und alle rettete, indem er dafür sorgte, daß sie sich in dieser Nacht wie die Hühner zusammenkuschelten, um einander warmzuhalten. Sie wurden erst am folgenden Nachmittag von einer Gruppe Skiläufer gefunden.

Und schlimmer noch als der Schnee war die bittere Kälte, die wenig später folgte. Innerhalb von drei Stunden fiel die Temperatur um bis zu fünfunddreißig Grad. Die Züge fuhren langsamer, zukkelten hinter Schienenpflügen her, in den Städten gingen die Vorräte an Milch und Eiern aus, die Schneepflüge hatten nach 36 Stunden ununterbrochener Arbeit reihenweise Pannen, und drei Tage nach dem großen Schneesturm näherten sich aus Nordwesten weitere arktische Luftmassen und schütteten nochmals dreißig Zentimeter Schnee über dem bereits brachliegenden Mittleren Westen aus.

Nach dem ersten heftigen Schneefall am Freitag gab es den ganzen Tag zu schippen, verirrtes Vieh mußte gefunden, nach Hause gelotst und gefüttert werden, die Lebensmittelvorräte mußten überprüft, Holz und Kohle für die kommenden Wochen gestapelt werden. Doch am Sonntagnachmittag endlich hatten die Jungen Zeit zum Spielen. Der Schnee war zu tief, um auf die Jagd zu gehen oder mit den Schlitten zu fahren, deshalb vergnügten sie sich damit, in den Schneewehen, die stellenweise vier bis fünf Meter hoch waren, Höhlen zu buddeln. Charles, Douglas und seine Brüder bauten ein Labyrinth von Tunneln und Gängen in der langen Schneewehe, die sich wie ein Keil von der Ecke der Brücke in der Nähe des Bent-Hofs über das Bachbett zog und dann noch ein ganzes Stück am Abflußgraben entlang. In einer erstarrten Woge von blendendem Weiß bedeckte die Wächte den Seitenteil der Brücke, füllte das dreieinhalb Meter tiefe Bett des Bachs und schwang sich hinter der Ecke eines langgezogenen, niedrigen Geräteschuppens zu einem anmutig gebogenen Wellenkamm empor. Charles hatte als erster die Möglichkeiten erkannt, die sich hier boten, und hatte am harten, bläulich schimmernden Eis des Baches entlang, dort, wo der Rand der Schneewehe an der Brücke endete, einen kleinen Tunnel angefangen. Bald hatten sie an einem halben Dutzend verschiedener Stellen Tunnels gegraben und eine große Höhle gebuddelt, die so hoch war, daß Douglas in ihr aufrecht stehen konnte. Nun machten sie sich an die feineren Arbeiten, wollten Simse und Luftschächte einbauen.

Charles setzte sich keuchend einen Moment nieder. Seine Hände waren blaugefroren vom unermüdlichen Graben, und sein Atem hing wie Nebel im Weiß des Tunnels. Licht strömte von oben in die Höhle herein, die in frostigem Weiß schimmerte wie Zirrhuswolken an einem schönen Sommertag. Weiter weg, an den Seiten, ging das harte Weiß in ein mattes Blaugrau über und drinnen in den Tunnels in ein dunkleres Grau. Doch überall da, wo eine Lichtquelle war, leuchteten die Wände und Decken der Gänge in einem reinen zuckrigen Weiß; weißer als Salz, weißer als Wolken, dachte Charles. Nur unten, nahe beim Boden, war ein dunklerer Streifen, die Schicht aus altem Schnee.

Ein lauter Schrei von draußen erschreckte ihn, ein Schrei der Wut. Das klang wie Rudy. Dann kam ein dumpfes Krachen, so, als schlüge eine Riesenfaust in ein dickes Kissen. Etwas Schnee rieselte ihm den Hals hinunter. Er blickte zur hellsten Stelle hinauf, zur Decke der großen Höhle, als wieder das dumpfe Geräusch ertönte. Noch mehr Schnee fiel herunter, und er kroch durch den Tunnel hinaus, der am Bachbett endete.

Draußen war es viel heller, und er kniff blinzelnd die Augen zusammen, während er dem Geschrei und Geschimpfe der Bent-Jungen lauschte. Sie waren oben auf der Brücke. Er blickte grade noch rechtzeitig hinauf, um eine zusammengezogene Gestalt vom Brükkengeländer segeln zu sehen, die genau in der Schneeburg landete, so daß der Tunnel, aus dem Charles soeben herausgekrochen war, in einer Wolke aufstiebenden Schnees einstürzte. Charles brüllte zornig auf. Sie sprangen von der Brücke herunter und demolierten alles. Er stapfte in die Schneewehe hinein, um sich den Jungen zu schnappen, der krampfhaft versuchte, sich aus dem Schnee herauszuwühlen, um davonzulaufen. Es war Paul Holton, von Kopf bis Fuß mit Schnee bedeckt und lachend.

»He, du Blödian, du machst unsere ganzen Tunnels kaputt«, schrie Charles und versuchte, an den im Schnee rudernden Jungen heranzukommen.

Wieder kam einer von der Brücke herunter, sauste genau auf das Dach der großen Höhle, die mit einem Plumps einbrach, während aus den Tunnels Schneewolken herausgeschossen kamen. Charles brüllte jetzt vor Wut und hätte Paul beinahe gehabt.

»Jetzt hör auf, Paul«, sagte Charles und haschte nach dem Jungen, erwischte aber nur seine Mütze.

Paul entkam ihm und rannte zur Brücke hinauf. Als Charles sich umdrehte, sah er Kick Jones aus der Schneewehe auftauchen.

»Hör mal, wir haben da eine Ewigkeit geschuftet«, begann Charles, doch da sah er eine neue Gestalt auf dem Brückengeländer, den hochaufgeschossenen Carl Bent, der sich dunkel vor dem Himmel abhob. Mit einem Juchzer sprang er ab und landete bäuchlings, Arme und Beine gespreizt, dort, wo eben noch Charles gestanden hatte. Wieder stürzte ein Tunnel ein.

Stumm kletterte Charles zur Straße hinauf, wo Douglas hilflos zusah, wie die anderen Jungen vom Brückengeländer sprangen, um die Tunnels und Höhlen zu zerstören, an denen sie den ganzen Morgen gebaut hatten. Charles war zornig, aber er dachte schon daran, auch zu springen, als er sah, daß Doug die Tränen in den Augen standen, während er auf Rudy starrte, der aufs Geländer kletterte. Als Douglas hinter ihm zu schreien anfing, zuckte er überrascht zusammen.

»Rudy, blödes Schwein! Du blödes Schwein!« schrie Douglas, dem jetzt die Tränen aus den Augen liefen.

Rudy drehte sich auf der Höhe des Geländers um und fuhr seinen Bruder an: »Halt die Schnauze, Krüppel.« Dann wandte er sich ab, um zu springen.

Douglas rannte drei hastige Schritte. Sein steifes Bein schnitt rechts von ihm zwei weite Bögen in den Schnee. Als Rudy absprang, packte Douglas ihn beim Hosenbein, so daß er das Gleichgewicht verlor. Er kreischte und stürzte kopfüber in die Schneewehe hinunter. Douglas beugte sich über das Geländer und sah zu, wie Rudy wieder aus dem Loch herauskroch, in das er gefallen war. Rudys Gesicht war von Schnee verklebt, der ihm in Mund, Nase und Augen gedrungen war. Er sah aus, als trüge er einen Gipsverband um den Kopf.

Rudy wischte sich heftig das Gesicht, während er wieder zur Brücke hinaufkletterte. Mord stand in seinen Augen. Charles stellte sich neben Douglas, weil er hoffte, die Brüder würden sich nicht prügeln, wenn sie sahen, daß er bereit war, sich einzumischen.

Doch Rudy nahm sich überhaupt keine Zeit, etwas zu sagen oder auch nur zu überlegen. Er kletterte die Böschung herauf, erreichte die Straße und stürzte sich sofort auf Douglas. Charles wich instinktiv zur Seite, dann jedoch packte er Rudy beim Mantel, als dieser mit beiden Fäusten auf seinen Bruder einzuschlagen begann. Keuchend und prustend prügelte und fluchte er. Douglas hob die Arme über den Kopf und versuchte, die Hiebe abzuwehren, doch noch ehe Charles überlegen konnte, was er tun sollte, hatte Rudy seine Faust unter Dougs Arm hindurchgeschwungen und traf seinen Bruder genau auf der Nase. Douglas schrie auf und krümmte sich zusammen.

Charles zog Rudy weg, versetzte ihm ein paar kräftige Püffe, bis Rudy begriff, daß er es mit Charles würde aufnehmen müssen, wenn er weitermachte.

»Das ist nicht deine Sache, du Superheld«, stieß Rudy keuchend hervor. »Das ist nicht dein Bruder.«

»Laß ihn in Ruh«, versetzte Charles.

»Du bist gar nichts«, rief Rudy hochrot. »Ein Findling bist du und sonst gar nichts.« Er trat ein paar Schritte zurück, und ein freches Grinsen breitete sich auf seinem Gesicht aus. »Und gescheit bist du in Wirklichkeit auch nicht. Du treibst's ja nur mit Miss Wrigley.«

Im ersten Moment begriff Charles nicht, was er meinte. Aber dann hörte er das Gelächter von Kick Jones und Carl Bent, die am Geländer lehnten, und wurde brennendrot im Gesicht.

»Das weiß doch jeder, daß er der Liebling ist«, rief Kick.

»Drum bleibt er nach der Schule immer da. Da kann er noch'n bißchen schmusen«, setzte Carl grinsend hinzu.

Charles stand völlig verdattert da, während ihm aufging, was die Jungen da behaupteten. Im ersten Moment wollte er es nicht glauben, daß sie überhaupt so etwas sagen konnten, und dann konnte er nicht glauben, daß sie sich so rasch gegen ihn gewendet hatten. Wie die meisten Menschen glaubte Charles, alle Leute hätten ihn gern, zumindest jene, die nichts gegen ihn hatten. Jetzt mußte er feststellen, daß die Jungen einen geheimen Groll gegen ihn hegten, weil er in der Schule so schnell vorwärtskam. Er konnte das nicht alles auf einmal begreifen und stand mit blöde geöffnetem Mund da, während sie ihn hänselten und auslachten. Hinter ihm schnüffelte Douglas, dem hellrotes Blut aus der Nase lief und in den Schnee tropfte.

»O ja, er ist ein ganz toller Liebhaber«, sagte Paul Holton, der von der Stelle zurückkam, wo er hingelaufen war, als Charles hinter ihm hergewesen war. »Flossie hat mir erzählt, daß er ein ganz Scharfer ist. Er wollt's mit ihr machen.«

»Das ist gelogen«, knirschte Charles und hatte ein schlechtes Gewissen wegen seiner Phantasien. »Und wenn ihr blöd seid, dann ist das nicht Miss Wrigleys Schuld.«

Er fühlte sich hilflos und verwirrt angesichts der vier Jungen, die am Brückengeländer lehnten und ihn angrinsten. Auf ihre Hänseleien schien es keine Erwiderung zu geben, die ihnen Eindruck gemacht hätte. Ganz lässig standen sie da, Geschworene, die sich ihr Urteil bereits gebildet hatten. Charles fühlte sich verurteilt. Und er konnte nichts tun. Höchstens hätte er sich auf alle vier zugleich stürzen können, doch da hätte er nur die Tracht seines Lebens bezogen.

»Charles wird einmal ein großer Mann«, sagte Douglas plötzlich. Er hörte sich an, als hätte er eine schlimme Erkältung. Seine Nase war immer noch voller Blut. »Er ist gescheiter als ihr dämlichen Bauerntrottel alle zusammen.«

Die vier Jungen am Geländer lachten grölend und zeigten mit den Fingern auf Charles und Doug. Charles wußte, daß es hoffnungslos war. Er drehte sich um und wollte Doug wegziehen, doch der war blind vor Wut. Sein Gesicht war von Blut verschmiert, und an jedem Nasenloch blubberte eine große rote Blase. Er sah aus wie ein Kriegsverletzter, schoß es Charles durch den Kopf.

»Ihr seid ja nur eifersüchtig auf ihn, weil er euch dieses Jahr alle überholt und ihr solange gebraucht habt, um überhaupt so weit zu kommen, wie ihr jetzt seid. Paul kann noch nicht mal das große Einmaleins, und Carl stolpert über jedes Wort, das mehr als vier Buchstaben hat, und –«

Charles packte ihn beim Kragen und zog ihn weg. Er würde sich mit diesem Gerede nur Schläge einhandeln, und wenn er auch vielleicht bereit war, sich verdreschen zu lassen, Charles war es nicht; er erinnerte sich noch zu gut an das letzte Mal.

»Na und, das macht doch nichts«, gab Rudy grimmig zurück. »Du bleibst immer ein Krüppel.« Und als Douglas eine Bewegung machte, als wolle er sich von Charles losreißen, fügte er hinzu: »Und gestern abend hab' ich genau gesehen, wie du im Klo gewichst hast.«

Da wurde Douglas rasend. Sein Kragen zerriß, als er sich Charles' Hand entwand, um sich auf seinen Bruder zu stürzen. Rudy trat ihm ganz lässig entgegen und schlug ihn noch zweimal, einmal ins Gesicht und einmal auf den Kopf, bis Carl ihm befahl, er solle aufhören.

Douglas schwankte mit glasigen Augen.

»Petze, petze ging in' Laden, wollt für'n Dreier Petze haben! Petze, petze gab ès nich, Petze, petze ärgert sich«, kreischte er mit hoher Kleinkinderstimme, leierte den Reim immer wieder von neuem herunter, bis Charles ihn beim Arm nahm und mit sich zum Haus zog.

Die Jungen auf der Brücke lachten noch immer und machten obszöne Zeichen, als Charles Douglas im Haus der Bents ablieferte und der Obhut seiner Mutter übergab. Drinnen im warmen Haus hörte er das Geschrei des jüngsten Bent, eines weiteren Jungen, der Anfang Dezember geboren war, und er lauschte dem Kindergeschrei mit einer plötzlichen Klarheit. Es war ein Kind; es würde zum Jungen heranwachsen und dann zum jungen Mann; zur Schule gehen, heiraten, Kinder haben, vielleicht berühmt werden. Das alles konnte dieses kleine Kind tun.

Charles sagte irgend etwas zu der ärgerlichen Mrs. Bent und ging aus dem Haus, um nach Hause zu laufen. Auf dem ganzen Weg ging ihm das kleine Kind durch den Kopf, wie es geboren worden war, wie es leben würde. Er wanderte die Hofstraße entlang und ignorierte die Jungen, die immer noch auf der Brücke standen. Was sie sagten, war nicht wichtig. Doch das, was wichtig war, war nicht zu ändern. Er konnte sie verprügeln, vielleicht sogar Rudy und Paul gleichzeitig fertigmachen, aber das würde ihn selbst nicht ändern. Er fühlte den kalten, summenden Stein in seiner Tasche, das Lederband, das er durch das Loch gezogen und an seiner Jacke festgemacht hatte, damit er den Stein nie verlieren würde. Wenn er dieses Ding nicht hätte, was würde dann geschehen?

War er, Charles Cahill, das einzige Geschöpf dieser Art auf der Welt? Oder ging es ihm wie Douglas, der, wenn er in der Dunkelheit wichste, glaubte, seine wäre die einzige Schuld auf der Welt? Waren vielleicht alle so wie er? Oder sie zeigten es nie. Vielleicht ist die ganze Welt wie ich, schoß es Charles wie in einer plötzlichen Offenbarung durch den Kopf. Doch schon im nächsten Moment wußte er, daß das nicht so war. Die berüchtigten Gangster in Chicago, wie Machine Gun Jack McGurn, der vor kurzem in einer Schießerei mit der Polizei getötet worden war, waren Mörder; die meisten Menschen aber waren keine Mörder. Tiere waren Tiere, Menschen waren Menschen. Doch was war er?

Als er sich dem dunklen Wäldchen und dem versteckten Haus der Witwe Stumway näherte, spürte Charles wieder die Unsicherheit, das hohle Gefühl der Angst in seinem Bauch, was sich stets einstellte, wenn er daran dachte, was am Erntedankfest geschehen war. Er hatte keine Erinnerung, kein Gefühl, überhaupt gewesen zu sein, als das Tier sich irrtümlich in einen anderen verwandelt hatte. Er erinnerte sich des Dings, das da im düsteren Badezimmer der Boldhuis gestanden und seinen massigen, kraftvollen und schreckeneinflößenden Körper betrachtet hatte und dabei gespürt hatte, daß es ein Teil von ihm war. Doch da wußte er plötzlich, daß das nicht stimmte; wegen der falschen Verwandlung, an die das Tier sich erinnerte, er aber nicht. Er erkannte, daß er es verkehrt herum gesehen hatte. Das Tier war nicht ein Teil von ihm, auch wenn es ihn vor dem Tod gerettet hatte und sich bemühte, ihn vor Schaden zu bewahren. Es wollte nur überleben. Er war ein Teil des Tiers, und er würde nur so lange existieren, wie diese Macht ihn brauchte, um seine Ziele zu erreichen, gleich, welcher Art sie waren. Es sei denn, er konnte für immer den Stein behalten, den Mrs. Lanphier seinen »Glücksbringer« genannt hatte. Wenn er den stets bei sich oder in dem Haus liegen hatte, in dem er sich gerade befand, konnte er dann nicht auch so sein wie die anderen Menschen?

Auf dem hinteren Weg zum Haus der Witwe Stumway, den er am Vortag freigeschippt hatte, blieb er stehen und starrte blind in das neuerlich einsetzende Schneetreiben. Während er auf die dunklen Bäume hinter dem Haus blickte und der Schnee dichter zu fallen begann, konnte er das Bild jenes kraftvollen Geschöpfs sehen, an das er sich vom Blick in den Spiegel her erinnerte. Es war beängstigend, schrecklich, mit Zähnen wie Messer, kleinen, listigen Ohren, die eng am hinteren Teil des Kopfes mit der langen Schnauze anlagen, und mit mächtigen, runden Schultern, die ein ganzes Automobil hochhieven konnten. Er dachte an die Schöne und das Tier, an den lichtscheuen Grendel, die Bösen, die Unglücklichen. Wartete er nur auf den Helden, der ihn auslöschen sollte?

Charles wurde vorsichtig, hatte immer eine Ausrede parat, wenn Miss Wrigley ihn bat, nach der Schule noch zu bleiben, um zusätzlich etwas zu arbeiten oder über das nächste Pensum zu sprechen. Charles hatte diese Gespräche früher geliebt und es fiel ihm jetzt schwer, ihnen zu entsagen. Er mußte die Zähne zusammenbeißen, wenn er an sie zurückdachte. Der Gedanke, angesichts der Verdächtigungen und der Spötteleien der anderen Jungen klein beizugeben, war ihm verhaßt, aber was war, wenn alle so etwas glaubten? Sein Verhalten den Mädchen gegenüber wurde merklich kühl, während er den älteren Jungen mehr Zurückhaltung und Unterwürfigkeit zeigte. Miss Wrigley bemerkte die Veränderung und meinte, das wären die Schmerzen des Erwachsenwerdens, meinte, er suchte den Zutritt zu den Geheimnissen der Männerwelt. Ihr wurde ganz warm bei ihrem Verständnis.

Ende März hatte man das Gefühl, als hätte der Winter ewig gedauert. Der Schnee war ihnen zur Selbstverständlichkeit geworden wie bei den Eskimos. Doch dann, in der ersten Aprilwoche, schmolz er beinahe über Nacht und war fort. In der Nacht begann es zu regnen, und ein warmer Wind aus Südwesten brachte die würzigen Düfte von wachsenden Pflanzen und warmer, feuchter Erde, die die Bauern und ihre Familien nun schon seit einer Ewigkeit von Kälte nicht mehr gerochen hatten.

Charles erwachte in der Nacht und hörte den Regen, der wie das Murmeln leiser Stimmen klang, während er aufs Dach niederrauschte. Er glitt aus dem Bett und war überrascht, wie warm es plötzlich geworden war, so warm, daß er seinen eigenen Atem nicht mehr sehen konnte. Er schob das Fenster hoch und öffnete die kleine Luftklappe des Doppelfensters. Der weiche Lufthauch, der durch die kleine Luke hereinwehte, schmolz alles, so wie die Tränen im Märchen von der Schneekönigin das Eis im Herzen des kleinen Jungen geschmolzen hatten, das ihn daran gehindert hatte, das Wahre zu sehen. Etwas, das bisher Charles' Herz umklammert hatte, löste sich, und er prickelte plötzlich von einer ganz neuen Erregung. Es war Frühling!

Die warme Witterung würde vielleicht nicht anhalten, es würde wahrscheinlich wieder Schnee geben, sagten die Leute, doch die Düfte, die in der Luft hingen, die zurückkehrenden Vögel, die närrischen Kühe, die mit aufgestellten Schwänzen auf den Wiesen herumtobten, die Hunde, die im Schulhof tollten, die Pferde, die sich im Gras wälzten – all dies kündigte das Nahen des Frühlings an. Der Frühling kam, kam endlich, und wie in einem gefrorenen Fluß das Eis taut, so zerrissen die eisigen Bande des Winters, die Charles gefesselt hatten, und sein Herz sprang vorwärts. Er wollte stark sein, vor den Mädchen glänzen, gefährliche und närrische Heldentaten vollbringen, die sie bestaunen sollten, damit sie sehen konnten, daß er der tapferste, der stärkste, der schönste von allen war.

Doch die anderen Jungen waren natürlich von ähnlichen Gefühlen beseelt, so daß sein eigenes Verhalten völlig natürlich auf Miss Wrigley wirkte, die in der Mittagspause am hohen Fenster stand und den Jungen zusah, die wie die Affen an den gefährlichen Balsampappeln hochkletterten, um zu sehen, wer den Mut hatte, sich in die abgestorbene Gabel ganz oben hinaufzuwagen, wer verrückt genug war, vom dritten Ast herunterzuspringen auf den untersten und von dort mit Schwung zu Boden zu hüpfen. Die Mädchen standen an der Hausmauer oder hockten im frischen jungen Gras neben dem alten Geräteschuppen und taten so, als interessiere sie das alles gar nicht, während sie kicherten, wie Mädchen eben kichern, die wissen, daß die Jungen sich vor ihnen produzieren wollen.

Noch zwei Monate, dachte sie, während sie den primitiven Ritualen zusah, die da im Schulhof abgehalten wurden. Noch zwei Monate mußte sie mit diesen langweiligen Menschen in ihrem täglichen Einerlei von Arbeit und Schweigen leben und sich bemühen, diese Kinder zu prägen, ihnen etwas mitzugeben, worüber nachzudenken sich mehr lohnte als über die Frage, wann man am besten die Ernte einbrachte und ob nun diese oder jene Kuh trächtig werden würde oder nicht. Miss Wrigley war noch jung genug, um idealistisch zu sein, kaum Mitte zwanzig, doch die zwei Jahre in dieser Dorfschule hatten sie gelehrt, daß man über der Verfolgung seiner Ideale leicht das eigene Leben aus den Augen verlieren kann. Sie hatte beschlossen, auf die Universität zurückzugehen, um über diese Isolation hinwegzukommen, die seelische Müdigkeit, die sich angesichts der vielen gleichgültigen jungen Menschen, denen man immer wieder das gleiche beibringen mußte, in ihr ausgebreitet hatte. Doch noch während ihr dieser Gedanke durch den Kopf ging, schämte sie sich. Man wurde auch belohnt, durch Kinder wie Sally und Douglas, und natürlich Charles.

Ein verwunderlicher Junge war Charles, dachte sie, während sie ihn jetzt in seinem auffallenden roten Hemd beobachtete. Aus dem

Wipfel der Balsampappel, mit einem Fuß auf der dürren Gabel, die jeden Moment brechen konnte, winkte er den anderen Kindern zu. Nun ja, dachte sie, so müssen sie eben sein. In diesem halben Jahr war er erwachsen geworden; aus dem Jungen, der nicht viel größer als Douglas gewesen war, war ein junger Mann geworden, der so groß war wie Waldo. Und wie alt war er wirklich? Der Junge war ein Geheimnis, aber zweifellos dafür bestimmt, seinen Weg in der Welt zu machen. Wenn er sich nicht vorher umbringt, dachte sie, während sie zusah, wie er, Tarzan gleich, sich von der Balsampappel herunterhangelte. Jetzt rannte er Kick Jones nach, der seine Jacke über dem Kopf schwenkte. Sie hatten so viel überschüssige Kraft, diese Jungen, wie junge Pferde. Sie erstarrte, als sie sah, wie Charles sich auf Kick Jones stürzte, und eine ernste Prügelei begann. Sie schlugen einander jetzt in die Gesichter.

Sie schob das Fenster hoch und schrie hinaus, aber es half nichts. Gerade, als sie sich umdrehen und in den Hof laufen wollte, sah sie, wie Kick Jones, immer noch Charles' Jacke haltend, sich losriß. Jetzt war Carl Bent über Charles hergefallen und hielt ihn fest. Miss Wrigley rannte zur Tür, als das Geschrei von draußen einen ernsten Unterton annahm. Als sie ankam, krümmte sich Carl Bent auf dem Boden wie eine Schlange, die einen Tritt bekommen hat, und Charles war auf dem Weg zur anderen Ecke des Hofs, wo Kick Jones dabei war, etwas ins Hochwasser des Bachs zu werfen.

»Charles ist völlig verrückt geworden«, rief Mary May, die blauen Augen weit aufgerissen vor Angst. »Er hat Carl so fest geschlagen, und dann hat er gesagt, daß er Kick umbringt, weil er ihm seine Jacke weggenommen hat.«

Die anderen Mädchen trotteten zum Schulhaus. Die Pause war um, und es machte keinen Spaß, wenn die Jungen so grob wurden. Miss Wrigley hielt einen Moment an, um sich zu vergewissern, daß Carl nichts Ernstliches passiert war. Doch er stöhnte nur und sagte kein Wort, bedeutete ihr nur wegzugehen. Sie stürzte davon, um Charles anzubrüllen, der tatsächlich verrückt geworden zu sein schien. Er hatte den Stacheldrahtzaun übersprungen und rutschte die Bachböschung hinunter in den Schlamm und das brodelnde Hochwasser. Sie raste zur Hofecke. Kick Jones kam ihr humpelnd entgegen. Blut tropfte aus seinem Mund. Sie starrte ihn entsetzt an, doch er schüttelte nur den Kopf.

»Charles!« schrie Miss Wrigley dem hochgewachsenen Jungen

zu, der hüfttief im überschwemmten Bach stand. »Was ist? Charles?«

Doch er achtete gar nicht auf sie, wühlte nur noch verbissener im Wasser herum, das zu finden, was Jones hineingeworfen hatte. Er beantwortete keine ihrer Fragen und ignorierte ihren Befehl, wieder ins Klassenzimmer zu kommen. Schließlich wandte sie sich ab, mehr verletzt als ärgerlich, daß er sie eines Schnappmessers oder irgendeines anderen Plunders wegen auf diese Weise ignorierte. Sie empfand ein kindliches Gefühl der Zurückweisung und wurde darüber zornig auf sich selbst. Sie marschierte resolut ins Klassenzimmer zurück, ging auf die Fragen nach Charles nicht ein, schickte Kick und Carl nach Hause und begann mit fester Stimme den Nachmittagsunterricht. Um Viertel vor vier fand Miss Wrigley, es sei genug und ließ die Kinder nach Hause gehen. Charles war nicht mehr zurückgekommen. Sie vermutete, daß er nach Hause gegangen war, völlig durchnäßt, wie er von der Exkursion in den Bach sein mußte. Sie ging die Hintertreppe hinunter zum Kellervorplatz, um sich zu vergewissern, daß die Hintertür abgesperrt war, und blickte über den Schulhof hinweg zum übersprudelnden Bach. Ein Kopf tauchte aus den Wirbeln des schlammigen Wassers auf. Lieber Gott, Charles! Sie riß an der Hintertür, suchte ihre Schlüssel, um sie aufzusperren, bekam den Schlüssel nicht ins Loch, hatte die Tür endlich offen und ließ ihren Schlüsselbund fallen, als sie schreiend über den Hof stürzte.

»Charles! Charles! Komm da raus. Du holst dir den Tod. Ach, Charles!«

Sie hatte Mühe, unter dem durchhängenden alten Stacheldraht hindurchzuschlüpfen, zerriß sich ihren Rock an mehreren Stellen. Und der Schlamm auf dem Feld schlug über ihren Schuhen zusammen. Ein Stück stromabwärts tauchte jetzt Charles' Hand auf. Der Junge richtete sich im brusthohen Wasser auf, lehnte sich in die rasch fließende Strömung hinein und starrte Miss Wrigley an, als hätte er soeben sein eigenes Todesurteil vernommen. Der leere, verzweifelte Ausdruck auf seinem Gesicht ängstigte sie ebenso wie die Tatsache, daß er über drei Stunden im Wasser gewesen sein mußte, wenn er nicht inzwischen einmal nach Hause gegangen und dann wieder zurückgekommen war.

Knöcheltief im Schlamm des Ufers blieb sie stehen und streckte ihren Arm aus.

»Komm jetzt, Charles, komm heraus«, sagte sie ruhig und leise, beugte sich noch weiter über die Böschung und winkte ihm.

Das Gesicht mit Schlamm verschmiert, das Haar verklebt und dicht an seinen Kopf geklatscht, sah er sie an. Seine Augen waren stumpf, und sein ganzer Körper zitterte in anfallartigen Zuckungen. Wieder tauchte er unter das wirbelnde Wasser.

Sie wartete, rutschte noch ein Stück weiter die Böschung hinunter, während sie die Absätze ihrer völlig ruinierten Schuhe in den Matsch stemmte. Fünf Dollar, dachte sie, hin für diesen Jungen. Charles' Gesicht tauchte prustend an derselben Stelle wieder auf, wo er zuvor gewesen war.

»Charles, wenn du jetzt nicht aus dem Wasser kommst, dann hole ich dich. Meine guten Schuhe habe ich mir schon ruiniert, und dieser Rock ist das letzte gute Stück, das ich hab', aber glaub mir, ich komme hinein, wenn du nicht sofort herauskommst.«

Sie war völlig entgeistert, als Charles sich im hohen Wasser aufrichtete und zu weinen anfing. Sein Gesicht verzog sich wie das eines kleinen Kindes, während ihm die Tränen über die Wangen rollten und sich mit dem Schlamm des Bachs vermischten. Und immer wieder durchliefen heftige Schauder seinen Körper.

Miss Wrigley murmelte etwas, schlüpfte aus ihren Schuhen, ließ sie einfach im Schlamm stehen, so daß es aussah, als wäre sie aus ihnen herausgezogen und zum Himmel hinaufgetragen worden, und stieg unsicher hinunter ins eisige Wasser. Unglaublich kalt wirbelte es ihr um die Beine, stieg ihr bis zu den Hüften. Dann trat sie auf einen glitschigen, schrägen Stein und fiel vornüber. Ihr Kopf tauchte unter Wasser. Prustend und nach Luft schnappend kam sie wieder hoch. Dann watete sie entschlossen tiefer ins Wasser hinein, bis sie dem Jungen so nahe war, daß sie seinen Arm mit beiden Händen umschließen konnte. Sie zog ihn mit ihrer ganzen Kraft hinter sich her, während sie gegen den schweren Sog der Strömung kämpfte, der sie beide bachabwärts ziehen wollte. Charles folgte ihr ganz fügsam jetzt, weinend und zitternd, völlig durchgefroren.

Sie schleppte ihn die Böschung hinauf und brachte ihn ins Schulhaus, wo sie das Feuer im hinteren Ofen nachschürte, das beinahe ausgegangen war. Als es wieder kräftig brannte, legte sie Charles ihren warmen Tuchmantel um die Schultern und befahl ihm, seine nassen Sachen auszuziehen. Sie trocknete ihm das schlammige Haar mit ihrem Schal und ging in die Mädchengarderobe, in der

Hoffnung, dort etwas zu finden, was sie überziehen konnte. Aber da war nichts, außer ihrem eigenen Regenmantel, den sie vor einer Woche dort hängen gelassen hatte, als es am Vormittag geregnet hatte und nachmittags plötzlich schön geworden war. Sie schlüpfte aus ihren nassen Kleidern und zog den Regenmantel an, zog ihn fest um ihren fröstelnden Körper. Als sie wieder ins Klassenzimmer kam, kauerte Charles neben dem Ofen auf dem Boden, den Mantel um seinen Körper. Seine nassen Sachen lagen auf dem Boden verstreut.

Miss Wrigley legte dem Jungen die Arme um die Schultern. Sein Körper zuckte und zitterte jetzt in regelmäßigen Wellen, und als er den Kopf hob, sah sie, daß seine Haut ganz blau war.

»Ach, Charles«, sagte sie, drückte ihn an sich und rubbelte kräftig seinen Rücken. »Was war denn so wichtig? Was hat er in den Bach geworfen, daß du dafür sogar eine Lungenentzündung riskiert hast?«

»Meinen Glücksbringer«, sagte er, doch seine Augen blickten stumpf, als nähme er ihre Anwesenheit kaum wahr, als wiederholte er nur etwas, was er zuvor schon stundenlang vor sich hingemurmelt hatte.

Sie rubbelte ihn weiter, obwohl ihr selbst kalt war.

»Warst du die ganze Zeit im Bach?«

Doch er gab ihr keine Antworten, wiederholte nur immer die gleichen Worte. Sie überlegte, wie sie ihn nach Hause bringen sollte, und was sie selbst tun sollte, nur mit einem Regenmantel bekleidet, das Haar klebrig und naß. Bis zum Haus der Witwe Stumway war es nicht weit, nur ungefähr zweihundert Meter. Sie dachte eben daran, zum Bach zurückzulaufen, um ihre Schuhe zu holen, als sie hörte, wie die Haustür zugeschlagen wurde. Den Arm noch immer um Charles' Schultern, drehte sie sich um. Paul Holton stand unter der Tür und betrachtete sie mit einem merkwürdigen Ausdruck. Sie folgte der Richtung seines Blicks und sah, daß er auf ihre nackten Beine starrte. Als sie sich niedergekniet hatte, hatte sich der Regenmantel ein wenig geöffnet. Sie zog den Mantel über ihre Beine und sagte so bestimmt und gebieterisch, wie es ihr möglich war: »Paul, Charles hat stundenlang im kalten Bach gestanden. Er wird schwer krank werden, wenn wir ihn nicht sofort nach Hause bringen und ins warme Bett packen können. Lauf doch zu den Peaussiers und sag ihnen, daß ich hier Schwierigkeiten habe und Hilfe brauche. Frag, ob jemand da ist, der den Wagen fahren kann, damit wir den Jungen so rasch wie möglich nach Hause bringen können.«

Durchdringend blickte sie Paul an, der dastand, als hätte er sie nicht gehört.

»Paul!« schrie sie wütend. »Hast du mich verstanden?«

»Ja, Madame. Zu den Peaussiers laufen und ein Auto holen. Ja, Madame.«

Er drehte sich um und prallte gegen den Türpfosten, als er hinausrennen wollte.

Er lag im Bett, doch es verwandelte sich immer in den Schneesturm. Ihm war so kalt, und dann verbrannte er, verbrannte in einem Wald, der in Flammen stand, wo alle Bäume aussahen wie riesige Kerzen, die von oben bis unten brannten, und er mußte zwischen ihnen hindurch. Und dann hielt er den Glücksbringer, doch er war groß, so groß, daß er ihn nicht tragen konnte, und dauernd wollte er auf ihn niederfallen, so groß war er, und er mußte sich dagegen stemmen und drücken und stoßen, damit das Riesending nicht auf ihn hinunterfiel. Der Traum dauerte so lange, daß er vergaß, daß es überhaupt eine andere Welt gab, daß er ein Mensch war, der in einer Welt lebte, die nicht innerhalb von Sekunden von heiß zu kalt wechselte. Es gab nur die Träume, und jetzt wurde es immer heißer und niemals wieder kalt, immer nur heißer, und das Atmen wurde ihm so schwer, daß ihm schien, als wäre die Luft wie Rauch oder wie Brühe, die ein- und auszuatmen er sich krampfhaft bemühen mußte. Dann war er auf einmal unter Wasser und atmete das Wasser. Anfangs hatte er Todesangst, daß er ertrinken würde, doch dann merkte er, daß er das Wasser atmete und es ihm nichts tat.

»Ich kann nichts sagen, Mrs. Stumway«, erklärte der dicke, kleine Mann im Tweedjackett. »Das geht nicht so wie im Kino, wo der Doktor aus dem Zimmer kommt und versichert, daß alles wieder gut wird. Das Fieber steigt nicht mehr, glaube ich, aber ich kann nicht versprechen, daß er sich jetzt schnell erholen wird.« Er schüttelte den Kopf, während er sein Stethoskop wieder in das kleine Köfferchen packte. »Im Augenblick können wir nicht viel mehr tun. Ein Fall für das Krankenhaus ist es nicht, da sein Zustand stabil zu sein scheint und er nicht mehr so verschleimt ist.«

Bleich und schmal in ihrem alten braunen Kleid, stand Mrs.

Stumway unter der Tür zu Charles' Zimmer und blickte auf das stille Gesicht des Jungen.

»Er ist ja kein Angehöriger von mir, Dr. Mervin«, sagte sie, die Hände vor sich gefaltet. »Aber er ist ein so guter Junge, und meine Tochter hat mir erzählt, daß er ihr das Leben gerettet hat, als sie zu Weihnachten mit ihrem Auto einen Unfall hatte. Es tut mir richtig weh, den armen Jungen krank zu sehen. Er ist so lebendig. So ein braver, kräftiger Junge.«

Sie folgte dem Arzt zur Tür.

»Ich will nicht sagen, daß er über den Berg ist«, bemerkte der Arzt, während er in seinen Mantel schlüpfte, »aber er ist jung und er bekommt gute Pflege. Wenn sein Atem wieder verstopft klingt und er zu röcheln anfängt, dann holen Sie mich, ganz gleich, um welche Tages- oder Nachtzeit. Ja?«

Etwas war mit ihm im Wasser. Er versuchte, es zu sehen, aber es war immer hinter ihm, wie sein Schatten, wenn das Licht in seinen Augen stand. Nie konnte er es richtig sehen. Aber er konnte hören, was es sagte, und er überlegte, wie man unter Wasser überhaupt sprechen konnte.

»Es ist dein Körper, Charles«, sagte die Stimme leise. »Du bist für ihn verantwortlich. Du mußt selbst wieder gesund werden. Ich kann dir da nicht helfen, Charles. Aber manchmal machst du wirklich schlimme Dummheiten.«

Charles empfand Zorn, doch irgendwie schwächte das Wasser, das so warm war wie ein heißes Bad, den Zorn ab. Er konnte nicht richtig wütend werden, deshalb hörte er einfach nur zu und ließ sich vom Wasser treiben und einschläfern, bis er ganz zu träumen aufhörte und wirklich einschlief, in einen Schlaf fiel, in dem es keine Träume gab.

Als er die Augen aufschlug, sah er, daß Miss Wrigley ihn besucht hatte, und ein Arzt mußte auch dagewesen sein, denn es roch nach Arzt im Zimmer. Sie hatte ihm sein Schnappmesser und die dicken alten Handschuhe dagelassen, die er beim Schlagballspiel immer trug. Und die gelben Narzissen in der hohen Vase waren sicher auch von ihr.

Er holte tief Atem, doch seine Brust tat sehr weh dabei. Es fühlte sich so an, als hätte er viele kleine Schläge auf die Brust bekommen, denn sie schmerzte überall, wie ein einziger großer Bluterguß. Doch es war leichter zu atmen, und seine Augen brannten nicht mehr so schlimm wie vorher. Es war dunkel im Zimmer. Nur die Lampe draußen im Flur warf einen langen trüben Lichtstreifen auf den Boden. Er versuchte, sich aufzusetzen, aber da tat sein Kopf weh, und er ließ sich wieder zurücksinken. Nun, er war wenigstens nicht tot. Und dann fiel ihm ein, was er verloren hatte.

Fast zwei Wochen später trat Charles noch ein wenig wacklig durch die Tür hinaus ins Sonnenlicht der letzten Apriltage. Blätter sprenkelten die Bäume wie eine Schar von grünen Schmetterlingen, und in den Zweigen hockten die Vögel und zwitscherten. Überall rund um das Haus steckten Blumen ihre Köpfe aus der Erde, und die Eichhörnchen, die so ausgehungert gewesen waren, daß sie versucht hatten, das Dach vom Haus zu knabbern, huschten an den Bäumen hinauf und hinunter, als hätte es nie einen Schneesturm gegeben, in dem sie beinahe erfroren wären, als würde die Welt nun für immer warm und heiter bleiben, der Winter nie zurückkehren.

Mit Douglas zusammen, der ihn abholte, ging er zur Schule und bemühte sich, fröhlich und lustig zu sein, obwohl ihm der Verlust, den er erlitten hatte, die neue Unsicherheit, die er von nun an würde ertragen müssen, das Herz schwer machten. Douglas schien stiller als sonst.

Es war nicht mehr so wie früher, dachte Charles, als er in der dritten Reihe vom Fenster saß, der Sechstkläßlerreihe mit Runt Borsold, Mary Mae Martin, Paul Holton und Brenda Gustafson. Die Stunden waren alle langweilig, und es schien kaum der Mühe wert, die Bücher zu lesen, wenn er nur ein wenig zur Seite zu blicken brauchte, um Flossie Portola anzusehen, die mit ihm flirtete, wenn er sich nur ein wenig nach rückwärts zu beugen brauchte, um Brenda flüsternd zu bitten, ihm die Schulter zu kratzen, was sie kichernd mit einem scharfen Fingernagel zu tun pflegte, so daß sich ihm das Haar sträubte vor Wohlbehagen. Für die Hausaufgaben konnte er kein Interesse aufbringen, kam mehr als einmal nach einer Nacht wilden Herumtollens auf den Feldern und Wiesen mit leerem Heft zur Schule. Es war nicht so, daß er müde gewesen wäre. So etwas machte ihn nicht müde. Die Bücher schienen einfach belanglos und unwichtig. Er sah Miss Wrigley nicht mehr an, meldete sich nicht mehr so häufig wie früher, schien sich mehr für das zu interessieren, was außerhalb der Schule vorging, als für das, was sich im Unterricht tat. Miss Wrigley warf ihm gelegentlich einen etwas traurigen oder strengen Blick zu, doch sie begegnete ihm weder mit

Ärger noch mit Barschheit. Sie forderte ihn nicht mehr auf, nach der Schule noch zu bleiben, wie Charles mit einiger Erleichterung feststellte.

Das letzte Schulfest des Jahres fand an einem warmen Abend im Mai statt. Charles ging gar nicht erst ins Schulhaus hinein, sondern blieb gleich draußen bei den anderen Jungen, die Zigaretten rauchten und einander dreckige Witze erzählten. Einmal gingen sie kurz hinein, um sich sehen zu lassen, und standen verlegen herum, während Miss Wrigley die Schulpreise für die verteilte, die am seltensten gefehlt und die besten Leistungen erbracht hatten. Charles mußte einmal nach vorn kommen, um einen Sonderpreis in Empfang zu nehmen, eine Holzplakette mit einem kleinen Messingschild, auf dem sein Name, das Datum und die Klasse, die er erreicht hatte, eingraviert waren. Miss Wrigley stand sehr steif und förmlich da, als sie ihm die Plakette überreichte, und die Kinder und die Eltern klatschten. Dann streckte sie ihm die Hand hin, und als er sie nahm, blickte er auf und sah die Enttäuschung in ihren Augen. Er hielt ihre Hand eine Sekunde zu lang und wurde rot.

Dann rannte er wieder in die Dunkelheit hinaus und mußte sich die Witze und Hänseleien der anderen Jungen gefallen lassen. Doch er hatte inzwischen gelernt, das hinzunehmen. Sie taten ja nur, meinte er, was sie tun mußten, angesichts der Tatsache, daß Charles der Liebling der Lehrerin war, der er, wie er jetzt zugab, ja wirklich gewesen war. Doch sie hielten sich nicht lange damit auf. Es gab Aufregenderes zu tun.

»Komm rüber zum alten Geräteschuppen«, flüsterte Runt ihm zu. »Carl hat ein ganz tolles Buch.«

Im Geräteschuppen, in dem der Mäher und der Heurechen standen, mit denen im Sommer der Schulhof bearbeitet wurde, drängte sich in einer Ecke ein Haufen von Jungen im Schein einer Taschenlampe um etwas, das auf dem Boden aus festgetrampelter Erde lag.

»Mensch, das is'n Ding!«

»Mann, schau dir das mal an!«

»Drängel doch nicht so.«

»Der drängelt nicht«, sagte eine andere Stimme, »der hat 'n Ständer.« Und die ganze Gruppe lachte unterdrückt.

Charles schob sich vor und blickte über die Schultern der anderen auf das, was da im Licht der Taschenlampe auf dem Boden lag. Er sah ein kleines aufgeschlagenes Buch mit Schwarzweiß-Zeichnungen darin, und im ersten Augenblick konnte er nicht erkennen, was die Zeichnungen darstellten. Doch dann blätterte jemand um, und ein klareres Bild zeigte sich. Buck Rogers und Wilma Deering, splitterfasernackt bis auf ihre Helme, tobten sich da in einer phantastischen Orgie aus, wobei sie mit Hilfe irgendwelcher Strahlen ihre Geschlechtsorgane gewaltig vergrößerten, bis auf der letzten Seite ein riesengroßer Phallus erschien, der ungeheure Mengen von Sperma ausspie, während die Frau in eine Ecke geschleudert wurde. Charles merkte, wie er keuchte, als jemand zur ersten Seite zurückblätterte und das ganze von vorn anfing.

»Mensch, Carl, wo hast du das her?«

»Ach, hab' ich einem von der High-School für einen halben Dollar abgekauft.«

Im Geräteschuppen wurde es heißer und muffiger, und der Jungenhaufen zuckte und fluchte und murmelte Obszönitäten, während die Seiten umgeblättert wurden. Charles fühlte sich so angespannt wie eine straff gespannte Steinschleuder, während er auf die pirmitiven Bilder starrte und wußte, daß das alles lächerlich war und doch mehr sehen wollte, mehr fühlen, eine noch stärkere Spannung, stärker, stärker. Bis plötzlich jemand die Lampe umstieß, und Carl sein Buch packte, und die ganze Rotte grölend und brüllend aus dem Geräteschuppen schoß, um sich draußen im dunklen Hof zu jagen.

Als sie sich ausgetobt hatten, hockten sie sich draußen auf die Treppe und lauschten dem Geplapper der Erwachsenen, während drinnen die Erfrischungen serviert wurden. Charles sagte, er wolle sich etwas zu essen holen, und ein paar andere Jungen gingen mit ihm, während die übrigen im Dunklen sitzenblieben und erklärten, sie hätten keine Lust auf Pappkuchen und Limonade.

Das Licht im Haus schien einen Moment lang blendend hell, doch dann entdeckte Charles die Tafel mit den Erfrischungen, lud sich einen Teller voll und sah sich nach einem Stuhl um. Flossie winkte ihm zu und klopfte auf die freie Bank neben der ihren. Er ging hinüber und ließ sich grinsend neben ihr nieder.

»Ich hab' immer gedacht, du wärst was anderes, Charles«, sagte Flossie und leckte sich die Kuchenkrümel von den Lippen. »Aber was machst du? Hockst da draußen mit den anderen dämlichen Kerlen rum.«

»Ich hab's satt, der edle Ritter zu sein«, versetzte Charles und nahm einen großen Bissen von seinem Kirschkuchen.

»Das glaub ich dir nicht«, entgegnete sie spitzbübisch. »Du bist nur vorsichtig, damit die anderen dich nicht dauernd hochnehmen.« Sie legte eine Hand auf seinen Arm. »Warum bist du eigentlich stundenlang da unten im Bach rumgeplantscht, bis du Lungenentzündung hattest?«

»Ich hab' was gesucht.«

»Was denn? Ehrlich, Charles, so was Verrücktes hab' ich noch nie gehört.«

»Was, was mir gehört hat.«

»Das muß ja was unheimlich Wertvolles gewesen sein. Du warst doch praktisch bereit, dafür zu sterben. Ehrlich, Fern und ich haben richtige Angst um dich gehabt. Weißt du eigentlich, daß wir dich besucht haben, als du so krank warst? Aber Mrs. Stumway hat uns nicht zu dir raufgelassen.«

»Nein. Danke, Flossie.« Charles blickte auf, direkt in ihre Augen, so daß sie lachte. »Du bist wirklich eine gute Freundin.« Er schob das letzte Stück Kuchen in den Mund, sah, daß ihre Hand noch immer auf seinem Arm war, und spürte wieder Wärme in sich aufsteigen. »He, warum gehen wir nicht zusammen nach Hause? Zu euch, meine ich. Es ist so ein schöner Abend.«

Als das Schulhaus außer Sicht war, und sie die beiden jüngeren Jungen zurückgelassen hatten, die Charles unter Androhung einer Tracht Prügel verscheucht hatte, nahmen sie einander bei den Händen und gingen fast bis zu den Eisenbahngleisen weiter. Charles erkannte die Stelle wieder. Dort drüben, auf der anderen Seite der Schienen, unter dem Baum da, hatte er Alfreds Auto umgestoßen, oder vielmehr das Tier hatte es umgestoßen. Einen Moment lang fühlte er sich verwirrt und blieb stehen. Flossie mißverstand sein Anhalten mitten in der dunklen, mondlosen Nacht unter den glitzernden Sternen am schwarzen Himmel. Sie wandte sich ihm zu, nahm seine andere Hand und küßte ihn mit weichen Lippen auf den Mund, wobei sie mit der Zungenspitze leicht seine Unterlippe berührte. Augenblicklich überkam Charles ein Gefühl, als stünde er in Flammen, und alle Erinnerungen und Gedanken waren aus seinem Hirn ausgelöscht. Er schloß seine Arme um Flossies schlanken Körper, hielt mit der linken Hand ihren Kopf, und dann küßten sie einander lange und ernsthaft, bis sie beide außer Atem waren.

»Mensch, Charles«, sagte Flossie wie damals. »Du hast dich überhaupt nicht verändert. Oder vielleicht bist du besser geworden.« Sie rieb ihm den Rücken und drängte dabei ihren Körper an den seinen, so daß das Blut in seinen Adern zu hämmern begann. »Ja«, sagte sie, ihren Unterleib an seinem reibend, »viel besser.«

Sie lösten sich voneinander und gingen zum Gras unter dem Baum, wo damals im Oktober das Auto umgestoßen worden war, und obwohl das Gras naß war, legten sie sich nebeneinander nieder.

Ich stehe auf, um bei Charles zu sein, jetzt, wo so angenehme Empfindungen für uns beide spürbar sind. Das Blut trägt uns beide zu einer steigenden Gespanntheit hinauf, die ich jetzt kenne. Charles weiß, daß ich hier bin, doch er meint, daß ich mich nicht ins Spiel mischen werde, da es um unser beider Lust geht. Ich helfe ihm, eine gewisse Willenskraft einzusetzen, damit die junge Frau sich unserer Absicht, weiter zu gehen, mehr mit ihrem Körper zu tun, nicht widersetzt. Sie wölbt ihren Körper und streichelt Charles' Kopf und Hals. Die Empfindungen werden wonnig, beinahe unerträglich jetzt für uns beide, als die Liebkosungen intimer werden, und die jungen Leute gegenseitig an ihren Kleidern zerren. Ein starkes Verlangen staut sich, und ich muß meinen ganzen Willen einsetzen, mich nicht zu verwandeln und diesen Moment zunichte zu machen. Ich muß mich begnügen, hier dem Jungen zu folgen, denn für mich ist ein Zusammensein mit der Frau nicht möglich. Sie würde erstarren vor Angst, und die kitzelnden Empfindungen würden aufhören. Ich bleibe im Körper von Charles und spüre, wie sein Geist davongleitet, während ich vorwärtsdränge und neuen Zwang ausübe, die Frau dazu zu bewegen, daß sie weitermacht.

Nun sind wir nahe davor. Der Körper des Jungen zittert vor Erregung, während er nach Möglichkeiten sucht, dies eine zu tun, was wir noch nie getan haben. Ich lockere den Zwang meines Willens, um dies alles um so intensiver fühlen zu könen. Doch was geschieht? Die Frau schreit auf und versucht, sich zu entwinden. Ich verstärke wieder die Macht meines Willens, und sie gibt Ruhe, liegt einen Moment lang still da, bemüht sich aber nicht mehr, gefällig zu sein. Wieder nähern wir uns dem Vollzug dieses Akts, und wieder löst sich die Umklammerung meines Willens, als die Fluten der Wonne mich fortschwemmen, und wieder beginnt sie, sich zu wehren.

»Nein, Charles! Nein! Bitte, Charles, nicht das! Ach, bitte,

Charles, ich weiß nicht, warum ich dich überhaupt so weit hab' gehen lassen.«

Sie weinte jetzt schluchzend, während sie versuchte, den Händen des Jungen zu entkommen, die wie Stahl um ihren Körper lagen. Doch dann hörte sie auf. »Ach, bitte, bitte«, rief sie, die Augen mit Tränen gefüllt, doch Charles' Körper noch immer umschlungen haltend.

Charles kam zu sich, fand sich dem Ziel seiner lustvollen Phantasien so nahe, daß er einen Moment lang glaubte, er wäre wieder im Traum. Dann aber sah er Flossies angstvolle Augen, wußte, wo seine Hände waren und was er hatte tun wollen, und er fuhr zurück, riß sich mit einem schmerzlichen Schrei vom Körper des Mädchens los. Starr blieb er auf dem Boden liegen, und seine Lenden schmerzten von der Qual unerfüllter Lust.

Ich kehre wieder in Charles' Empfindungen zurück. Ich kann nicht verstehen, warum der Junge und das Mädchen aufgehört haben. Eine entsetzliche Frustration ist das, die wir verspüren, ein häßliches Gefühl, das ich auskosten, aber nicht genießen kann. Sie werden nicht weitermachen. Ich spüre aufsteigenden Zorn, doch dies ist nicht der Moment für mich, in Erscheinung zu treten. Ich muß jetzt mit meiner Enttäuschung fertig werden. Das sollte nicht sein. Es ist kein gutes Gefühl.

»Flossie«, sagte Charles mit zusammengebissenen Zähnen. »Es tut mir leid. Ich weiß auch nicht. Ich war so erregt. Es tut mir leid.«

Das schlanke Mädchen, nur ein Schatten in der Dunkelheit, zog ihren Rock herunter und legte sich neben Charles nieder. Sie legte einen Arm über ihn und sagte nahe an seinem Ohr: »Es macht nichts. Es ist nicht so schlimm. Ich weiß ja, Charles. Ich möchte ja auch, aber wir können nicht. Ach, Charles, ich möchte wirklich.«

Sie begann jetzt wieder zu weinen, während Charles auf dem Rücken lag, die Augen zum sternenschimmernden Himmel gerichtet, und spürte, wie sein Blut sich langsam wieder beruhigte. Das, dachte er, durfte nie wieder passieren; solche Situationen mußten vermieden werden, denn irgendwann einmal würde die Macht, die in ihm wohnte, das Letzte herbeizwingen, und er würde sich dann der Verletzung irgendeines armen Mädchens schuldig machen, das ihm nicht widerstehen konnte. Tränen schossen ihm in die Augen vor Zorn und Kummer darüber, daß er nicht in der Lage war, selbst sein Leben in die Hand zu nehmen, ständig von dieser Begierde getrieben wurde.

Als sie beide wieder ruhig waren, gingen sie quer über das Feld, um niemandem zu begegnen. Am Tor zum Hof der Portolas umarmten Charles und Flossie einander in einem langen Kuß, doch gerade als neue Erregung sich aufstauen wollte, riß sich das Mädchen los und rannte zum Haus. Charles hörte noch, wie sie ihm »gute Nacht« zurief, dann war sie verschwunden.

Er rannte eine Weile über die Felder, mied die Straßen und Gassen und gab sich seinem Haß auf das Tier hin, auf das Ungeheuer, das er jetzt in solcher Nähe fühlte, daß er beinahe den heißen, gierigen Atem an seinem Ohr spüren konnte. Es schien so wirklich und leibhaftig neben ihm, daß er zusammenfuhr, als es in seinem Geist zu sprechen anhob.

»Charles, ich glaube, das, was du das Ungeheuer und den Helden nennst, ist dasselbe.«

»Gar nicht«, sagte Charles laut in die Frühlingsnacht hinein. »Du bist stark und schlau wie ein Bär oder ein Wiesel, aber dir liegt nichts daran, gut und ehrenhaft zu sein, weil du kein Mensch bist.«

»Wir sind ein und dasselbe Geschöpf, Charles. Wir stehen im selben Raum, atmen dieselbe Luft, essen dieselbe Nahrung.«

Der Junge blieb stehen, das glatte Gesicht in einer düsteren Miene des Widerwillens verzogen.

»Ich esse kein rohes Fleisch«, sagte er. »Ich bringe nachts die Hunde nicht zum Heulen. Vor mir laufen die Leute nicht in hellem Entsetzen davon, wenn sie nur meinen Schatten sehen. Und ich bin auch kein Ungeheuer, das sich schamlos an einem hilflosen Mädchen vergreift, nur weil sie ein bißchen außer Kontrolle ist.«

»Ich nehme mir, was ich brauche. Das ist das Rechte.«

»Du würdest auf jede Frau losgehen. Du wolltest es damals in der Nacht auch mit Mrs. Lanphier machen.« Er hielt inne, voller Scham bei der Erinnerung.

»Diese Frauen wollten den Geschlechtsakt mit dir – und mit mir«, sagte es aus seinem Inneren, obwohl die Stimme direkt an seinem Ohr zu sein schien, beinahe ein Hauch, den er spüren konnte, wärmer als die warme Nachtluft.

»Du weißt nicht, wie es ist, ein Mensch zu sein«, sagte Charles schließlich. »Du könntest niemals mutig oder heldenhaft sein oder wirklich lieben, weil du kein Mensch bist.«

»Ich sehe, daß du mich beleidigen willst, Charles«, sagte die

Stimme leise. »Aber ich will so wenig ein Mensch sein, wie du ich sein möchtest – doch es ist notwendig. Wir sind zusammen, und wir teilen die gleichen Empfindungen. Du versetzt uns ohne Grund in Mißbehagen.«

»Der Grund ist der meine«, entgegnete Charles. Weit drüben über den Feldern konnte er das Licht des Schulhauses zwischen den Bäumen blitzen sehen. »Es ist der Grund eines Menschen«, fügte er hinzu und hätte beinahe gesagt, ›eines Helden‹, da er sich stets größer und männlicher fühlte, wenn er dem entsagte, was er wollte, sich jene höchste Wonne versagte, von der das Tier sprach.

»Aber du kannst mich nicht einfach verschwinden lassen, Charles«, sagte das Tier leise und eindringlich. »Wir sind zusammen, *ein* Geschöpf.«

Charles kam jetzt aufs freie Feld, und die Lichter des Schulhauses schimmerten wie die eines Leuchtturms durch die klare, dunkle Nacht. Er spürte den aufschießenden Schwall von Hoffnungslosigkeit, der ihn immer mit eisiger Kälte überflutete, wenn ihm das klar wurde. Das Tier hatte recht. Es gab nur ein einziges Geschöpf. Niemals würde er neben diesem gewaltigen, furchtbaren Ding stehen; niemals würde er es ansehen können, es sei denn in einem Spiegel, wie jenes eine Mal; niemals würde er voller Entsetzen vor ihm fliehen und es zurücklassen. Er war er selbst. Nein, verbesserte er sich, ein Gefühl von Schwäche in Armen und Beinen, er war ein Teil von ihm. Als er über die umgepflügten Schollen schritt, sah er, wie die Lichter des Schulhauses erloschen, die Umrisse der sechs hohen Fenster von der Dunkelheit verschluckt wurden, als wären sie nie gewesen. Sie hatte noch abgesperrt und ging jetzt sicher das schmale Sträßchen hinunter zu ihrem kleinen Zimmer im Haus der Peaussiers.

Er wollte schon rechts abschwenken und quer durch ein Wäldchen laufen, um nach Hause zu kommen, als ihm einfiel, daß er die Plakette liegengelassen hatte. Miss Wrigley würde schrecklich enttäuscht sein, zu sehen, daß er den Preis nicht einmal hoch genug schätzte, um ihn mit nach Hause zu nehmen. Er fiel in Laufschritt und hielt auf die Schule zu, rannte jetzt schneller, als er sich überlegte, daß er sich bei ihr entschuldigen und die Plakette noch holen konnte, wenn er sie einholte, ehe sie zum Tor hinaus war. Doch auf den frisch gepflügten Feldern kam er nur langsam vorwärts, und er sah, wie eine Gestalt durch das Schultor ging und das Sträßchen hinunter, das zum Hof führte. Keuchend bremste er ab, ging aber in ziemlich raschem Tempo weiter, ohne selbst recht zu wissen, warum eigentlich. In ein paar Minuten würde sie zu Hause sein, und dann war es zu spät, und ihm lag gewiß nichts daran, plötzlich aus der Dunkelheit zu springen und sie zu erschrecken. Doch er ging weiter, irgendeinem obskurem Grund folgend, der sich in seinem Hirn selbst produziert hatte, oder vielleicht dachte er auch gar nicht nach, sondern wollte nur noch nicht nach Hause.

Seltsam, während er der schwach umrissenen Gestalt von Miss Wrigley folgte, sie in der Mitte des Sträßchens, er hinter ihr auf dem Feld, dicht am Zaun, war er sich keines bestimmten Motivs bewußt. Eher kam es ihm vor wie ein Spiel. Er war ein Detektiv, und sie war eine Verdächtige, die er beschatten mußte, weil ... Blödsinn, dachte er, während er im Vorwärtsgehen darauf achtete, daß stets einer der Bäume, die am Straßenrand standen, zwischen ihm und der Frau war, für den Fall, daß sie sich umdrehen sollte. Ich will sie nicht erschrecken, dachte er.

Sie war jetzt beinahe am Weg, der in den Hof hineinführte, und Charles konnte im Stall oder in seiner Nähe das kummervolle Brüllen irgendeines Tiers hören. Es war ein langgezogenes, seufzendes Brüllen mit einem kleinen Quietschen am Ende. Verwundert blieb er stehen, aber dann fiel ihm ein, daß Runt erzählt hatte, Mrs. Peaussiers kleine Jersey-Kuh sei in Hitze, daß man sie aber nicht von dem Holstein-Bullen decken lassen wolle und daß der Bulle, dem Tag und Nacht die Ausdünstung der hitzigen Kuh in die Nase stieg, fürchterlich litte. Charles fühlte sich einen Moment lang von einer tiefen Teilnahme für den alten Bullen überkommen, der da draußen in der Finsternis stand und brüllte.

Als er wieder nach vorn blickte, war Miss Wrigley im Haus verschwunden. Charles spürte eine juckende Rastlosigkeit in sich. Er hatte das Gefühl, als wäre sein Magen in vier getrennte, fest zusammengekrampfte Knoten geballt, und seine Leisten schmerzten, als wären sie in einem Zementmixer durchgeknetet worden. Einen Moment lang blieb er stehen, drehte sich um und hätte sich beinahe auf den Heimweg über die Felder gemacht. Doch er tat es nicht. Statt dessen machte er kehrt und ging weiter, übersprang den letzten Zaun in den Garten der Peaussiers. Lautlos kamen ihm die beiden Hunde entgegen, um zu sehen, wer da auf dem Hof war. Er kniete nieder und sprach mit ihnen. Da erkannten sie ihn und wedelten mit den Schwänzen. Er war viele Male auf dem Hof gewesen, wenn er Miss Wrigley nach Hause begleitet und bis vor die Tür gebracht hatte. Manchmal hatten sie noch in der Kälte gestanden und von fernen Städten, von Mathematik und Gedichten gesprochen, bis sie beide ihre Füße nicht mehr gespürt hatten.

Sie hatte ihn selbstverständlich niemals hereingebeten, denn sie war eine unverheiratete junge Lehrerin, und er war ein heranwachsender junger Mann, und die Peaussiers waren zwar wortkarge, aber aufmerksame Leute. Sie wohnte bei ihnen, im Zimmer über der hinteren Veranda, genau wie vor ihr ihre Vorgängerin. Die Peaussiers waren eine stoische Familie, die wie Kleinbauern ihre Felder bearbeiteten, ihre Kinder so lange wie möglich im Haus behielten und die Tugenden der Bescheidenheit und der Sparsamkeit pflegten, wie schon ihre Vorfahren in der alten Heimat das getan hatten. Charles kannte Mr. Peaussier und seinen jüngsten Sohn, der die High-School hinte sich hatte und zu Hause lebte, zwar vom Sehen, doch er hatte nie ein Wort mit ihnen gewechselt. Ab und zu hatte er Miss Wrigley in ihrem alten Tourenwagen sitzen sehen, wenn sie samstags morgens in die Stadt gefahren waren. Miss Wrigley mit dem lebendigen Lächeln und der winkenden Hand mitten unter den unbewegten, schweigsamen Peaussiers – wie eine lebendige Frau unter einem Haufen Zaunpfählen.

Die Hunde kannten ihn. Im Dunklen lief er durch den Garten und hoffte, er würde nicht in irgendeine frisch ausgehobene Grube stolpern oder in ein paar Bretter mit hochstehenden Nägeln treten. So finster war es. Er behielt die Silhouetten der Gebäude im Auge, die den Hof umgaben, und sah das plötzliche Aufflammen von weichem Licht, als in einem Fenster im ersten Stock eine Lampe angezündet wurde. Miss Wrigley war in ihrem Schlafzimmer.

Charles schlich durch den Hof, als hätte er ein Ziel, glitt am Silo und am Milchhaus vorüber, als wüßte er genau, was er tat. Tatsächlich jedoch überlegte er überhaupt nicht. Er bewegte sich wie durch einen Film von sich selbst, an den er sich nicht erinnern konnte. Es war, als wäre alles vorher geplant worden, so daß kein Nachdenken erforderlich war. Jetzt konnte er das Fenster sehen, den halbgeöffneten Spitzenvorhang, die Sonnenjalousie, die beinahe bis zum Fensterbrett heruntergezogen war. Er beobachtete die helle Jalousie und sah einen Schatten über sie hinhuschen.

Am Ende der Veranda war ein Spalier, aber es war aus dünnen

Latten, die nicht einmal einen Affen gehalten hätten. Der Verandapfosten am anderen Ende, dachte er und schlüpfte aus seinen Schuhen, und dann die Regenrinne, wenn sie nicht herunterbrach, und danach war es nur noch ein Katzensprung aufs Dach. Er zog die Socken aus, schlich sich auf die Veranda, kletterte aufs Geländer, sehr vorsichtig, für den Fall, daß das Holz angefault sein sollte. Doch bei den Peaussiers war nichts angefault oder verwittert. Alles war stabil, frisch gestrichen, fest mit Nägeln verankert, genau wie das eiserne Band, das das Regenrohr hielt. Das Dach war rauh, aber nicht allzu schräg, und jetzt hatte er den schmalen Lichtstreifen unterhalb der Jalousie direkt vor sich. Auf dem Bauch robbte er zum Fensterbrett und spähte durch die Ritze.

Zunächst sah er sie nicht, und sein Herz setzte erschreckt aus. Wenn er nun ein Geräusch gemacht hatte und der alte Peaussier mit seiner Flinte herauskam? Doch gerade, als er vom Fenster weg wollte, kam sie von irgendwoher zurück, vielleicht aus der Toilette, da die Peaussiers das Badezimmer im Haus hatten. Sie trug das dunkle, glänzende Kleid, das sie auf dem Schulfest angehabt hatte. Er sah zu, wie sie ein paar Sachen in einem Schreibtisch verstaute und dann vor dem Schrank stehen blieb, während sie vorn ihr Kleid aufknöpfte.

Charles war so absorbiert von dem unbekannten Aspekt von Miss Wrigleys Leben, der sich ihm da zeigte, daß er beinahe gar nicht gewahrte, daß sein Körper zwei verschiedene, ganz deutliche Reaktionen zeigte: Angst und Begierde. Sein Herz hämmerte so laut gegen das Dach der Veranda, daß jemand, der darunter gestanden hätte, es vielleicht sogar gehört hätte. Der Schweiß rann ihm in Bächen in die Ohren, obwohl die Nacht kühl geworden war, und seine Hände auf der rauhen Dachpappe zitterten wie in einem Anfall.

Miss Wrigley hatte das Kleid in den Schrank gehängt und ein langes weißes Nachthemd herausgenommen, das sie über das Bett legte. Dann verschwand sie wieder einen Moment, kam mit einem Buch zurück, das sie aufs Bett warf, stellte die Lampe auf den Nachttisch und zog sich dann weiter aus.

Charles hatte nie eine erwachsene Frau nackt gesehen, höchstens einmal auf gewissen abgegriffenen Bildern, die ihm Carl Douglas geliehen hatte. Gefühle durchpulsten ihn plötzlich, die ihn in zwei Richtungen zerrten. Er konnte den Blick nicht von der Frau wenden, als sie sich bückte, um ihre Unterwäsche auszuziehen, und als sie sich aufrichtete, um die Sachen in einen Wäschepuff zu werfen, schlug eine Welle tiefer Scham über ihn hinweg. Er starrte auf ihren Körper, diesen nackten, wehrlosen Frauenkörper, die runden Brüste und den runden Bauch, das dunkle Dreieck der Scham, die geschwungenen Hüften, und dann blickte er auf das ruhige Gesicht, während sie eine rote Stelle am Bauch rieb, wo etwas zu eng gesessen hatte, sich außen an den Oberschenkeln kratzte, wo noch mehr rote Flecken waren. Und unverwandt sah er zu, wie sie so natürlich und selbstverständlich, als ginge sie immer nackt, nach dem Nachthemd griff und es über ihren Kopf zog, so daß es herunterfiel wie ein Vorhang vor der abendlichen Vorstellung. Das ruhige Gesicht von Miss Wrigley, das geliebte Gesicht einer Frau, die sich um ihn gekümmert und ihn gerngehabt hatte, wie sonst keiner auf der Welt, und diese verehrte Frau hatte er soeben auf gemeine Weise verraten, indem er sich an ihr Fenster geschlichen hatte, um sie beim Ausziehen zu beobachten.

Er zitterte am ganzen Körper, und er konnte nicht daran denken, sich jetzt zu entfernen, von dem Dach herunterzuklettern, das er in so schändlicher Absicht erklommen hatte. Der ganze Bauch tat ihm weh, und er war voller Haß auf den Schmerz in seinen Lenden und auf die quälende Erektion, die jetzt wieder gekommen war. Er bewegte einen Fuß, in dem Versuch, sich zu entfernen und sah, den Blick noch immer auf das Gesicht der Frau gerichtet, wie sie zusammenzuckte, und ihre Augen sich weiteten, als sie zum Fenster hin blickten. Sie hatte ihn gehört. Er wagte keine Bewegung.

Sein Atem kam in japsenden Stößen, so daß er ersticken zu müssen meinte, als er versuchte, ihn zu kontrollieren, und jetzt konnte er auch wieder das verhaßte Wesen spüren, den mächtigen Trieb, der von ihm Besitz ergriff, als es in ihm aufstieg. In seinem Geist flüsterte er, nein! nein! Doch er schwoll an, überflutete ihn mit einer Willenskraft wie zuvor bei Flossie. Wenn er jetzt hier entdeckt wurde! Nein! Alles, alles, nur mach jetzt hier kein Geräusch. Er drückte sich auf das rauhe Dach, klammerte sich fest, als wollte es ihn in einen Abgrund schleudern, während das idiotisch glückselige Tier in ihm aufstieg und durch sein Blut tobte, so daß er in seiner qualvollen Scham und Frustration seine grauenhafte Wonne mitfühlen mußte, ja, fühlen mußte, wie es sich im Tumult seiner aufgereizten Nerven suhlte, ohne Rücksicht darauf, daß er vor Angst und Begierde und Scham fast verging. Und alles, was er tun konnte, während seine Augen noch immer starr durch den Vorhang blickten, da er Angst hatte, auch nur eine Bewegung zu machen, war, stillzuhalten und dieses gräßliche Ding in seinem Inneren seinen qualvollen Zustand auskosten zu lassen.

Miss Wrigley hatte sich niedergelegt und las ihr Buch. Ab und zu warf sie einen Blick zum Fenster. Nach einer Weile legte sie das Buch nieder und blies die Lampe aus. In diesem Moment senkte Charles den Kopf, von Schwindel überkommen und beinahe von Sinnen vor Schmerz und Scham. Seine Abwehrmechanismen funktionierten kaum noch, so stark richtete er seine Konzentration darauf, von dem Dach herunterzukommen, ohne auch nur das leiseste Geräusch zu machen. Und was ist, ging es ihm unaufhörlich durch den Sinn, wenn da unten der alte Peaussier steht und mich beobachtet, mich vielleicht die ganze Zeit beobachtet hat? Er zitterte und bebte am ganzen Körper, während er versuchte, vorsichtig vom Dach zu kriechen.

Ich steige in dem Jungen nach oben, fühle seine Verwirrung und werde zornig über diese ständigen Zustände von Aufgereiztheit und Frustration, die durchzumachen er entschlossen zu sein scheint, und die ich mitempfinden muß. Ich muß etwas tun. Ich steige hoch und verwandle mich.

Mit einem Sprung bin ich geräuschlos vom Dach und lande neben den beiden Hunden auf dem Boden. Sie wollen aufheulen, aber ich mache kurzen Prozeß mit ihnen, packe jeden mit einer Klaue und drücke ihnen die Kehle so lange zu, bis sie beinahe tot sind. Jetzt werden sie mich eine Weile nicht stören. Mit allen Sinnen erspüre ich die Umgebung, der Hof wird so hell wie ein Feld in der Sonne. Ich wittere zwei Katzen, die drüben beim Silo gleich zu kämpfen anfangen werden, die Kaninchen, die jenseits des Gartens wie warme Steine im dunklen Gras liegen, den Stall voller Leben, das in Wellenbewegungen ausströmt in die Dunkelheit, wo ich endlich wieder meine ganze Kraft spüre.

Ein Geruch weht mich an, als ich die Hunde fallen lasse. Ein lokkender, scharfer, erregender Duft, beinahe so, als wartete da im Stall etwas auf mich. Ja, die Jersey-Kuh. Ihre Ausdünstung ist es. Meine Erregung schlägt hoch, als ich dem Geruch folge, mich von ihm führen lasse wie von einem Leuchtfeuer und fühle, wie er bald auf die eine Seite meines Pfades schwebt, bald auf die andere. Lautlos husche ich durch den von den Stallungen umschlossenen Hof, und die Katzen stieben wie die Schneeflocken vor mir auseinander. Hinter dem Stall höre ich den armen Bullen in seiner Qual. Das soll mein Schicksal nicht wieder sein.

Ich habe mich durch das breite Tor hereingeschlichen. Auf der rechten Seite die Box. Ich höre jetzt ihr sachtes Rumoren und fange den süßen Luzernenduft der Kuh auf. Er mischt sich mit der Ausdünstung ihrer Hitze, die jetzt wilde Begierde in mir weckt und alle warnenden Sinne an den äußersten Rand meiner Wahrnehmung drängt. Ich spähe in die Box hinein, nehme Form und Gestalt mit meinem Raumsinn auf, während ich weiter dem Geruch folge. Ich schiebe den Riegel an der Tür auf, ziehe sie weit auf, drücke mein Gesicht in den Duft, der so appetitlich ist, presse mein Gesicht an die Kuh, spüre, wie alle Säfte meines Körpers heiß und schwer werden, reibe an ihrer Seite entlang, an ihrer seidigen Flanke, während ich flüstere: »Ich könnte dein Bulle sein. Ich könnte dein Liebhaber sein, aber du mußt mich nehmen, wie ich bin, denn ich habe gelitten. Oh, wie ich gelitten habe.«

Die Kuh, die wunderschöne rot und samtschwarz gezeichnete Kuh, zuckt mit den Ohren, als wolle sie mir ein Zeichen geben, stampft mit den Füßen, fängt an, ein wenig zu muhen. Ich besteige sie und fange an.

Ich bemühe mich, daran zu denken, sie nicht mit meinen scharfen Krallen zu verletzen, aber das ist so schwer. Die Bewegungen kommen verwunderlicherweise ganz von selbst, ohne mein Zutun, und ich treibe auf einer schwellenden Strömung brodelnden Bluts aufwärts, immer im Gleichtakt mit meinem pulsenden Blut. Musik ist da. Ich höre und fühle Musik wie damals in jenem dunklen Flur. Die Klänge eines Klaviers, Trommeln jetzt, nein, da waren keine Trommeln dabei, aber ja, ein Trommeln, das sich immer weiter steigert. Außerhalb meines rot schimmernden Universums süßer Wonne höre ich die Kuh stöhnen und dann brüllen, aber nichts kann mich jetzt mehr halten, wo das Blut in mir anfängt zu bersten und weiterbrodelt und wieder birst, so daß ich aufbrülle vor Lust, meine Krallen in die Kuh schlage und aufbrülle vor Lust. Und dann spüre ich, wie mein ganzes Leben und meine Kraft, meine blutvolle Lust sich in einem Schwall aus mir ergießen, in weitem Flug in die schwarze Finsternis hineinschießen. Ich stürze auf dem Rücken der Kuh vornüber, die Hinterpfoten gegen die Seitenwände der Box gestemmt, noch immer mit diesem Tier beschäftigt, den Kopf leer, während die Dunkelheit auf mich niederfällt.

Lichter flammen plötzlich auf, grelle, blendende Lichter. Ich schreie auf, doch von draußen laufen Menschen herbei. Ich bin durcheinander und schwach. Darf es nicht versuchen. Ich raffe den letzten Rest meiner Konzentration zusammen und verwandle mich.

Schreie mischen sich. Einige kommen von dem jungen Mann, Charles, der sich von der Perfidie dieser Macht verraten sieht, von der er jetzt weiß, daß er ihr dienen oder untergehen muß. Andere Schreie kommen aus dem Haufen der gewöhnlich schweigsamen Peaussiers, die in ihren Stall gestürzt sind, um ihre wertvollste Kuh vor dem, wie sie meinen, Überfall des Bullen zu retten, der in den Stall eingebrochen sein muß, um zu ihr zu gelangen. Und der schrillste Schrei kommt von Miss Wrigley, der vierundzwanzigjährigen Lehrerin an der örtlichen Schule, die schon früher durch ein Geräusch aufmerksam geworden ist und die Familie schließlich geweckt hat. Miss Wrigley wird Zeugin eines Anblicks, der ihr bis an ihr Lebensende unauslöschlich im Gedächtnis bleiben wird, wenn sie nicht in ein, zwei Augenblicken mit Entschlossenheit seine Realität leugnet, oder wenn sie nicht ohnmächtig wird, was aber nicht ihre Gewohnheit ist.

Im plötzlichen grellen Schein der elektrischen Lampen im Stall, die erst im vergangenen Monat installiert worden sind, sieht sie ihren liebsten und brillantesten Schüler, Charles Cahill, der in einem offenbar qualvollen Zustand post-koitaler Reue, über dem Rücken der wertvollsten Milchkuh des Bauern Peaussier hängt, wobei Sherry, die Kuh, weniger mitgenommen zu sein scheint, als Miss Wrigleys Lieblingsschüler.

Die nachfolgenden Details, wie Mr. Peaussier, ein Mann, den keine natürliche oder unnatürliche Handlung von Mensch oder Tier, sondern höchstens ein Weltuntergang erschüttern kann, den jungen Charles von dem Tier herunterzieht, werden von den entgeisterten Zuschauern mit Spannung verfolgt, so daß bei keinem der Anwesenden ein Zweifel über die vorausgegangenen Geschehnisse zurückbleibt. Der junge Mann steht da wie eine Marionette, der man die Fäden abgeschnitten hat, schlaff und obszön, bis Mr. Peaussier vortritt und seine ersten und letzten Worte an den Jungen richtet.

»Zieh dich an.«

Und mit Augen, in denen plötzlich der Wahnwitz funkelt, stürzt sich Charles Cahill auf den alten Bauern, schleudert ihn zu Boden und hetzt hinaus in die Finsternis, wo er im wahrsten Sinne des Wortes verschwindet. Fünf Meter von dem hell erleuchteten Rechteck des offenen Stalltors entfernt, wo drei aufrecht stehende und ein am Boden niedergestreckter Mensch in die Nacht hinausspähen, taucht plötzlich etwas anderes auf und verschwindet wieder, etwas sehr Großes, Blitzschnelles, so daß die Beobachter nur annehmen können, sie wären das Opfer einer Lichtspiegelung, einer optischen Täuschung geworden, über die keiner von ihnen je zu einem anderen Menschen sprechen wird. Der Vorfall an sich hat schon völlig ausgereicht.

Wenn dieser Hügel einen Namen hat, so habe ich ihn nie gehört. Hügel sind in dieser Landschaft eine solche Seltenheit, daß man ihnen nicht einmal einen Namen gibt, sie höchstens vielleicht als »Die Hügel« bezeichnet. Aber von der Anhöhe habe ich einen guten Blick über das kleine Flußtal. Jetzt, im ersten kühlen Schweigen des frühen Morgens, wenn selbst die Vögel die Düsternis der Nacht noch nicht abgeworfen haben, gebe ich mich dem Frohlocken über meine neu entdeckten Empfindungen hin und schüttele verwundert den Kopf über Charles und sein menschliches Närrischsein. Die ganze Nacht war er nur eine flammende Wut in meinem Inneren. Wie Sodbrennen, denke ich grinsend.

Ich hocke am Rand des steileren Abhangs des Hügels, auf der Ostseite, und blicke hinunter auf das braune Band des Inroquois River eine halbe Meile entfernt. Würde ich mich zur anderen Seite drehen, so könnte ich den größten Teil jenes Gebiets sehen, wo ich die letzten neun Monate verbracht habe. Wieviel ich dort gelernt habe, denke ich, plötzlich gähnend, von Müdigkeit überfallen. Das Licht der Sonne, die eben erst aufgegangen ist, fällt noch nicht auf den Fluß, doch es spielt schon in den Räumen und den Fenstern der Höfe am Horizont. Der Fluß ist so braun wie eine Straße, eine unbefestigte Straße, die nach Nordosten führt.

»Charles«, rufe ich wieder, wie schon so viele Male in der Nacht, als ich nur die schwelende Hitze seiner lodernden Wut zur Antwort bekam.

»So benimmt sich ein Held nicht.«

Schweigen.

»Wir können hier fortgehen und zu dieser Frau ziehen, Claire Lanphier, in Chicago. Sie liebt dich, Charles, wäre dir eine Mutter, würde dir helfen. Du könntest vielleicht auf die High-School gehen und dann an die Universität.«

Ich komme gegen sein entschlossenes Abwesend-sein-Wollen nicht an.

»Wenn ich mich nicht verwandelt hätte«, sage ich, »hätten sie uns vielleicht beide getötet.«

»Charles? So schlimm ist es doch nicht. Die Menschen vergessen.«

Doch es kommt keine Antwort, und meine Müdigkeit verkürzt meine Geduld mit dem Jungen. Ich habe Charles immer gemocht, trotz seiner lächerlichen Ideale, obwohl er sich aufgespielt hat, als wäre er der Prinz Eisenherz des Mittleren Westens. Ich drehe mich um und blicke über die flachen, ebenen Felder im Westen zum Peaussier-Hof hinüber, der inmitten eines Schachbretts von Getreide- und Maisfeldern liegt. Eine Reihe winziger Kühe wandert auf dem beinahe nicht erkennbaren Band eines schmalen Pfads zur Weide hinaus. Nicht weit, an dem kleinen, dunkel glänzenden Sträßchen, steht das längliche Schulhaus in seinem Hof mit den zwei Balsampappeln und den Nebengebäuden, die wie kleine braune Pilze aussehen; weiter drüben ist das dicht belaubte Wäldchen, in dem sich Mrs. Stumway vor der Welt versteckt, und jenseits der saubere Hof mit den beiden Silos neben der Brücke, wo Douglas Bent jetzt vielleicht gerade seine Schiene anschnallt, um einen neuen Tag zu beginnen. Weiter weg noch liegt unter einem tiefhängenden Schleier von Rauch die Stadt.

Ein letzter Versuch noch. »Also gewinnt das Tier die Schöne?«

Ich lausche, doch selbst die heiß brodelnde Wut ist jetzt verschwunden.

»Nun dann, Charles, mein lieber Held, lebe wohl. Wer weiß, vielleicht wird aus diesem Ungeheuer doch noch ein Prinz.«

Und ich trotte den Hang hinunter zum Fluß, der nach Nordosten führt.

Hier endet das
Erste Buch vom Untier